토끼전의
지평과 변이

최광석 지음

보고사

서 문

필자가 공부에 뜻을 둔 지 20년이 지났다. 돌아보니 책 두어 권 낼만한 논문이 쌓였다. 눈에 차는 자식 없고 미운 자식 없는 것 같다. 토끼전 관련 논문을 묶어 세상에 내놓는다. 부끄러움이 앞선다.

필자가 토끼전과 인연을 맺은 것은 10여 년에 지나지 않는다. 구전설화, 야담, 문장체 고전소설을 거쳐 판소리 문학으로 왔기 때문이다. 곳곳을 들러 왔기에 어느 한 곳도 온전히 마음을 두지 못했다. 이것은 필자의 한계이다. 그러면서 들렀던 곳을 돌아보며 지금 있는 곳과 견주는 버릇이 생겼다. 토끼전을 공부하면서 연행물과 독서물, 육지위기와 토끼포획을 구별 짓는 것도 이런 버릇이 낳은 것이다. 지금까지 이 버릇이 썩 괜찮은 것이라 믿고 있어서 고치기 어려울 듯하다.

부끄러움을 무릅쓴 까닭은 한 매듭을 짓기 위함이다. 필자의 박사학위 논문 일부를 흩어놓고 그 전후에 발표한 논문을 체제에 맞게 배치하여 일관된 흐름을 갖도록 하였다. 이곳저곳에 흩어져 있던 글을 모으고 다시 읽으면서 다듬었다. 불만스러운 점이 한둘이 아니나 몇몇 잘못을 바로잡는 데 그쳤다. 그 과정에서 문제를 새롭게 인식하는 성과도 거두었다. 책을 내는 일이 새로운 출발임을 깨달았다. 더욱 분발해야겠다는 생각이 절실하다.

서종문 선생님을 만나지 못했다면 판소리 문학에 관심을 갖지 못했을 것이다. 선생님 가까이 설 수 있는 행운을 누렸다. 그러나 필자의 우둔함으로 선생님의 가르침을 잇지 못했다. 여전히 사람 사는 길을 찾지 못하고 세상 보는 눈 틔우지 못한 채 살고 있다. 학과와 대학원에서 가르침을 주신 선생님들, 힘에 부쳐 공부를 작파하고 싶은 생각이 들 때쯤이면 어떻게 알았는지 격려와 독려를 아끼지 않았던 선배 선생님들의 은혜를 잊을 수 없다. 필자는 많은 분들의 사랑을 분에 넘치게 받았으면서도 열에 하나도 그 고마움을 전하지 못했다. 이 자리를 빌려 머리 숙여 절한다.

자주 찾아뵙지 못한 부모님께는 송구스런 마음이 앞선다. 다행히 두 분 모두 건강하심에 감사할 따름이다. 늘 힘이 되어 주는 아내와 생기 넘치는 아들에게는 사랑한다는 말을 하고 싶다. 필자는 그들과 함께 사는 행복을 누리고 있다.

끝으로 출판계의 어려운 사정을 돌아보지 않고 흔쾌히 출판을 허락해 주신 보고사의 김흥국 사장님과 졸렬한 원고를 멋스러운 책으로 거듭나게 한 박현정 편집장님을 비롯한 편집부 여러분들께도 감사의 말씀을 드린다.

2010년 9월
최광석

차 례

제2부
〈수궁가〉의 전승과 변모

제3부
〈토끼전〉의 생성과 변주

제1부
〈수궁가〉와 〈토끼전〉의 공존과 동이(同異)

제1장 이본 계열의 존재양상과 파생원리

1. 머리말

  이본(異本)이란 특정 작품과 같은 작품으로 볼 수 있으면서 부분적이 차이를 보이는 텍스트를 지칭하는 용어이다. 어떤 문학 텍스트가 토끼전[1]이 되려면, 그 텍스트는 ①'수궁의 용왕이 병이 든다, ②'용왕은 토끼 간을 먹어야 산다', ③'별주부가 토끼 간을 구하러 간다', ④'별주부가 토끼를 유인하여 수궁으로 데려온다', ⑤'용왕이 토끼에게 속아 토끼를 풀어준다', ⑥'토끼가 육지로 도망간다', ⑦'용왕은 죽거나 소생한다'는 사건 전개를 갖추고 있어야 한다. 이렇게 사건이 전개되는 토끼전에는 판소리 공연에서 창자에 의해 악곡(樂曲)에 얹어 불렸던 노랫말인 판소

---

  1) <수궁가>는 연행물 계열을, <토끼전>은 독서물 계열을 가리키는 말로 사용하며, 두 계열을 아울러 일컬을 때는 편의상 토끼전이라 한다. 연행물은 창본[판소리 사설]과 함께 창본으로서의 성격이 우세한 이본을 포괄하며, 독서물은 문장체 소설과 함께 문장체 소설로서의 성격이 우세한 이본을 포괄한다. 한편, 개별 이본을 지칭할 때는 그 이본의 소장재[처]와 표제를 활용해 쓰기로 한다. 단, 표제가 독특하여 혼란의 우려가 없는 이본은 작품 표제로 제시된 것을 현대 표기로 고쳐 쓴다. 박순호 소장본과 김동욱[나손(羅孫)] 소장본의 경우에는 표제가 비슷한 것이 많아 소장자와 이본의 장수를 함께 밝히는 방식을 취하기로 한다.(단, <토별산수록>은 예외임.)

리 사설[창본]과 일반 고전소설의 문체를 가진 문장체 소설, 그리고 이들의 성격을 공유하는 이본들이 모두 포함된다. 이들 토끼전에 대한 이본 분류는 두 방향에서 이루어졌다. 화소의 공유 여부에 따른 계열 분류와 결말 부분의 변이양상에 따른 계열 분류가 그것이다. 전자로는 인권환[2], 민찬[3], 김동건[4]의 분류가, 후자로는 인권환[5], 정출헌[6]의 분류가 있다.

초기의 연구에서는 내용 대비와 성립 연대 추정을 통해 이본의 계보를 세우려 하였다. 계보 세우기는 계열 분류와 달리 이본 상호간의 혈연관계나 직접적 영향 관계를 따지는 작업이다. 인권환이 활자본 계열, 판소리본 계열, 소설본 계열, 기타 계열로 나누어 각 계열별 계보를 그려 보인 것이 대표적 예이다. 여기서 판소리본인가 소설본인가 하는 기준은 체계성이 있으나, 활자본 계열은 기록 형태를 기준으로 한 것이어서 기준의 일관성이 흔들렸다. 또한 계열 내 이본의 관계가 실상과 부합하지 않고 개별 이본의 계열 귀속이 적절하게 이루어졌는가도 의심스럽다. 인권환은 이러한 문제 인식에서 결말 부분이 매우 다양한 변이양상을 보인다는 점에 착안하여 이를 토대로 이본을 계열화하는 작업을 재진행하여 토생전계, 수궁가계, 별토가계, 한문본계로 계열화하는 결과를 이끌어냈다.

토끼전의 결말 부분은 매우 다양한 양상을 띤다. 이 점에 착안하여 이본을 분류하려는 시도가 이루어졌다. 그 가운데 정출헌이 '용왕과 토

---

2) 인권환(1968), 「<토끼전> 이본고」, 『아세아연구』 29, 고려대 아세아문제연구소.

3) 민찬(1994), 『조선후기 우화소설 연구』, 태학사, 241~255쪽.

4) 김동건(2001), 「토끼전 연구」, 경희대 박사논문, 3~10쪽.

5) 인권환(1991), 「토끼전군 결말부의 변화양상과 의미」, 『정신문화연구』 44, 한국정신문화연구원.

6) 정출헌(1998), 「봉건국가의 해체와 <토끼전>의 결말 구조」, 『고전문학연구』 13, 한국고전문학회, 162~175쪽.

끼의 맞섬과 성패', '용왕과 별주부의 어울림과 어긋남', 토끼와 별주부의 맞섬과 어울림'이라는 세 유형으로 분류한 것이 주목된다. 첫째 양상은 용왕의 패배와 토끼의 승리를, 둘째 양상은 용왕과 별주부의 어울림 현상에 초점을 맞추어 별주부의 충신화를 지향한다고 보았다. 그런데 셋째 양상은 첫째 양상만큼 용왕과 토끼의 대결이 지속적이지 않고, 둘째 양상만큼 별주부와 용왕의 어울림이 뚜렷하지 않아 위상이 분명하지 않다. 또한 한 유형이 다른 유형의 특성을 배제할 수 없고 한 이본이 여러 유형에 귀속될 수 있는 문제점이 보완되어야 한다.

한편, 특징적 화소의 공유에 따라 이본을 계열 분류하는 방법이 있을 수 있다. 민찬이 그렇게 했다. 이러한 접근 방법은 후속 논의와의 연관성을 염두에 두고 이루어질 수 있다는 점에서 이본 연구를 단순히 분류 그 자체에서 끝나지 않게 하는 장점이 있다. 그러나 특징적 화소의 공유가 이본의 계통과 무관할 수 있어서 이본 분류가 이본의 계통과 무관하게 이루어질 수 있다는 문제점이 있다.

특징적 화소의 공유뿐만 아니라 공통적 화소의 공유까지 함께 고려하는 방법이 더욱 적절해 보인다. 단락 대비의 전통적 방식을 취하면서도 공통 단락을 1차적 기준으로 삼고 고유 단락을 2차적 기준으로 삼아 이본 계열을 분류하는 것이다. 김동건이 용왕득병, 명약 지시, 어족회의, 결말 단락을 공통단락으로 설정하여 각 단락의 득병 원인, 토간 지시자의 정체, 사신 택출 방법, 토끼 도망 후의 용왕에 있어서의 차별성에 주목하고, 고유 단락은 짐승 만남, 암자라 동침, 암토끼 등장, 없음의 네 유형으로 구분하였다. 이들 공통 단락과 고유 단락을 하나로 통합하여 토끼전의 주요 이본을 〈가람본별토가〉 계열, 〈신재효토별가〉 계열, 〈수궁가〉 계열, 〈경판토생전〉 계열, 〈중산망월전〉 계열, 〈가람본토끼전〉 계열로 유형화하였다. 이상과 같은 이본 유형 분류는 선행 논의가 공통단락 또는 특징적 화소 중 어느 하나를 중심으로 분류한 것과 달리 두 가지를 모두 고려하여 엄밀성을 기하였다는 점에서 의의가 있다. 다만 논문에서 설정한 공통 단락과 고유 단락은 이본의 구조와 의미에 미치는 영향이 극히 미약하며, 이본 계열 분류 결과를 구조와 의미 논의와 연결시키기 어려운 점이 있다.

요컨대, 선행 연구에서는 이본 계열 분류의 뚜렷한 표지와 타당한 기준을 찾지 못하고 있으며, 연행물인지 독서물인지는 고려의 대상이 되지 않거나 중요시되지 않는 경향이 있었다. 결말 부분의 사건 전개가 매우 다양하고 중요함에도 불구하고 전혀 다른 방향으로 사건이 전개되는 이본을 같은 계열에 넣기도 하였다.

이와 같은 선행 연구를 통해 우리는 다음과 같은 몇 가지 시사점을 얻을 수 있다. 첫째, <수궁가>의 사설은 판소리 연행에서 악곡에 얹혀 제시되든 문자로 기록되어 제시되든 문학적 구조물 그 자체의 본질은 변하지 않을 것이므로 이본 그 자체가 지닌 성격을 기준으로 계열을 분류할 필요가 있다. 둘째, 이본의 계열과 계통을 함께 고려할 필요가 있다. 셋째, 공통단락과 고유단락을 함께 고려할 필요가 있다. 넷째, 결말 부분의 변이양상을 주목할 필요가 있다. 다섯째, 이본 분류가 구조나 의미 연구와 연계되어야 한다. 이와 같은 문제점과 시사점을 인식하면서 토끼전의 이본 계열을 분류하고자 한다.

2. 이본 계열 분류의 방법

이본 분류 작업은 이본의 공시적 존재양상을 체계적으로 유형화할 수 있어야 한다. 그런데 이본의 존재양상을 파악하는 작업은 역사적 전개 과정을 거쳐 형성된 토끼전의 이본을 공시적 관점에서 검토하는 일이어서 그 형성 과정을 드러낼 수 없다는 한계가 있다. 토끼전 이본의 역사적 전개에 따른 변모 양상을 드러내는 방향으로 계열을 분류할 수 있다면, 이 작업은 결정적인 성과에 이를 수 있다.

이러한 판단에 따라 이본의 공시적 계열 분류가 이본의 계통을 세우는 작업과 연계될 수 있는 방법을 모색하고자 한다. 이본 계열 분류의 기준을 타당성 있게 마련한다면 가능성이 있는 일이다. 토끼전이 판소리 연행의 환경 속에서 판소리 사설로서 전승·변모해 온 자취를 밝혀주는 잣대와 판소리 사설이 읽을거리로 정착되는 과정에서 판소리 사설과는 다른 지평을 열어간 방향을 밝혀주는 잣대를 마련한다던 해답을 찾을 가능성이 있다. 두 잣대에 의한 이본 계열 분류가 작품의 구조적 특성과 밀접한 관련이 있다면 그 의의는 더욱 증폭될 것이다.

이상의 목적 달성을 위한 분류의 기준으로 해당 이본이 연행물인가 독서물인가, 결말 부분의 사건이 육지위기로 전개되는가 토끼포획[7]으로 전개되는가 하는 두 잣대를 설정하고자 한다. '연행물/독서물'은 토끼전뿐만 아니라 모든 판소리 문학에 적용될 수 있는 기준이라면, '육지위기/토끼포획'은 토끼전에만 적용될 수 있는 기준이다.

'연행물/독서물'과 '육지위기/토끼포획'이란 기준이 이본 존재의 실상

---

7) 육지위기는 토끼가 수궁을 탈출한 후 '그물위기', '독수리위기' 등 거듭되는 위기를 겪는 부분을 가리키고 토끼포획은 토끼가 수궁을 탈출한 후 수궁에서 토끼 재포획론을 제기하거나 실행하는 사건이 전개되는 부분을 가리킨다.

을 변별할 수 있는 잣대인지, 서로 다른 서술 양상을 보이는 이본을 통해 살펴보기로 한다. 먼저 '연행물/독서물'이란 기준이 이본 존재의 실상을 변별할 수 있는 잣대인지 검토해 보기로 한다.

(가) (아니리)별주부 모친이 세상 간다는 말을 듣고 <u>한번 만류를 해 보는데</u>, (진양)<u>여봐라 주부야. 여봐라 주부야.</u> 네가 세상을 간다 허니 무엇 하러 가랴느냐. 삼대독자 네 아니냐. 장탄식 병이 든들 뉘 알뜰히 구완허며, 네 몸이 죽어져서 오연의 밥이 된들 뉘라 손뼉을 두다리며 휘여쳐 날려줄 이가 뉘 있더란 말이냐. <u>가지 마라 주부야. 가지를 말라면 가지마라.</u> 세상이라 허는 데는 수중 인간이 얼른허면 잡기로만 위주를 헌다. 옛날에 너의 부친도 세상구경을 가시더니 십리사장 모래 속에 속절없이 죽었단다. <u>못 가느니라 못가느니라. 나를 죽여 이 자리에다 묻고 가면 네가 세상을 가지마는 살려두고는 못가느니라. 주부야, 위방불입에 가지를 마라.</u> (<박초월창본>, 9~10쪽)

(나) ①나라에 스은ㅎ고 죠졍의 즉별ㅎ고 집에 도라와셔 사당에 ㅎ직ㅎ고 모친젼의 비퇴ㅎ니 쥬부 모친 나안지며 ②녀봐라 쥬부야 니 늬 말 들어라 니 나니 칠십넌디 숨디독즈 너를 두고 스후종신 미더던니 흠흔 셰숭 네가 간니 읏지 안니 민망ㅎ랴 너의 죠부 시아반님 식탐니 만ㅎ야 철낙시 목얼 꾀녀 속절읍시 죽어 닛고 너의 부친도 셰숭에 나갓다가 쇠 쏘지의 등얼 꾀녀 속절읍시 죽엇신니 니막니 그러흔지 너도 츌셰할랴 ㅎ니 니 안니 민만ㅎ냐 졔발 덕분 가지 마라 (<국도본별쥬부젼> 8장 뒤~9장 앞)

(다) ①쥬부 용왕게 ㅎ직ㅎ고 집으로 도라오니 쥬부 약 구ㅎ러 간단 말을 집안의셔 발셔 듯고 쥬부의 디부인니 쥬부를 경계흔다 ②너의 부친 식욕 만아 낙시밥을 물여다 쳥년 기셰ㅎ엿기로 독슉공방 나의 셔름 너 ㅎ나홀 길너녀여 불면 날가 쥐면 쩌질가 쥬옥갓치 긴너닐졔 츌입가셔 더

더 오면 문의 비겨 기다리고 쥬야 연녀 무궁터니 네가 지금 벼슬ㅎ여 임
군을 셤기다가 임군니 병환 계셔 약 구하러 간다ㅎ니 신즈 도리 당당흔
직분니라 지극졍셩으로 구ㅎ다가 만일 약을 못 엇거든 골폭스쟝 게셔 죽
지 도라오지 말지어다 디디로 중신 집의 션녕누덕 될 거시니 도라와 무
엇ㅎ리 (〈권영철본토끼전〉, 12장 앞~12장 뒤)

 (라) 자라 하즉하고 나와 쳐자에게 이별하고 만경창파를 순식간에 나
와 인간지경에 다다르미 (〈국도본토생전〉, 2장 뒤)

(가)는 판소리 연행 현장에서 가감 없이 그대로 쓰일 수 있는 연행의
대본이다. 아니리 끝 부분의 "한번 만류를 해 보는데"는 창(唱)으로 불릴
내용을 미리 제시하면서 창으로 넘어가는 것을 분명히 알리기 위한 선행
발화(先行發話)[8]이다. 선행발화는 아니리에서 창으로 넘어가기 전에 아
니리 부분에서 곧 창이 시작될 것임을 알리거나 창으로 불릴 부분의 내
용까지 제시하는 구실을 하는 발화를 의미한다. 화재[창자]는 선행발화를
통해 연행하려는 대상에 대해 일정한 관점이나 태도를 노출시키기도 한
다. '길짐승 상좌다툼'에서는 길짐승들이 상좌에 앉기 위해 다투어 나이
자랑을 늘어놓음으로써 장면 극대화가 이루어진 뒤 "이리 한참 노닐 적
에"(〈박초월창본〉, 17쪽)라는 후행발화(後行發話)도 나타난다. 후행발화
는 창에서 다시 아니리로 넘어가면서 아니리 부분에서 화재[창자]가 앞서

8) 이정원(1999)은 "어떤 일에 대한 본서술과 텍스트상에서 어느 정도의 거리를 둔 채
그 일에 대해 미리 행해지는 서술자의 발화"(「판소리문학의 반복적 수용과 '화자선발
화'」, 『판소리연구』10, 판소리학회, 50쪽)로 화자선발화를 설정하그 있는데 본고에서
사용하는 선행발화와는 차이가 있다. 선행발화는 아니리에서 창으로 넘어가기 전에
아니리 부분에서 곧 창이 시작될 것임을 알리거나 창으로 불릴 부분의 내용까지 제시
하는 구실을 하는 발화를 의미한다. 화자(창자)는 선행발화를 통해 연행하려는 대상
에 대해 일정한 관점이나 태도를 노출시키기도 한다.

창화된 내용이나 서사세계에 대해 행하는 발화를 의미한다. 이처럼 (가)에서는 아니리에서 창으로, 창에서 아니리로 전환되면서 그 전환을 뚜렷이 드러내기 위한 발화들이 빈번히 나타난다. 이뿐만 아니라 밑줄 친 부분에서 특히 잘 드러나듯이, 같거나 유사한 구절의 반복과 비교적 짧은 율문적 문장 구조를 통해 창으로 부르기 적합한 형태를 잘 갖추고 있다.

판소리 창자는 판소리 한 바탕의 사설을 모두 기억하였다가 판소리 공연의 현장에서 부분 또는 전체를 악곡에 얹어 발림을 곁들여 가며 풀어낸다. 그런데 판소리 공연 현장에서의 즉흥성과 개방성으로 인하여 창자가 기억하고 있는 사설에서 부분적 변이가 일어나기도 하고 공연 현장의 상황을 반영하기도 한다. 예컨대, (가)에서는 토끼전의 서사세계와 관련이 없는 언급이나 실제 연행 현장의 상황에 관한 창자의 언사(言辭)가 개입될 수 있다.9) 다음과 같은 경우가 그 사례가 될 것이다.

(가)-㉠ ①술잔이나 먹은 짐에 앞발을 번쩍 추켜 들어노니 묏산자가 되았는디, ②옛날에 각도에서 팔명창이 각도에서 났단 말여. 경기도에서 안성 염계달씨라고 참 봉건시대 양반이신디 팔자로 그냥 팔명창이 되았거든. ③팔명창이던 염계달씨 이 양반 추천목으로 퇴끼란 놈이 한번 놀아보는디 (<임방울창본>, 246쪽)

(가)-㉡ 물 한 모금 마시고 헐랍니다. (물을 마심) 목이 풀리오? (청중의 박수, 고수의 추임새와 북소리) 목이 인자 풀린다 한께 좀 좋을라 혀요. 내 별호가 목대장인디 감기에는 별도리가 없소. (<남해성창본Ⅱ>, CD-1의 1번 트랙)

---

9) 김현주는 이것을 '사적 시점'으로 부르면서 판소리 창자의 거리조정방식의 하나로 보았다.

김현주(1994), 「판소리 창자의 거리조정 방식과 그 기능적 의미」, 『판소리연구』 5, 판소리학회.

　(가)-㉠의 ②와 ③은 토끼전의 서사전개와는 아무런 상관이 없는 말로서, 서사세계의 전달 기능을 하는 것이 아니라 토끼전의 특정 더늠 자체에 관한 정보 전달의 기능을 한다. (가)-㉡은 '고고천변(杲杲天邊)'이란 유명한 대목을 부른 후 창자가 자신의 소리를 듣고 있는 청중을 향해 건네는 말이다. 이 또한 토끼전의 서사세계와는 전혀 무관한 부분으로 서사문맥에서 일탈하는 이런 현상은 공연 현장을 그대로 반영한 창본에서 나타날 수 있다.

　(나)는 (가)와 거의 차이가 없는 것처럼 보이지만, 세밀히 검토해 보면 미세하면서도 중요한 차이를 발견할 수 있다. (가)와 견주어 볼 때 ①은 아니리로 전달되고 ②는 창으로 불릴 만한 부분이다. 그러나 ①의 "나안지며"라는 말은 아니리와 창을 분명히 경계짓는 발화로서의 구실이 (가)의 "만류를 해 보는디"보다 약화된 형태이다. ②의 "녀바라 주부야"로 이어지는 말 때문에 "나안지며"와 경계가 생기게 된 것이지, "나안지며" 그 자체로서는 선행발화의 구실을 충실히 하지 못하고 있다. 또한 (가)에서 보이던 반복적 나열과 율격적 문장의 특성이 현저히 줄어들었다. 뿐만 아니라, (나)에서는 창자로서 청중을 의식하면서 하는 말 등 연행 현장을 그대로 반영한 발화가 나타날 수 없다. 따라서 (나)는 (가)와 달리 판소리 연행 현장에서 공연되었거나 되고 있는 그대로의 창본은 아니다. 물론 과거 어느 시기에 실제로 불렸던 판소리 사설의 정착본일 수는 있으나 문자로 기록되는 과정에서 독서물적 성격을 덧입으면서 변모가 일어난 것이다.

　이런 변화는 (나)를 그대로 창화(唱化)하기 어렵게 만든다. 그러나 (가)와 (나)의 차이는 서사물의 본질을 바꿀 정도는 아니다. 본질적으로 다르지 않다는 것은 (나)가 독서물적 성격을 덧입기는 했지만 그것은 부분적인 것이고 연행물적 성격이 전반적으로 우세하다는 말이다. (나)를 판소리 공연의 대본으로 사용하고자 할 때에는 판소리 연행원리에 맞게 창화하기 쉬운 형태로의 변모가 일어난다.[10] (가)처럼 창에서 아니리로 또는 아니리에서 창으로 넘어가는 것을 분명히 하기도 하고, 같은 구절을 반복적으로 제시하든가 문장을 짧게 끊으며 율문화하는 변화를 통해 창화가 비교적 쉽게 이루어질 수 있다. 쉽게 창화될 수 있다는 것은 (나)가 (가)와 같지는 않지만 동질성이 강함을 반증한다.

(다)는 (나)보다 독서물적 성격이 더욱 강화되어 연행물적 성격보다는 독서물적 성격이 더 우세하다. (가), (나)와 견주어 볼 때 ①은 아니리에, ②는 창에 대응되는 부분이다. 그러나 ②로 넘어가기 직전에 있는 ①의 "경계흔다"는 판소리 화법과 닮아 있으나 대화체의 흔적인 별주부를 부르던 말이 사라졌음은 물론, 아니리에서 창으로 넘어갈 때 (가)의 "만류를 해 보는디"나, 후행발화인 "이리 한참 노닐 적에"와 같은 언표가 보이지 않는다. 별주부를 만류하려다가 잘 다녀오라는 말까지 단숨에 해 버리는 서술형의 긴 문장과 "말지어다", "무엇ᄒ리"와 같은 문어체 종지형(終止形)이 사용되고 있다. 율격적 문장이 거의 나타나지 않고 문장의 호흡도 매우 길다. (다)도 판소리로 부를 수 없는 것은 아니지만, 판소리 공연물에서 서술의 비례적 균형을 깨뜨리고 특정 부분을 극단적으로 확장하는 장면 극대화와는 그 성격이 다르다. 이런 성격의 이본에서는 **빠른** 서사 진행을 위해 연행물에 적합하도록 확장된 부분을 삭제하거나 독서물에 적합하도록 확장하는 경우도 있다. 독자의 흥미를 불러

---

10) 서종문·김석배·장석규(1998),「신재효 판소리 사설의 형성배경과 현재적 위상」(『국어교육연구』29, 국어교육학회)에서는 신재효 사설의 특성과 신재효 사설을 수용한 창자의 창본에서 신재효 사설이 변용·재생되는 원리를 논의한 바 있어 그 구체적인 양상을 엿볼 수 있다.

일으키기 위해 새로운 인물과 사건을 첨가함으로써 서술을 확장시키는
것은 보편적 현상이다.11)

(라)는 (가)와 가장 먼 거리에 있는 이본 계열로서 순전히 독서물의
성격만 갖고 있는 문장체 소설의 일부분이다. 창과 아니리를 구분할 수
없으며 "쳐자에게 이별하고"란 말만 기술되어 별주부가 모친과 이별했
다는 말조차 언급되어 있지 않다. 따라서 (라)는 창화가 가능하다 하더
라도 판소리 사설이 갖고 있던 삽입가요나 더늠이 완전히 삭제되거나
극도로 축소되어 창화될 때 판소리다운 맛은 거의 찾아볼 수 없을 것이
다. 이런 이본은 판소리와 무관한 일반 고전소설의 서술 기법과 전혀 차
이가 없다. 이런 성격의 이본에서는 신속한 서사 진행을 방해하는 요소
나 구성적 긴밀성이 부족한 부분은 거의 나타나지 않는다.

(가)는 판소리 연행의 대본이 되는 창본(판소리 사설) 계열이다. (나)는
연행물적 성격이 우세한 계열이다. 이 계열에는 창본이 기록물로 정착되
면서 독서물적 성격이 부분적으로 첨가되었다. (다)는 독서물적 성격이
우세한 계열이다. 이 계열에는 연행물적 성격이 완전히 제거되지 않고
부분적으로 남아 있다. (라)는 문장체 소설 계열이다. 이 계열에서는 연
행물적 성격이 완전히 제거되고 독서물적 성격만 남아 있다.12) 그러므

---

11) 서종문은 〈흥보가〉 '놀보박사설' 부분이 독서물로 정착되면서 독자의 흥미를 일으
키기 위해 새로운 인물과 사건을 삽입함으로써 서술이 확장되는 현상에 주목한 바
있어 토끼전에서 나타나는 현상을 설명하는 데 도움이 된다.
  서종문(1982), 「〈흥보가〉 '박사설'의 생성과 그 기능」, 『한국고전문학연구』(백영정
병욱선생환갑기념논총), 신구문화사.

12) 장석규(1998)는 〈심청전〉을 창본과 소설본을 좌표축으로 하여 작품의 계통을 구분
한 바 있다. 거기서 그는 ㉠창본의 성격만 갖고 소설본의 성격은 없는 것, ㉡창본과
소설본의 성격을 공유한 것, ㉢소설본의 성격만 갖고 창본의 성격은 없는 것, ㉣소설
본도 아니고 창본도 아닌 것의 네 유형으로 구분하였다(『심청전의 구조와 의미』, 박
이정, 27~28쪽 참고). 필자의 구분과 대응시키면, ㉠은 (가)에, ㉡은 (나)와 (다)에,

로 (가)와 (나)는 연행물 계열, (다)와 (라)는 독서물 계열에 속한다.

지금까지 논의를 진행하는 과정에서 연행물과 독서물의 변별을 위해 연행문법(演行文法)과 서사문법(敍事文法)이란 개념을 도입할 필요성을 느낀다. 연행문법은 연행물적 성격을 갖게 하는 원리나 방법이고 서사문법은 독서물적 성격을 갖게 하는 원리나 방법이다. 토끼전의 모든 이본은 연행문법과 서사문법 적용의 강약에 따라 생성된 이본들이다. 그러므로 어떤 이본이 있을 때 연행문법이 그 이본을 지배하는 원리인가, 아니면 서사문법이 그 이본을 지배하는 원리인가를 따져서 귀속시켜야 할 것이다. 연행문법과 서사문법은 텍스트의 성격을 상반되는 방향으로 바꾸기 때문에 연행문법이 강하게 작용하면 독서물에서 멀어지고 서사문법이 강하게 작용하면 연행물에서 멀어지게 된다. 토끼전 이본의 생성에서 판소리 연행을 먼저 생각하지 않을 수 없다. 창본은 판소리 연행 현장에서 연행문법에 의해 생성된 이본이고, 이것이 문자로 기록된 이본들은 그 과정에서 서사문법이 적용되는 정도에 따라 (나), (다), (라)의 단계적 양상으로 구체화된다.

다음으로 토끼전 결말 부분의 변이양상이 이본 계열 분류의 중요한 지표가 된다. 토끼전은 토끼가 용왕을 속이고 육지로 귀환한 후 벌어지는 결말 부분에서 다른 어느 부분보다 큰 변이를 보이고 있으며, 이 변이

ⓒ은 (라)에 해당한다. ㉣에 해당하는 것은 필자가 <토끼전>의 범주에 넣지 않았다. 그것은 필자가 토끼전의 범주를 서사물로 제한했기 때문이다. 한편, 김현주(1998)는 <춘향전>을 토대로 판소리 문학을 판소리, 판소리 사설, 구술적(口述的) 판소리 소설, 기술적(記述的) 판소리 소설로 범주화한 바 있다(『판소리 담화 분석』, 좋은날, 227~229쪽 참고). 외연과 내포가 완전히 일치하지는 않지만, 필자의 (가)는 판소리 공연 현장에서 가창되는 사설과 이것이 정착된 판소리 사설을 포괄하며, (나)는 구술적 판소리 소설과, (다)는 기술적 판소리 소설과 대체로 일치한다고 볼 수 있다. (라)는 문장체 소설이지만 토끼전 이본군에서 배제할 수 없다는 점에서 포함시켰다.

가 토끼전에서 중요한 의미를 갖는다. 선행 논의에서 결말 부분을 주목
한 것은 이런 맥락에 기인한다. 결말 부분의 가장 중요한 지표가 무엇인
가를 찾아서 그것을 이본을 분류하는 기준으로 삼아야 할 것이다.

　우선 별주부와 용왕의 운명을 어떻게 처리하는가를 주목해 볼 만하다.
대체로 판소리 사설에서는 "(엇중몰이)독수리 그제야 돌린 줄을 알고 훨
훨 날아가고, 별주부 정성으로 대왕병 직차하고, 토끼는 그 산중에 완연
히 늙더라. 그 뒤야 뉘가 알리. 더질더질."(〈박초월창본〉, 48쪽)과 같은 방
식으로 끝난다. 이것은 토끼가 '독수리위기'를 극복한 직후에 이어지는
대목으로, 〈수궁가〉에서 창으로 제시되는 마지막 대목이다. 토끼가 도
망간 이후 이 부분까지 별주부 또는 수궁에 대한 언급은 전혀 없었으며,
여기서 처음이자 마지막으로 언급된다. 하지만 이들의 운명 처리는 작품
의 맨 끝 부분에 서술자의 설명적 진술이나 인물의 극도로 축약된 발화
를 통해 후일담의 형식으로 언급되는 수준에서 그치기 때문에 작품 구
조에 결정적인 변이를 가져오지는 않는다. 암토끼 삽화를 중요한 지표로
삼아 이것을 공유하는 이본을 한 계열로 설정하는 것도 생각해 볼 수
있으나, 암토끼 삽화 역시 작품 구조에 미치는 영향이 미약하다.

　여기서 우리는 작품의 구조를 크게 변화시키는 구실을 하는 결말 부분
의 사건 전개 양상을 주목하는 것이 더욱 타당할 것이라는 결론에 이르
게 된다. 이본을 두루 검토해 보면, 토끼전의 결말 부분은 매우 뚜렷한
사건 전개 양상을 갖고 있는 두 유형의 이본군으로 대별됨을 알 수 있다.
토끼가 육지로 귀환한 후 초동이 쳐 놓은 그물에 걸렸다가 꾀로 도망치
는 '그물위기', 그물에서 벗어난 기쁨에 들떠 방심하다가 독수리에게 낚
아 채이는 '독수리위기' 등 거듭되는 위기를 겪는 이본군과 토끼에게 속
은 수궁에서 토끼를 잡기 위해 토끼 재포획론을 제기하는 이본군이 그것

이다. 전자를 육지위기 계열, 후자를 토끼포획 계열이라 부르기로 한다.

육지위기 계열과 토끼포획 계열 간에는 중요한 차이가 존재한다. 전자의 경우 결말 부분에서 토끼와 수궁의 대결 관계가 종결되고 토끼의 이야기로만 사건이 전개되는 양상을 보이는 반면, 후자의 경우 지금까지 전개되었던 대결 관계가 결말 부분에 와서도 지속되는 양상을 보이고 있다.[13) 계열에 따른 작품의 구조적 변이가 작품의 의미에 지대한 영향을 미치기 때문에 주목해야 마땅하다.

3. 이본 계열의 존재양상

위에서 설정한 '연행물/독서물'과 '육지위기/토끼포획'의 두 기준을 함께 적용하면 연행물-육지위기 계열, 연행물-토끼포획 계열, 독서물-육지위기 계열, 독서물-토끼포획 계열로 분류된다. 토끼의 육지 귀환 이후 부분이 존재하지 않아 '육지위기/토끼포획'의 기준에 따른 분류가 곤란한 경우 존재하지 않는 이유를 파악하여 다음과 같이 처리한다. 현재 남아 있는 부분만 여타 이본과 친소관계를 비교하여 육지위기 계열인지 토끼포획 계열인지를 가늠할 수 있을 것이다. 훼손이나 낙장으로 인하여 파악이 불가능한 경우, 해당 이본이 연행물적 성격의 이본이라면 육지위기 계열에 소속시켜도 문제가 없을 것이다. 왜냐하면 연행물이면서 토끼포획인 계열은 존재하지 않는 것으로 판단되므로 토끼포획 계열의 낙장본일 수 없기 때문이다. 독서물적 성격인 경우 다른 이본과의 대비를 통해 친연성이 있는 이본 계열 쪽에 귀속시킨다. 유사 이본이 전혀

---

13) 최광석(2000), 「토끼전 결말구조의 두 양상과 그 성격」(『선주논총』 3, 금오공과대학교 선주문화연구소)에서 이 문제에 관한 논의를 진행한 바 있다.

없는 경우에는 '연행물/독서물'로만 구분지을 수밖에 없다. 육지 귀환 후의 부분이 없는 까닭이 필사자가 의도적으로 삭제했기 때문이라면, 필사자의 의도를 존중하여 연행물인가 독서물인가만 구분한다. 주요 이본을 중심으로 분류한 결과를 제시하면 다음과 같다.[14]

성격 \ 결말부분의 사건전개		육지위기	토끼포획[15]
연행물	창본	〈이선유창본〉 〈임방울창본〉 〈정광수창본〉 〈박초월창본〉 〈박봉술창본〉 〈정권진창본〉 외	
	연행물적 성격 우세	〈가람본별토가〉 〈국도본별주부전〉 〈박순호35장본〉 〈하버드대본별주부전〉 외	
		〈신재효토별가〉 외	
독서물	독서물적 성격 우세	〈중산망월전〉 〈수궁별주부산중토처사전〉 외	〈가람본토끼전〉
		〈김동욱20장본〉 외, 〈토별산수록〉	
	문장체 소설	〈박순호15장본〉 〈임명덕본토선생전〉	〈국도본토생전〉 〈고대본토공전〉 〈임형택본토공전〉 〈정문연본토생전〉 외
		〈나손6장본〉, 〈경판토생전〉[16]	

---

14) 대상 이본은 판각본 3종, 필사본 51종, 창본 14종, 구활자본 5종 등 총 73종이다.
15) 토끼 재포획 과정이 구체적으로 서사되는 경우는 {토끼포획}으로, 토끼 재포획의 제기와 제지로 끝나거나 토끼 재포획 과정이 구체적으로 서사되지 않는 경우를 '토끼포획'으로 나타낸다. '그물위기'와 '독수리위기' 등 복수의 위기를 포함할 때는 {육지위기}로, 단수(單數)의 위기일 때는 '육지위기'로 나타낸다. 〈경판토생전〉은 '육지위기(그물위기)'와 '토끼포획'으로 구성되어 있고, 〈토별산수록〉 계열과 〈정권진창본〉은 {육지위기}와 '토끼포획'으로 구성되어 있다. 토끼 재포획이 구체적으로 서사되는가 여부와 육지에서의 위기가 단수인가 복수인가 여부에 관계없이 이들 모두를 포괄할 때에는 각각 토끼포획, 육지위기로 표기한다.
16) 〈정권진창본〉, 〈토별산수록〉, 〈경판토생전〉은 육지위기와 '토끼 포획'이 공존한다. 이 가운데 {육지위기}와 '토끼포획'이 공존하는 〈정권진창본〉과 〈토별산수록〉은 육

위의 이본 계열 분류표를 보면, 이본의 수효에 있어서 연행물 계열과 독서물 계열은 어느 정도 균형을 유지하고 있으나, 육지위기 계열은 토끼포획 계열에 비해 압도적으로 많고, 연행물－토끼포획 계열은 존재하지 않는다는 사실을 발견할 수 있다. 독서물－토끼포획 계열은 수적인 면에서 이본의 주류적 위치에 있지 않지만 이본적 가치가 클 뿐만 아니라 작품구조나 문제의식 등 여러 면에서 중요한 의미를 내포하고 있어서 작품적 가치도 매우 크기 때문에 계량적 수치가 작더라도 주목해야 마땅하다.

한편, 연행물인가 독서물인가와 결말 부분의 사건이 육지위기인가 토끼포획인가를 기준으로 계열을 분류하였으므로 계열 명칭이 이본의 성격과 사건 전개 양상을 드러내 준다. 이본의 성격에 따른 분류와 결말 부분의 사건 전개 양상 사이에는 긴밀한 연관성을 갖고 있다. 연행물 계열은 모두 육지위기 계열이며, 토끼포획 계열은 모두 독서물 계열이다. 이런 상관성은 육지위기가 연행물 계열에 적합한 부분이며, 토끼포획이 독서물에 적합한 부분이기 때문에 생긴 것이다. 육지위기는 연행 현장에서 연행문법에 따라 생성된 이본이고 토끼포획은 독서물로 정착되는 과정에서 서사문법에 따라 생성된 이본이다. 그 결과 육지위기 계열이 토끼포획 계열보다 연행물적 성격이 강하며, 토끼포획 계열은 육지위기 계열보다 독서물적 성격이 강하다. 독서물－육지위기 계열은 연행물을 서사문법에 따라 독서물화하였기 때문에 독서물적 성격을 지니지만, 연행문법에 의해 생성된 육지위기[17]를 가지고 있기 때문에 두 계열의 중간

지위기 계열에, '그물위기'와 '토끼포획'이 공존하는 <경판토생전>은 토끼포획 계열에 포함시킬 수 있다.

17) {육지위기}가 판소리 연행 기반 위에서 생성되었다는 것은 이원수(1982), 「토끼전의 형성과 후대적 변모」(『국어교육연구』 14, 경북대 사범대 국어교육과)의 앞의 논문과

적 성격을 갖는다.

4. 이본 계열의 파생 과정과 원리

이본 계열의 존재양상을 통해 이본 계열의 파생 과정을 파악할 수 있다. 연행물-육지위기 계열은 토끼전 이본 계열 가운데 가장 먼저 생성되었으며 이본 계열의 주류를 형성하고 있다. 이 계열이 가장 먼저 파생된 까닭은 토끼전이 '설화→판소리→소설'의 과정을 거쳐 형성되었기 때문이다. 이 계열이 이본의 주류를 이루고 있는 까닭은, 창본이 이 계열에 포함되며, 판소리 〈수궁가〉의 역사적 전개와 더불어 다수의 기록물[18]들이 파생되었기 때문이다. 연행물-육지위기 계열 안에서도 창본 계열이 먼저 생성되었고, 이것이 기록되면서 독서물의 성격을 덧입은 연행물적 성격이 우세한 계열이 파생되었다.[19]

독서물-육지위기 계열은 연행물-육지위기 계열의 이본이 독서물화되면서 파생된 이본이다. 그러므로 독서물화 정도에 따라 독서물적 성격이 우세한 계열과 연행물적 성격이 완전히 제거된 문장체 소설 계열로 나눌 수 있다. 독서물-육지위기 계열에서 독서물적 성격이 우세한 계열이 주류를 이루고 문장체 소설 계열은 한문본을 제외하면 〈박순호15장

정출헌(1992ⓒ), 「조선후기 우화소설의 사회적 성격」(고려대 박사논문) 등에서 제기되었다.

18) '독서물'이 그 성격을 규정하는 용어로 사용되는 것과 달리, '기록물'은 단순히 문자의 형태로 구현되어 있는 읽을거리란 의미로 사용된다.

19) {육지위기} 생성의 하한선은 야담집 《기문(奇聞)》에 실린 〈교토탈화(狡兎脫禍)〉, 〈가람본별토가〉 계열 이본의 생성 시기 등을 근거로 볼 때 19세기초 이전일 것으로 판단된다.

본>이 유일할 정도로 매우 드물다.

독서물－토끼포획 계열은 육지위기 부분이 토끼포획으로 대체되면서 생성된 이본이다. 그러므로 연행물을 독서물화하는 변이와 육지위기 부분을 토끼포획으로 대체하는 변이가 병행적 또는 순차적으로 일어나야 하기 때문에 이 이본 계열이 파생되는 데는 더 오랜 시간이 소요되었을 것이다. 이 계열에서 독서물적 성격이 우세한 이본은 <가람본토끼전> 정도가 있을 뿐, 문장체 소설이 주류를 형성하고 있다.

연행물－토끼포획 계열은 현재로서는 존재하지 않는다. 그 까닭은 육지위기를 확장하는 것이 판소리 연행원리에 부합했기 때문에 실제 소리판에서 육지위기를 확장하는 방향으로 발전하였으며, 토끼포획은 독서물적 성격에 부합하는 부분으로서 연행문법에 따라 파생되는 이본에 수용되기 어려웠기 때문이다. 연행물 계열은 모두 육지위기 계열이며 토끼포획 계열은 모두 독서물 계열인 까닭은 바로 여기에 있다.

연행물－토끼포획 계열은 아직 등장하지 않았다. 등장할 가능성은 열려 있지만 실현될 가능성은 희박하다. <정권진창본>, <토별산수록>[20], <경판토생전>을 통해 이를 짐작할 수 있으며 위의 논의를 보강할 수 있다.

<정권진창본>은 연행물－육지위기 계열이면서 토끼포획의 흔적을 간직하고 있다. 즉, 용왕이 진세(塵世)의 산신에게 공문을 보내 토끼를 잡아 보내 달라고 청하자 산신이 수국(水國)과 진세의 화친을 생각해 토끼를 잡아 보낸다는 내용이 보인다. 이것은 독서물－토끼포획 계열이 생성된 이후 이 계열의 토끼포획을 수용하여 첨가시킨 것으로 판단된다. <정권진창본>이 판소리 여러 계보 가운데 가장 후대에 파생된 강산제(崗山制)[21][보성소리]를 잇고 있다는 점, '토끼포획'이 구체적 서술이 결

---

20) <나손본토별산수록>과 <박순호본토별산수록>을 함께 일컬을 때 사용한다.

여된 채 극도로 축약된 형태의 아니리로 제시된다는 점, 공문 내용이 토끼포획 계열처럼 한문 문장 형태로 되어 있다는 점이 이를 뒷받침한다.

〈토별산수록〉도 독서물–육지위기 계열이면서 '토끼포획'을 갖고 있다. 이것은 〈토별산수록〉에서 독서물적 성격을 강화하기 위한 일환으로 생성시킨 부분으로 추정된다. 한편, 〈경판토생전〉은 독서물–토끼포획 계열이면서 '그물위기'의 흔적을 보이고 있다. 〈경판토생전〉은 여러 차례 번각되면서 축약된 이본이다. 그러므로 최초 판각본에도 '그물위기'와 '토끼포획'이 공존했을 것으로 여겨진다. 이것은 연행물–육지위기 계열 또는 독서물–육지위기 계열에서 독서물–토끼포획 계열을 파생시키는 과정에서 저본에 존재하던 '그물위기'를 축약된 형태로 남겨 두면서 새롭게 '토끼포획'을 추가한 결과로 판단된다. 〈경판토생전〉의 초판본이나 이것의 저본이 된 필사본에 '독수리위기'도 있었을 가능성이 있으며, '그물위기'로 현재 모습보다 확장된 형태였을 것이다.

여기서 토끼포획이 육지위기로 대체된 흔적일 가능성을 생각해 볼 수 있다. 즉, 과거 어느 시기 창본에 토끼포획이 있었는데 육지위기가 생성되면서 토끼포획이 밀려나고 육지위기가 세력을 얻어 오늘날 우리가 볼 수 있는 〈수궁가〉 형태로 남게 되었을 가능성을 완전히 배제할 수 없다는 것이다. 그러나 필자는 독서물 계열이 파생되는 과정에서 독서물의 구조에 적합한 토끼포획이 생성·확대되어 나갔을 가능성이 더 클 것으로 본다. 왜냐하면, 비교적 이른 시기의 창본을 반영한 것으로 보이는 이본에 토끼포획이 포함되어 있지 않은 반면, 비교적 후대의 이본으로 보이는 창본에 포함되어 있다는 점, 〈정권진창본〉을 제외하고 연행물적

---

21) 보성읍 강산리(崗山里)의 현재 지명에 따른 표기이다. 최동현(2006), 「보성소리의 전개」, 『판소리연구』 21, 판소리학회, 28쪽.

성격의 이본에 토끼포획의 흔적이 전혀 보이지 않는 반면에, 독서물적 성격의 이본에 두루 포함되어 있으며 독서물적으로 크게 확장되어 있다는 점으로 볼 때 토끼포획은 창본과는 무관한 지평이었던 것이 아닌가 생각된다. 즉, 토끼포획은 육지위기로 확장되던 창본이 독서물로 정착되면서 독서물적 성격을 강화하기 위한 차원에서 확대 부연되어 나갔던 것으로 판단된다. <정권진창본>의 '토끼포획'은 보수적 성향을 강화하기 위한 일환으로 후대에 수용한 것으로 보인다.22)

이상의 논의를 통해 토끼전 이본 계열은 연행물−육지위기 계열, 독서물−육지위기 계열, 독서물−토끼포획 계열의 순서로 파생되었음을 추정할 수 있다. 연행물−육지위기 계열에 들어있는 토끼포획의 흔적이나 독서물−토끼포획 계열에 들어 있는 육지위기의 흔적은 두 계열의 후대적 교섭 양상이거나 변이 양상이라 할 수 있다. 토끼전은 연행의 현장에서는 판소리적 성격을 강화하는 방향으로 이본이 파생되어 나갔고, 판각 또는 필사의 과정에서는 독서물적 성격을 강화하는 방향으로 파생되어 나갔음을 알 수 있다. 그 파생의 중심에 육지위기와 토끼포획이 자리하고 있다.

여기서 육지위기와 토끼포획의 성격을 살펴보자. 육지위기와 토끼포획이 함께 구체화되어 나타나는 이본이 존재하지 않는 이유를 생각해 보는 것이 성격 파악의 확실한 방법이 될 것 같다. 결론부터 말한다면, 육지위기는 연행물에 적합한 구조를 갖고 있고 토끼포획은 독서물에 적합한 구조를 갖고 있기 때문이라고 할 수 있다. 연행물 계열이 모두 육지위기 계열이고, 토끼포획 계열이 모두 독서물 계열이 이유도 이 때문이

---

22) '육지위기'와 '토끼포획'의 공존은 그래서 토끼전의 역사적 전개를 해명할 수 있는 토대가 될 수 있다. 이에 관해서는 이 책 제1부 제3장에서 상세히 다룬다.

다. 독서물-육지위기 계열에는 독서물적 성격이 우세한 이본이 대다수이고, 독서물-토끼포획 계열에는 문장체 소설이 대다수인 것도 육지위기가 갖는 연행적 특성과 토끼포획이 갖는 독서물적 특성 때문이다.

토끼가 수궁과 무관한 육지위기를 거듭 겪고 나서 또 다시 수궁과 대결하는 토끼포획으로 사건이 전개되기는 어렵다는 것도 육지위기와 토끼포획이 동시에 장면화·구체화되기 어려운 이유이다.[23] 육지위기와 토끼포획의 대결 관계의 양상이 전혀 다르기 때문에 육지위기는 토끼포획을 지양하게 되고 토끼포획은 육지위기를 지양하게 되어 한 이본에 서로 지향성이 다른 두 부분이 함께 나타나기 어렵다. 연행물-육지위기 계열을 지양하면서 독서물-토끼포획 계열이 파생된 토끼전의 역사적 전개가 이것을 증명하고 있다. 연행물-육지위기 계열에서 파생된 독서물-육지위기 계열에서 육지위기 부분이 축약되는 것도 이런 맥락에서 이해할 수 있다.

이본의 존재 양상과 파생 과정을 통해 이본 계열의 파생 원리를 파악할 수 있다. 토끼전 이본 계열의 파생원리 탐색 작업은 육지위기를 첨가·확장하거나 삭제·축소하는 동인, 육지위기를 지양하고 토끼포획을 생성시키는 동인이 무엇인가를 찾아내는 일이기도 하다.

토끼전 이본 계열은 연행 현장에서 연행문법에 따라 끊임없이 성장·변모하는 과정에서 파생되었다. 이처럼 연행문법에 따라 삽화[화소]나 가요를 첨가·확장하는 과정에서 이본을 파생시킨 원리를 연행물화의 원리라 할 수 있다.[24] 연행물-육지위기 계열의 육지위기는 연행물화의

---

23) 〈정권진창본〉에서 육지위기가 탈락되고 아니리로 전승되는 '토끼포획'이 장면화되면서 대결관계가 펼쳐지고 창으로 불리게 된다면 연행물-토끼포획 계열로 탈바꿈했다고 할 수 있지만, 이런 방향으로 전개될 가능성은 희박해 보인다.
24) 김석배는 〈춘향전〉 이본의 생성 원리로 수용과 변형, 첨가와 삭제 축소와 확장을

원리에 따라 생성된 부분이다.

연행 현장에서 불리던 판소리 사설이 문자로 정착되면서 독서물적 성격이 가미 되어 독서물이 파생되기도 한다. 이처럼 연행문법에 의해 확장된 삽화[화소]나 가요를 서사문법에 따라 축소·삭제하거나 새로운 삽화[화소]를 첨가하면서 이본을 파생시킨 원리를 독서물화의 원리라 할 수 있다. 독서물화의 원리는 연행물을 서사문법에 따라 독서물화하거나, 독서물화된 이본을 모본(母本)으로 하여 필사하는 과정에서 서사문법에 따라 독서물적 성격을 강화하면서 이본을 파생시켜 나간 원리이다. 연행물-육지위기 계열에서 독서물-육지위기 계열을 파생시키고, 연행물-육지위기 계열 또는 독서물-육지위기 계열에서 독서물-토끼포획 계열을 파생시킨 것은 독서물화의 원리에 의한 것이다. 연행물-육지위기 계열 내에서도 독서물화의 원리가 적용되었으나 연행물을 독서물로 바꿀 만큼 독서물화가 진행되지 않아 연행물로 남아 있다.

화자 또는 창자가 어떤 인물이나 사건에 대해 서술시각(敍述視角)을 어떻게 설정하는가 하는 것과 서술초점(敍述焦點)을 어디에 두고 있는가 하는 것도 이본 파생의 중요한 원리로 작용한다. 이것을 서술시각[서술초점]의 원리라 부를 수 있다. <토끼전>의 중심인물들은 각 계급 또는 계층을 대표하는 전형성을 띠고 있기 때문에 서술자(화자)는 이들의 대립에 대해 이념적 기반에 입각하여 서술하는 경향이 강하다. 이에 따라 토끼에게 서술초점을 맞추면서 토끼를 긍정하는 시각이 강한 이본은 결말 부분의 사건이 육지위기로 전개된다.[25] 수궁에 대한 부정적 시각이

설정한 바 있다. 김석배(1992), 「춘향전 이본의 생성과 변모양상 연구」, 경북대 박사 논문.

25) 이 말이 토끼포획 계열이 토끼를 부정하는 시각이 강하다는 것을 함의하지는 않는다.

강할 때 수궁 인물이 죽음으로 처리되고 이들에 대한 긍정 또는 연민의 시각이 강할 때 수궁 인물은 소생하거나 충신으로 형상화된다.[26] 별주부에게 서술초점을 맞추면서 별주부를 긍정하고 토끼를 부정하는 시각이 강한 이본은 육지위기 부분을 의도적으로 삭제하는 경향이 있다. 한편, 용왕과 토끼의 대립에 서술초점을 둔 이본은 토끼포획 계열로 전개된다. 그러므로 결말 부분의 사건 전개는 연행물인가 독서물인가와도 관련이 있지만, 서술시각의 설정이나 서술초점의 대상과도 밀접한 관련이 있음을 알 수 있다.

〈신재효토별가〉, 〈토의간〉, 〈신명균본토끼전〉 등이 서술시각[서술초점]의 원리에 의한 이본 파생의 적절한 예가 될 것이다. 신재효는 토끼와 별주부 모두를 긍정하는 방향으로 서술시각을 설정하고 별주부에 서술초점을 맞추려 하였기 때문에 {육지위기} 부분을 삭제하였던 것으로 보인다.[27] 〈신명균본토끼전〉도 이런 서술시각[서술초점]에 따라 〈가람본토끼전〉을 변모시켰다. 〈토의간〉의 경우도 서술의 초점을 별주부에게 맞춰 별주부에 대한 서술량을 팽창시키고 서술시각도 별주부를 긍정하는 방향으로 변모시켜 보수적 지향성이 강한 이본으로 태어났다. 이처럼 서술시각과 서술초점이 육지위기를 확장, 삭제 또는 축소하거나, 토끼토획을 생성하는 동인으로 작용하고 있음을 알 수 있다. 그 결과 서술량의 확장과 축소가 인물을 중심으로 나타나고, 인물에 대한 긍정과 부정의 시각 변화가 초래되면서 이본의 성격이 달라진다.

이본 계열의 파생 원리를 〈토끼전〉 이본 파생과 연결시키면, 연행물

---

26) 〈춘향전〉의 변학도에 대해서는 다양한 시각이 있기 어렵지만, 토끼전의 용왕이나 별 주부에 대해서는 상반된 시각이 존재한다. 이처럼 토끼전은 서술시각에 따른 서술 구조의 차이가 크다.

27) 그 결과 연행물에 독서물적 성격이 덧보태어졌음은 이 책 제2부 제3장에서 논의한다.

-육지위기 계열의 파생 동인으로 연행물화의 원리를, 독서물-육지위기 계열과 독서물-토끼포획 계열의 파생, 육지위기의 축소·삭제와 토끼포획의 생성 동인으로 독서물화의 원리를 들 수 있다. 서술시각[서술초점]의 원리는 독서물-육지위기 계열, 독서물-토끼포획 계열의 파생에 관련되어 있다.

5. 맺음말

이 장에서 필자는 이본의 계열 분류는 공시적 존재양상을 체계적으로 드러낼 수 있어야 할뿐만 아니라 이본의 형성과정까지 밝혀 줄 수 있는 방향으로 이루어져야 한다는 기본 전제 아래 이본 계열 분류를 시도하였다. 이 작업은 다음과 같은 몇 가지 전망을 확보하고 있다.

먼저 이본 계열 분류를 통해 이본 계열에 따른 구조적 특성과 주제적 의미에 차별성에 관한 논의가 가능할 것으로 보인다. 연행물-육지위기 계열은 판소리 연행에 적합하도록 구조화되어 있으며, 독서물-토끼포획 계열은 독서물에 적합하도록 대립 관계를 단순화하고 인과관계를 긴밀히 하는 변모가 일어나고 있다. 이런 구조적 변모는 주제적 의미의 변화를 초래하게 된다.

다음으로 토끼전의 형성과 후대적 변모에 관한 논의가 가능하다. 형성기의 토끼전은 수궁위기만 갖추었을 것으로 추정되며 육지위기는 연행문법에 따라 후대에 생성된 부분이다. 그러므로 육지위기가 없는, 연행물-육지위기 계열 이전의 <수궁가>를 상정할 수 있다. 또한 연행물 계열인 <가람본별토가>, <박순호35장본>, 현행 창본에 설정된 수궁 인물의 운명은 토끼전 이본의 역사적 전개를 반영하고 있다. 이들 이본들을 통해 토끼전의 변모에 관한 논의가 가능하다. 한편, 연행물 계열의 일부 이본군이 독서물로 전환되었으므로 연행물 계열과 독서물 계열의 영향 관계를 파악할 수 있다. 〈가람본별토가〉와 〈중산망월전〉의 관계가 그 예이다.

　이 장에서 살핀 파생원리가 개별 이본의 파생원리가 될 수 있을지 좀 더 고찰이 필요하다. 서술시각[서술초점]의 원리는 개별 이본의 파생과 밀접한 관련이 있을 것 같지만, 앞의 두 가지는 너무 포괄적이어서 구체화가 필요하다. 또한 토끼전이 아닌 다른 판소리 문학의 파생원리가 될 수 있을 것인가 하는 문제에 대해서도 판단을 유보한다. 인물에 대한 서술초점이나 서술시각과 토끼전 결말 부분의 사건 전개 양상 사이의 상관성에 관한 보다 자세한 논의 또한 차후의 과제이다.

제2장 대립구조에 나타난 근대지향 의식

1. 머리말

토끼전의 대립구조에 나타난 근대지향 의식을 검토하는 것이 이 장의 목적이다. 이 장에서는 토끼전에서 공통적으로 찾을 수 있는 속음과 속임으로 구체화되는 지략대립, 수궁과 육지를 비롯한 동질적·이질적 공간에서 일어나는 공간대립, 인물간의 서로 다른 욕망으로 인한 욕망대립, 중심인물의 형상이 갖는 계층적 성격으로 인한 계층대립을 문제삼는다. 이들 대립은 모든 토끼전 이본이 공유하는 것으로서 이를 분석해 보면 그 대립 관계 속에 내포된 의미가 드러날 것이다. 대립구조는 공유하지만 이본 계열의 구조적 변이에 따라 의미가 보다 뚜렷하게 드러나는 이본 계열이 있을 수 있으므로 이점도 밝혀내도록 한다.

토끼전의 여러 의미 가운데 근대지향 의식으로 논의를 범위를 제한한 까닭은 이것이 토끼전에서 특히 가치 있는 의미라는 판단 때문이다. 이 논문에서 '근대지향'이란 용어는 '중세지향'이란 용어와 대립적으로 사용한다. 토끼전의 생산과 수용이 왕성하게 이루어지던 18·9세기는 중세에서 근대로의 이행기적 징후가 사회 전반에서 노정되던 시기로서, 중세적 가치와 근대적 가치가 서로 대립·갈등하던 시기였다. 그러므로 토끼전에서 대립과 갈등의 관계가 맺히고 풀리는 과정에서 어떤 가치를 지지하는가 하는 것을 살피는 일은 매우 가치 있는 작업이 될 것이다. 토끼전이 향유되던 시기에 중세적 가치를 지양하고 근대적 가치를 지향하는 것이 역사 발전의 마땅한 방향으로 생각하기 때문에 우리는 토끼전에 내포된 문학담당층의 근대지향 의식을 주목하고자 하는 것이다.

2. 지략대립과 약자의 저항 의지

토끼전은 속음과 속임의 구조를 갖고 있다.[28] 세부적으로 보면 속음과 속임이 무수히 반복되면서 갈등이 전개되는 구조를 갖고 있지만, 크게 보면 자라의 속임과 토끼의 속음, 토끼의 속임과 용왕의 속음이 순차적으로 반복되는 구조를 공유하고 있다. 육지위기 계열은 토끼에 의해 속음과 속임의 구조가 거듭 되풀이되어 토끼포획 계열에 비해 그 횟수가 증가되지만, 속음과 속임이 반복되면서 사건이 전개되는 구조는 어느 계열, 어느 이본에서나 동일하다.

토끼전에서 속음과 속임은 궁극적으로 인물의 생존 문제와 직결되어 있다. 자라가 토끼를 속이면 용왕은 살고 토끼는 죽을 수밖에 없으며, 토끼가 용왕을 속이면 토끼는 살고 용왕은 죽을 수밖에 없다. 자라의 경우는 속음과 속임의 문제가 자신의 생존의 문제와 직접적인 관련은 없으나 용왕의 생사가 자신의 생사에 직결된다고 스스로 생각하고 있다.

---

28) 이러한 속음과 속임의 구조는 토끼전이 태생적으로 지략담(智略譚) 또는 사기담(詐欺譚) 유형의 설화를 바탕으로 형성되었기 때문이다. 조동일 외(1989), 『한국설화유형분류집』(한국구비문학대계 별책부록Ⅰ, 한국정신문화연구원)의 유형 분류 참고.

자라에게 있어 토끼 간의 획득은 토끼나 용왕이 생명을 지키려는 의지만큼이나 강렬한 것이었다. 그러므로 속음과 속임의 구조는 삶의 논리이며 생존의 논리라 할 수 있다. 이와 같은 속음과 속임의 대립적 구조와 거기에 내포된 근대지향 의식을 구체적으로 살펴보기로 한다.

용왕이 별주부에게 토끼의 간을 구해 오도록 했을 때, 그 구체적인 방법까지 제시하지는 못했다. 토끼 간이라는 목표와 토끼의 생포라는 전략은 수립되었으나 생포의 전술까지 마련할 수는 없었다. 전술을 수립하지 못한 채 떠났으므로 자라가 토끼 간을 구해 오는 방법이 반드시 속임을 통한 것이라고 미리 규정된 것은 아니다. 속임의 방법을 선택한 이유는 문면에 드러나지 않지만 짐작이 가능한 일이다. 용왕이 토끼의 생간을 먹어야 하므로 반드시 토끼를 생포해 와야 한다는 조건과 자라의 힘으로 토끼를 잡아오기에는 육지라는 환경적 여건이 불리하고 물리적인 힘이 부족하다는 한계를 고려한다면, 그 방법은 극히 제한적일 수밖에 없다. 전제 조건을 만족시키고 주어진 한계를 극복하기 위해서는 상대방을 속여 스스로 따라오게 하는 방법을 선택할 수밖에 없었을 것이다.

여기서 우리는 속음과 속임의 관계가 강자와 약자의 관계에서 성립한다는 사실을 간파할 수 있다. 지략대립의 성격을 강자와 약자 사이의 속음과 속임의 대립으로 구체화할 수 있다. 그런데 강자와 약자의 의미를 두 층위로 파악해야 할 것으로 보인다. 사회적 신분 질서 속에서 맺어지는 절대적 강자/약자와 구체적 대결 국면이나 상황에서 맺어지는 상대적 강자/약자가 그것이다. 절대적 강자와 약자의 관계가 구체적 대결 국면에서 어떻게 달라지는가를 살펴보면 흥미로운 현상을 발견할 수 있다.

육지위기 계열의 모족모임 부분에서 벌어지는 상좌다툼은 자신의 나이가 가장 많다고 속이는 방식으로 전개된다. 상좌다툼의 결과 상좌에 앉는 인물은 이본에 따라 차이가 있지만, 그 모임에서 가장 약자라는 점에서 동일하다.[29] 토끼가 상좌에 앉는 현행(現行) 연행물 및 그 독서물 계열에서는 토끼가 가장 약자로 설정되어 있으며, 두꺼비[두더지]가 상좌에 앉는 선행(先行) 연행물 및 그 독서물 계열은 두꺼비[두더지]가 가장 약자로 설정되어 있다.[30] 여기서 우리는 속임의 방법이 사회적 약자가 사회적 강자들의 틈에서 자신을 지키는 수단임을 알 수 있다.

연행물 계열에서 육지는 향촌사회를 우의(寓意)한 공간으로 해석되고 있다. 그런데 선행 연구에서 호랑이를 탐학한 봉건 통치배로 파악한 것[31]은 재고의 여지가 있다. 호랑이가 향촌사회에서 백성을 수탈하는 강자인 것은 사실이나 봉건 통치배로 보기에는 무리가 있다. 자라가 호랑이를 속이는 부분을 통해 이를 확인할 수 있다.

> 대체 웬 모가지가 그리 길게 나오며, 게서 뉘랴 하옵시오? 오, 나는 수국 전옥주부 공신 사대손 별주부 별나리라 하옵신다. 호랭이란 놈 무식하야 자래 별자 모르고 별나리 별나리. 관산영이 나리면 그저 나리로 무서울디 별나리란 맵데? (〈박봉술창본〉, 171쪽)

별주부는 사회적 신분이 호랑이보다 우위에 있는 강자이지만 육지 공간이라는 대결 국면에서 호랑이가 물리적 힘의 우위를 확보하고 있다는 점에서 호랑이가 강자이다. 별주부가 곧이곧대로 자신을 소개하자 호랑

---

29) 〈수궁가〉 상좌다툼의 근원이 되는 쟁장설화(爭長說話)에서도 대결의 결과 가장 미천한 존재가 상좌를 차지함으로써 기대양상을 파괴하는 충격과 묘미가 이야기 전승력의 바탕이다.

30) 선행 연행물은 〈가람본별토가〉을 중심으로 한 이본군을, 현행 연행물은 오늘날 연창되는 판소리 창본군을 지칭한다. 선행 연행물에서 현행 연행물로의 지평전환 문제는 제2부 제2장에서 논의한다.

31) 정출헌(1992ⓒ), 249쪽.

이는 상대가 자신보다 약자임을 알고 잡아먹으려 든다. 이에 별주부는 자신을 은폐하기 위해 "별나리"로 다시 소개하자 호랑이는 그냥 "나리"도 무서울 텐데 "별나리"라 하니 얼마나 무서울 것인가 하며 주눅이 든 모습을 보인다. 자라는 신분적 우위와 함께 물리적 힘의 우위까지 확보하여 절대적 강자의 지위를 유지하기 위해 자신을 천상벽력 장군의 제자라고 속임으로써 호랑이를 물리친다.[32]

　"관산영"이란 관산을 다스리는 벼슬아치를 의미하므로 관산을 지배하는 자는 호랑이가 아니라 따로 설정된 벼슬아치이다. 호랑이는 그를 두려워한다. 자라가 토끼를 부르려다 "호생원"으로 부르자 평소 수탈을 자행하여 다른 동물로부터 인심을 잃은 호랑이가 생원이란 존칭을 듣고 반가워하는 행동도 호랑이의 위상을 보여준다. 그러므로 호랑이는 중세적 수탈자라기보다는 향촌의 서민사회의 서민 중 강자로서 다른 서민을 수탈하는 자로 규정하는 것이 더 정확할 것이다. 향촌사회에서 강자로 군림하며 횡포를 부리던 호랑이가 육지에서 약자일 수밖에 없는 자라에게 속아 혼쭐이 나면서도 "내 용맹이나 되니까 살아 왔지, 다른 놈 같았으면 영락없이 죽었을 것이다."(<박봉술창본>, 171쪽)며 장담하다 남생이를 보고 놀라 벼락같이 내빼는 장면은 평소 향촌사회의 강자에게 억눌려 지내던 민중 향유층에게 통쾌함을 맛보게 했을 것이다.

　지배계층의 형상인 자라가 용왕의 대리인으로 육지에 와서 일반 민중의 형상인 토끼를 포획하려 한다는 점에서 자라는 수탈자이며 토끼는 피탈자이다. 그러나 육지라는 폐쇄적 공간에서 자라와 토끼가 일 대 일

---

32) 토끼전의 향촌사회는 물리적 힘의 우위가 지배하는 사회이나 아직까지 신분 관계가 더 강한 힘을 발휘하는 사회임을 알 수 있다. 물리적 힘이 경제력 같은 근대적 권력으로 구체화되지 않는다는 한계를 보인다.

로 맞부딪혔을 때 절대적 신분이야 어떻든 상황적 국면에서 자라는 약자이고 토끼는 강자일 수밖에 없다. 이런 처지를 잘 아는 별주부는 속임의 방식을 동원한다.

자라는 상대방을 속일 수 있는 최선의 방법이 상대방의 결핍과 욕망을 재빨리 파악하여 상대방에게 결핍된 욕망을 채워줄 수 있다는 믿음을 심어주는 것임을 잘 알고 있었다. 토끼에게 계획적으로 접근한 자라는 토끼의 결핍된 바가 무엇이며 어떤 욕망을 가졌는가를 재빨리 파악하고 수궁에서의 부귀와 안락한 삶이라는 욕망을 자극함으로써 토끼를 속일 수 있었다.

토끼는 자라가 자신을 속였던 방식을 그대로 모방하여 용왕을 속이고 수궁을 탈출한다. 토끼는 용왕의 결핍된 바가 자신의 간(肝)이라는 사실을 용왕의 말을 통해 알게 된다. 그렇다면 토끼는 용왕에게 자신의 간을 줄 수 있다는 환상을 심어주되 자신은 죽지 않는 방법을 찾아내야 한다. 그 방법은 현재 자신의 뱃속에는 간이 없지만 육지에서 가져다 줄 수 있다는 기변(奇辯)을 내놓는 것으로 구체화된다. 용왕이 토끼의 말을 믿도록 하기 위해서는 토끼에 대한 신뢰가 우선되어야 했다. 이를 위해 토끼는 다음과 같은 속임의 전술을 구사한다.

> 대왕은 천승의 임금이시오 소토는 산중의 조고마한 짐승이라 만일 소토의 간으로 대왕의 환후 십분 하리실진대 소토 어찌 감히 사양하오며 또 소토 주근 후에 후장하오며 심지어 사당까지 세워주리라 하옵시니 이 은혜는 하늘과 가치 크신지라 소토 주거도 한이 업사오나 (〈신명균본토끼전〉, 359쪽)

용왕을 속이기 위해 토끼는 일차적으로 신하와 백성은 군주를 위해 어떤 것이라도 희생해야 한다는 용왕의 논리를 인정하고 수용하는 태도를 취한다. 구체적으로 말하면, 토끼는 용왕과 자신의 신분적 처지가 판이하기 때문에 자신은 용왕을 위해 기꺼이 죽을 수 있으며 희생의 대가로 용왕이 마련해 주는 보상을 달게 수용할 의사가 있음을 밝히고 있다. 토끼의 이런 태도는 용왕이 강요하는 봉건사회의 군신 관계를 인정하는 것처럼 가장한 것으로, 용왕은 이를 크게 의심하지 않고 수용한다. 군신 관계에 길들어 있는 용왕은 신하가 임금을 위해 죽는 것은 당연하다고 믿고 있기 때문에 토끼는 용왕을 쉽게 속일 수 있었다. 이때부터 토끼는 철저하게 용왕의 입장에서 사고하고 말하고 행동한다. 토끼가 자신의 간이 영약임을 스스로 인정하는 것[33]도 이런 맥락에서 이해할 수 있다.

토끼의 다음 과제는 자신의 뱃속에 간이 없다는 것을 용왕으로 하여금 믿게 하는 것이다. 여기에는 간이 없어도 자신은 살 수 있다는 것도 믿게 해야 한다는 부담도 안고 있다. 토끼가 중세적 지배논리를 인정하고 있음과 토끼의 간이 영약임을 용왕으로 하여금 믿게 하는 것은 그리 어려운 일이 아니지만, 자신의 뱃속에 간이 없다는 말과 간이 없어도 살 수 있다는 말을 믿게 하는 일은 지극히 어려운 과제이다. 간은 신체 장기의 일부로서 출입이 불가능하며 간이 없으면 살 수 없다고 믿고 있는 용왕이 상식에 위배되는 토끼의 말을 믿지 않으려 하는 것은 당연하다.

토끼는 기변(奇辯)을 내어 자신의 뱃속에 간이 없다는 것을 믿게 만들려 하고 용왕은 의심에 의심을 거듭하면서 배를 가르려 드는 이 부분에서 가장 극적인 대결이 펼쳐지게 된다.[34] 속임과 의심이 반복되다가 용

---

33) <신명균본토끼전>에서 해당 부분을 제시하면 다음과 같다. "날마다 아침이면 옥가튼 이슬을 바다 마시며 주야로 기화요초를 뜨더 머그매 그 간이 진실로 영약이 되는지라"(369쪽)

34) 백대웅은 이 부분이 음악적 짜임새가 뛰어난 눈 대목으로, <수궁가>의 경우 다른

왕은 마침내 토끼의 기변을 진실로 인정하는 데 이른다. 무엇보다도 토끼가 용왕을 속일 수 있었던 것은 용왕의 입장에서 치밀한 계산 하에 말하고 행동했기 때문이다.[35]

사회적 신분 관계에 따라 용왕은 절대적 강자이고 토끼는 절대적 약자라 할 수 있다. 그러나 구체적 대결 국면에서 용왕이 토끼의 뱃속에 간이 있다고 믿을 때에는 이런 절대적 관계가 유지되지만, 용왕이 토끼의 뱃속에 간이 없다고 믿는 이후부터는 상황 논리에 따라 그 관계가 역전되어 용왕은 약자가 되고 토끼는 강자가 된다. 비록 용왕의 권위를 빙자한 것이기는 하지만, 이때부터는 토끼의 말 한마디에 수궁 대신들의 생사가 달려 있을 만큼 토끼는 막강한 힘을 갖게 되었다. 그러나 용왕이 자신의 어리석음을 깨닫는 순간 이런 관계는 일시에 무너지고 만다는 점에서 토끼는 특정한 대결 국면 또는 상황에서만 우위에 있는 상대적 강자이다.

중세 봉건국가의 통치자인 용왕이 일반 서민인 토끼에게 속임을 당하는 구조는 민중의 지혜를 드러내고 통치자의 어리석음을 폭로한다. 그럼에도 토끼를 속이고 있다고 믿는 용왕의 다음과 같은 태드는 그의 어리석음을 증폭시킨다.

판소리 마당과 달리 이야기의 극적 클라이맥스와 눈 대목이 일치하는 것으로 보았다. 백대웅(1996), 『다시보는 판소리』, 어울림, 30쪽 참고.

35) 〈가람본토끼전〉에서 토끼의 이런 언행이 잘 드러난다. "토끼 쏘 엿즈오디 왕은 엇지 이드지 의심허시느닛가 쇼슈 갓튼 즘셩은 하로 천이 죽수와도 불관허옵거니와 왕상은 만군지군이라 경중이 판니허오니 만일 불힝허와 세상을 바리시면 천리보강과 구오위를 뉘계다가 전휘허며 종묘스직을 뉘계든 부탁허시며 억죠창성을 웃지허랴시느니가 계 간을 가져드가 병환을 회츈허면 디왕이 년년익슈허시고 쇼슈를 일등공신이 될 터이니 불비지혜요 만전지슈이오니 셩심이느 괴망허오릿가" (29장 뒤)

(가) 허허 그것 참 여봐라 이제 막 자네를 데리고 내 잠깐 기정허던 노룻은 자네가 훈련대장을 해가지고 시석중에 다닐지 못 다닐지 담기 보느라고 좀 그려본 것이니 그걸랑은 너무 섭섭히 생각지는 말게 토공 (<임방울창본>, 244쪽)

(나) 용왕젼의 하직ᄒᆞ니 용왕이 의몽ᄒᆞ여 톡기를 달니랴고 좌우를 도라보며 퇴션싱 져 공뇌를 층양홀 슈 업셔시니 간 가지고 오신 후의 무신 베술 무슨 승급 만일이나 갑퍼볼가 이부승셔 노어 엿자오디 퇴션싱 즁흔 공뇌 죽위로만 못홀쩌라 열토를 홀테오니 동졍호 칠빅이를 모도 베어 봉흔 후의 푸른 씌 눌은 유즈 츠지ᄒᆞ여 공을 밧고 교쵸 쳔필 진쥬 빅곡 열연ᄉᆞ숑 ᄒᆞ옵쇼셔 톡기가 엿즈오디 ᄉᆞ퇴 간을 잡슈시고 디왕 환후 평복ᄒᆞ면 쳑쵼승급 업사와도 만셰유방 될 테오니 과이 질염 마옵쇼셔 (<신재효 토별가>, 314, 316쪽)

(가)에서 용왕은 속이 뻔히 들여다 보이는 말을 하면서도 스스로 토끼를 속이고 있다고 믿고 있는 가소로운 인물이다. (나)에서 용왕의 말이 거짓이 아닐 수 있지만, 토끼에게 속아 넘어간 용왕이 신하들과 주고받는 대화를 통해 수궁 집단 전체가 희화(戲化)되고 있다. 용왕과 수궁의 믿음과 달리 토끼가 용왕을 속이고 있음을 (가)와 (나)의 청중이나 독자는 쉽게 알 수 있다. 용왕이 속고 있음을 아는 신하들도 용왕의 비위를 맞추면서 맞장구 치는 장면과 제법 지각이 있는 신하들의 간언에 대해 "빅관 즁 토션싱얼 히홀 말 ᄒᆞ난 ᄌᆞ면 어망슐로 즁비 보닐리라"(<국도본 별주부젼>, 37장 뒤)며 엄포를 놓아 함구하게 만드는 용왕의 태도를 통해 독자나 청중은 용왕이 통자자로서의 자질을 갖추지 못한 어리석은 인물임을 간파할 수 있다.

지금까지의 논의를 집약하면 다음과 같다. 속음과 속임의 구조를 통

해 사회적 강자와 사회적 약자 관계가 역전되므로 속음과 속임의 구조
는 사회적 약자가 사회적 강자를 지혜로써 물리치는 기능을 한다. 속음
과 속임의 구조가 약자의 속임의 행위를 긍정하는 방향으로 전개되며,
이 과정에서 사회적 강자의 수탈에 항거하는 민중적 저항 의지를 읽어
낼 수 있다.

중세적 통치자, 향촌사회의 강자 등으로 수탈의 주체가 바뀌면서 속
음과 속임의 구조가 반복되는 육지위기 계열, 그 중에서도 연행물-육지
위기 계열에서 수탈에 저항하는 약자의 의지가 거듭 확인된다. 그러나
수탈의 주체가 처음부터 끝까지 중세 봉건국가의 통치자로 일관되게 나
타나는 토끼포획 계열에서 주제적 의미가 가장 심화되어 나타난다고 할
수 있다. 그러므로 속음과 속임의 구조에서 드러나는 가장 중요한 의미
는 중세적 수탈의 주체로부터 부당하게 삶을 유린당할 수 없다는 생각
과 자신의 기본적 생존권을 지키기 위해 저항하는 민중의 행위와 의지
가 긍정된다는 점이다.

3. 공간대립과 중세적 질서의 이완

토끼전에는 수궁계와 육지계와 천상계의 세 공간이 설정되어 있으며
이들은 서로 대립관계를 맺고 있다. 그런데 이 세 공간 이외에 또 다른
공간이 하나 더 설정되어 있음을 놓쳐서는 안 된다. 그것은 바다에서 어
패류나 육지에서 산짐승을 잡는 행위를 하는 인간이 사는 세계이다. 이
인간세계가 토끼전의 허구적 세계인 수궁과 육지를 끊임없이 위협하는
세계로 설정되어 있어서 대립관계를 맺고 있다. 그러므로 이들 세계를

꼭짓점으로 하는 다각형을 그려 볼 수 있다.

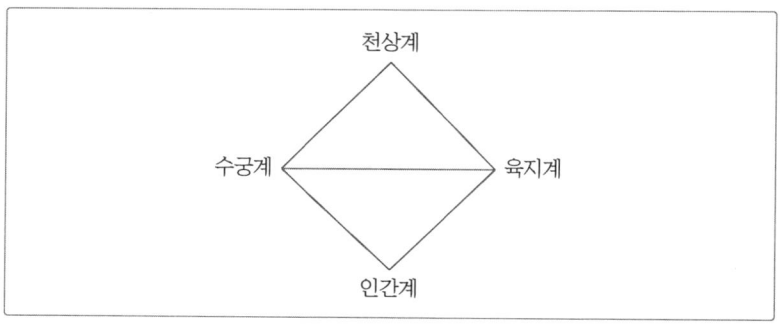

위의 그림은 토끼전의 공간대립의 양상을 그려낸 것이다. 토끼전 어떤 이본 계열이든 네 공간이 설정되어 있으며 이들이 일정한 대립관계를 유지하고 있다는 점은 동일하다. 그런데 수궁계, 육지계, 천상계를 꼭 짓점으로 하는 삼각 대립과 수궁계, 육지계, 인간계를 꼭짓점으로 하는 삼각대립으로 분리해 볼 수 있다. 왜냐하면, 토끼전에서 천상계와 인간 계는 직접적인 대결관계를 형성하지 않기 때문이다. 따라서 토끼전의 공 간대립은 이 두 삼각대립의 결합으로 이루어진 셈이다.

그러면 이들 공간의 성격을 좀 더 구체적으로 살펴보기로 하자. 수궁 계와 천상계는 인간이 경험할 수 없는 세계로서 그 자체로서 허구적 공 간이지만, 육지계도 실제의 공간이 아니라 문학적으로 형상화된 허구 적·개념적 공간이기는 마찬가지이다. 그런데 어패류와 산짐승을 포획 하는 인간은 현실 세계 그대로의 인간이라는 점에서 허구화되지 않은 인간세계가 허구화된 세계로 전환되지 않고 그대로 들어와 있는 셈이다.

허구적 공간인 육지세계[모족사회]가 현실세계임은 긴 설명이 필요 없 지만, 수궁계도 초월적 세계가 아니다. 수궁은 초경험적 공간이지만, 토끼전 작품 속에서 제시되는 수궁세계[어족사회]는 용왕과 어족들이 군신 관계를 맺고 있는 세계로서 인간의 현실세계를 모방한 경험적 공간임이 분명하다. 천상계조차도 옥황상제가 통치자의 정점에 있고 그 이하 여러 선관들이 군신 관계를 맺고 있다는 점에서 당대인의 경험세계를 반영하고 있다. 수궁계 및 천상계를 통해서 우리는 초경험적 세계조차 경험적 세계로 환원하여 이해하려는 문학 담당층의 세계인식의 일면을 엿볼 수 있다.

다음으로 네 세계의 관계를 살펴보자. 먼저 천상계는 수궁계와 육지계보다 우월적 세계로 설정되어 있다.[36) 토끼전에서 한 컷 또는 두 번 등장하는 도사[선관]가 그것을 증명한다. 천상계에 속한 인물인 도사[선관]는 수궁이 위기에 처한 결정적인 순간에 등장하여 위기를 벗어나게 해 준다. 물론 이본에 따라 자의적인 등장인 경우도 있고 옥황상제의 지시에 의한 등장인 경우도 있으나 천상계가 우월적 세계임을 부정할 수 없다. 수궁계와 육지계는 이 우월적 세계의 지배를 받고 있으면서 독자적인 세계를 형성하고 있다. 이를 테면 천상계에 대해 수궁과 육지는 봉건 영주의 영토인 셈이다. 인간계에 대해서도 천상계가 우월적 세계로 설정된 것으로 보이지만 실제적인 대결관계를 형성하지 않았다.

이상과 같은 공간대립의 기본 구도를 공유하면서 이본 또는 이본 계열에 따라 구체적인 모습이 달라질 수 있다. 이본에 따라 살피는 것은 지나치게 번거로우므로 이본 계열에 따라 살펴보기로 한다.

육지위기 계열은 동일 공간 내적 대립이 잘 드러나고 토끼포획 계열

---

36) 정병헌은 용왕의 병에 쓰일 약을 지시하는 '선관'을 천상 세계 인물로 보고 천상 세계가 수궁 세계와 육지 세계를 아울러 지배하는 우월적 세계라 하였다. 정병헌 (1990) 「신재효본 〈토별가〉의 구조와 언어적 성격」, 『한글』 210, 한글학회, 53쪽.

은 공간 내적 대립이 약화되는 대신 서로 다른 사회 공간을 은유(隱喩)
한 공간 대 공간의 대립이 더욱 뚜렷하다. 이런 관계를 그림으로 그려보
면 다음과 같다.

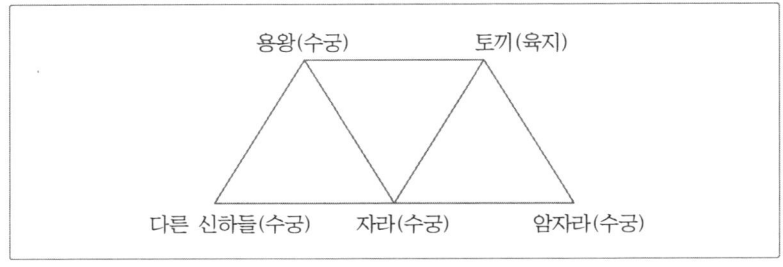

(가) 육지위기 계열(〈가람본별토가〉)

(나) 토끼포획 계열(〈국도본토생전〉)

(가)에서는 수궁내 신하들 간의 대립, 용왕과 대신들의 대립, 용왕과
자라의 대립, 육지내 여러 동물들의 대립, 토끼와 인간[초동] 및 독수리
의 대립, 수궁과 육지의 대립 등 복선적(複線的)이고 다기적(多岐的)인
대립관계를 갖고 있다.37) 특히 〈가람본별토가〉 계열은 왕배탕 삽화 등
으로 인하여 대립과 갈등의 정도가 더욱 심화되며 자라와 암자라의 대
립과 갈등까지 더해진다. 이처럼 육지위기 계열은 대립의 양상을 모두

---

37) 조동일은 용왕, 별주부, 토끼 세 인물의 대립을 고정체계면에서의 대립으로, 별주부
   이외의 다른 신하들과 별주부의 아내의 대립을 비고정체계면에서의 대립으로 분석하
   면서 비고정체계면으로 인해 주제가 다체롭게 구체화된다고 하였다. 조동일(1972),
   「〈토끼傳(별쥬젼)〉의 구조와 풍자」, 『계명논총』 8, 계명대, 22~23쪽.

제시하지 못할 정도로 복잡하게 전개된다. 이것은 같은 육지위기 계열 중에서도 독서물보다 연행물 계열에서, 〈박봉술창본〉 같은 현행 창본보다 현행 창본의 선행 창본을 반영하고 있는 것으로 보이는 〈가람본별토가〉38) 등에서 더욱 뚜렷하다.

한편, (나)에서는 용왕과 자라의 대결관계는 형성되지 않으며, 암자라와 자라의 대결도 전혀 찾아볼 수 없다. 뿐만 아니라 신하들 간의 대립이나 용왕과 신하들 간의 대립도 전혀 나타나지 않는다. 따라서 토끼토획 계열은 (가)에서 보이던 대부분의 갈등이 소거되거나 약화되고 다양한 대결국면이 용왕·자라 대 토끼의 대결로 집약됨으로써 단선적(單線的) 대립구도로 전환된다.39) 이것은 육지위기 계열은 공간 대 공간의 대립과 공간 내적 대립이 공존하는 반면, 토끼포획 계열은 공간 내적 대립은 소거되거나 약화되고 서로 다른 사회 공간 대 공간의 대립으로 대결의 초점이 분명짐을 의미한다.

이제 수궁계와 육지계의 기본 성격이 계열에 따라 어떤 차별성을 가지며 구체화되는지 살펴보기로 한다. 수궁 공간의 어족사회와 육지 공간의 모족사회는 당대인이 경험하는 사회적 공간을 형상화한 것이다. 선행 연구에서 수궁계와 육지계를 중앙정치무대와 지방정치무대를 우의(寓意)한 공간으로 파악한 견해40)가 주목된다. 그런데 수궁계가 군신관계에 의한 지배종속이 뚜렷한 중앙정치무대를 우의한 공간이란 점은 이본

---

38) 〈가람본별토가〉가 현행 창본보다 선행 창본을 수용한 이본이라는 견해는 정출헌 (1992ⓒ:221) 참고.

39) 〈가람본토끼전〉에는 산신령과 토끼의 대립관계가 설정되어 있으나 산신령은 용왕의 요청에 따라 용왕의 요구대로 움직이므로 용왕의 연장선상에 있는 인물이다. 따라서 용왕과 별도로 대립의 한 축을 형성한다고 보기 어렵다.

40) 이강엽(1993), 「신재효 〈퇴별가〉의 풍자적 특성과 계층갈등」, 『외우논집』 20, 연세대 원우회.

계열에 관계없이 인정할 수 있지만, 육지계를 지방정치무대로 파악한 것은 <신재효토별가>와 이의 영향권 아래 있는 <완판토별가>(<연대본토별가>와 <국도본토별가>), <권영철본토끼전>, <김연수창본> 등에만 국한된 타당성을 갖고 있다.

우선 연행물에서 육지 공간은 지방정치무대로서의 성격보다는 서민들이 모여 사는 향촌의 서민사회의 공간을 형상화한 것으로 파악된다. 모족모임 공간에서 호랑이는 향촌사회의 서민을 수탈하는 물리적 힘의 강자로 설정되어 있으나 그 형상을 반드시 중세적 관료[지방수령]로 뚜렷하게 제시되지 않아 그 의미를 제한하기 곤란하다. 그러나 <신재효토별가>에서 모족사회 공간은 지방 수령과 아전, 그리고 백성들이 상하관계를 맺고 있는 향촌사회 공간으로 설정되어 그 성격을 보다 분명히 하고 있다. 그러므로 <신재효토별가>의 육지공간은 향촌사회라는 점에서는 여타 연행물과 같지만 그 공간 안에 수령과 백성의 신분관계가 있다는 점에서 여타 연행물과 서술의 초점이 다르다. 즉, 신재효는 육지 공간을 지방수령이 백성을 통치하는 지방정치무대로 변모시킴으로써 대결의 초점을 달리한 것이다.[41]

한편, <국도본토공사>와 <가람본토끼전> 등의 토끼포획 계열에서는 향촌사회가 아닌 타국(他國)으로 되어 있어 연행물과 차별성이 있다. <국도본토공사>는 용왕이 다스리는 수부(水府)와 달리 육지[만수산]는 신령이 다스리는 것으로 되어 있다.[42] 용왕이 옥황에게 올린 표문(表文) 중에 "엎드려 바라옵건대 전하께서는 만수산 신령에게 조서를 내려 토끼를 잡아 수부로 보내주십시오."[43]라는 말과 수궁 신하가 "만수산과 수

---

41) 이에 관해서는 제2부 제4장에서 자세하게 논의한다.

42) 최정락(1998), 「<토공사(兎公辭)> 고찰」, 『어문학』 65, 한국어문학회, 309쪽.

부는 각각 그 나라 임금이고 각각 그 백성이니 어찌 잡아 보내는 것에 순종할 리 있겠습니까?"[44]라는 말속에 세 세계 및 그에 속한 인물의 관계를 분명히 보여준다. 용왕이 옥황상제에게 올리는 글을 '표문(表文)'이라 하였고 옥황이 만수산 신령에게 보내는 글을 '조서(詔書)'라 하였으니 옥황은 수궁계과 육지계보다 우월적 세계인 천상계의 통치자임이 분명하다. 한편, 수궁과 육지는 대등한 위상을 지닌 독립된 국가이며 따라서 용왕은 수궁을, 신령은 육지[만수산]를 다스리는 군주로 설정하고 있다. 용왕이 만수산 신령으로 하여금 토끼를 잡아달라고 옥황에게 부탁했으니 토끼는 만수산 신령이 다스리는 영역 안의 백성임이 분명하다. 〈가람본토끼전〉에서도 용왕이 신령에게 이문(移文)을 붙여 신령이 토끼를 잡아 자신에게 보내달라고 부탁한다. 따라서 육지 공간은 신령을 정점으로 호랑이와 여우 등 대신들의 군신 관계가 설정되어 있으며 토끼는 이곳의 일반 백성이다.

결국 토끼전에서 모족사회 공간의 우의적 의미를 크게 두 가지로 해석할 수 있다. 연행물 계열의 향촌사회와 토끼포획 계열의 독립된 국가가 그것이다. 향촌사회로 설정된 경우 향촌의 서민사회로 형상화하는 데 초점을 둔 경우와 향촌사회를 수령과 백성의 갈등 관계가 존재하는 지방 정치 무대로 형상화하는데 초점을 둔 경우로 갈라 볼 수 있다.

이상의 논의를 통해 우리는 토끼전은 수궁계, 육지계, 천상계의 대립관계과, 수궁계, 육지계, 인간계의 대립관계가 결합된 양상을 띠고 있음을 알 수 있었다. 또한 육지위기 계열은 공간 대 공간의 대립과 함께 공간 내적 대립이 뚜렷하게 형성되어 있으며, 토끼포획 계열은 공간 내

---

43) "伏願 聖上陛下 下詔於萬壽山神靈 押送兎公於水府"(17장 앞)
44) "萬壽水府 各君其國 各子其民 豈有順從捕送之理"(17장 뒤)

적 내립은 소거되거나 약화되면서 공간 대 공간의 대립으로 집약되고 강화되는 양상으로 구체화됨을 발견하였다.

이제 이들 공간 대립에 나타난 의미를 살펴볼 때가 되었다. 토끼전의 공간 대립은 수궁 내적 대립과 육지 내적 대립이 보여주는 동질 공간 내적 대립과 수궁과 육지 상호간의 대립이 보여주는 이질 공간 상호 간의 대립으로 대별될 수 있다.

연행물 계열은 공간 대 공간의 대립과 함께 머무는 공간 안에서의 치열한 대립을 형상화고 있다. 먼저 수궁이라는 공간 안에서의 대립은 어족회의(魚族會議) 장면에서 가장 잘 드러난다. 독서물적 성격의 몇몇 이본에서 도사가 육지로 떠날 신하를 지정해 주는 경우가 있지만 연행물적 성격의 이본 및 대다수의 독서물 계열은 토끼 간을 구하러 떠날 신하를 선발하는 공론 과정에서 대립이 치열하게 전개된다.[45]

어족회의 장면은 철저한 군신 관계를 요구하는 용왕과 표면적 충성만 하려는 신하들 사이의 대립 관계를 예리하게 포착함으로써 이완된 중세적 정치현실을 극적으로 드러낸다. 신하들의 입장에 볼 때 중세적 지배구조와 논리 속에서 자신의 현재 지위와 부귀를 유지할 수 있는 최선의 길은 출륙할 신하로 낙점되지 않는 것이다. 어족회의 장면에서 출륙에 대한 신하들의 최초의 반응은 '면면상고 묵묵부답(面面相顧 默默不答)'이었다. 이것은 위험을 적극적으로 감당하려 하지 않고 중세적 지배구조에 안주하면서 여기에 길들여 살아온 중세적 관료의 본능에 가까운 반응이라 할 수 있다. 그 다음에 보여준 반응에 따라 이 최초의 반응이 확대

---

45) 이본에 따라 출륙공론(出陸公論)이 다양한 양상을 띠는데, 본인의 자원, 타인의 추천, 왕의 지명, 본인의 기피, 타인의 시기, 용왕의 반대 중에서 몇 가지가 상호 결합하는 방식으로 전개된다. 정병헌(1990), 58쪽.

심화되는 경우와 돌변하여 서로 가겠다는 다툼이 벌어지는 경우로 대별
된다.

'면면상고 묵묵부답'의 태도에서 돌변하는 신하들의 태도에서 중세 봉
건 관료들의 생리를 엿볼 수 있다. 대신들의 태도에 용왕이 탄식하며 역
대 충신의 고사(故事)를 들먹이자 신하들은 충성 경쟁을 벌인다. 이처럼
태도가 표변하는 까닭은 충성 경쟁에서 밀리면 관료사회에서 도태될 수
밖에 없는 권력의 생리를 그들은 너무나 잘 알고 있기 때문이다. 아래
이본에서 신하들의 이런 생리를 극적으로 형상화하고 있다.

> 잇디 고러가 직품이 제일리요 조정의 어런인 체ᄒ던니 도사에 ᄒ는 말
> 리 나라에 역적이요 동요에 우ᄒᆞ라 ᄒ니 분ᄒ 마음 텅천ᄒᆞ야 도라와
> 싱각ᄒ니 엇지할 줄 모르깃다 일광노 잉어는 용왕에 종실지친이라 세도
> 를 맛타ᄒ고 국정을 잡에 위세 당당ᄒ 중에 오군문도 차지을 ᄒ 후에 홀
> 연디장을 도스 말리 지식 업서 씰되업다 ᄒ니 분ᄒ고 졀통ᄒ여 이을 갈
> 고 지너가며 ᄯ 거복은 품기가 과인ᄒ고 국양이 너르기로 좌의졍 망에
> 올나든니 도스 ᄒ기을 고루ᄒ고 못싱기여 장막속에 영ᄒᆞ이요 방안에 왈
> 자ᄒ니 이런 망신 ᄯ 잇는가 셔이 한티 모여 안자 이돈ᄒ되 울리 셩명이
> 수궁에 제일릴너니 금변 도스 펼논중에 수욕원이 ᄒ여신니 엇지 분치 안
> ᄒ리요 ᄯ한 이변에 톡기 잡아오기는 국가에 디스요 신자에 큰 공이라
> 일국중신으로 디사을 믹기지 못ᄒ고 일기 자리로 막겨기난 불가사문어
> 타인국이라 ᄯᄒ 톡기을 자바 오면 일등 공신으로 품직이 놉파 일홈이
> 죽빅에 오를 거시요 인군에 총권을 어들 뿐 우리가 도들한 충 될거신니
> 엇지 붓그럽지 안이ᄒ며 공명도 분하고 신명도 위퇴할 거신니 이 일을
> 장찻 엇지ᄒ리요 거복이 갈오더 다른 수 없다 은구어은 직금 약방 제주
> 랴관이요 용왕 압희 근신ᄒ니 이 말을 씨기 잘 주달ᄒ여 주부을 물이치
> 고 울리 중신 중에 씨미 맛당ᄒ니 좌중이 그 말이 올타ᄒ고 직시 은구어
> 를 쳥ᄒ여 일일리 부탁ᄒ되 이 일만 도득ᄒ며 우리예 설치되고 볘살도

의구ᄒ면 그딘들 다행치 안니ᄒ랴 (<수궁별주부산중토처사전>, 9장 뒤
~10장 앞)

도사에 의해 자라가 출륙할 신하로 낙점되자 평소 고관대작으로서 국
정을 전단(專斷)하던 인물들이 모여 저희들끼리 대응책을 모의하는 모
습을 매우 구체적으로 서술하고 있다. 그들이 주고 받는 대화와 행동을
살펴보면 출륙을 원하는 이면적 이유는 다음 세 가지 정도로 요약된다.
첫째, 그들은 도사에 의해 체면이 여지없이 손상되었으므로 이를 회복하
는 일이 시급하기 때문이다. 둘째, 자신들이 육지로 나가지 못했을 때
정치적으로 소외될 것이라는 위기의식 때문이다. 셋째, 과업을 성공함으
로써 용왕의 총애를 입어 자신들의 기득권을 계속 유지・확장하고자 함
이다. 따라서 이들이 출륙을 원하는 이유는 용왕을 죽음으로부터 구출하
겠다는 신하로서의 도리보다는 그들의 체면과 정치적 입지 및 기득권을
유지하려는 저의가 깊숙이 내재되어 있기 때문이다.

이들 권신(權臣)들이 마련한 대응책은 용왕을 가까이에서 모시는 은
구어에게 청탁하여 자신들이 갈 수 있도록 결정을 번복시키는 것이었다.
이들과 동류의식을 느끼는 은구어는 용왕을 찾아가 문제제기를 하게 되
고 용왕은 처음에 듣지 않다가 다시 신하들을 입시하게 하여 타 이본에
서 보이는 출륙공론이 벌어지게 된다. 출륙을 둘러싸고 거듭되는 논란은
독자에게 흥밋거리를 제공하는 기능을 하면서 권신들에 의해 이미 결정
된 국가 대사마저 번복됨으로써 소수의 권신들에 의해 국정이 좌우되는
정치적 현실맥락을 드러내고 있다.

충(忠)도 다른 사람과의 경쟁 관계 때문에 가치있는 것으로 여기거나
충의 실현을 통해 주어지는 중세적 보상을 위해 그러한 일을 맡는 데

뛰어든다면 이념형(理念型)의 인간이라 할 수 없다. 이것은 유교적 관념
이자 중세적 관념의 절대 선(善)이었던 충의 이념마저 자신들의 이해 관
계에 따라 가치가 있고 없는 것으로 전락시켜 버림을 뜻한다. 이렇게 될
때 충은 절대적 가치나 진정한 가치가 인정되지 않으며 상대적 가치와
교환적 가치를 갖게 된다. 따라서 충에 대한 대신들의 태도는 이미 중세
적 통치 방식의 이념항이 흔들리고 있음을 드러내 보이고 있다.

　〈수궁별주부산중토처사전〉과 반대로 출륙을 거부하거나 모면하려는
방향으로 수궁에서의 대립이 이루어지는 이본은 더욱 흥미로운 문제를
안고 있다. 〈정권진창본〉에서는 "신자지도리로 적의들ㄲ리 공론이 분
운허되 숭어 너 엇더헌요 나는 세상의 나가고 싶되 회감도 좋거나와 제
찬으로 위주허니 나갈 수 있나 도미 너 엇더한요 춘삼월호시절의 풋고
사리 막 난 판에 왼통 찌개로 죽을 테니 나갈 수 있나 뉘 아들놈이 앉아
죽지 나가서 죽어야"(377쪽)라 하는 데서 그러한 숨은 태드의 편린을 엿
볼 수 있다.

　〈신재효토별가〉는 신하들의 표리부동한 태도를 통해 용왕이 통치하
는 수궁의 이완된 모습을 극적으로 드러낸다. 용왕이 어족회의 소집의
이유를 숨기고 "군신지분의(君臣之分義)"가 무엇인지 묻자, 신하들은 다
투어 자신이 대대 충신 가문의 후손임을 자랑한다. 이에 용왕이 어떻게
하는 것이 충신인지 묻자, 남들 대답할 때 아무 말 못해 위기의식을 느
낀[46] 우승상 잉어는 "임군의게 죠테면 제몸 죽기 불고"(258쪽)하는 것인
데, "충신이라 ㅎ난 거시 평시의난 알 슈업셔 질풍의 지경쵸요 파탕의

---

46) "갓치 정승으로 함끠 입시ㅎ여짜ㄱ 문벌과 유식 조랑 좌승숭은 ㅎ엿난듸 나는 티답
업시면 주발의 흔츌첨비 그 아니 무식홀가"(258쪽)하는 잉어의 내적 독백에 잘 나타
나 있다.

식충신 평시의 보올졔난 다 모도 충신이나 환란을 당ᄒᆞ오면 츙신 귀ᄒᆞ니다"(258쪽)며 자신이 그런 충신임을 은근히 내세운다. 그러나 용왕이 회의 소집의 이유를 밝히자 앞다투어 충성을 자랑하던 신하들은 태도가 돌변하여 이제는 서로에게 미루느라 다툰다. 이처럼 용왕의 계획된 질문에 가문과 자신의 충성을 과시하지만 대왕이 회의 소집의 이유를 밝히자 서로 발뺌하는 신하들의 이런 언행(言行)을 통해 표리가 부동한 그들의 허구성이 폭로된다.

대신들의 발뺌은 문관과 무관의 대립으로 비화되어, 평소 천대받던 무관이 문관을 통렬하게 비판하는 방향으로 전개된다. 공부상서가 자신을 보내 토끼를 잡게 하라는 진언을 하자 "고리가 분을 니겨 츌반ᄒᆞ여 엿ᄌᆞ오되 슈룩이 달나씨니 슈즁의 잇던 군ᄉᆞ 육젼을 엇지할지 졀언 쇼견 가지고도 문관을 ᄌᆞ셰ᄒᆞ야 죠흔 베살ᄒᆞ여 먹고 죠금 위틱흔 일이면 호반의게 밀여흔니 비속의 잇난 거시 불에풀 쑨이기로 변통업시 ᄒᆞ난 마리 교쥬고실 갓ᄉᆞ외다"(260쪽)하는 데서도 문관과 무관의 대립이 드러난다. 문무대립은 조선의 관료사회의 풍토를 반영한 것이라 할 수 있을 것이다. 조선후기 정치사회의 현실맥락과 보다 밀착시켜 서술하려는 경향려는 노력으로 풀이할 수 있다. 이런 노력은 다음 부분에서 더욱 뚜렷이 드러난다.

게가 분니 ᄌᆞᆫ득 나니 밋쳐 말를 못ᄒᆞ여셔 입의 거품을 이면셔 열발을 엄금〃〃 기여나와 발명흔다 슈궁의 벼살더리 인간과 갓존ᄒᆞ여 셰도로도 못ᄒᆞ옵고 쳥으로도 못ᄒᆞ옵고 풍신과 덕망으로 별틱ᄒᆞ야 ᄒᆞ옵기로……(중략)…… 할림학ᄉᆞ 쌀짜구난 이부숭셔 노어의 ᄌᆞ식이요 간의디부 못치난 병부숭셔 슈어 ᄌᆞ식이라 져의 집 셰력으로 구숭유취흔 것더리 쳥요흔 베살ᄒᆞ여 아모 스체 모로고셔 방안장담 져리ᄒᆞ나 슈룩이 달나씨

니 용왕의 흔 죠셔를 순군이 들을테요 져의들이 죠셔ㅎ고 져의드리 가라
시요 용왕이 들어보니 불승흔 호반덜이 문관의게 평싱 눌여 절치부심ㅎ
엿짜가 일언 째를 당ㅎ여셔 큰 쌋홈이 나것꾸나 (〈신재효토별가〉, 258,
260, 262쪽)

  위의 인용문은 무신들이 문신들을 비판하는 방식으로 세도정치와 파
당정치로 흐른 조선후기 정치사회의 현실맥락을 다각도로 드러낸다. 작
가는 게의 발화를 통해 수궁과 인간을 구별하고 있다. 게가 말한 인간은
조선을 지칭한 것으로 볼 수 있다. 수궁은 조선과 달리 벼슬을 "셰도로
도 못ㅎ"고 "쳥으로도 못ㅎ"는 사회이다. 이 발화는 수궁이 풍신과 덕망
이라는 정당한 잣대로 관리가 임용되는 사회인 것과 달리 조선이 세도
정치가 자행되고 청탁[뇌물] 등의 부정한 방법으로 벼슬이 거래되는 정
치적 현실의 공간임을 폭로한 것이다. 그런데 이어지는 게의 발화에서
조선과 다르다고 한 수궁도 결국 조선의 정치 현실과 같음을 알 수 있다.
수궁도 세상물정도 모르는 무능한 자가 세도가의 집안에서 태어났다는
이유만으로 청요직(淸要職)을 비롯한 관직을 독점하는 현실이기 때문이
다. 결국 위의 인용문은 조선을 비의(比擬)한 수궁을 통해 그 사람이 가
진 능력이나 인품이 아니라 문벌에 의한 세도정치와 이들의 현실성 없
는 탁상공론을 폭로, 비판한 것이라 할 수 있다.47) 〈신재효토별가〉는
비판의 각도를 예각화하여 조선의 정치 현실에 보다 밀착시키고 있음을
볼 수 있다.
  〈윤해옥본토전〉에서도 출륙회피 장면을 통한 이완된 정치현실을 찾

---

47) 여기서 하나 주목할 것은 문무대립이 서술자와 용왕의 시각에 의해 규정된다는 사실
  이다. 이것은 비판의 초점이 용왕에게 두어지는 것을 방지하기 위한 장치라고 생각된
  다. 이렇게 됨으로써 조선의 정치사회 현실을 적나라하게 드러냈으면서 그 의미를
  애써 축소하려는 인상을 남기고 있다.

아볼 수 있다.

> 이쩌의 셰승의 나갈 인지 구할젹의 어구 상어 이 말 듯고 심중의 공구ᄒ
> 야 직시 공치딕 스랑의 가셔 공치 보고 하난 말이 존공게옵셔 국스의 근
> 고ᄒ사 사히티평ᄒ여 만민이 송덕ᄒᄂ 말슴은 엇지 층양ᄒ올잇가 공치
> 답왈 엇지 조정에 날만한 인지 업슬이요 천만의외지셜이로다 어구 상어
> 다시 말하되 직금 황승게옵셔 셰상의 토기 간 구할 신하 틱츌ᄒ단 말슴이
> 올소 공치 디왈 과연 그러ᄒ나이다 어구 상어 울며 엿ᄌ오디 소인은 본디
> 쪄가 업고 살이 물너 꼼짝 짤슈 못ᄒ온이 소인 갓탄 신ᄒ난 쳔거 마옵시
> 면 황금 십만양을 소록ᄒ오리다 공치 심중의 디희ᄒ야 거짓 디답ᄒ되 노
> 형은 천만의외지셜노 말삼마오 어구 상어 갈오디 옛날 숨국시졀의 셔원
> 직은 공명션싱을 쳔거ᄒ고 셔쳔 사난 장송은 유현덕을 위ᄒ여 셩쳔을 도
> 모ᄒ엿거든 조공의 수단이 잇사오니 집피 통촉ᄒ옵소셔 공치 디소왈 유
> 젼이면 가사귀라 ᄒ던이 일노 두고 ᄒᄂ 말리라 걱정 말고 도라가시오
> 홋일의 중임을 쳔거ᄒ올이다 (<윤해옥본토전>, 10장 뒤~11장 앞)

상어가 세상에 나갈 인재를 구한다는 소식을 듣고 자신이 천거되지
않도록 하기 위해 권신인 공치를 찾아가 청탁하는 장면이다. 상어는 공
치를 추켜세워 환심을 산 후 자신의 무능함을 내세우면서 자신이 천거
되지 않도록 해 주면 황금 십만 냥을 주겠다는 의사를 표시한다. 공치는
상어가 추는 말에 겸양을 표하지만 뇌물을 주겠다는 말에 마음 속으로
크게 기뻐하면서도 겉으로는 거절하는 체한다. 상어가 다시 부탁하자
"유전(有錢)이면 가사귀(可使鬼)"라며 못이기는 척 상어의 뇌물을 받아
들이고 뒷날 중임에 천거해 주겠다는 약속까지 한다. 상어로서는 출륙을
회피할 수 있다면 소기의 목적을 달성한 셈인데, 높은 벼슬까지 약속 받
았으니 뇌물 공여로 기대 이상의 성과를 거둔 셈이다. 이처럼 뇌물이 횡

행하고 뇌물이 통하는 사회, 뇌물에 의해 국가 중요 정책이 좌우되는 부정하고 부패한 정치적 현실을 실감나게 그려내고 있다.

한편, 육지 공간 안에서의 대립은 모족(毛族)모임 대목에서 특히 잘 드러난다. 육지위기 계열에서 모족모임은 길짐승들이 회의 또는 잔치를 한다고 모여 상좌다툼 등을 벌이는 대목이다.[48] 이런 다툼 속에 중대한 문제의식을 내포하고 있다. 쟁장(爭長)의 성격을 가진 '상좌다툼'은 향촌 사회의 장유유서(長幼有序)의 질서가 문란해진 현실을 일정 부분 반영한 것으로 해석할 수 있다. 나이가 상좌를 차지하는 기준이라는 점에서 장유유서의 관념이 남아 있으나 상좌다툼이 일어난다는 것 자체가 질서 문란을 의미한다. 상좌다툼의 결과 상좌에 앉는 인물은 그들 세계에서 가장 미천한 존재인 토끼나 두꺼비[두더지]이다. 이것은 약자의 대응 방식으로서의 의미도 있지만, 한편으로는 거짓말을 그럴 듯하게 꾸며대어 자기의 나이를 가장 부풀릴 수 있는 사람이 가장 어른이라고 주장하는 셈이다. 이렇게 되면 장유유서의 질서 자체가 무의미해지지 않을 수 없다. 〈김연수창본〉에서 "장군님은 어저께 낳더라도 상좌로 앉으시요"(260쪽)라며 힘의 논리 앞에 장유유서의 질서가 무너지는 모습이 드러난다. 결국 '상좌다툼' 대목은 향촌사회를 유지하는 장유유서의 질서가 무너지고 힘의 논리가 지배하는 사회로 형상화되는 셈이다.

토끼와 용왕의 대결은 중앙정부에서 자행하는 민중 수탈로 해석할 수 있지만, 중앙정부에서 파견된 지방 수령에 의한 향촌사회의 수탈의 문제로 주제적 의미가 예각화되고 심화된 〈신재효토별가〉를 주목해야 한다.

---

48) '모족(毛族)모임' 대목의 인기에 힘입어 파생된 '우족(羽族)모임'이 있기는 하지만 이것도 '상좌다툼'으로 전개되어 문제의 성격이 본질적으로 같으면서 약화되어 있기에 모족모임 부분만 다루어도 충분하리라 본다.

곰이 미오 의기 잇셔 나안지며 흐난 말리 오날 우리 모우기난 슌즁졔폐
흐ᄌ더니 슌힝긔난 업셰라되 포슈 무셔 할 슈 업고 이즌흔 쥐 다람이 과
동지ᄌ 다 쎼기여 부모쳐ᄌ 굼길테요 가셰부족 멧쏘야지 슝명지통 보와
시니 시쇽의 비흐면은 슌군은 슈령갓고 여우난 간물출퇴 슌힝긔난 셰도
안젼 너구리 멧쯧시며 쥐와 다람이난 굼쩨 안난 빅셩이라 (<신재효토별
가>, 284쪽)

지방 수령은 중앙 정부를 대신하여 향촌사회를 통치하기 때문에 현실
적으로 향촌사회에 가장 직접적이고 막강한 영향력을 미친다는 점에서
민중의 삶과 밀접한 관련을 맺고 있다. <신재효토별가>는 상좌다툼을
지양하고 산군(호랑이)을 지방관으로 사냥개를 세도 아전으로 설정하여
민중들의 향촌사회가 지방관과 아전들에 의해 수탈이 자행되는 공간임
을 형상화하고 있다. 단순히 향촌사회 서민공간이 아니라 중세적 봉건적
수탈의 공간으로 심화시키고 있다. 중세 봉건적 통치집단에 의한 수탈이
라는 점에서 수궁의 수탈과 본질적으로 동일하다. 따라서 <신재효토별
가>는 중앙 정부와 지방 수령으로부터 중층적으로 수탈당하는 민중의
처참한 현실을 드러낸 셈이다. 나아가 수궁에서 호랑이를 제대로 통제할
수 없다는 점에서 중앙정부의 통제력이 약화된 현실을 드러낸 것으로
풀이된다. 이것은 중앙정부에서 파견된 지방관리가 목민관(牧民官)으로
서의 본래의 목적을 망각하고 향촌사회를 수탈하는 주체로 군림하는 현
실을 우의한 것으로 풀이할 수 있다.

한편, 수궁계와 육지계는 이질적 공간으로 형상화되어 있다. 수궁과
육지의 대립에 천상계가 개입하고 인간이 위협하는 양상을 띠고 있으므
로 이들의 대립을 중심으로 공간대립의 양상을 살피면서 천상계와 육지
계가 어떤 관련을 갖는가를 살피기로 한다.

앞에서 수궁은 중세 봉건 국가의 중앙정부를 우의한 공간이고 육지는
그곳의 향촌사회 공간 또는 또 다른 봉건국가임을 확인하였다. 봉건국가
의 중앙정부와 그곳의 향촌사회 관계로 설정된 경우 수궁이 토끼의 간
을 요구하는 행위는 중세 봉건 통치자에 의해 자행되는 향촌사회의 민
중에 대한 무차별적 수탈로 해석될 수 있다. 중앙정부와 향촌사회는 서
로 고립되고 절연된 세계로 설정되어 있다. 수궁 신하들이 출륙을 기피
하고 산군을 두려워한다는 점은 육지세계가 수궁의 통제권이 미치기 어
려운 공간임을 보여준다. 이것은 향촌사회와 중앙정계의 고립성과 절연
성, 통제력의 약화, 민중들이 중앙정부에 가졌던 심리적 거리 등을 은유
한 것으로 파악할 수 있다. 평소 향촌사회의 삶을 돌아보지 않으면서도
끊임없는 수탈을 자행하는 중앙정계가 자신들의 필요에 의해 향촌 사회
의 구성원인 민중의 희생을 요구하는 것이다.

〈가람본토끼전〉, 〈임형택본토공전〉 등도 기본적으로 위와 같은 대립
의 의미를 공유하면서 토끼가 속해 있는 육지계의 통치자가 오히려 수
궁을 지원하는 관계를 맺고 있어서 주목된다. 수군을 동원한 토끼포획이
실패로 돌아가자 수궁과는 독립된 세계이면서 수궁과 대등한 위상을 가
진 지상의 산신령[49]의 힘을 빌려 산신령의 통치권 안에 있는 토끼를 포
획하고자 한다. 수궁의 요청에 의해 전면에 모습을 드러낸 신령은 육지
의 통치자로서 용왕과 동질성을 가진 인물, 용왕의 연장선상에 있는 인
물이다.

---

49) 이런 관계는 용왕이 산신령에게 보내는 글을 '이문(移文)'으로 부르고 있는 데서
분명히 드러난다. 이문(移文)이란 동등한 관아(官衙) 사이에 왕래하는 공문서[남만성
외(1979), 『고법전용어집』, 법제처, 614쪽]를 뜻하기 때문이다. 한편, 〈고대본토공전〉
의 산신령은 "만수산의 임금은 본래 신령을 일컬어지는데 어찌 토끼를 죽이면 수부를
허물하지 않겠습니까? 萬壽山之君 素稱神靈 豈有殺一不辜於水府哉"(15장 뒤)라는
수궁 인물의 언급을 통해서만 작품 문면에 드러난다.

용왕의 이문을 받은 산신령은 "스연은 괄시치 못허옵거니와 용왕이 비쥬는 형세를 임으로 허오니 지슈와 디한를 임에로써 힝허면 모든 천과금슈를 용납지 못게 허오리니 일슈를 앗기지 무시미 올을가 허느니다"(40장 앞~40장 뒤)라고 하는 산군(山君)[호랑이]의 말을 쫓아 석중서[여우]를 보내 토끼를 잡아오게 한다. 잡혀온 토끼에게 산신령이 하는 말은 용왕과의 동질성을 잘 드러낸다.

> 산녕 왈 너는 죠고마헌 놈이 쥬운도 아니허고 스스로 슈궁에 드러가 닉게까지 불안지폐가 잇게 허니 무삼 일인고 허신디 토기 쥬왈 외람이 쇼슈가 중산 속에서 지식이 천박허오느 무쥬공산에서 즈힝즈거허와 임자읍는 실과와 쵸순으로 사옵고 오곡에 참녀치 못허옵고 청숑녹죽으로 집을 삼고 청풍명월노 벗슬 삼아 지닝옵든니 슈일 전에 즈리 놈에게 속아 슈중에 드러가 거에 죽게 되엿쓰가 요힝 살아나왓스오느 이 지경을 쏘 당허오니 쳐분을 발라와 사라지이다 인결허니 산영니 왈 용왕이 비쥬물 임의로 허니 그는 괄셰치 못헐리로다 (<가람본토끼전>, 41장 앞~41장 뒤)

산신령은 군신관계를 강요하며 토끼 위에서 군림하려 든다. 자기가 통치하는 영역을 임의로 벗어난 것을 문제삼으면서도 용왕의 부탁을 들어주지 않았을 때 발생할 외교적 마찰을 피하고 국가의 안녕을 유지한다는 명분으로 토끼의 희생을 강요한다. 의무와 희생만 강요하고 그에 따르는 권리나 자유는 인정하지 않고 박탈하려는 것이다. 자신이 다스리는 영역 안의 백성이면서도 자신의 통치 기반을 유지하기 위해 전혀 가책없이 토끼를 포획하여 용왕에게 보내려는 산신령의 태도는 타국의 통차자로 설정된 용왕의 연장선상에 있는 폭압적이고 불의(不義)한 중세적 군주로 형상화된다.[50] 이렇게 함으로써 모든 중세 봉건 군주는 민중 수탈의 주체로만 다가올 뿐이며, 모든 중세 봉건 국가는 민중을 수탈하는 지배구조를 갖고 있음을 보여준다. 따라서 용왕과 신령은 중세 봉건 군주의 형상으로서 봉건적 통치자는 모두 불의한 인물이며 이들에 의해 수탈이 중층적이고 보편적으로 자행되는 현실과 모든 중세적 통치 권력은 부당하다는 인식을 드러낸 것으로 풀이할 수 있다.

천상계는 수궁계와 육지계의 대립에 한 번 또는 두 번 개입하여 수궁의 운명을 바꾸어 놓으려 한다. 초입에 도사가 등장하여 토간(兎肝)을 지시하는 것은 어느 이본에서나 공통적이다. 도사의 최초 개입은 천상계를 대표한 행동이라기보다는 자의적 판단에 따른 개인적 행동으로 판단된다.51) 〈박봉술창본〉은 토끼를 놓친 뒤 도사가 다시 나타나 자라에게 선약(仙藥)을 건네줌으로써 또 한번 수궁을 위기에서 구출한다. 〈가람본 별토가〉에서는 용왕이 죽은 뒤 자라가 자결 직전에 올린 원정(寃情)으로 천상계가 개입하여 자라의 충신화가 이루어지도록 도와준다. 그러므로 연행물 계열에서 천상계는 수궁에 우호적 입장을 보이고 있는데, 현행 창본이 더욱 그러하다.

그러나 독서물인 〈고대본토공전〉는 연행물과 달리 천상계는 어디까지나 중립적 위치에 서 있다. 천상계는 문제 당사자의 요청에 의해 필연적으로 사건에 개입하며, 재판관이라는 제3자적 입장에서 공평한 판결을 통해 수궁과 토끼의 운명에 영향을 미친다. 그 판결의 결과가 봉건적

---

50) 강국(强國)이나 대국(大國)을 섬김으로써 국가적 안녕을 도모하려는 사대주의적(事大主義的) 발상을 읽을 수도 있다.

51) 연행물에서 도사[선관]는 처음부터 용왕을 방문하러 온 것이 아니라 다른 목적으로 지나가다가 용왕의 소문을 듣고 찾아온 것으로 되어 있다. 〈중산망월전〉 등 일부 독서물에서는 용왕의 동생과 도사의 친분 관계 때문에 찾아온 것으로 되어 있다. 이런 설정은 도사의 행동이 천상계를 대표 자격으로 이루어진 것이 아님을 의미한다.

수탈에 대항한 민중의 항거에 정당성을 부여함으로써 천상계는 토끼전의 주제적 의미를 심화시키는 기능을 하고 있다.

한편 실제의 인간이 사는 인간계도 수궁과 육지의 대립에 나름대로 개입하고 있다. 수궁의 인물들이 육지로 떠나지 않으려는 이유는 인간이라는 존재에 대한 두려움 때문임이 출륙공론에서 명백히 드러난다. 어떤 신하가 자원할 때 다른 신하가 반대하거나 어떤 신하가 천거되었을 때 본인이 기피하는 이유가 모두 이 때문이었다. 이처럼 출륙을 기피하는 이유가 인간들이라는 점에서 인간계는 수궁 신하들의 모습을 골계화하는 기능을 하는 셈이다.

인간계는 토끼의 삶의 공간인 육지계에 대해서도 민중이 사회적 강자로부터 수탈당하는 현실을 증폭시킨다. 민중들이 중세 봉건 통치자에게 수탈당하는 현실과 함께 인간들에게까지 수탈당함으로써 사회적 강자로부터 끊임없이 수탈당하며 살아가는 민중들의 고난에 찬 삶의 현실을 증폭시키는 구실을 하는 것이다.

요컨대 천상계와 인간계는 봉건 통치자의 수탈에 대한 민중 항거의 정당성을 부여하기 위한 장치로서, 민중 수탈의 현실을 강화하고 주제적 의미를 심화하기 위한 장치로서 기능하는 셈이다.

4. 욕망대립과 현세적 삶에 대한 애착

사람은 누구나 나름대로의 욕망을 품고 살아간다. 크든 작든, 개인적인 것이든 집단적인 것이든, 생명을 유지하고 있는 한 욕망을 품고 있다는 것을 의심할 여지는 없다. 토끼전의 중심 인물들도 이점에서 예외는 아니다. 욕망은 무엇인가 결핍되어 있다고 생각하거나 느낄 때 품게 되고, 이런 상황 인식이 욕망을 성취하기 위한 행동으로 구체화될 수 있다. 동일한 상황이라 하더라도 주체에 따라 그것을 결핍된 상황으로 생각하거나 느낄 수도 있고 그렇지 않을 수도 있기 때문에 결핍은 상대적인 것이다. 욕망은 결핍된 상황을 인식하게 하는 외부로부터 동기부여가 있을 때 더욱 증폭되고 강렬하게 드러난다. 토끼전에서 어떤 인물의 욕망은 자신의 내부로부터 일어난 것이지만 타자의 동기부여나 부추김으로 인한 것이기도 하다.

토끼전에서 욕망대립은 속음과 속임, 머묾과 떠남의 추동력이라는 점에서 상호 밀접한 관련을 맺고 있다. 즉 토끼전의 중심인물이 갖고 있는 욕망은 그들 인물로 하여금 속음과 속임, 머묾과 떠남이라는 행동 방식을 갖게 하는 근본 동인으로 작용하고 있다. 작중인물의 욕망이 서로 맞서기도 하고 어울리기도 하면서 대립적으로 전개되는 사건이 근대지향 의식을 내포하고 있다.

토끼전에서 가장 먼저 욕망을 노출시키는 인물은 용왕이다. 작품 서두에서 용왕은 고질적인 병이 든 것으로 설정되어 있다. 건강할 때는 건강한 대로, 병이 들었을 때는 병이 든 대로, 용왕은 욕망을 품고 있었을 것이다. 용왕이 병들기 전에 품고 있던 욕망은 직접 제시되어 있지 않다. 그러나 병든 후에 보여준 용왕의 언행(言行)에서 그것이 무엇인지 짐작할 수 있다. 연행물 계열에서는 지나친 유흥을 즐기다가 득병한 것으로 되어 있으나 다음과 같은 경우가 주목된다.

　　(가) 졍신이 다 진ᄒᆞ고 음슥니 마시 업고 밤이면 미식고 풍유로셔 밤을 지닉고 나지면 의원과 복자로 더부려 병녹과 쇼수을 무르니 국셰 자연

진허여 수응할 도리 업는 중 병이 골슈의 드려 능히 이지 못할 줄을 알고
용자을 불너 후사을 의논혀면 눈물로 셰월을 보너더니 (<중산망월전>,
1장 뒤)

(나) 왕의 디경왈 그러허면 웃지헐고 니너 몸이 혼번 죽어 적막공산
들어가면 은졔나 다시 올가 국티민안헐 졔 덩이삼월 도리화며 스오뉵월
녹음방초와 필팔구월 황국단풍이며 십일이월 셜중미화 삼천후궁 아미분
작 한실갓치 이별허고 황천긱이 되 야이면 그 아니 슬플숀가 (<가람본토
끼전>, 3장 뒤~4장 앞)

(가)에서 보는 바와 같이 용왕이 병들어 정신이 혼미하고 음식마저
제대로 먹지 못하면서도 미색과 풍류로 질탕한 삶을 지속하고 있음을
서술하고 있다. 이러한 향락적 삶을 지속하면서도 병이 낫기를 바라는
용왕의 태도를 통해 병들기 이전의 삶이 어떤 것이었는지와 병든 원인
이 무엇인지를 파악할 수 있다.[52] (나)는 과도한 주색(酒色)으로 인하여
든 병이라 소생이 어렵다는 도사의 말을 듣고 용왕이 탄식하면서 한 말
이다. 여기서도 용왕은 주색으로 인하여 죽음에 이르게 되었음에도 이에
대한 미련을 버리지 못하고 있다. 이 두 인용문을 통해 용왕은 병들기
전부터 주색과 풍류로 대표되는 향락적 삶의 극치를 누렸으며 이러한
삶의 결과 고질적인 병이 들었음을 알 수 있다. 그럼에도 병의 원인이
된 향락적 삶을 병든 후에도 지속하고 있으며, 오히려 이런 삶을 지속할
수 없게 된 자신의 처지를 한탄하고 있다. 이처럼 용왕은 모순된 인물이
며, 현세적 쾌락을 극단적으로 추구하는 세속적인 욕망을 지닌 인물로

---

52) (가) 이본에서 득병의 표면적 원인은 한풍열기(寒風熱氣)에 몸이 상했기 때문(1장
앞)이라고 했다. 그러나 근본 원인은 인용 부분에서 보는 바와 같이 방탕한 삶의 결과
질병에 대한 저항력이 약해졌기 때문임을 짐작할 수 있다.

형상화되고 있다.

시간이 흐를수록 병은 점점 더 깊어가고, 용왕은 이러한 쾌락적 욕망
의 추구를 더 이상 지속시킬 수 없는 상황에 이른다. 용왕은 세속적 쾌락
을 지속시키기 위해서 먼저 자신의 고질병을 치료하지 않으면 안 되는
처지에 놓인다. 이에 따라 그는 병을 치료하여 자신의 삶을 연장하고자
하는 새로운 욕망을 설정하게 된다. 자신의 삶을 연장할 수 있는 방법은
자신의 병을 고치는 것뿐이며, 자신의 병을 고치는 길은 명의(名醫)를
얻는 것이라 생각하고, 용왕은 용하다는 명의를 두루 찾아내어 온갖 약
을 써보고 침도 맞는 등 백방으로 노력한다. 하지만 아무런 효험을 보지
못하고 병은 점점 깊어간다.

죽을 날만 기다리는 신세가 된 용왕의 아래와 같은 탄식('탑상을 탕탕')
에는 세속적 욕망을 지속시키고자 하나 이것이 불가능함을 인식하는 데
서 오는 절망감이 짙게 배어 있다.

> (진양)탑상을 탕탕 뚜다리며 용왕이 운다. 용이 운다. "천무열풍 좋은
> 시절, 해불양파 태평헌듸, 용왕의 기구로되, 괴이한 병을 얻어 남해궁으
> 가 누웠은들 어느 뉘랴 날 살릴거나? 의약 만세 신농씨와 화타, 편작 노
> 월이며, 그런 수단을 만났으면 나를 구원허련마는, 이제는 하릴없구나."
> 용궁이 진동허게 울음을 운다. (<박봉술창본>, 161쪽)

이런 용왕에게 삶의 희망, 즉 새로운 욕망을 품게 한 인물이 도사이다.
도사의 등장으로 용왕은 실낱같은 소생의 희망을 품게 된다. 그러나 도
사가 처방한 특효약은 토끼의 간임이 판명되자 문제는 서로운 국면으로
접어든다. 하나는 수궁에서 토끼 간을 구하기 어렵다는 것이고, 또 하나
는 자신의 삶을 연장하기 위해서는 타인의 삶을 유린해야 한다는 점이

다. 그런데 전자의 문제는 용왕에게 심각한 것이지만 후자의 경우는 용
왕에게 아무런 문제가 없는 것으로 설정되어 있다. '왕왈 연하다'에서 토
끼 간을 구하기 어렵다는 것을 한탄하였지, 토끼의 생명을 유린해야 한
다는 부담 때문에 주저하는 모습은 찾을 수 없다.

> (진양) 왕왈, "연하다. 수연이나, 창망헌 진세간의 벽해만경 밖으 백운
> 이 구만리요, 여산 송백 울울창창 삼척 고분 황제묘인데, 토끼라 허는 짐
> 생은 해외 일월 밝은 세상 백운 청산 무정처로 시비 없이 다니는 짐생을
> 내가 어찌 구하더란 말이요? 죽기는 내가 쉽사와도 토끼는 구하지 못하
> 겠으니 달리 약명을 일러 주고 가옵소서." (<박봉술창본>, 162~164쪽)

결국 병든 용왕의 욕망은 타인의 생명을 유린해서라도 자신의 향락
적 · 세속적 삶을 연장하고자 하는 것이다. 이상과 같은 서사 진행은 용
왕을 정사를 돌보지 않는 방탕한 군주로 형상화하고 있는 셈이다. 병이
들어 더 이상의 세속적 쾌락의 추구가 어렵게 된 마당에도 그러한 욕망
을 자제하지 않고 더욱 깊이 빠져드는 모습에서 이미 이성을 잃어버린
타락한 통치자의 전형을 볼 수 있다.53)

용왕의 욕망을 다음과 같이 그려질 수 있다.54)

---

53) 정출헌(1992ⓒ:244~245)은 <가람본별토가>에서 제시된 용왕의 병든 형상을 봉건
    말기 국가의 모습으로 풀이하고 있다.
54) 이 그림은 R. Girard가 《돈키호테》를 삼각형의 욕망으로 분석한 틀을 원용하여
    그린 것이나, 본고에서 원용한 틀은 주체와 대상 사이에 중개자가 개입하는 간접화된
    욕망으로 제한되어 쓰이지는 않는다. R. Girard의 욕망 이론은 다음 책에 실린 글을
    참고하였다. 김치수 편저(1989), 『구조주의와 문학비평』, 기린원.

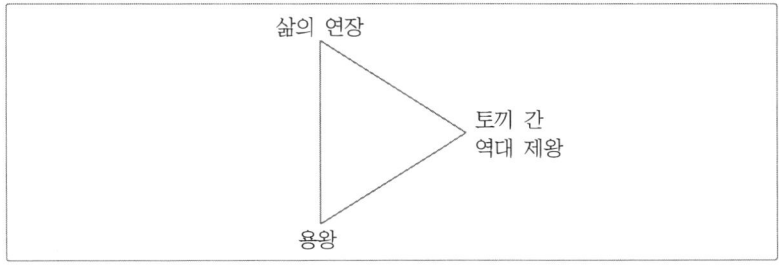

용왕의 욕망은 일차적으로 주종관계에 있는 대신들과 대립하게 된다. 대신들은 현재의 지위를 유지하면서 부귀영화를 누리려는 욕망을 갖고 있다. 그런데 토끼 간을 구하러 인간 세상으로 나가는 일은 생명을 걸어야 하는 모험이므로 그들이 추구하는 욕망과 상치된다. 토끼 간을 구해와 공을 세우는 일이 더 큰 부귀영화를 보장해 줄 수 있지만, 자신의 일신이 소멸되면 부귀영화를 더 이상 누릴 수 없다. 용왕이 어족회의(魚族會議)를 소집한 목적을 밝혔을 때 선뜻 나서려는 대신이 없는 까닭이 여기에 있다.

그러나 대신들은 용왕이 자신의 병을 낫게 할 수 있는 방도를 알고 있는 이상 포기할 인물이 아님을 잘 알고 있으며, 용왕 또한 부귀영화[높은 벼슬과 명성]를 누리고자 하는 대신들의 욕망을 잘 알고 있다. 따라서 대신들의 입장에서는 비록 최선책은 아니지만 선택의 여지가 없이 가야 한다면 최대한의 대가적 보상을 이끌어내야 하며, 용왕의 입장에서는 최대한의 보상책으로 동기부여를 해 주어야 한다. 여기서 용왕과 신하들 사이에 욕망의 어울림 현상이 발생한다. 처음의 태도와 달리 서로 가겠다며 다투는 대신들의 행위는 일단 선택의 여지가 없다는 판단이 서자 출륙을 통해 더 큰 부귀영화를 얻으려는 방향으로 욕망을 수정한 데서 나온 것이다.

　그런데 자라의 경우는 여타 신하들과 다소 차이가 있다. 그에게는 충(忠)의 이념 실현이 중요하다. 자라가 올린 상소문은 그의 이런 생각을 잘 대변해 주고 있다. 여타 신하들은 충(忠)의 이념 실현에는 관심이 없는 현실주의55)적 욕망에 충실한 인간이지만 자라는 이들과 구별되는 듯하다. 타 신하들에게 출륙은 어쩔 수 없는 차선책이었지만 자라에게 출륙은 충(忠)의 이념을 실현하는 방도였다. 타 신하들이 출륙 문제를 두고 논란을 벌일 때 자라를 등장시킨 것도 자라를 여타 신하들과 구별하고자 하는 의도로 풀이할 수 있다. 자라가 충신이라는 사실은 토끼까지 인정하고 있다.

　　충성을 싱각ᄒ면 만경창파 니니 몸이 너 등에 편이 안자 무사이 도라오니 일단 정표가 바이 업시 그저 가기가 불상ᄒ다만은 용왕이 무도ᄒ졔 네야 무삼 쥐 잇나야 우리 물론 혐의 마세 남아ᄒ쳐불상봉이라 ᄒ엿스니 일후 다시 만나보시 (<박순호본토별산수록>, 61장 앞~62장 뒤)

　토끼는 용왕의 무도함을 말하면서도 자라에 대해서는 충신임을 인정하고 있다. 따라서 자라가 품고 있는 욕망은 충(忠)의 이념을 구현하고자 하는 것으로서 표면적으로는 집단적이고 이념적인 욕망처럼 비쳐진다.
　그러나 자라의 내면의식을 면밀히 분석해 보면 개인적이고 세속적인 욕망이 숨어 있음을 발견할 수 있다. 그것은 육지 출행을 통해 신분 상승을 실현하려는 것이라는 점에서 타 신하들과 근본적으로 다른 것은 아니

---

55) 여기서 말하는 현실주의는 리얼리즘의 개념이 아니라 인간 세상의 부귀영화나 무병장수 같은 현세적 삶을 긍정하는 삶의 태도나 사고방식을 뜻한다. 현실주의는 이상주의와 대립되는데, 이상주의라는 것도 보나 나은 세계를 추구하려는 삶의 태도나 사유방식이 아니라 이념 또는 관념을 현실적 삶보다 더 중시하는 삶의 태도나 사고방식을 의미하는 용어로 사용한다.

다. 수궁에서의 자라의 위상은 자라의 욕망을 파악하는 데 도움을 준다.

（가） 죠정 졔신니 그더의 지략을 몰로되 오즉 션싱니 아옵셔 그더을 쳔거허오니 경은 과인을 위혀여 혼번 슈고을 잇긔지 말고 셰상의 나가 다녀오면 일품 베살을 봉혀여 후셰의 일홈을 젼허게 허리라 (〈즁산망월 젼〉, 6장 뒤)

（나）-㉠ 셔반즁 혼 죠관이 츌반ᄒ여 엿ᄌ오되 ……(중략)…… 열어 베 살 안니ᄒ고 조혼 베슬 구치 안코 일문즁 슝지 쏘바 쥬부 베슬 셰젼ᄒ니 (〈신재효토별가〉, 264쪽)

（나）-㉡ 만죠가 다 놀너여 에워 셔〃 살펴보니 평싱 모도 멸시ᄒ던 쥬 부 ᄌ러어든 (〈신재효토별가〉, 266쪽)

(가)에서는 자라가 조정에서 능력을 인정받지 못하고 있는 인물임이 드러나며, (나)에서 자라는 평소 멸시를 받던 미관말직의 신분으로 설정 되어 있다. 자라가 자원했을 때 용왕은 "너 싱긴 모양 보니 어더 글어ᄒ 것나냐 빅쇼쥬 안쥬ᄒ기 탕가음이 십숭이다"(〈신재효토별가〉, 266쪽)며 자라의 능력을 의심하였다. 〈수궁별주부산중토처사전〉의 "일국 즁신으 로 티사을 믹기지 못하고 일기 자리로 막겨기난 불가사문어타인군이 라"(9장 뒤)는 말도 같은 맥락에서 이해할 수 있다.

자라를 나중에 등장시킨 또 다른 의도는 자라가 미관말직의 신분이라 는 점을 드러내고자 함이다. 자라는 수궁에서 처한 자신의 이러한 현실 을 일거에 극복할 수 있는 방법으로 출륙을 선택한 것이다.56) 용왕은

---

56) 별주부가 가족과의 작별을 위해 집으로 돌아와 "셰숭 인심 싱각ᄒ니 만일 셰상의 나갓다가 ᄌ라ᄌ비놈 만나면 쳔금상도 쓸더업고 만호후도 허ᄉ로다"며 출륙을 주저 하자, "디장부 셰상의 나셔 닙신낭명 공을 일우여 나라의 츙셩ᄒ고 쥭릭의 일홈 실너 부모의게 영화뵈옵고 쳐ᄌ를 호강홀○ 그만닐을 겁ᄒ여셔 아니가랴"(〈박순호17장

자원한 자라에게 다른 신하들에게 했던 것처럼 대가적 보상을 제시하며 동기를 부여한다.

그 이후에도 서술자에 의해 제시되는 자라의 내적독백을 통해 자라는 내적 욕망을 내비치고 있다. 육지에 도착한 자라가 우생원을 통해 토끼 거처를 알 수 있으리라 기대하며 "니가 이제 톡기을 잡아다가 대왕에 흔후을 평복ᄒ온 후에 벼살리 놉파 대사마 대장군 될 거신니 우생원 갓튼 짜우야 감이 생심을 걸러나볼가"(<수궁별주부산중토처사젼>, 28장 뒤)며 마음이 들뜬다. 자라가 토끼를 발견했을 때는 "져 톳룰 잡으다가 우리 디왕긔 드려 병환이 느흐시면 니 맛당히 일등 공신이 되리로다"(<경판토생젼>, 1장 뒤~2장 앞) 하며 기뻐한다. 토끼를 놓친 자라는 자결하려 하다가도 "니 일신 죽쟈면 니 충성 뉘가 알고"(<박순호본토별산수록>, 123쪽) 하며 그만둔다. 별주부는 충신의 이름만 얻으면 부귀공명은 부수적으로 따라 붙는다는 사실을 잘 아는 중세 봉건 사회의 관료이므로 이토록 타인이 자신의 충(忠)을 알아주기를 소망하는 것이다. 별주부가 자결하는 선행 연행물 계열에서 별주부가 이비(二妃)[순(舜)의 두 왕비 아황(娥皇)과 여영(女英)]에게 원정(冤情)하여 자신의 충성을 천하에 알리도록 한 것도 이런 맥락에서 이해할 수 있다.

결국 별주부는 일차적으로 충(忠)을 실현하고 이차적으로 이에 따른 보상으로 충신이라는 명예를 얻고 신분상승을 이루어 부귀영화를 누리려는 욕망을 품고 있다. 별주부는 아름다운 이름을 후세에 남기려는 유교적 공명주의의 욕망을 품고 있다고 할 수 있을 것이다. 선행 연행물 계열과 그 독서물 계열에서 토끼가 암자라 수청을 들이지 않으면 멸문

본>, 4장 뒤~5장 앞) 하며 크게 꾸짖는 장면에서 별주부의 가족들도 별주부의 출륙에 이런 기대를 걸고 있음을 알 수 있다.

지환을 당할 것이라는 위협에 충(忠)의 실현과 아무런 관계없이 암자라를 강권하여 수청들게 한 것은 가문을 보전하려는 별주부의 욕망 때문이다. 자신은 죽음을 무릅쓰고 출륙을 할망정 자신의 처자식이 남아 있으니 자신의 가문은 자신의 죽음으로 인하여 영광되고 번영할 것이다. 그러나 '멸문지환'을 당하면 자신의 충(忠)을 빛나게 할 근거가 사라지고 만다. 자라의 충(忠)이란 것도 자신의 가문이 존속되는 한에서 의미가 있는 것이다.

자라의 욕망은 다음과 같이 그려질 수 있다.

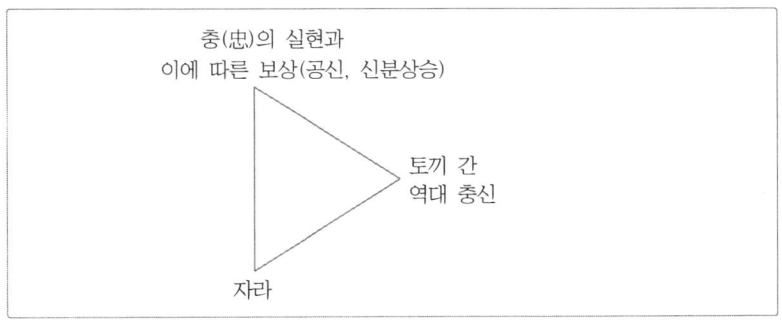

용왕과 자라의 관계에 있어서도 용왕과 타 신하들과의 관계에서처럼 욕망의 어울림 현상을 빚어낸다. 용왕과 자라의 욕망의 어울림은 자라의 육지로의 떠남이라는 형태로 구체화된다.

토끼의 육지에서의 삶은 항상 위기에 노출되어 있다. 이것은 모족모임 대목에서도 드러나지만 자라가 토끼를 유인하기 위해 꾀는 대목에서 잘 드러난다. 사회적 강자로부터 항상 수탈의 대상이 되는 처지에 놓인 토끼는 여기서 벗어나 안락한 삶을 누리고자 하는 욕망을 지니고 있다. 독수리나 초동[목수], 포수 등의 위협이 존재하지 않는 그런 곳에서의 삶을 토끼는 항상 원망하였다.

토끼의 이런 욕망은 타인 삶을 유린해야만 성취 가능한 용왕이나 별주부의 그것과는 구별된다. 자신에게 주어진 유한한 삶만이라도 외부로부터의 수탈 없이 안락한 삶을 누리고자 하는 것은 가장 기본적이고 소박한 욕망이기 때문이다. 유교적 공명을 이루고자 하는 자라의 욕망이 이차적인 것이라면, 토끼가 품고 있는 욕망은 일차적인 것이다. 자신의 생명을 보전하기에도 급급한 토끼로서는 남의 삶을 유린하여 자신의 생명을 연장한다는 것은 꿈에도 생각할 수 없는 일이다.

토끼는 위와 같은 욕망을 품고 있었지만 대안이 없었기 때문에 육지의 삶을 지속해 왔다. 그러나 토끼가 별주부를 만나면서 드러내 놓고 말할 수 없었던 자신의 삶의 현실을 새삼 되돌아보게 되고, 깊숙이 내재되어 있던 욕망이 자라의 충동과 함께 꿈틀거리기 시작한다.

자라는 토끼가 육지에서의 삶에서 결핍된 바가 무엇인가를 재빨리 파악함으로써 토끼의 욕망을 파악하는 데 성공했다. 자라는 토끼가 육지에서 겪는 현실적 고난과 이에 따른 욕망이 무엇인가를 미리 파악하고 있었기에 토끼의 '세상팔난(世上八難)'을 환기시킬 수 있었다. 자라는 토끼와 대화하는 가운데 '세상팔난' 중에서도 인간의 총을 가장 무서워한다는 사실을 알아낸다. 그래서 이를 집중적으로 부각시켜 토끼를 유인하는데 성공한다. 물론 수궁이라는 공간은 세속적인 부귀영화가 가득한 환상적 공간으로 제시했음은 물론이다.

> 톡기 마음니 주년 방탕ᄒ야 그러면 그 고졀 드러가셔 벼술도 ᄒᆞᆯ녀니와 八션녀 닛다 ᄒᆞ니 그도 ᄒᆞᆫ가지로 놀니닛가 쥬부 왈 그난 녀반중니지요 그리ᄒᆞᆫ 지글면 그룽도 ᄒᆞ올니닛가 그난 ᄒᆞᆯ더로 ᄒᆞ지요 톡기 코를 홀죽니며 문난 마리 그 지경리면 원앙침 비취금에 옥슈를 부여줍고 월三경 졔

위 갈 계 두 몸니 흔 몸 되야 쵸양왕 양터승에 운무몽농 죠흘시고 그리도 흐리릿가 쥬부 답왈 그더 갓튼 풍치로 슈국에 들어가면 벼슬은 스닥달니 올나가덧 할 거시오 일등 미식덜은 쳥긔골니 뒤의 실비암 짜로둣 흐리니 다 (〈국도본별주부전〉, 25장 앞~25장 뒤)

토끼는 자신의 삶의 터전인 육지에서 안락한 삶을 향유하기 어려웠지만, 별다른 대안이 없었기에 여기에 적응하면서 살아갈 도리밖에 없었다. 그러던 토끼는 자라가 그려내는 환상적 공간인 수궁이 자신의 문제를 일거에 해결해 줄 수 있을 것이라는 믿음을 갖게 되고, 이에 따라 토끼는 수궁으로 이주함으로써 안락한 삶을 향유하겠다는 욕망을 충족시키려 한다. 이처럼 토끼는 자라의 부추김으로 인해 다음과 같은 욕망의 구조를 갖게 되었다.

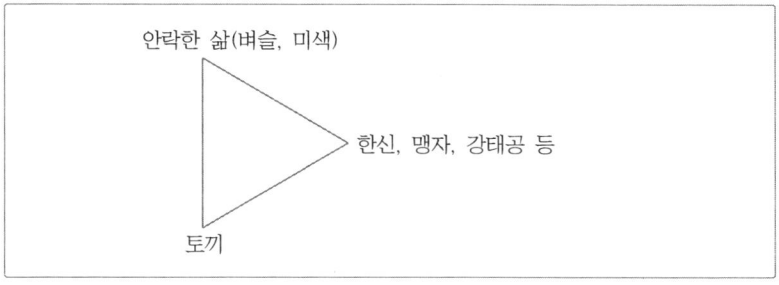

토끼의 욕망은 육지에서 수궁으로의 떠남이라는 형태르 발전한다. 토끼는 자신을 수탈하는 주체였던 봉건국가의 통치권력에 편입됨으로써 자신의 문제를 해결하고자 시도한 것이다. 이러한 시도의 실패는 봉건국가의 관료사회에 편입됨으로써 문제를 해결하고자 한 토끼의 시도가 얼마나 어리석고 허망한 것인가가 여실히 드러난다.

수궁에서 토끼와 용왕의 대립은 갈등의 최고 정점으로 욕망대립의 극치를 이룬다. 용왕은 토끼 간을 약재로 삼아 자신의 삶을 연장하려 하고 토끼는 자신의 생명을 유지하려고 발버둥하기 때문에 욕망대립은 평행선을 달릴 수밖에 없다. 그러나 토끼는 현실적 힘이 미약하므로 강제로 자신의 생명을 빼앗길 수밖에 없는 처지이다. 여기서 토끼는 용왕의 욕망을 충족시켜 주겠다는 환상을 심어주는 기지를 발휘한다. 토끼 자신도 용왕의 소생을 진심으로 바라고 있으나 지금은 간이 없다는 것과 육지에 나가서 간을 가져오겠다는 환상을 심어 주려는 것이다. 용왕의 욕망을 간파한 토끼의 거듭되는 속임으로 이런 환상에 쉽게 빠져들지 않으려는 용왕도 마침내 자신의 욕망 때문에 무너지고 만다.

용왕이 자신의 삶을 연장하려는 욕망 때문에 토끼의 꾀에 속은 결과 용왕과 토끼 사이에는 어울림 현상이 발생한다. 토끼는 용왕에게 자신의 간을 제공하고 용왕은 토끼에게 부귀영화를 보장하는 것이 그 구체적인 내용이다. 물론 이와 같은 용왕과 토끼 사이의 욕망의 어울림 현상은 속음과 속임의 구조를 매개로하여 이루어지는 것이다.

이상에서 보다시피 토끼전의 중심인물들은 나름대로 뚜렷한 욕망을 품고 있으며 그 욕망은 세속적·현세적 삶을 긍정하는 공통점을 갖고 있다. 욕망의 의미 해석은 역사적·사회적 맥락 속에의 이루어져야 한다. 동일한 행위라도 역사적·사회적 맥락이 다르면 달리 해석될 수 있기 때문이다. 토끼전 인물의 욕망도 이런 관점에서 접근해야 할 것이다.

토끼전의 중심인물은 계층적 성격으로 말미암아 이들의 욕망대립은 이념 대립의 성격을 띠고 있다. 중세적 지배구조의 정점에 있는 국왕은 유교적 이념의 하나인 충(忠)을 그 신하와 백성들에게 요구하고 신하와 백성들은 이를 실현해야 할 의무를 갖고 있다. 이러한 통치구조 안에서

관료로 진출해 있는 신하들은 봉건 군주에 대한 의무이자 도리인 충(忠)을 구현함으로써 그들의 신분을 보장받고 지배계층의 일원으로 존립하게 된다. 그러므로 중세 국가인 조선의 신민(臣民)들은 유교적 이념을 실현함으로써 신분의 유지와 상승이 가능하다 할 수 있다. 따라서 국왕은 신민들에게 충(忠)을 요구하고 신민들은 이를 실현하려는 욕망을 품게 된다. 이런 시대적 상황에서 토끼전의 중심인물들은 이념지향성을 보이지 않는다는 점이 주목된다.

백성의 생명을 희생시켜 자신의 생명을 연장시키려는 통치자의 욕망은 〈고대본별주부전〉을 제외한 모든 이본에서 부정된다. 용왕을 극도로 미화하려는 〈토생전〉 계열의 이본에서조차 용왕의 욕망은 부당한 것으로 설정되어 있다. 특히 선행 연행물과 그 독서물 계열, 토끼포획 계열 중 〈고대본토공전〉 계열, 〈가람본토끼전〉 계열, 〈임형택본토공전〉 계열은 통치자의 탐욕이 적나라하게 형상화되어 있어서 철저한 부정성을 띤다. 현행 연행물 계열에서는 백성을 희생시키려는 통치자의 욕망은 부정되지만 천상계의 개입으로 용왕을 소생시킴으로써 통치자의 생명 연장은 긍정하는 방향으로 변질시키고 있다. 백성의 희생이라는 방법은 부당하지만 용왕의 소생은 정당하다는 주장을 한 셈이다.

자라의 경우는 충(忠)의 실현이라는 이상주의적 욕망을 갖고 있다는 점에서 여타 인물과 구별되지만, 이를 통한 신분상승 및 유교적 공명의 획득이라는 현실주의적 욕망을 공유하고 있다는 점에서 여타 인물과 동질적이다. 선행 연행물 및 그 독서물 계열에서 자라의 욕강은 불의한 통치자에 대한 자기희생적 봉사를 통해 가능한 것이라는 점에서 부정적인 것으로 형상화되고 있으나 현행 연행물 계열의 일부와 그 독서물 계열에서는 자라의 행위에 대한 보상이 주어짐으로써 긍정되기도 하였다.

토끼의 경우 자신의 생존을 지키려는 본능적 욕망은 정당한 것으로 형상화되어 있으나 지배계층의 일원으로 편입됨으로써, 또는 이주(移住)를 통해서 자신의 문제를 해결하려는 시도는 좌절됨으로써 그 방법적인 면을 부정적으로 보고 있다. 그렇다고 수탈을 피하고 행복한 삶을 누릴 수 있는 마땅한 해결책을 제시할 수 있었던 것도 아니어서 해결적 전망을 제시하지는 못하였다. 그러나 자신의 삶의 터전 도처에 중세적 통치자를 비롯한 강자의 수탈이 자행된다는 인식을 보다 뚜렷이 각인하는 계기가 되었다고 할 수 있다.

이상의 논의를 통해 볼 때, 토끼전의 중심인물들은 봉건적 이념으로의 무장을 요구하는 시대에 세속적 욕망을 추구하며 현세적 삶에 대한 애착을 갖고 있는 인물들임을 알 수 있다. 충(忠)의 대상인 봉건 군주조차 타인에게 봉건적 이념을 강요하면서 그 자신은 세속적·현세적 욕망을 끝없이 추구하는 인물로 형상화되고 있다. 이들의 이러한 욕망 또는 애착은 결과적으로 중세적 이념에 대한 무관심을 보이거나 중세적 이념을 거부하는 행위로 이어지면서 근대지향 의식을 드러내고 있다.

5. 계층대립과 수평적 인간관계 지향

토끼전의 중심인물들은 계층적 전형성(典型性)을 띠고 있다. 중심인물의 계층적 성격 때문에 이들의 대립은 계층대립의 성격을 띤다고 할 수 있다. 토끼전에서 계층대립의 성격이 뚜렷한 것은 용왕과 토끼의 대립, 토끼와 자라의 대립, 용왕과 신하(별주부 포함)의 대립이라 할 수 있다. 이러한 계층대립 속에 근대지향 의식이 내포되어 있다.

앞에서 논의한 성과에 따라 용왕은 패도적 통치자의 전형이며,[57] 자라는 우직한 충신의 전형이며, 토끼는 통치자의 수탈을 거부하고 자유로운 삶을 구가하려는 민중의 전형으로 규정할 수 있다. 일정한 예술적 성과를 지닌 형상을 통하여 삶의 본질적인 법칙의 어떤 측면을 깊이 있게 반영하는 데 전형의 근본적인 의의가 있다고 할 때,[58] 토끼전의 인물 형상들은 이런 구실을 탁월하게 수행하고 있다.

통치권의 정점에 있는 용왕은 신하들에게 군신관계에 충실할 것을 요구하고 있다. 육지로 나가 토끼 간을 구해 오기를 요구했을 때 신하들이 선뜻 나서지 않자 용왕은 다음과 같이 탄식한다.

龍王 잇디 돌돌 歎息 운난 말이 남의 날아의난 忠臣이 잇셔 割股事君 介子秋와 誑楚亡身 記辛이도 듁을 人君 살여신이 君臣有義 重홀시고 실푸다 우리 水國 萬魚之中의 튱臣이 읍셔시니 이 아니 冤痛혼가 죽을 밧게 슈가 읍다 익고 익고 설운지고 (<가람본토별가>, 5장 뒤)

용왕은 군신관계에 있어서 군신유의(君臣有義)의 명분(名分)을 최고의 가치로 여긴다. 용왕은 군신유의의 명분에 따라 대신들이 행동해 줄 것을 기대했다. 그러나 대신들이 그의 기대를 배반하자 용왕은 대신들 가운데 충신이 없으므로 자신은 죽을 수밖에 없을 것이라며 원통해 한다. 용왕은 신하의 자기 희생으로 국왕을 살린 다른 나라의 사례들 들어가며 그와 동일한 수준의 충성을 자신의 신하들에게 요구하고 있다.

비록 "면면相顧ㅎ며 默默不答"(5장 뒤)일망정 신하들이 용왕의 군신

---

57) <경판토생전> 계열의 용왕은 이런 면이 탈색되어 있다. 이에 관해서는 제3부 제2장에서 논의한다.
58) 김일평 옮김(1987), 『형상과 전형』, 사계절, 162쪽.

관계 요구를 부당하다고 여기지 않는다는 점에서 신하들은 중세적 군신 관계를 근본부터 부정하고 있지는 않다. 용왕은 물론, 대신들도 수직적 인간 관계를 그대로 인정한다는 점에서 차등적 인간관에 대한 거부 의식을 찾아보기 어렵다. 자라는 더욱 그러하여 군신의 주종 관계를 철저히 준수하는 것이 자신의 본분임을 추호도 의심하지 않고 있다. 지배와 복종의 논리인 군신유의의 명분론에 있어서는 용왕과 자라 사이에 하등의 괴리도 존재하지 않는다. 자라는 용왕이 신하들에게 기대하고 요구하는 인간형에 가장 부합하는 인물이다. 자라가 올린 상소문은 용왕이 요구하는 군신 관계의 명분을 철저히 준수하는 내용을 담고 있다. <신재효 토별가>는 이에 더하여 충성의 관념을 후천적 교육에 의해 형성될 수 없는 생득적인 것으로 격상시키고 있다.

> 효도난 빅힝의 근원이요 츙셩은 슴강의 웃씀이라 쳔셩으로 할 거시제 갈아쳐 흐오릿가 ……(중략)…… 황흐슈가 씌갓도록 국가를 모시옵고 동 휴쳑을 흐올테니 신의 간을 즙슈와셔 딕왕 환후 나을 테면 곳 쎄여 올이 올듸 퇴간니 죠타흐니 신의 졍셩티로 그여이 구흐리다 (<신재효토별가>, 224, 226쪽)

군신유의의 명분론에 따라 충성을 요구하는 용왕과 보신을 위해 출륙을 기피하는 대신들의 대립은 시간이 흐르면서 서로 육지로 가겠다는 대신들의 태도 변화로 인해 더 이상 심각한 양상으로 발전하지 않고 해소된다. 비록 대신들의 그런 태도가 진정한 마음에서 우러난 것이 아니라 할지라도 용왕의 요구를 수용한 것이라는 점에서 갈등은 일단 해소된 셈이다. 자라는 군신유의의 명분으로 철저히 무장한 채 생각하고 행동하기 때문에 용왕과 자라의 직접적인 대립관계는 형성되지 않았다. 여기까지는 용왕과 대신 및 자라 사이에 수평적 인간 관계를 지향하는 의미를 발견하기 어렵다.

그러나 용왕과 토끼의 대결 과정에서 용왕과 자라의 운명이 엇갈림으로써 주종 관계에 따른 대립이 형성된다.[59] 〈가람본별토가〉 계열과 그 독서물 계열에서 이런 대립관계가 특히 뚜렷하다. 토끼의 속임에 넘어간 용왕이 토끼의 말에 따라 별주부를 왕배탕으로 삶아 먹으려 하고, 대신들의 주청에 따라 암자라로 대용하려 함으로써 용왕과 자라 사이에 대립관계가 형성된다. 또한 결말부에서 자라는 수궁으로 돌아가지 못하고 망명하였다가 육지에서 자결함으로써 용왕과 대립관계에 놓이게 된다. 〈나손6장본〉에서는 새로 등극한 용자(龍子)가 자라를 종신금고형(終身禁錮刑)에 처했다가 육지로 귀양 보내 버림으로써 대립관계가 용왕의 후계자로까지 이어지고 있다.

〈가람본별토가〉 계열과 그 독서물 계열은 군신유의(君臣有義)의 명분론에 따라 행동한 별주부의 파멸을 통해 그의 사고와 행등 양식이 부정적인 것임을 분명히 하고 있다. 자라는 중세적 지배권력의 일원이었으면서도 그 권력의 속성 때문에 희생당하고 말았던 것이다. 다른 신하들처럼 적당히 충성을 가장하고 위험에 적극적으로 뛰어들지 않았더라면 이런 파멸에는 이르지 않았을 것이다. 무조건적인 복종을 강요하는 중세적 군신 관계가 자라를 이런 파멸로 이끌었다는 점에서 수직적 인간 관계

---

59) 〈홍윤표본별주부곡〉 등 일부 이본의 결말부에서 자라가 용왕을 비난하는 언사를 늘어 놓아 직접적인 대결 관계가 형성되기도 한다. 토끼와 함께 나갔다고 돌아온 자라에게 토끼간을 구해 왔느냐고 묻자 자라는 다음과 같이 대답한다. "鼈主簿 惡○으로 엿ᄌ오다 간 잡슈량이면 그더지 답답ᄒ여요 퇴기 놈의게 無限逢悖ᄒ야 거의 죽게 되엿더니 졔 우우 사라왓소 小臣의 등을 보압소셔 퇴기ᄀ 약화져을 쥬옵난되 臣은 精神이 업셔 본 일도 업심니다" (〈홍윤표본별주부곡〉, 46장 앞~46장 뒤)

의 불합리성 문제를 제기하고 있다. 작품은 자라의 죽음을 비극적으로 인식시키기보다는 정의롭지 못한 지배권력에 대한 충성과 이를 통한 신분상승의 욕망이 가져오는 결과가 어떠한 것인가를 명백히 보여주는 데 초점이 맞춰져 있다.

자라는 육지에서 독자적으로 판단하고 행동할 때 누구도 당해낼 수 없는 언변과 지략을 가졌다. 그러던 그가 다시 관료사회의 일원으로 되돌아와 거기에 소속되었을 때, 그는 무력한 인물로 전락한다. 이것은 군신 관계로 맺어지는 관료조직의 경직성이 개인의 능력을 발휘할 수 없게 만들었기 때문이다. 그러므로 군신 관계라는 수직적 인간 관계는 올바른 사고와 행동을 제약하는 불합리한 것임을 말해주고 있다.

인간은 지배와 종속의 관계를 맺으며 신분적 차별이 존재한다는 생각은 중세적 사고방식에서 나온 것이며, 인간은 대등한 관계를 맺으며 신분에 관계없이 평등해야 하다는 생각은 근대적 사고방식에서 나온 것이라 할 수 있다. 중세적 통치구조가 불합리하다는 것을 깨닫고 근대적 사고로 전환하는 것만이 자라가 중세적 지배종속의 논리 속에서 파멸하지 않을 수 있는 길이었으나, 자라는 거기에 눈뜨지 못하고 비극적 운명을 맞이하게 된다. 수직적 인간 관계 속에서 희생당하는 자라를 통해 문학 담당층은 불의한 정치권력은 충성의 대상이 아니라 개혁 내지는 타도의 대상임을 인식해야 한다는 메시지를 강하게 던져주고 있다.

용왕은 대신들에게 요구했던 군신 관계를 민중의 전형인 토끼에게 요구함으로써 지배계층과 피지배계층의 대립 국면을 맞이하게 된다. 용왕이 토끼의 간을 요구하면서 한 말을 살펴보면 용왕의 생각을 파악할 수 있다.

寡人의 一身이 너와 달나 万一 不幸ᄒ면 一國臣民 保存ᄒ기 넌들
혈마 모를손야 너 ᄒ나 쥬근 後의 寡人이 사라나면 万億百官 다 살이니
一等忠臣 너 아니냐 別擇히 祠堂지여 千万年이 다 하도록 春秋饗火
ᄭᆞᆫ치 말면 殷나라 比干이와 漢나라 己辛들 네의셔 더할소야 죽노라 슬
어마라 (〈가람본별토가〉, 29장 뒤)

이본에 따라 토끼가 용왕의 백성인가 아닌가에 차이가 있지만, 용왕
은 예외 없이 토끼에게 군신관계를 요구하면서 백성은 통치자를 위해
그 어떤 것이라도 희생하는 것이 마땅하다는 논리를 편다. 용왕이 토끼
에게 희생을 강요하는 논리는 자신은 토끼와 정치적 · 사회적 신분과 처
지가 다르기 때문이라는 것이다. 일국의 제왕인 자신은 국가의 안녕을
책임지는 존재이므로 자신의 생명의 가치는 향촌의 일개 서민의 생명의
가치와 같을 수 없다는 논리이다. 국가의 안녕은 통치자의 건재함에서
비롯되므로 통치자를 위해 필요한 경우 피지배자의 생명을 유린하는 것
은 지극히 당연한 일이며, 그 희생에 대해서는 충절(忠節)을 기리는 중세
적 방식의 보상을 해 주는 것으로 충분함을 용왕은 주장한다. 모든 신하
와 백성은 자신을 위해 존재하는 소모품에 불과하다고 여기고 이것을
군신유의의 논리로 포장한다. 결국, 용왕은 군신유의라는 중세적 지배종
속의 논리에 입각하여 신분이 높은 자는 신분이 낮은 자의 복종과 희생
을 강요하여 자신의 이익을 추구할 권리가 있음을 주장하고 있다. 용왕
이 내세우는 이러한 논리는 신분에 따라 인간 가치에 차등이 존재한다
는 것으로서 차등적 인간관이 의식의 바탕에 깔려 있다.
　여기서 또 한가지 별견할 수 있는 것은, 용왕의 주장은 개인의 행복은
집단의 행복을 위해 포기 또는 희생되는 것은 당연하다는 생각이다. 이
런 생각은 독서물인 〈임형택본토공전〉 계열의 용왕과 토끼의 대화와

<고대본토공전> 계열의 용왕이 옥황상제에게 올린 표문(表文)에서 잘 드러난다.

> (가) 순령 왈 시절이 그릇되여 초목이 말나지면 목엽과 실과를 어디가 어더 먹으며 오곡이 지환을 맛날진더 빅성이 엇지 안접ㅎ리오 너는 일시 쇠씨는 말이로다 ㅎ나흘 히ㅎ야 만을 구ㅎ미 올흐랴 만을 히ㅎ고 ㅎ나흘 구ㅎ미 올흐랴 (<임형택본토공전>, 49장 뒤~50장 앞)

> (나) 직책을 비운 지 이미 오래 되어 백성이 도탄에 빠졌습니다. 돌아보건대 불초한 이 몸은 죽어도 아깝지 않사오나 직임이 무겁고 방위 또한 긴요하므로 폐하께서 힘써 백성을 구하려는 뜻을 어기고 나라의 평안이 끊어질까 두렵습니다. 아! 새가 죽으매 그 울음이 슬프고 사람이 죽으매 그 말이 착하다 하니 살기를 좋아하고 죽음을 싫어하는 마음이 누군들 없겠습니까? ……(중략)…… 엎드려 바라옵건대 전하께서는 만수산 신령을 부르시어 토끼를 잡아 용궁에 보내도록 하면 거의 죽게 된 목숨이 다시 살아날 수 있으며 도탄에 빠진 백성이 다행히 태평세월을 보낼 것이니, 살아서는 목숨을 바칠 것이요 죽어서도 결초보은 할 것입니다. 曠職已久 生靈塗炭 顧此不肖之身 死無可惜 而職任已重 方位且緊 恐違陛下勤救之意 且絶海內昇平之望 嗚呼 鳥之將死 其鳴也哀 人之將死 其言也善 好生惡死 雖無是心 ……(중략)…… 伏願 聖上陛下 下詔於萬壽山神靈 押送兎公於水府 則幾死之命 復見天日 塗炭之民 行覩昇平 生當殞首 死當結草 (<국도본토공사>, 16장 뒤~17장 앞)

(가)에서 용왕은 자신이 죽으면 초목과 실과(實果)가 생장할 수 없다는 논리를 내세우면서 하찮은 존재인 토끼 한 마리를 희생시켜 만물을 살리는 것이 정당하다고 주장한다. (나)에서 용왕이 옥황상제에게 자신의 목숨을 구걸하는 논리를 들어보면, 병으로 인해 직책을 제대로 수행

하지 못하여 백성이 도탄에 **빠졌으며** 국가의 평화가 깨어졌다는 것이다. 따라서 도탄에 **빠진** 백성을 구하고 나라를 태평하게 만들기 위해서는 자신이 소생해야 한다고 주장한다. 그런데 용왕은 죽음을 싫어하고 살기를 소망하는 것이 인간의 보편적 욕망임을 말하면서도 토끼를 희생시키려는 행위를 하므로 용왕의 언행은 자체 모순을 안고 있다.

요컨대, 용왕은 자신의 소생이 자기 개인적 욕망만이 아니라 집단 전체의 공동이익을 위한 길이라는 주장을 편다. 물론 용왕이 소생할만한 가치가 있는 인물이고 토끼의 희생이 토끼의 자유의지(自由意志)에 의하여 자발적으로 이루어지는 것이라면, 토끼의 희생은 고귀한 행위로 받아들일 수 있다. 그러나 중세적 통치자의 의해 강제로 이루어지는 것이라면, 더구나 그 통치자가 도덕적 정당성을 결여한 패도즈(覇道的) 통치 권력의 주체라면 그 희생은 아무런 가치가 없을 뿐만 아니라, 그 권력을 연장시킴으로써 오히려 민중의 지속적 희생을 초래하게 된다. 그러므로 용왕의 인간 차등의 논리는 어디까지나 자기중심적이고 이기적인 사고에서 표출된 것에 불과하다.

토끼는 용왕의 이러한 주장을 전혀 받아들일 수 없다는 생각을 갖고 있다. 이에 따라 토끼와 용왕은 필연적으로 대립·갈등할 수밖에 없다. 그러나 수궁에서는 당장 목숨이 위태롭기 때문에 용왕의 논리와 이에 따른 요구가 당연한 것임을 인정하면서 용왕을 속일 수밖에 없다. 토끼가 자신을 '신(臣)'으로 지칭하면서 "肝 안이라 목을 비혀 밧치덜 엇지 악갑다 흐올잇가"(〈가람본별토가〉, 32장 뒤)며 용왕의 논리를 받아들이는 척 했지만, 수궁을 벗어나자 용왕 앞에서 할 수 없었던 말을 자라에게 풀어낸다.

(가) 또 너이 용왕의 병이 날과 무슨 관계 잇느뇨 진소위 풍마우불상급이로다 (<신명균본토끼전>, 364~365쪽)

(나) 너에 인군 엄홍하야 나에 간 먹으랴고 사당 항례치고 금화○단 감장하마 하더라마는 소동파 이른 말리 혼승백강하여 연엽주 중 헛터진다 불경에 하여시되 새상사를 생각하면 물우에 거품이라 인생백년 다사라도 오히려 부족커든 병든 용왕 살리자고 성한 내가 죽단말과 불가사문어타인이라 (<박순호본토별산수록>, 61장 앞)

(가)에서 토끼는 용왕과 달리 자신을 용왕의 백성으로 여기고 있지 않다. <신명균본토끼전>에서 토끼는 분명 용왕이 통치하는 영역 내의 인물이기에 토끼의 이런 부인과 관계 없이 토끼는 용왕의 백성이다. 그러므로 토끼의 부정은 용왕을 통치자로 인정할 수 없다는 생각으로 받아들여야 할 것이다. (나)에서 토끼는 용왕을 위해 자신이 죽어야 할 이유가 없다는 생각과 희생에 대한 중세적·봉건적 보상 방식도 무의미한 것임을 분명히 밝히고 있다. 토끼의 이와 같은 생각은 용왕이 수직적 인간관계를 강요하는 논리에 맞서 수평적 인간 관계를 주장하는 논리적 바탕이 된다. 신분이 다르면 인간 가치도 다르다는 논리에 맞서 신분에 관계 없이 인간의 가치는 동등하다는 논리로 대응하면서 인간 평등 의식을 드러내고 있다.

이상에서 살펴본 바와 같이, 토끼전에서는 중세 봉건사회의 수직적 인간 관계를 거부하는 문학 담당층의 의식을 보여준다. 신분계층에 따라 모든 상하 관계가 결정되며 신분계층이 낮은 사람은 신분계층이 높은 사람에게 지배당하고 복종해야 할 의무를 지닌 계층구조가 중세적 인간 관계의 본질적 모습이다. 수직적 인간 관계가 당연시되던 중세 봉건 사회에서 용왕과 자라, 용왕과 토끼의 대결 관계를 통해 이러한 인간 관계가 부당함을 간접적으로 암시하거나 직접적으로 거부하는 근대적 의식을 보이고 있다. 이런 의식은 지배 계층 내부의 대립이 뚜렷한 선행 연행물 계열과 지배계층과 피지배계층의 대립이 토끼의 육지 귀환 이후에도 지속되는 토끼포획 계열에서 보다 쉽게 검출할 수 있다.

토끼전은 중세 봉건사회의 수직적 인간 관계가 인간의 정당한 삶의 권리를 어떻게 파괴하고 희생시키는가를 명백히 보여주고 있다. 이것은 궁극적으로 폭력적인 중세적·봉건적 이념을 부정하는 사고의 전환이 필요함을 의미한다. 수직적 인간 관계는 인간 가치가 신분에 따라 불평등하다는 생각에서 나온 것이다. 그러므로 토끼전의 계층대립은 근본적으로 차등적 인간관을 부정하고 대등하고 평등한 인간관을 긍정하고 있다. 결국 계층대립에서 봉건국가 체제 속에서 희생당하는 개인의 삶을 문제적 현실로 제기하면서 수직적 인간 관계를 지양하고 수평적 인간 관계라는 근대적인 인간 관계의 형성을 지향하고자 하는 문학담당층의 의식을 찾을 수 있다.

6. 맺음말

토끼전은 속음과 속임의 지략대립, 작중인물의 욕망대립, 인물의 계층적 성격에 기인한 계층대립을 공유하고 있으며 이 대립 속에 근대지향적 문제의식을 내포하고 있다.

속음과 속임의 반복 구조에서는 중세적 수탈에 대응한 약자의 대응 논리가 잘 드러난다. 토끼는 자라에게 속임을 당했던 것과 동일한 방식으로 용왕을 속임으로써 수궁을 탈출한다. 즉, 자라가 토끼의 결핍과 욕망을 파악하여 수궁이 그 문제를 해결해 줄 수 있다는 환상을 심어줌으로써 토끼를 속였듯이, 토끼는 용왕의 결핍과 욕망이 무엇인가를 재빨리 파악하여 육지에 갔다 오면 그것을 충족시켜줄 수 있다는 환상을 심어줌으로써 수궁위기를 탈출하는 데 성공한다. 따라서 속음과 속임의 구조는 자신의 생명 연장을 위해 타인의 생명까지 수탈하려는 중세적 통치자의 극악무도한 통치자에 항거하는 논리로 기능한다. 이 과정을 통해 중세적 수탈이 끊임없이 자행되는 사회현실에 대한 인식의 심화가 가능했으나 마땅한 해결 방법을 제시하지는 못하고 있다.

토끼전은 수궁계와 육지계의 대립에 천상계와 인간계가 개입하는 기본 구도를 갖고 있다. 계열에 관계없이 공간 대 공간의 대립을 공유하면서 세부적으로 이본 계열에 따라 두 양상으로 정리할 수 있다. 육지위기 계열은 공간 내적 대립이 강화된 반면, 토끼포획 계열은 이것이 약화·지양되고 공간 대 공간의 대립이 심화·확대되는 양상을 보이고 있다. 수궁이라는 공간 내에서의 대립과 자라의 육지행을 통해 향촌사회의 혼란한 사회적 현실과 중세 봉건 국가의 이완된 정치사회적 현실을 노정하고 있다. 그러므로 공간대립은 중세 봉건국가의 정치적·사회의 해체기적 현실을 총체적으로 형상화한 것으로 파악할 수 있다. 한편, 천상계와 육지계는 수궁계와 육지계의 대립에서 나름대로 기능하고 있다. 천상계는 대체로 수궁계에 우호적인 입장에서 수궁과 육지계의 대립에 개입한다. 그러나 토끼포획 계열에서는 우월적 세계인 천상계가 중립적 위치에서 개입함으로써 중세적 통지자의 민중 수탈에 대항한 민중의 항거를 정당한 것으로 인정함으로써 주제적 의미를 심화하고 있다. 이상에서 볼 때, 토끼전의 공간대립의 구조는 중세적 가치를 부정 또는 거부하고 근대적 가치를 지향하는 문제의식을 내포하고 있다고 할 수 있다.

작중인물이 가진 욕망과 그 대립 관계를 분석해보면 욕망이 갖고 있는 현실주의적 성격이 드러난다. 용왕은 타인의 생명을 유린하면서까지 세속적 쾌락을 끝없이 추구하려는 욕망을 숨김없이 드러내고 있으며, 신하들은 현실에 적극적으로 부딪히기를 주저하면서도 자신의 신분과 부귀를 잃지 않으려는 욕망을 갖고 있다. 자라는 육지행을 통해 신분상승의 발판을 마련하고 이름을 빛내려는 유교적 공명주의의 욕망을 드러내고 있다. 토끼의 수궁행은 안락한 삶의 터전을 찾아나서는 서민의 강한 욕망을 읽을 수 있다.

토끼전의 중심인물은 계층적 전형성을 갖고 있으므로 이들의 대립은 계층 대립의 성격을 갖고 있다. 인간 가치에 차등이 있다고 생각하며 수직적 인간관계를 강요하는 통치자에 맞서 인간 가치의 평등과 수평적 인간관계를 주장하는 민중의 대결을 민중의 승리로 귀결지음으로써 근대지향 의식을 드러내고 있다.

토끼전은 중세에서 근대로 이행하는 시기에 생성·전승·유통되면서 이상과 같은 지략대립, 공간대립, 욕망대립, 계층대립을 통해 근대지향적 의식을 갈무리해 왔다.

제3장 육지위기와 토끼포획의 공존과 그 의의

1. 머리말

토끼전은 근원설화 → 판소리 → 판소리계 소설의 형성 과정을 거쳐 왔다. 인도의 석가본생설화(釋迦本生說話)와 그 한역인 불전설화(佛典說話)가 불교와 함께 들어와 토착화된 설화로 전승되었으며, 이것이 『삼국사기』의 <귀토지설(龜兎之說)>로 수용되기도 했다.60) 이들 설화를 바탕으로 연행문법(演行文法)에 따라 판소리화하는 과정에서 <수궁가>가 탄생하였다.

<수궁가>가 토끼가 육지로 귀환한 후 거듭되는 위기를 겪는 육지위기가 없는 형태로 존재하던 시기가 있었을 것으로 추정된다. 이를 '초기 <수궁가>'라 부르기로 한다. 육지위기가 수궁위기보다 후대에 생성되었으리라 추정하는 근거는 근원설화에서 수중동물과 육지동물 사이에 속음과 속임의 구조가 한 번만 맺어지는 점, 육지위기에 유명 더늠이 없다는 점,61) 고제(古制) 소리에 이 부분의 창화(唱化)가 미흡하다는 점62) 등

---

60) 인권환(1967), 「토끼전 근원설화 연구 – 인도설화의 한국적 전개」, 『아세아연구』 25, 고려대 아세아문제연구소.

이다. 초기 〈수궁가〉는 지배계층에 대한 풍자와 비판을 강화하는 한편, 소리판에서의 연행적 흥미에 따라 육지위기를 생성·확장하는 방향으로 발전해 갔다. 이를 '중기 〈수궁가〉'라 부르기로 한다. 중기 〈수궁가〉 사설이 필사본으로 정착되거나 필사본이 재필사 되는 과정에서 독서물적 성격을 덧입는 정도에 따라 연행물적 성격이 우세한 이본과 독서물적 성격이 우세한 이본들이 대거 파생되었다. 중기 〈수궁가〉 사설은 남아 있지 않지만, 이를 포함하여 연행물적 성격이 우세한 이본을 선행 연행물 계열로 묶을 수 있다. 〈가람본별토가〉는 선행 연행물 계열의 대표 이본이며, 중기 〈수궁가〉의 모습과 크게 다르지 않을 것으로 짐작된다.63) 선행 연행물 계열이 독서물화 되는 과정에서 〈중산망월전〉 계열의 이본들64)이 대거 파생되었다.

양반 사대부 계층이 판소리 향유층으로 편입되고 판소리 광대들의 예술가적 자존의식이 높아지는 것과 맞물려 토끼전에서 지배계층에 대한 풍자와 비판이 완화되는 현상이 나타났다. 즉, 〈가람본별토가〉를 근거로 판단할 때 19세기 중기까지의 〈수궁가〉는 용왕을 포함한 지배계층에 대한 풍자와 비판이 뚜렷하였던 반면, 19세기 후기에 이르면서 이러

---

61) 정노식(1940)의 『조선창극사』(조선일보사출판부)에 소개된 〈수궁가〉 더늠 중 육지위기에 포함된 것은 전무하다.

62) 가장 고제로 여겨지는 〈이선유창본〉을 유성준제 〈수궁가〉와 비교해 보면, {육지위기} 사설이 전반적으로 간략하다. 그물에 걸린 토끼의 자탄 사설이 아니리로 되어 있고, 쉬파리가 사람의 내력을 이르는 대목이 없는 등 창화가 미흡하다.

63) 정출헌은 〈가람본별토가〉가 19세기 판소리 공연 현장에서 직접 불리던 〈수궁가〉의 내용을 생생하게 보여주는 이본으로, 동편제 〈수궁가〉의 본래 모습일 가능성이 있는 것으로 보았다. 정출헌(1992ㄴ), 「조선후기 우화소설의 사회적 성격」, 고려대 박사논문, 224쪽 및 233~234쪽.

64) 〈정문연본수궁전〉, 〈정문연본별주부전〉, 〈조동일본토별전〉, 〈조동일본토처사전〉, 〈일사본별주부전〉, 〈임형택본토처사전〉, 〈김광순본수륙문답〉 등이 여기에 속한다.

한 면모가 탈색되어간 것으로 추정된다.[65] 이를 '후기 <수궁가>'라 할 수 있겠는데, 이것은 오늘날 전승되고 있는 판소리 사설과 크게 다르지 않았을 것이다. 후기 <수궁가> 또한 필사본으로 전승되는 과정에서 독서물적 성격을 덧입는 정도에 따라 연행물적 성격이 우세한 이본과 독서물적 성격이 우세한 이본들이 파생되었다. 후기 <수궁가>를 포함하여 연행물적 성격이 우세한 이본을 현행(現行) 연행물 계열로 묶을 수 있다. <박순호35장본>과 <하버드대본별주부전>은 현행 연행물 계열의 대표 이본이며, 이것은 현행 <수궁가>와 크게 다르지 않다. 현행 연행물 계열이 독서물화되어 <나손20장본> 계열의 이본들이 파생되었다.[66]

그런데 수궁위기에서 육지위기로 전개되는 육지위기 계열, 즉 연행물－육지위기 계열과 독서물－육지위기 계열의 기본틀을 벗어나 육지위기를 토끼포획으로 대체한 이본들이 등장하였다. 이들은 육지위기 계열의 수궁위기까지의 기본 서사 골격을 잇되, 육지위기를 전혀 다른 지평인 토끼포획으로 탈바꿈시킨 독서물－토끼포획 계열이다. 이 계열의 대표적 이본은 <가람본토끼전>, <정문연본토생전>, <고대본토공전>이다. 그러므로 토끼전 이본 계열은 연행물－육지위기 계열, 독서물－육지위기 계열, 독서물－토끼포획 계열의 순으로 생성되었다고 할 수 있다.[67]

이상과 같이 토끼전의 역사적 전개를 거시적으로 조망할 때, <경판토생전>, <나손본토별산수록>과 <박순호본토별산수록>을 포함하는 <토별산수록> 계열, <정권진창본>은 매우 주목할 만하다. 왜냐하면, 토끼

---

65) 정출헌(1992㉠), 「<토끼전>의 작품구조와 인물형상－가람본 별토가를 중심으로」, 『한국학보』 66, 일지사 참고.
66) <수궁가>의 역사적 전개는 제2부 제1장과 제2장에서 근거를 갖추어 논의한다.
67) 초기 <수궁가>는 남아 있지 않고, 연행물－토끼포획 계열은 존재하지 않는 것으로 보인다.

전의 역사적 전개에서 볼 때 서로 이질적인 육지위기와 토끼포획이 이들 이본에서 공존하고 있어서 그 내력이 관심을 끌기에 충분하기 때문이다. 두 지평의 공존은 육지위기 계열의 생성 이후로 보이지만, 토끼포획 계열과의 선후 관계에 따라 과도기적 형태가 될 수도 있고 후대적 교섭이 될 수도 있다.[68] 그러므로 이 장에서는 공존의 양상을 살펴 공존의 내력을 추정하고 공존의 의의를 찾아보려 한다. 현전하는 자료가 이본들의 관계를 모두 설명해 주지는 못하지만, 필자가 확인할 수 있는 모든 이본을 검토하여 현 단계에서 내릴 수 있는 최선의 결론을 이끌어낼 수밖에 없다.

2. 육지위기와 토끼포획 공존의 양상과 내력

1) 〈토생전〉 계열[69]

〈경판토생전〉, 〈국도본토생전〉, 〈서울대본토끼전〉은 친연성이 강한 이본으로 〈토생전〉 계열로 묶을 수 있다. '그물위기'를 제외하고 〈경판토생전〉에 들어 있는 모든 화소가 〈국도본토생전〉에 들어 있다.[70] 〈경판토생전〉은 〈국도본토생전〉의 행문을 교묘하게 축약한 듯하다. 그러나 〈경판토생전〉에는 '그물위기'가 있으나 〈국도본토생전〉에는 없다는

---

68) 앞에서 〈경판토생전〉을 토끼포획 계열에 속하는 이본으로 분류할 수 있다고 했다. 그러나 여기서는 '육지위기'와 '토끼포획'의 공존 문제를 해명하기 의해 토끼포획 계열의 범위를 (토끼포획)을 갖춘 것만 포함시키기로 한다.

69) 번각 이전의 〈경판토생전〉에 '그물위기'와 '토끼포획'이 공존했을 것이라는 필자의 입장에 따라 '계열'이라 함.

70) 〈경판토생전〉과 〈국도본토생전〉의 관계에 대해서는 다음을 참고하였다. 정출헌 (1992ⓒ), 226~228쪽 ; 민찬(1994), 263~267쪽.

점, 번각 이전의 <경판토생전> 판각 시가가 <국도본토생전>보다 앞선다는 점[71] 때문에 <국도본토생전>을 판하본(板下本)으로 <경판토생전>을 생성했다고 할 수 없다.[72] <서울대본토끼전>은 <경판토생전>의 전반부를 부연하고 후반부를 생략한 형태이다.[73]

<경판토생전>에 '그물위기'와 '토끼포획'이 공존하는 현상과 관련하여 최진형은 <경판토생전>의 '그물위기'가 포함된 7장을 번각, 축약하면서 창본에 친숙한 독자의 기대지평을 충족시키기 위한 배려로 없었던 것을 의도적으로 넣은 것[74]으로 추정하였다. '그물위기'와 '토끼포획'을 <경판토생전>에 함께 수용한 이유에 대해서는 최진형의 견해가 강한 설득력을 갖고 있다. 그런데 우리는 <경판토생전>이 여러 차례 번각 또는 개각되면서 축약되어 왔다는 점을 상기할 필요가 있다. 다시 말하면, 극도로 축약된 현전 <경판토생전>에 두 지평이 공존한다면 축약되기 이전부터 그러했을 가능성이 크다는 것이다.

여기서 <경판토생전>이 어떤 과정을 거쳐 지금의 모습으로 남게 되었는가, 그리고 축약되기 이전의 모습은 어떤 것인가에 대한 구체적 해명이 필요하다. 지금까지 밝혀진 바로는 "현전하지 아니하는 토생전을 판하본으로 삼아 새롭게 필사하여 개각한 토생전의 판본을 가져다가 이를 부분적으로 수정 또는 보각하고, 삼설기에서 사용하던 노섬상좌기 부분의 남은 판목을 가져다 이를 수정 또는 번각하여 두 작품을 함께 묶어 간행한 것이 바로 현전 '토싱젼 권지단'"[75]이라는 것이다.

---

71) 민찬(1994) 265~267쪽 참고.

72) <국도본토생전>이 현전 <경판토생전>보다 앞설 수는 있다. 인권환(1991ⓒ), 174~175쪽.

73) 인권환(1991ⓒ), 같은 쪽.

74) 최진형(2008), 「출판문화와 토끼전의 전승」, 『판소리연구』 25, 판소리학회, 312~316쪽.

두 지평의 공존 내력을 해명하기 위해 현전 〈경판토생전〉을 토대로 번각 또는 개각되면서 축약되기 이전의 〈경판토생전〉의 모습을 재구해 보기로 한다.

(가) ㉠왕이 쏘흔 올히 녀겨 톳기더러 닐오디 네 몰룰 듯는 즉 그러홀 듯ᄒ거니와 혹 도로 너코 이젓는지 아지 못ᄒ미 비롤 갈ᄂ 보미 가장 단단ᄒ다 ᄒ고 ㉡봉ᄒ여 토공을 삼공 위로ᄒ니 톳기 갈오디 산즁 조그만 몸이라 디왕의 후디을 닙어 (〈경판토생전〉, 6장 뒤)

(나) ㉠왕이 올히 여겨 갈오디 경등에 말이 쏘한 올토다 ᄒ고 다시 톡기를 보아 왈 네 말을 드르니 그러헐 쯧ᄒ거니와 디져 간이라 ᄒ는 거시 오장에 달녀시니 니고 드리지 못헐 거시요 네게 아모리 간을 니고 드리는 궁기 잇슬지라도 혹시 도로 넛코 이젓슬지 아지 못ᄒ니 비를 갈ᄂ 보미 가장 단단ᄒ다 하고 [쥬져헐 즈음에 쟝녕 벼슬ᄒ는 소갈치 엿자오되 톡기를 비를 싸고 간 유무를 자셰히 보미 가장 단단ᄒ나이다 ᄒ거날 톡기 마음에 혜오디 져 소갈치 날과 젼싱 원슈로다 ᄒ고 다시 쥬왈 소싱이 일분이ᄂ 살기를 도모ᄒ옵는 거시 아니오라 ……(즁략)…… 과인에 망영되믈 허물치 말고 그디 검초와 둔 간을 갓다가 니 병을 회춘케 ᄒ면 그디 은혜는 빅골난망이라 ᄒ고 위로ᄒ며 드듸여 톡기를] ㉡봉ᄒ여 토한림이라 ᄒ니 톡기 피셕 디왈 산즁 조고마헌 몸이 외람히 디왕에 후은을 입ᄉ와 (〈국도본토생전〉, 14장 뒤~16장 앞)

(가)는 번각 또는 개각되기 이전의 것으로 알려진 6장이다. 그런데 배를 갈라 간이 있는지 확인하려는 내용(㉠)에서 토끼를 토공으로 삼아 위로하는 내용(㉡)으로 전개되어 서사적 연결이 되지 않는다.[76] 이것은 생

---

75) 이창헌(2000), 『경판방각본소설 판본 연구』, 태학사, 118~119쪽.

76) 정출헌(1992㉡), 227쪽.

략으로 인한 것인데, (나)에서 그것을 확인할 수 있다. 대부분 교묘하게 축약하고 있지만 무리한 축약으로 서사적 맥락이 닿지 않는 부분이 몇 군데 있다. 이 부분에 이런 무리를 낳고 있는 것도 6장 뒤쪽에서 번각 또는 개각 이전에 들어 있던 내용을 빼 버렸기 때문이다. 그것이 어떤 내용인지는 (나)의 '[ ]'로 표시된 부분에서 확인할 수 있다. (가)에서 ㉠과 ㉡의 각자체(刻字體)가 동일하고, 6장의 각자체와 판형이 1~5장 및 8장의 그것과 동일하다. 그렇다면 현전 <경판토생전>의 1~6장과 8장은 같은 시기에 판각되었다고 할 수 있지만, 이들 또한 최소 한 번의 개각을 통해 축약되었을 것이라는 추정을 낳는다.

선행 연구에서 7장과 9장에서 번각 또는 개각이 이루어진 것으로 보아왔다. 7장과 9장은 1~6장 및 8장과 각자체가 다르므로 서로 다른 시기에 판각한 것이다. 그런데 7장과 9장 상호 간에는 각자체가 유사하나 7장에는 침자리가 있고 9장에는 없으므로 이 또한 서로 다른 시기에 판각한 것이다. 8장 앞쪽 맨 첫 구절 "ㅇ 도라올 줄"은 1~6장 및 8장의 여타 부분과 글자체가 다르다. 이것은 아마도 7장 뒤쪽 마지막행 끝부분 "이 지경 당ㅎ여 살"과 자연스럽게 이어지도록 하기 위해 이 부분만 수정한 것으로 보인다. 9장 앞쪽과 뒤쪽 앞쪽 셋째 줄까지는 <경판토생전>이고 9장 뒤쪽 넷째 줄부터는 <노섬상좌기>이다. 10장부터는 <노섬상좌기>인데 9장과 각자체와 판형이 다르다. 그러나 9장 앞쪽의 마지막행 끝부분 네 글자 "후 터자 즉"과 9장 뒤쪽의 글씨체가 같다. 그러므로 9장은 <경판토생전>과 <노섬상좌기>를 합본하기 위해 새로 새긴 것으로 보인다.

그리하여 역시간 순으로 추적해보면, 1908년에 9장을 보각하여 <노섬상좌기>와 합본한 것이 최종적으로 수정한 것이고, 그 이전에 7장을 번각하여 축약하고 8장 첫줄 4글자를 보각 또는 가필하여 앞과 연결되게 수정하였다. 그리고 이 최근 2회에 걸친 손질 이전에 형성될 6장에 무리한 축약이 있는 것으로 보아 1~6장과 8장 또한 최소 한 차례 손질한 이후의 모습이다. 그렇다면 현전 〈경판토생전〉이 현재 모습으로 남기까지 최소 3회의 번·개각 또는 보각이 이루어졌음을 추정할 수 있다.

㉠그졔이 가셔 암톳기를 맛ᄂᆞ이 암톳기가 그 몸에 쉬을 보고 놀닉 굴오ᄃᆡ 엇지ᄒᆞ야 이 지경 당ᄒᆞ여 살 ㉡ᄋᆞ도라올 쥴 엇지 뜻ᄒᆞ여스리오 ᄒᆞ거늘 슈톳기 젼후 ᄉᆞ연을 다 닐으니 암톳기 이 말ᄅᆞᆯ 듯고 즈라 잇ᄂᆞᆫ 곳의 가셔 즈라를 ᄭᅮ지져 왈 이 ᄭᅵᆷ즉ᄒᆞ고 무셔온 놈ᄋᆞ 젼싱의 무슨 원슈로 남의 빅년히로홀 닉 남편을 유인ᄒᆞ여다가 간을 닉려ᄒᆞ러라 ᄒᆞ니 우리 남편이 ᄭᅬ 업더면 하마 듁을 번 ᄒᆞ얏다 네 심슐이 그러ᄒᆞ니 가ᄃᆞ가 긴 목이ᄂᆞ 쑥 부러져 듁거ᄂᆞ ᄃᆡ골이ᄂᆞ 터져 듁을 놈ᄋᆞ 간 먹고 살기 ᄉᆞ로이 병이 극듕ᄒᆞ여 고이 못 듁으리라 ᄒᆞ거눌 자릭 불승통분ᄒᆞ여 갈오ᄃᆡ 요년아 말ᄅᆞᆯ 긋치고 닉 마ᄅᆞᆯ 드러보라 계집이 아모리 소ᄉᆞᄒᆞᆫ들 고ᄃᆡ도록 마ᄉᆞ게 구ᄂᆞ냐 암상스럽고 발축ᄒᆞ다 하더이 슈톳기 나리ᄃᆞ라 즈라더러 왈 네 나ᄅᆞᆯ 업고 만경창파의 왕닉ᄒᆞ여스니 슈고ᄒᆞ엿거니와 네게 졍표홀 거시 업스니 가이 업노라 즈리 갈오ᄃᆡ 너의들이 우리 슈궁을 슈욕만 ᄒᆞ여 간도 아니 듀고 빈 손으로 드러가라 ᄒᆞᄂᆞᆫ다 톳기 앙텬ᄃᆡ소 왈 아모리 투미ᄒᆞᆫ 거신들 닉 간을 못 어더 져ᄃᆡ도록 이룰 쓰ᄂᆞ냐 만일 우리 친척 고구들이 알면 일졍 너ᄅᆞᆯ 잔등이를 부르질년 두 동강이의 닐지니 밧비 드러가라 ᄒᆞ며 암톳기와 둘 ㉢히 토녀ᄅᆞᆯ 업고 오좀오좀ᄒᆞ며 슈풀 가온ᄃᆡ로 싹 드러가니라 (〈경판토생전〉, 7장 뒤쪽~8장 뒤쪽)

㉠은 7장 뒤쪽의 뒷부분이고, ㉡은 8장 앞쪽, ㉢은 8장 뒤쪽의 앞부분이다. 현전 〈경판토생전〉 7장 앞쪽과 뒤쪽에 '그물위기'가 있다. 〈국도본토생전〉과 견주어 보면, 〈경판토생전〉의 7장은 오봉산 토끼 화소가

있어야 할 자리이다. 오봉산 토끼 화소를 '그물위기'로 대체한 것으로 보기보다는 '그물위기'와 공존하던 오봉산 토끼 화소를 삭제한 것으로 보는 것이 번각의 목적에 더 부합한다.

축약의 흔적은 '그물위기' 자체에서도 드러난다.

(다) 마침 쥐파리가 눈가에 안는지라 싱각허되 겨로 ㅎ여곰 쉬를 만이 슬면 그물 친 사롬이 반다시 썩어짜ㅎ야 더지면 살리라 ㅎ야 파리를 쑤지져 굴ㅇ디 너는 쇼인이라 씨를 업시 ㅎ리라 ㅎ니 파리가 톳기에 씨 업시 흔남을 눈가 역이 겨의 무리 달리 널러 굴ㅇ디 톳기 그물에 걸녀 창곳 죽을 거시 오히려 ㄴ을 겁욕ㅎ니 이런 놈은 편이 죽지도 못ㅎ게 ㅎ 일이니 우리 몬 뫼여가 겨를 쏄ㅇ먹으며 털곳마다 쉬를 슬이라 ㅎ고 <u>일시에 뫼에 쏄아 먹으며 쑤짓기를 마지 아니ㅎ니 파리가 분ㅎ야 톳기 말헌디로 쉬를 슬어 빈틈업시 ㅎ니</u> (<경판토생전>, 7장 뒤)

밑줄 친 부분에서 문장 구조상 "쑤짓기를 마지 아니ㅎ니"한 주체는 쉬파리이다. 그러나 "파리가 분ㅎ"게 여긴 까닭은 토끼가 어떤 말로 꾸짖었기 때문임을 알 수 있다. 그러므로 "쑤짓기를 마지 아니"한 주체는 토끼이다. 토끼가 쉬파리를 모욕하는 어떤 말을 하면서 빈틈없이 쉬를 슬라고 꾸짖자 "파리가 분ㅎ야 톳기 말헌디로 쉬를" "빈틈업시" 슨 것이다. 이처럼 7장에 무리한 축약이 있는 것을 보면 없던 것을 넣는 과정에서 무리가 생겼다기보다는 있던 것을 축약하는 과정에서 무리가 생긴 것으로 보는 것이 자연스럽다. 즉, 원판에 '그물위기'가 있었는데 축약하는 과정에서 오봉산 토끼 화소는 삭제하고 연행물 지평에 친숙한 독자 배려 차원에서 축약된 형태로 남겨 둔 것으로 보인다.

<국도본토생전>의 모본계에 '그물위기'가 존재했다면 <경판토생전>

의 모본에 축약되면서 수용된 것으로 볼 수 있다. 그러나 〈국도본토생전〉이 모본을 필사하면서 '그물위기'를 삭제해야 할 만한 이유를 발견하기 어렵다. 〈국도본토생전〉은 축약을 지향하는 이본이 아니기 때문이다. 그렇다면 〈국도본토생전〉의 모본계에도 '그물위기'는 존재하지 않았던 것으로 보인다. 이것은 〈경판토생전〉의 본래 판본은 〈국도본토생전〉의 모본계만을 토대로 이루어진 것으로 볼 수 없다는 말이다.

한편, 8장 뒤쪽과 9장 앞쪽에 '토끼포획'이 있다. '토끼포획'은 구판인 8장과 신판인 9장에 걸쳐 있으므로 9장을 보각하면서 '토끼포획'을 새로 첨가했다고 할 수 없다. 그렇다면 〈경판토생전〉의 원판 이미 '토끼포획'이 수용되었을 가능성이 크다.

〈경판토생전〉이 번각되기 이전의 판본에 이미 '그물위기'와 '토끼포획'이 함께 수용되었다면 〈국도본토생전〉 계열의 모본계와 함께 〈경판토생전〉의 판하본에 수용된 이본은 무엇인가? 이것은 〈경판토생전〉의 '그물위기'와 '토끼포획'이 어디에서 왔는가의 문제이다.

필자가 확인할 수 있는 이본을 두루 검토해 본 결과 '그물위기'를 수용했을 가능성이 있는 것은 〈토별산수록〉 계열이다. 그것은 〈토별산수록〉 계열과 〈경판토생전〉만이 '그물위기'와 '토끼포획'을 공유하고 있으며, 두 계열에만 나타나는 특징적 화소를 다수 공유하고 있기 때문이다.[77] '토끼포획'은 두 계열에 속하는 모든 이본이 갖고 있지만, '그물위기'는 〈토별산수록〉 계열과 〈경판토생전〉만 갖고 있다는 점이 이런 추정의 근거가 될 수 있다. 〈경판토생전〉의 '그물위기'가 〈토별산수록〉 계열에서 왔다면, 〈나손본토별산수록〉의 표기 형태나 〈박순호본토별산수록〉의 필사 시기[78]로 보아 이들의 모본이나 이들이 속한 계열의 어떤

---

77) 정출헌(1992ⓒ), 227~230쪽 및 민찬(1994), 250쪽 참고.

이본을 수용했을 것이다.

그런데 문제는 <경판토생전> '그물위기'의 구체적 모습이 <토별산수록> 계열과 다르다는 점이다. <토별산수록>은 연행물처럼 토끼가 쉬파리에게 동료들을 불러 모아 자기 몸에 쉬를 슬어 달라고 부탁하는 형태로 되어 있다. 그러나 <경판토생전>은 (다)에서 보듯이 이와 전혀 다르고 오히려 <교토탈화(狡兔脫禍)>와 유사하다.

> (라) 適有一赤頭大蠅이 來坐其睚이라 兎가 又激之日 汝無子孫에 何敢浸我오 蠅이 怒日 吾之子孫은 車載斗量이요 不可勝數라한즉 兎가 驚日 若是果多면 能可招集하야 遺卵於吾身之一毛一卵호아 蠅이 卽嚶嚶則 群蠅이 大集하여 遺卵兎毛한데 (<교토탈화>, 3쪽)

(다)와 (라)에서 보는 바와 같이 <경판토생전>과 <교토탈화>에서는 토끼가 쉬파리에게 악담을 하며 꾸짖어 쉬파리를 화나게 함으로써 쉬를 슬게 하는 공통점이 있다. <교토탈화>가 실려 있는 ≪기문(奇聞)≫의 형성 시기가 19세기 중엽으로 추정되고 이런 형태의 '그물위기'가 전혀 발견되지 않는다는 점에서 <교토탈화> 또는 그 이전부터 전승되어 오던 설화의 영향일 가능성을 충분히 상정할 수 있다. 그러므로 <경판토생전>의 '그물위기'는 <토별산수록> 계열과 <교토탈화>에서 왔을 가능성을 모두 갖고 있다.

한편, <경판토생전>의 '토끼포획'은 <국도본토생전>의 모본계에서 왔을 가능성이 크다.

---

78) "己巳"라는 필사 연기는 1929년으로 추정된다. 김동건(2001), 51쪽.

산듕 조고만 톳기 우리 군신을 속일 쑨더러 또 슈욕이 무슈ᄒ오니 산신을 별셩ᄒ여 톳기를 셩화착니ᄒ여 엄형박살 ᄒ여지이다 ᄒ거놀 ……(중략)…… <u>산신으로는 톳기를 잡지 못할 듯ᄒ오니 슈궁졍병을 발ᄒ여 톳기 잇는 산을 둘러쏘고 잡거ᄂ 큰 비를 듀어 톳기 잇는 산을 함몰ᄒ여 톳기 족속을 씨가 업시 멸ᄒ미 맛단홀가 ᄒᄂ이다</u> 왕이 갈오디 경등의 말이 불가ᄒ다 ……(중략)……인ᄒ여 티ᄌ와 좌우졍승을 명초하여 누은 안에 들어와 유지을 밧게 ᄒ고 즉시 둑으니 시년이 일쳔팔빅이오 지위는 일쳔이빅년이라 (〈경판토생전〉 8장 뒤~9장 앞)

산즁 조고만 톡기에게 속아 자라까지 죽ᄉ오니 분하기 층냥읍ᄉ오며 또 제가 슈궁을 경멸히 말ᄒ와 곤욕을 무슈히 ᄒ오니 신에 소견에는 제신 즁에 다시 별증ᄒ여 톡기를 셩화착니 후 박살로 죽어 욕본 거슬 플고 또흔 간을 니여 전하 병황에 쓰올가 ᄒᄂ이다 ᄒ니 ……(중략)…… <u>사신으로는 간교흔 톡기를 잡지 못헐 뜻ᄒ오니 슈궁 졍병을 조발ᄒ여 나아가 톡기 잇는 왼 산을 둘너싸고 잡아오옵거ᄂ 그러치 못ᄒ오면 큰 비를 급히 붓다시 쥬어 톡기 잇는 산을 함몰ᄒ여 바다를 믄드러 톡기 족속가지 멸하오미 맛당ᄒ여이다</u> 왕왈 경등에 말이 다 불가ᄒ다 ……(중략)……경등은 나 읍다 말고 삼가 츙셩을 다ᄒ여 티자를 셤겨 어진 일홈을 만더에 젼ᄒ면 과인이 비록 기이 다르ᄂ 감은ᄒ리라 경등 마음에 과인을 잇지 아닐진디 과인에 임의 부탁흔 말을 져바리지 말ᄂ ᄒ니 제신이 일시에 톄읍돈슈ᄒ여 명을 밧거날 또 티자에 손을 잡고 유체 욀 너는 치국안민 ᄒ기를 부질언이ᄒ며 정사를 인의로 고루게 ᄒ여 원망이 읍게 ᄒ여라 ᄒ고 인하여 승하ᄒ니 <u>시년이 일쳔팔빅셰요 지위가 일쳔이빅년이러라</u> (〈국도본토생전〉, 29장 뒤~31장 뒤)

톳기놈에 박측ᄒ미 술지무셕이오니 훈령디쟝 잉어왕 금오디쟝 미어기와 어영디쟝 망어로 ᄒ여금 늠희슈군 숨십만을 죠발ᄒ여 문죄ᄒᄆ를 청하거늘 ……(중략)…… <u>슈군에 길이 달르니 슈군을 죠발ᄒᄂ 톳기를 즙지</u>

<u>못호오리니 디풍흑운을 조발호여 크게 비를 니리오아 쳥손을 못지르고
쳔동번긔를 쳥호여 톳기를 아죠 씨가 업시 멸호미 조흘가 호나이다</u> 용왕
왈 니 혼암호야 밋친 도소의 말을 듯고 간소흔 톳기에게 속언 비눈 님의
느에 병이 눗고 별쥬부에 츙성이 셔쳔에 스못친지라 명을 살고즌 흐면
귀쳔이 업거눌 엇지 톳기를 원망호리요 경등은 다시 기겸치 말눈 흐고
인호여 잔치를 파흐니 <u>일노붓터 용웅이 슈쳔셰를 누리더라</u> (<나손본토
별산수록>, 38장 앞~38장 뒤)

위에서 보는 바와 같이, 행문의 유사성과 토끼포획의 방법에서 <경판
토생전>의 '토끼포획'은 <토별산수록>의 모본계가 아닌 <국도본토생
전>의 모본계를 수용한 것으로 보인다.

이상에서 논의한 <토생전> 계열의 '그물위기'와 '토끼포획'의 공존 현
상을 다음과 같이 정리할 수 있다. <경판토생전>의 모본계는 <국도본토
생전>의 모본계를 근간으로 다른 계열을 일부 수용하여 생성된 것으로
보인다. '토끼포획'은 <국도본토생전>의 모본계에서 수용한 것이 확실
하지만, '그물위기'는 육지위기 계열에 바탕을 두었겠으나, 이본 계열을
확정하기 어렵다. 현재로서는 친연성이 강한 <토별산수록>의 '그물위기'
를 변형시켰을 가능성과 <교토탈화> 설화를 수용했을 가능성을 모두 갖
고 있다. 이렇게 생성된 <경판토생전>은 1908년 9장을 번각하면서 <노
섬상좌기>와 합본되었다. 그 이전에 또 한 차례 번각하면서 축약이 이루
어진 흔적을 7장에 남겼다. 현전 <경판토생전>의 1~6장과 8장 또한 최
초본의 모습이 아니고 7장이 번각되기 이전에 한 차례 번각되면서 축약
된 모습이다. 결국 번각 이전의 <경판토생전>은 <국도본토생전>의 모
본계를 중심으로 이를 축약하면서 <토별산수록> 계열 또는 <교토탈화>
의 '그물위기'를 화소 차원에서 수용한 것으로 보인다. 어쩌면 원판 <경

판토생전〉의 판하본을 마련할 때 〈토별산수록〉 계열이나 〈교토탈화〉에서 '그물위기' 뿐만 아니라 '독수리위기'도 함께 수용했을 가능성도 있고, 〈국도본토생전〉의 모본계에서 오봉산 토끼 화소를 함께 수용했을 가능성도 있다. 그러므로 축약 과정에서 '그물위기'가 혼전 〈경판토생전〉에 첨가되었다기보다는 〈경판토생전〉의 모본계를 축약하는 과정에서 독자의 기대지평을 충족시키려는 처음의 의도를 살려 '그물위기'는 현전 〈경판토생전〉에 축약된 형태로나마 남겨 둔 것으로 보인다.

2) 〈토별산수록〉 계열

〈토별산수록〉에는 〈나손본토별산수록〉과 〈박순호본토별산수록〉이 있다. 선행 연구에서 이들과 〈경판토생전〉, 〈국도본토생전〉, 〈서울대본토끼전〉을 묶어 〈토생전〉 계열로 다루었다.79) 〈나손본토별산수록〉과 〈박순호본토별산수록〉은 행문이 흡사하지만, 〈박순호본토별산수록〉은 심한 축약으로 인하여 문맥이 닿지 않는 부분이 다수 나타난다.80) 이것으로 보아 두 이본은 모자(母子) 관계가 아니다. 〈나손본토별산수록〉은 부분적으로 판독이 불가능한 부분이 있지만 〈박순호본토별산수록〉보다 필사 시기가 앞서고81) 축약되지 않은 선본(善本)이라 할 수 있으므로 이

---

79) 정출헌(1992ⓒ), 224쪽 ; 민찬(1994), 250쪽.

80) 김동건(2001), 51쪽. 암토끼 등장 부분도 그러한데, 해당 부분을 제시하면 "㉠쓸 곳 업는 이니 충절 무삼 면목으로 드러가며 우리 인군 중흔 병세 흔심ᄒ고 절통ᄒ다 ㉡흔창 이쌍이 ᄒᄂᆫ 마리 그더 난간 후 십여일이 소식니 돈절ᄒᄆᆡ 쥬야의 근심ᄒᄃᆫ 차외"(〈박순호본토별산수록〉, 59장 뒤쪽)이다. ㉠은 별주부가 토끼를 놓치고 탄식하는 말이다. 〈나손본토별산수록〉을 참고하면 ㉡은 암토끼가 토끼에게 그간의 사연을 묻는 말이다. 그러므로 암토끼의 등장 부분 없이 토끼와 암토기의 대화가 이루어져 ㉠과 ㉡이 서로 서사적 맥락이 닿지 않게 되었다.

81) 〈박순호본토별산수록〉의 간기 "己巳"는 1929년으로 추정된다. 김동건(2001), 51쪽.

를 주자료로 삼는다.

<토별산수록> 계열에서 {육지위기}와 '토끼포획'이 공존하는 현상을 어떻게 설명할 수 있을까? 이것은 <토별산수록> 계열이 어떤 계열의 영향 아래 생성된 이본인가 하는 물음과 같다. 이와 관련하여 <토별산수록>이 현재 전승이 끊어진 중고제 <수궁가>와 관련 있을 것이라는 추정이 있다.[82] 그 근거는 중고제(中古制) 명창인 곽창기(郭昌基)·심정순(沈正淳)의 구술(口述)을 바탕으로 이해조(李海朝)가 산정(刪正)한 <토의간>이다. 즉, <토별산수록>에서 남해 관음보살이 자라에게 감로수를 주어 용왕을 소생시키는 것과 <토의간>에서 자라가 빈손으로 귀환한 뒤 선관이 용왕 앞에 나타나 약을 줌으로써 용왕이 소생한다는 것이 유사하다.[83] 다음 인용 부분은 그럴 가능성을 더해 준다.

> 방귀 살살 기어 계흥에 업데여 갈오더 <u>신에 고힝니 죠션국 츙쳥도 노셩 골이라 은진강으로 조차 왕녀흥올 졔 졔용산 망월흐는 톳기를 믹양 보오</u> <u>민</u> 멘 목니 심히 익은지라 흔번 늑가 강변에 가만니 업데엿다가 토기놈이 망월할졔 가만니 톳기에 몽쪽흔 쏘리를 신에 엄지발노 쫭쫭 물고 망 경쳥파중에 풍덩 쌔져 도라와 더왕게 밧치리다 (<나손본토별산수록>, 4장 앞~4장 뒤)

중고제는 경기·충청도를 지역적 기반으로 성립된 판소리 유파로 알려져 있다.[84] 밑줄 친 부분의 구체적 땅과 산천의 이름으로 보건대 <토

---

82) 정출헌(1992ⓛ), 233~234쪽.
83) 민찬(1994:263)은 이것 이외에 어떤 필연적 관련성도 없으며, 결말의 유사성 또한 무시할 수 없는 차이가 있음을 지적하였다.
84) 판소리 중고제의 개념을 지역, 집단, 역사[시대], 악조(樂調) 등 여러 측면에서 보고 있다. 지역의 측면에서 중고제는 경기·충청 지역, 특히 충청도 지역을 기반으로 생성

별산수록〉이 충청도 지역에서 전승되는 판소리를 토대로 한 것이거나
이 지역에서 유통된 필사본일 가능성이 높다.

　〈토별산수록〉과 중고제 〈수궁가〉의 관련성을 확신할 수는 없더라도
〈토별산수록〉이 〈수궁가〉에 바탕을 두고 생성된 이본 계열임은 틀림없
다. 〈토별산수록〉의 앞부분에서 '토끼화상' 이전까지는 연행문법에 의
한 행문 구조를 보이지 않고 독서물적 성격이 뚜렷하다. '토끼화상'부터
는 '고고천변', '새타령', '모족 모이는데', '세상경치', '수궁경치', '세상팔
난' 등 연행물 계열의 삽입가요 단위에 해당하는 부분을 포함하고 있다.
그러나 그 이후는 다시 독서물적 성격이 우세하다. 〈토별산수록〉의 삽
입가요 행문을 현행 〈수궁가〉의 그것과 비교해 보니, '토끼화상'과 '고고
천변' 일부만 유사하고 나머지는 유사성을 보이는 것이 전혀 없다. 그러
면서 연행물 계열에 보이지 않는 '나무타령'과 '화초타령', '짝타령' 등 삽
입가요가 있다. 선행 연행물 계열인 〈가람본별토가〉와 견주어 보아도
결과는 마찬가지이다. 이처럼 〈토별산수록〉의 삽입가요는 대부분은
〈수궁가〉의 그것과 이름만 공유하고 있을 뿐 행문의 유사성을 보이지
않는다. 이러한 특성은 〈토별산수록〉이 연행물 계열을 근간으로 독서물
화가 크게 진행되었을 뿐만 아니라, 연행적 특성을 가진 부분 또한 〈수
궁가〉 사설과 멀어졌다는 것을 뜻한다.

　『조선창극사』에 김찬업(金贊業)의 더늠으로 소개된 박만순(朴萬順)의
'토끼화상'[85]은 〈가람본별토가〉와 〈하버드대본별주부전〉에 공통으로

───────────

된 소리제로 보는 데 대체로 동의하고 있다. 판소리 중고제에 대한 논의로 다음을
참고하였다. 서종문·김석배(1992), 「판소리 '중고제'의 역사적 이해」, 『국어교육연구』
24, 국어교육연구회 ; 배연형(1994), 「판소리 중고제 론」, 『판소리연구』 5, 판소리학회
; 이보형(2007), 「유파 개념의 중고제와 악조 개념의 중고제」, 『판소리연구』 23, 판소
리학회.

들어 있고, '고고천변(杲杲天邊)'도 두 이본 중 어느 것과 가깝다고 말하기 어렵다. 그러므로 <토별산수록>이 선행 연행물 계열과 현행 연행물 계열 중 어느 지평을 수용했는지 판단하기 어렵다. 다만, <토별산수록>에 지배계층에 대한 풍자와 비판이 현저히 약화되어 있는 점에서는 선행 연행물 계열보다 현행 연행물 계열의 지평과 가깝다.

그러므로 현재로서 <토별산수록>은 연행물을 일부 수용하면서 삽입가요를 변형시키거나, 다른 데서 사설을 가져오거나, 독자적으로 만들어 넣은 것으로 판정하는 것이 합당하다. 그렇다면 <토별산수록> 계열을 생성시킨 필사자는 작사 능력이 뛰어난 사람이거나 가요에 대한 지식이 풍부한 사람으로 추정된다.[86] '토끼화상'과 '고고천변'만 유사한 것으로 보아 연행물의 삽입가요를 수용하려다가 이를 버리고 다른 삽입가요를 수용하거나 생성시킨 것으로 판단할 수 있다.

이상으로 볼 때, <토별산수록>의 {육지위기}는 연행물 계열에서 온 것이 확실하다. 그러나 <토별산수록>의 '토끼포획'은 연행물 계열에 존재하지 않는 지평이므로 독서물화하는 과정에서 다른 독서물 계열을 수용한 것이거나 독자적으로 생성시킨 지평이일 터이다. 다른 독서물에서 왔다면 친연성이 있는 <경판토생전> 계열에서 왔을 가능성이 남아 있다.[87] 독자적 생성으로 본다면 생성의 단초는 연행물 계열에 마련되어

---

85) 정노식(1940), 141~142쪽.

86) <나손본토별산수록>의 필체는, 글자를 갓 배우는 사람이 소설을 한 편 베끼는 것으로 글씨 연습을 했다고 할 수 있을 정도로 매우 서툴다. 그렇다면 <나손본토별산수록> 필사자의 학력이나 지식이 높지 않을 것으로 보이고, 그가 <토별산수록> 계열을 생성시켰다고 보기도 어렵다. 여기서 우리는 <나손본토별산수록>의 모본계가 존재 가능성을 제기할 수 있다.

87) 이처럼 <경판토생전>과 <토별산수록> 계열 사이에 영향 관계가 있는 것은 분명하지만 구체적 관계는 여전히 모호하다.

있었다고 할 수 있다.

〈토생전〉 계열과 〈토별산수록〉 계열의 '토끼포획'이 토끼 재포획의 제기와 제지에 머무르고 있는 것과 달리, 〈가람본토끼전〉에서는 토끼포획이 실행에 옮겨지고 있다. 즉, 〈가람본토끼전〉은 토끼 재포획을 위해 수궁 군대를 파견했으나 실패하고 회군한 후 신령에게 이문(移文)하여 토끼를 잡아오게 하자, 신령이 석중선을 보내 토끼를 잡아 수궁으로 보내는 과정이 구체적으로 서사되고 있다. 그러면 〈가람본토끼전〉과 〈토별산수록〉 계열 및 〈토생전〉 계열의 관계는 어떤 것일까? 수군을 파병하여 토끼를 잡아오거나 산군에게 조서하여 토끼를 잡아온다는 화소는 〈신재효토별가〉에서 이미 나타난 바이고,[88] 이것이 〈완판토별가〉로 거듭 간행된 바 있어서 낯설지 않은 지평이다. 그러므로 〈토별산수록〉 계열과 〈토생전〉 계열의 '토끼포획'의 생성 바탕이 되었다고 할 수 있다. 또한 〈가람본토끼전〉에서 명의 세 명을 초청하여 이들에 의해 토간 지시가 이루어지는 독특한 설정은 후대적 변이로 보인다.[89]

그렇다면 이들 이본에서 토끼 재포획론 제기와 그 제지가 먼저 생성되고, 이를 구체화한 {토끼포획}이 나중에 이루어졌을 가능성이 높다. 즉, 연행물 계열 또는 〈신재효토별가〉 계열이 '토끼포획'의 생성 가능성

---

88) 공부상서 민어가 "정병 숨천 니여 쥬어 디장 고리 보니" 잡게 하자는 제안에 고래가 "슈륙이 달나써니 슈중에의 잇던 군人 육젼을 엇지할지"하며 반대하는 것이나, 한림학사 깔다구가 "톡기 몟 슈 바치라고 산군의게 죠셔 쵸를 직금ᄒᆞ여 올이리다"고 하자 게가 "슈륙이 달나써니 용왕의 흔 죠셔를 슨군이 드를테요 져의 들이 죠셔ᄒᆞ고 져의 드리 가라시오" 하는 것에서 수궁의 토끼 재포획론이 실현될 잠재적 가능성을 내포하고 있다. 강한영(1984), 260쪽, 262쪽.

89) 〈가람본토끼전〉의 필사 시기는 1903년일 가능성이 높다. 〈유일본불로초〉(1912)를 비롯한 후대의 구활자본 계열에서만 이런 설정이 나타난다는 점 또한 이를 뒷받침한다.

을 내포하고 있었는데, <토생전> 계열에서는 이를 수용하되 용왕을 성
군화하는 서술시각과 <경판토생전>의 축약 지향 때문에 확장되지 않았
고, <토별산수록> 계열에서는 용왕이 감로수를 마시고 소생하기 때문에
신하들의 토끼포획 제기를 제지하여 더 확장되지 않았다고 판단할 수
있다. 이와 달리 <가람본토끼전>은 필사본으로 분량 제약이 적은데다
용왕에 대한 부정적 시각과 토끼에 대한 동정적 시각이 우세하여[90] '토
끼포획'이 확장된 것으로 판단할 수 있다. '토끼포획'은 수궁[용왕]과 토
끼의 대결을 강화하면서 용왕의 횡포를 드러내는 구실을 하기 때문에
용왕을 성군화하는 이본에서는 토끼포획의 제지가 나타나 더 이상 확장
되지 않았다. 분량 제약으로부터의 자유로움, 그리고 토끼포획 계열에서
공통적으로 나타나는 토끼에 대한 긍정적 시각과 용왕에 대한 부정적
시각이 '토끼포획'의 확장이라는 결과를 가져왔다고 할 수 있다.

한편, <토별산수록> 계열이 가장 큰 영향을 끼친 이본은 <수궁별주부
산중토처사전>(이하 <수산>)이다. 앞서 <토별산수록>에서 인용한 방게
의 발화 부분을 두 이본이 공유한다.

> 방게 금○ 살살 기며 엿자오디 신에 고향은 忠청도 뇌셩이옵던니 은진
> 상유에 잇써 수십이 빅사장에 왕닉ᄒ올 제 천틱산 치약퇴와 사명산 완화
> 퇴와 속이산 빅액퇴와 계룡산 완월퇴와 안면이 잇사온니 신이 나가 강가
> 에 숨엇다가 톡기가 쏠 먹으로 오그나 물 먹그로 오거든 거 놈에 몽톡한
> 쏠리을 신에 엄지발노 답삭 잡아 만경창파 풍덩 쩐져 잡아들려 전흑에
> 밧치리다 (<수산>, 15장 뒤~16장 앞)

---

90) "토기 셰황셰계 엇다 두고 이윽으로 드러가니 만쳡산중 어디 두고 고기밥이 되단
말과 불상코 가련허다 흔 덩이 고기 용왕에 입에 봉송간다"(25장 뒤)에서 뚜렷이 나
타난다. 용왕은 매일 주색으로 즐기다가 득병한 것으로 설정되어 있는 등, 전반적으
로 용왕에 대한 부정적 시각과 토끼에 대한 긍정적 시각이 뚜렷한 이본이다.

위에서 보는 바와 같이 〈나손본토별산수록〉보다 확장되어 있기는 하지만 행문이 유사하다. 특히 밑줄 친 부분은 〈토별산수록〉과 〈수산〉에만 있다. 이밖에, 열거하는 나무 이름은 다르지만 자라가 세상으로 나오는 부분에 '나무타령'과 토끼가 수궁행의 길흉을 점치는 점복(占卜) 화소는 〈토별산수록〉 계열과 〈수산〉만이 공유하고 있다. 〈토별산수록〉에 비해 〈수산〉에서 확장되어 있기는 하지만 너구리가 토끼의 수궁행을 만류하는 화소는 행문이 유사하다. 〈수산〉에서 자라가 우성원에게 출륙 목적을 사실대로 말하는 것은 구활자본 계열과 같고, 'ㆍ'의 쓰임이 드물고 이중모음이 거의 쓰이지 않은 점 등 현대 표기에 가깝다. 이런 점들로 보면 〈수산〉이 〈토별산수록〉보다 후대본이다. 그렇다면 〈토별산수록〉이 〈수산〉에 영향을 준 것이 거의 확실하다.

그런데 〈수산〉은 우생원 삽화 등 〈중산망월전〉 계열이 갖고 있는 화소 또한 상당수 갖고 있다. 〈중산망월전〉은 선행 연행물 계열이 독서물화된 이본 계열이다.[91] 그러므로 〈수산〉은 〈중산망월전〉 계열과 〈토별산수록〉 계열을 저본으로 하여 필사자가 마음에 드는 부분을 선택적으로 수용하면서 행문을 확장시킨 이본으로 판단된다. 전반적으로 확장을 지향하는 〈수산〉에 〈토별산수록〉 계열에 있는 토끼포획이 없는 것은 토끼가 수궁위기를 벗어난 이후 부분을 〈중산망월전〉 계열을 수용했기 때문이다. 토끼가 별부인과의 연분을 거론하며 별주부를 농락하는 화소, 토끼가 자라에게 육전을 하여 보자며 세를 과시하는 화소 등은 〈중산망월전〉 계열에만 들어있는 화소라는 점이 이를 증명한다.

---

91) "토기란 놈 거동 보소"(66장 앞)는 연행물 계열을 저본으로 하였음을 짐작케 한다. 그러나 연행문법에 의한 서술을 보이지 않고 있다.

3) 강산제 〈수궁가〉 계열[92]

연행물 계열 중에서 '토끼포획' 화소가 들어 있는 유일한 이본이 강산제 〈수궁가〉를 잇고 있는 〈정권진창본〉이다. 강산제 〈수궁가〉의 '토끼포획'이 언제 어떤 형태로 생성 또는 수용되었는가는 매우 중요한 문제를 내포하고 있다. 〈정권진창본〉의 '토끼포획'은 아니리로 전승되는데, 만약 이것이 선대에 지금보다 확장된 형태의 창으로 불렸다면 토끼포획 계열의 생성이 강산제 〈수궁가〉에 토대를 두고 있다는 추정이 가능하기 때문이다. 그러나 그럴 가능성보다는 오히려 강산제 〈수궁가〉가 토끼포획 계열의 {토끼포획}을 수용한 것으로 보인다.[93] 이를 중심으로 논의하기로 한다.

서편제 〈수궁가〉에는 박유전→이날치→김채만으로 이어진 것, 박유전→정창업→김창환으로 이어진 것, 박유전→정재근→정응민→정권진으로 이어진 것이 있다.[94] 이 가운데 정재근(鄭在根)으로 이어진 것만 강산제(崗山制) 또는 보성소리 〈수궁가〉라 일컫는다. 강산제 〈수궁가〉는 박유전(朴裕全)이 말년에 보성에서 정재근에게 전수한 것으로, 이날치(李捺致)로 이어진 것과 20년 정도 시차가 있다. 더욱이 정응민(鄭應民) 또는 정재근이 보성소리의 완성자로 일컬어지는 것을 보면[95], 강산제

---

92) 〈정권진창본〉 이전의 강산제 〈수궁가〉에 '토끼포획'이 존재했을 것이라는 필자의 판단과 〈정회석창본〉에 '토끼포획'의 흔적이 있어서 '계열'이라 함.
93) 〈정권진창본〉이 〈가람본토끼전〉의 {토끼포획}을 축약하여 수용했을 가능성이 제기된 바 있다. 김동건(2001), 125쪽.
94) 인권환(1986ⓒ), 「수궁가의 형성과 창자의 전승 계보」, 『배달말』 11, 배달말학회, 21쪽.
95) 최동현은 보성소리의 기초를 닦은 사람이 정재근일 가능성을 제기한 바 있다. 최동현(1997), 『판소리 명창과 고수 연구』, 신아출판사, 182쪽. 짐작컨대, 정재근이 보성소리의 기초를 닦고 정응민이 보성소리를 완성한 것으로 보인다.

〈수궁가〉는 이들을 거쳐 오면서 많은 변화가 있었을 것으로 보인다. 정재근이 박유전에게 판소리를 배운 것은 1882년 이후로 추정되므로96) 강산제 〈수궁가〉에서 {육지위기}와 '토끼포획'의 공존은 이 시기보다 앞서기 어렵다.

〈정권진창본〉만이 갖고 있는 몇 가지 특징적 화소는 다음과 같다. 남생이를 조심하라는 별주부 말에 "나라님 체 위중허시고 연기 노중 허시거날 쇼연 경박자의 비루허신 말삼으로 못 잊고 간다헌ㄴ 마음이 미안니요 나라를 위하여 세상의 나가시면 조고막한 안녀자를 잊지 못허고 간단 말이 조정이 발노되면 만조제신들의 우음될 줄 모르시고 노루장화로 말삼을 허신이까"(380쪽)며 암자라가 별주부에게 충고하는 부분이 있다. 용왕이 산신에게 이문하여 재포획한 토끼의 간을 먹고 회생하는 '토끼포획'이 들어 있다. 자라가 용왕의 태평성덕을 칭송하는 중중모리 장단의 '성주풀이[태평가]'와 엇모리 장단의 '진충보국'이 첨가되어 있다.

위와 같은 특징은 용왕의 정당성을 옹호하고 별주부의 충성을 기리는 보수적 유교 윤리로 윤색했다는 공통점이 있다. 이러한 윤리적 윤색은 대원군(大院君)과 양반 사대부의 애호를 받았던 박유전 때부터 점진적으로 이루어져 왔을 것이고,97) 정재근과 정응민은 이를 더욱 확대시켜 보성소리 〈수궁가〉 사설을 완성했을 것이다. '토끼포획'의 한문투 사설도 이 과정에서 생성되었을 터인데, 누가 언제 생성 또는 수용했는지는 분명하지 않다.

---

96) 최동현(1997), 98쪽.
97) 이날치판 〈심청가〉보다 보성소리 〈심청가〉에서 윤리적 윤색이 뚜렷한데, 이것은 박유전이 양반 사대부의 애호를 받은 것과 관련이 있다. 최동현(1997), 99쪽 참고.

(아니리) 이때 별주부 수궁에 돌아와 세상에서 토끼의게 고욕 당했던 전후 사연을 용왕전의 낫낫치 상소허니 용왕이 분을 내여 승지 도미 불러 하교하시되 토끼란 놈 기국망상한 연유로 진세 산신전의 이문하라 승지 청령허고 이문짱을 쓰난듸 병구잔질이 위득하여 필사이내러니 행청 도사지언즉 진세 퇴간을 횡식일포하면 퇴 차위신병지션약 고로 사농 별주부신하여 진세 일개 퇴를 생금이내러니 차물 천성이 소래간음튼지 조사백단하여 간보을 저 패여 청산단게지수허고 망치입내 운운 고로 안동 별주부하여 사속출세런니 불원청산의 무수 욕설 멸시수부하고 행행입산 운하니 차물피상은 불가심상처분더러 퇴차위 신병지션약 고로 자이 이문하오니 노퇴일수를 지급창송하심을 행심하나이다 이문사신 즉송하여 산신전의 올니니 산신이 받아보고 수국 진세 화친을 유주허여 천연노퇴를 결박차송하였구나 (<정권진창본>, 410쪽)

위의 인용문은 강산제 <수궁가>에 포함된 '토끼포획'이다. 정권진은 보성소리를 충실히 잇고 있는 창자이므로 정권진에 와서 이것이 생성된 것 같지는 않다. 가장 가능성이 높은 인물은 한문에 조예가 깊었다고 하는 정응민이다. 정응민은 <춘향가>를 가르칠 때 "사설을 넣거나 빼고 다듬는 과정을 거쳤고", "이러한 과정 속에서 정응민 바디는 독립된 사설을 첨가하거나 기존의 사설을 변이시켜 나가면서 독자적인 바디를 이룩했던 것으로 보인다."[98] 보성소리 <수궁가> 또한 그렇게 이루어졌을 터이다. 정응민이 '토끼포획'을 생성시켰다면 그 시기는 1915년 이후가 된다.[99]

그렇다면 <수궁가>가 토끼포획이 포함된 필사본이나 판각본의 원천

---

98) 최혜진(2006), 「보성소리 정응민 명창론」, 『판소리연구』 21, 판소리학회, 87쪽.
99) 정응민이 낙향한 것은 1915년이고, 판소리 연마와 교육에 진력한 것은 그 이후이다. 최혜진(2006), 85쪽 참고.

이라고 보기는 어렵다. 강산제 〈수궁가〉가 세상에 알려지기 시작한 것은 정응민이 보성에서 판소리 연마와 교육에 진력할 때부터라는 사실 또한 이를 뒷받침한다. 그러므로 필사본 또는 방각본에 포함된 {토끼포획}을 정응민 또는 정재근이 수용한 것으로 보는 것이 합리적이다.

> 왕이 올히 역이스 즉시 ᄒ교허스 별쥬부로 벽계수에 영군허고 디후허라 허시고 풍빅으로 이문을 쓰라 허시고 가로스디 쏘 풍빅으로 가계 허시니 빅은 바람 귀신이라 영을 듯고 발힝허니라 각셜 풍빅이 흔 곳에 이르미 향산니라 ……잇써 이문을 들이니 실영계옵셔 츠문을 보신니 그 글에 허엿쓰되 북히 광퇵왕은 지배허옵고 관후향산 후토신영 좌ᄒ의 드리난니다 과인이 홀년 득병허여 빅약이 무효허드니 인간 토기에 간니 약이라 허기에 슈일 전에 별쥬부를 니보니여 잡아왓드니 제 씌에 속아 놋쳐스니 약은 고스허고 속은 셜치을 헐 터이니 한 마리만 보니시면 긴요헐거시니 보니쥬시기를 만만 바라옵ᄂ이다 드라 산영이 보기를 다허고 보려기를 의논허드니 산군이 츌반쥬왈 스연은 괄시치 못허옵거나와 용왕이 비 쥬는 형셰를 임의로 허오니 짓와 디한를 임에로써 힝허면 모든 천과금슈를 용납지 못허게 허오리니 일슈를 앗기지 ᄆ시미 올을가 허ᄂ니다 산녕이 올리 역이스 그러면 계교를 힝허라 (〈가람본토끼전〉, 39장 앞 ~40장 앞)

위에서 보는 바와 같이 〈가람본토끼전〉의 이문(移文)은 〈정권진창본〉과 일치하지 않는다. 〈정문연본토생전〉(및 그 번역본으로 보이는 〈임형택본토공전〉)의 이문이나 〈고대본토공전〉의 옥항상제에게 올리는 표문(表文)도 마찬가지이다. 이것은 〈정권진창본〉의 '토끼포획'이 토끼포획 계열의 토끼포획과 직접적인 관련은 없음을 뜻한다. 그러나 사건의 경과를 설명하고 설치(雪恥)와 치료를 위해 토끼를 생포해 보내 달라는 이문의 내용이 일치하고, 산령이 수궁과 진세의 선린 관계를 위해 토끼를 포획해 보내자는 결론을 내린다는 점이 같다. 그렇다면 <정권진창본>의 '토끼포획'은 <가람본토끼전>을 비롯한 토끼포획 계열의 존재를 인지하고 이를 참고하여 정응민 또는 정재근이 강산제 <수궁가>에 생성시켰을 가능성이 크다.

그런데 <정권진창본>의 '토끼포획'은 아니리로 전승되고 있어서 더늠으로서 완전한 형태를 갖추지 못했다. 더늠은 '아니리+창'이 한 단위 이상 결합되어야 성립되기 때문이다.100) 그러나 정재근이나 정응민은 '아니리+창'의 더늠 형태로 불렀는데, <정권진창본>에 와서 축소되었을 가능성은 낮다. 정권진이 가문의 소리를 충실히 잇고 있는 점, 그리고 <정권진창본>의 '토끼포획'은 그것대로 완결성이 있는 점으로 보아101) 그 이전의 형태도 이와 다르지 않을 것으로 판단된다.

다만, <정권진창본>을 잇고 있는 <정회석창본>에서는 '토끼포획'이 나타나지 않는다. '독수리위기' 후 엇중모리 장단으로 마무리 짓는 부분에서 "그때 산신께옵서는 노퇴일수를 보내여 대왕 병도 즉차즉효하여 태평가를 누리더라"(25쪽)102)는 말로 '토끼포획'과 '태평가'를 탈락시켰기 때문이다. 정회석에 와서 '토끼포획'을 탈락시킨 것인지 공연 실황에

---

100) 더늠은 "판소리에 있어서 어떤 명창이 사설과 음악 그리고 발림 등 판소리의 모든 영역에 걸쳐 독특하게 새로 창조하여 뛰어나가 잘 불렀거나, 스승이나 선배의 더늠을 전수 받아 뛰어나게 잘 불러 판소리 감상층으로부터 자신의 장기로 공인 받은 대목" [김석배·서종문·장석규(1996), 「판소리 더늠의 역사적 이해」, 『국어교육연구』 28, 국어교육연구회, 18쪽]으로 규정할 수 있다. 더늠에서 창(唱)은 가장 중요한 필수요소이다.

101) 강산제 <수궁가>에서 '토끼포획'은 {육지위기} 뒤에 위치한다. 이곳은 <수궁가>가 마무리되는 단계로서, 위치상 {토끼포획}으로 확장되기 어렵다는 점에서 지금의 모습과 다르지 않을 것으로 판단된다.

102) <정회석수궁가>(실황 공연 사설집), 지구(1993), 25쪽.

서 일부러 뺀 것인지 분명하지 않다. 그러나 강산제 〈수궁가〉에서 '토끼
포획'을 생성시켰지만 창을 갖춘 더늠으로 발전하지 못하고 아니리 형태
로 전승되다가 그 마저도 탈락될 상황에 처했을 가능성이 높다. 〈정회석
창본〉에서 탈락되었든 실황 공연에서 생략되었든, 강산제 〈수궁가〉에
서 '토끼포획'이 중요한 대목으로 자리 잡지 못했거나 전승자가 '토끼포
획'을 중요 대목으로 여기지 않음을 알 수 있다. 문화적 지향성이 달라지
면서 한문 투 사설이 갖는 난해함과 중세적 통치 질서를 옹호하는 논리
가 소리판에서 별다른 인기를 끌지 못한 것으로 판단할 수 있다.[103]

3. 토끼전의 역사적 전개에서 두 지평의 공존이 갖는 의의

토끼전의 역사적 전개 과정에서 육지위기 계열이 먼저 생성되고 토끼
포획 계열이 후대에 생성되었다. 그러므로 '육지위기'와 '토끼포획'의 공
존은 육지위기 계열 생성 후 토끼포획 계열이 생성되기 이전의 양상이
거나 두 계열의 후대적 교섭 양상이다. 〈경판토생전〉과 〈토별산수록〉
의 '토끼포획'은 {토끼포획}으로 확장되기 이전의 과도기적 형태로서,
'육지위기'와 '토끼포획'을 선행 지평에서 함께 수용함으로써 공존하게
된 것이다. 수궁 전체를 속이고 탈출한 토끼를 수궁에서 재포획한다는
설정은 매우 자연스럽다는 점에서 연행물 계열에 '토끼포획' 생성의 서
사적 기반이 마련되어 있었다. 〈신재효토별가〉와 〈완판본토별가〉에서

---

103) 한문 투의 난해성 또는 향유층의 문화 지향성 변화로 인한 축으° 또는 탈락의 사례
로 '별주부 상소'를 들 수 있다. 〈이선유창본〉은 〈가람본별토가〉와 유사하고 〈정권
진창본〉은 〈하버드대본별주부전〉과 유사하다. 앞의 두 곳에는 '별주부 상소'가 확장
되어 있고, 뒤의 두 곳은 축소되어 있다. 유성준제 〈수궁가〉에서는 탈락되었다.

는 그 서사적 편린을 찾을 수 있다. <경판토생전>과 <토별산수록>에서 {토끼포획}의 거점이 마련되었으며, <가람본토끼전>, <정문연본토생전>(또는 <임형택본토공전>), <고대본토공전> 등에서 {토끼포획}으로 확장되었던 것이다.104) 한편, 연행물 – 육지위기 계열인 <정권진창본>의 '토끼포획'은 토끼포획 계열 생성 이후 {토끼포획}을 참고하여 축약, 변형된 형태로 생성시킨 것으로 보인다. 이것은 토끼포획 계열의 자장(磁場)이 연행물 계열로 확장된 결과이다. 이렇듯 '육지위기'와 '토끼포획'의 공존은 토끼전 이본 계열의 역사적 전개를 살필 수 있는 거점이 된다.

육지위기 계열의 이본은 <수궁가> 사설을 문자로 정착시키거나 필사본을 재필사하는 과정에서 파생된 것이 대부분이다. 필사본으로 정착, 유통되는 과정에서 독서물의 성격을 덧입는 정도에 따라서 다양한 스펙트럼의 이본이 파생되었다. 그 과정에서 중기 <수궁가>의 모습을 간직한 <가람본별토가>나 그 소설화인 <중산망월전> 같은 우수한 이본이 파생되기도 하였다. 그러나 일단 이런 이본이 나타나면 이를 그대로 답습하는 경향이 강하여 이들을 넘어서는 가치를 창출하지 못하였다. 특히 <수궁가>의 지평이 선행 연행물 계열에서 현행 연행물 계열로 전개되면서 지배계층에 대한 풍자와 비판을 약화시킨바, 그것의 독서물들은 이런 한계를 고스란히 안고 있었다. 이러한 한계는 새로운 독서물 지평을 요구하게 되었으며, 그 결과 토끼포획 계열의 생성을 보게 된다. 그러므로 토끼포획 계열의 생성은 매너리즘에 빠진 토끼전에 새로운 활력을 불어넣었으리라 짐작된다. 이런 점에서 '토끼포획'의 생성으로 인한 '육지위기'와 '토끼포획'의 공존은 육지위기 계열에서 토끼포획 계열이 생성되는 징검다리 역할을 하였다. 토끼포획 계열이 생성된 이후 토끼포획 계

---

104) 토끼포획계열의 생성과 변이 문제는 제3부 제3장에서 상세하게 논의한다.

열이 육지위기 계열에 역으로 영향을 끼치는 방식으로 상호 교섭이 일
어났다. '토끼포획'은 이렇게 자신의 지평을 넓힘으로써 자신의 위상을
확보했다고 할 수 있다.

   '육지위기'와 '토끼포획'의 공존은 독자층 또는 향유층을 확대하려는
노력의 소산이다. 상업적 출판물인 〈경판토생전〉은 최소 비용으로 최대
이윤을 얻기 위해 면수는 줄이고 판매 부수는 늘려야 했다. 면수를 줄이
는 방법은 내용을 축약하는 것이고, 판매 부수를 늘리는 방법은 가능한
많은 독자를 확보하는 것이다. 〈경판토생전〉에서 두 지평의 공존은 판
소리 지평에 익숙한 독자와 독서물 지평에 익숙한 독자를 모두 끌어들
이기 위한 상업적 장치로 풀이된다. 이 때문에 극도의 축약을 지향하는
이본임에도 두 지평을 축약한 형태로나마 남겨 두었다.[105] 필사본인
〈토별산수록〉은 연행물 계열을 독서물화하면서도 {육지위기}를 남겨
두고 '토끼포획'을 생성 또는 수용하였다. 강산제 〈수궁가〉의 '토끼포획'
생성 또한 독서물에 친숙한 독자층을 소리판으로 끌어들이기 위한 장치
라 할 수 있다. 즉, '토끼포획'은 강산제 〈수궁가〉 전반에서 윤리적 윤색
과 보수적 관점을 강화하는 것과 조응하는 것으로, 필사본 독자층을 판
소리 향유층으로 끌어들이려는 의도를 가진 것이다. 이들 세 경우는 독
서물에서 연행물을 끌어들이거나 연행물에서 독서물을 끌어들여 두 지
평을 통합함으로써 독자층 또는 향유층을 넓히려고 노력한 증좌이다. 토
끼전이 나름의 활로를 모색하며 생명력을 강화시키려한 역동성을 '토끼
포획'에서 감지할 수 있다.

---

105) 현전 〈경판토생전〉에 무리한 축약으로 인해 서사적 논리를 온전히 갖추지 못한
    부분이 존재한다. 이런 무리를 하면서까지 축약했음에도 '그물위기'와 '토끼포획'을
    함께 남겨 둔 까닭은, 최진형(2008:314~316)이 지적했듯이 독자층 확보와 관련된다.

두 지평의 공존은 {토끼포획}으로의 확장 가능성과 한계를 동시에 내포하고 있다. <토별산수록>은 '토끼포획' 이후 {육지위기}가 전개되고, <경판토생전>과 <정권진창본>은 '육지위기(그물위기)' 또는 {육지위기} 이후 '토끼포획'으로 전개된다. 이들에서 '토끼포획'이 {토끼포획}으로 구체화되지 않음으로써 '육지위기' 또는 {육지위기}에서 '토끼포획'으로 전개되거나 '토끼포획'에서 {육지위기}로 전개되는 데 큰 무리는 없다고 할 수 있다. 그러나 서로 지향성이 다른 두 지평이 한 이본 안에 공존하는 것은 오래 지속되기 어렵다. <수산>처럼 '토끼포획'을 버리고 {육지위기}로 확장되든가106) <가람본토끼전>처럼 '육지위기'를 버리고 {토끼포획}으로 확장되는 것이 자연스런 방향이다. 이런 점에서 '육지위기'와 '토끼포획'의 공존은 가능성과 한계를 동시에 안고 있다.

서사 전개 측면에서 보자면, 수궁위기→'육지위기' 또는 {육지위기}→'토끼포획'으로 전개되는 <경판토생전>이나 <정권진창본> 보다 수궁위기→'토끼포획'→{육지위기}로 전개되는 <토별산수록>이 상대적으로 자연스럽다. 전자는 '육지위기' 또는 {육지위기}에서 수궁과 무관한 토끼만의 이야기가 펼쳐지다가 다시 수궁과의 대결 관계가 맺어지는 데 비해, 후자는 수궁과 육지의 대결 관계가 끝난 뒤 토끼의 이야기가 펼쳐지기 때문이다. 그러나 수궁과 무관한 토끼 이야기가 길게 펼쳐진다는 것 또한 독서물의 성격과 완전히 부합하는 것은 아니다. 육지위기 계열에서 {육지위기} 중 일부가 탈락하거나 첨가되는 현상107)은 이 부분이 구조적으로 느슨하다는 증거이다. <경판토생전>에는 {육지위기} 가운데 '그

---

106) 이 또한 {육지위기}가 독서물의 성격에 덜 부합한다는 한계는 있다.
107) 예컨대 <홍윤표본별주부곡>은 '그물위기'가 탈락되었고, <박순호35장본>는 '포수위기'가 첨가되었다.

물위기'가 극히 축약된 형태로 들어 있고, 〈정권진창본〉에는 '토끼포획'
이 더늠화되지 못하였다. 여기서 독서물에는 {육지위기}가 부적합하고
창본에는 {토끼포획}이 부적합하다는 사실, 바꿔 말하면 득서물에는 {토
끼포획}이 적합하고, 연행물에는 {육지위기}가 적합하다는 사실을 확인
할 수 있다. 이처럼 '육지위기'와 '토끼포획'의 공존은 두 지평의 성격을
확인시켜 주면서, 독서물은 토끼포획 계열로, 연행물은 육지위기 계열로
전개되는 것이 필연적인 현상임을 이해할 수 있다.

4. 맺음말

{육지위기}와 {토끼포획}은 연행을 통한 전승과 독서 행위를 통한 전
승 과정에서 생성된 부분이다. 그런데 문장체 소설본인 〈경판토생전〉,
독서물적 성격이 우세한 〈토별산수록〉, 판소리 사설인 〈정권진창본〉에
서 육지위기와 토끼포획이 함께 나타나고 있어서 주목된다. 이들이 한
이본에 공존하는 것이 육지위기 계열 생성 후 토끼포획 계열이 생성되
기 전 단계의 과도기적 형태인지, 육지위기 계열과 토끼포획 계열의 후
대적 교섭인지 밝힐 필요가 있다. 그리하여 이 장에서 토끼전의 역사적
전개라는 맥락에 비추어 공존 양상과 내력을 살펴보고 그 의의를 찾아
보려 하였다.

현전 〈경판토생전〉은 원판을 극도로 축약한 이본으로, 최소 3회의
번·개각 또는 보각이 이루어진 것으로 추정된다. 역시간적으로 추적하
면, 9장에서 〈노섬상좌기〉와 합본하여 16장본으로 간행한 것이 가장 최
근의 일이다. 이보다 앞서 7장을 번각하여 축약하고 8장 첫줄 4글자를

보각 또는 가필하여 앞과 연결되게 수정하였다. 그리고 이 최근 2회에 걸친 손질 이전에 형성된 6장에 무리한 생략이 있는 것으로 보아 1~6장과 8장 또한 이전 판을 전면 개각하면서 축약한 것으로 판단된다. 축약의 방식은 자구의 교묘한 축약과 특정 부분 생략, 그리고 두 개의 판을 결합하는 방식이다.

'그물위기'는 7장 뒤쪽에 들어 있고, '토끼포획'은 8장 뒤쪽과 9장 앞쪽에 걸쳐 있다. <토별산수록>의 '그물위기' 전후에 오봉산 토끼 화소와 자라에 대한 암토끼 악담이 들어 있는 것으로 미루어 볼 때, <경판토생전>의 7장은 이들을 삭제하기 위해 번각한 것으로 보인다. '토끼포획'은 현전 <경판토생전>의 8장에 포함되어 있는 것으로 보아 원판을 새길 때부터 존재했던 것으로 보인다. 즉, <경판토생전>의 원판에는 '그물위기'와 '토끼포획'이 공존하였는데, '그물위기'는 육지위기 계열 중 <토별산수록>이나 미지의 이본 또는 <교토탈화>에서 수용하고, '토끼포획'은 <국도본토생전>의 모본계에서 수용한 것으로 추정된다.

판소리 창본이 필사되는 과정에서 파생된 이본들은 연행물의 특성을 거의 그대로 간직하기도 했지만, 독서물의 성격을 덧입으면서 독서물화되기도 했다. 읽을거리로 정착하는 과정에서 연행적 흥미가 아닌 독서물적 흥미 요소를 첨가하기 마련이다. <토별산수록>은 연행물 계열이 필사본으로 정착된 이본 계열이다. 삽입가요를 다수 포함하고 있기는 하지만 극히 일부만 현행 <수궁가>와 일치한다. 이것은 <토별산수록>이 연행물 계열에 기반을 두고 있기는 하지만, 계열의 생성자가 독자적으로 생성시킨 가요이거나 다른 곳에서 가져온 것일 가능성이 크다. 그러므로 <토별산수록>의 {육지위기}는 연행물 계열에서 왔고, '토끼포획'은 친연성으로 보아 <경판토생전>의 모본계나 미지의 이본에서 왔을 것이다.

  〈정권진창본〉의 '토끼포획'은 토끼포획 계열을 참고하여 강산제 〈수궁가〉에서 독자적으로 생성된 것이다. 생성자는 정응민일 가능성이 가장 높고 정재근일 가능성도 있다. 강산제 〈수궁가〉의 '토끼포획'은 용왕의 명에 따라 산신에게 이문하여 토끼를 포획해 주도록 요청하고, 산신이 이를 받아들여 용왕은 재포획된 토끼 간을 먹고 쾌차한다. '토끼포획'은 용왕이 선정과 태평성대를 송덕하고 진충보국을 강조하는 보수적 시각과 조응하고 있다. 그러나 문화 지향성이 달라지면서 더늠으로 발전하지 못하고 탈락될 상황에 처해 있다. 강산제 〈수궁가〉의 '토끼포획'은 토끼포획 계열이 연행물에 영향을 준 특이한 사례이다.

  그물위기와 토끼포획의 공존은 토끼전 이본의 역사적 전개를 해명할 수 있는 거점으로 기능한다. 육지위기 계열 이후 토끼포획 계열이 생성된 바, '그물위기'와 '토끼포획'의 공존은 그 과도기적 형태로 추정된다. 다만 강산제 〈수궁가〉의 경우 후대적 교섭 양상일 가능성이 크다. 토끼포획 계열은 매너리즘적 경향을 보이던 토끼전에 활력을 불어넣었다. 그러므로 육지위기와 토끼포획의 공존은 토끼전의 발전 가능성을 내포한 것이자 토끼포획 계열의 자장이 확장된 것이다. 이를 통해 토끼전의 향유층 또는 독자층을 확보하려는 노력을 다각적으로 해 왔음을 엿볼 수 있다. 그러나 두 지평의 공존은 이질적 부분이 어정쩡한 형태로 공존하고 있는 형국이다. 이질적 두 지평의 공존이 갖는 한계는 토끼포획 계열 생성에 개연성을 부여한다. 그러므로 두 지평의 공존은 두 지평의 성격을 확인시켜 주면서 새로운 지평 생성의 가능성을 열어주었다는 점에서 그 의의를 찾을 수 있다.

제2부
〈수궁가〉의 전승과 변모

제1장 연행물–육지위기 계열의 구조적 특성과 그 의미

1. 연행물의 형성 과정과 전개

　<수궁가>는 소리판의 역동적인 환경 속에서 끊임없이 변모·발전하면서 지금까지 이어져 왔다. 오늘날 남아 있는 <수궁가>는 수많은 판소리 창자들이 참여하여 수용과 변형, 첨가와 삭제, 확장과 축소[1]를 거듭하면서 깁고 다듬어 온 결과물이다.[2] 그러므로 과거의 <수궁가>가 현재의 <수궁가>와 같을 수 없다. 그렇다면 과거의 <수궁가>는 어떤 모습이었을까 하는 의문이 필연적으로 제기된다. 이 의문을 풀기 위해서 먼저 <수궁가>의 근원이 되는 설화의 형태를 점검해 볼 필요가 있다. 왜냐하면, 형성기의 <수궁가>는 근원설화의 기본 틀을 바탕으로 연행문법에 따라 확장해 나갔을 것으로 판단되기 때문이다.

---

1) 이들 여섯 가지는 김석배(1992), 「춘향전 이본의 생성과 변모양상 연구」(경북대 박사논문)에서 <춘향전> 이본의 생성원리로 든 것인데, <춘향전>뿐단 아니라 다른 판소리 문학에도 적용될 수 있다.

2) 판소리 한 바탕이 더늠의 집적으로 이루어진다는 관점에서 판소리사를 기술하려는 작업을 다음 논문에서 시도된 바 있다.
　김석배·서종문·장석규(1996), 「판소리 더늠의 역사적 이해」, 『국어교육연구』 28, 국어교육학회.

    <수궁가>는 17세기말~18세기초에 전승 설화를 바탕으로 광대들에 의해 판소리로 불린 것으로 추정된다.3) <토끼전>의 근원설화는 비교적 소상히 밝혀져 있다.4) 인도의 석가본생설화(釋迦本生說話)가 중국의 불전설화(佛典說話)로 번역되고, 불교의 전래와 함께 우리나라에 들어와 널리 퍼져 민담으로 전승되었으며, 이것이 『삼국사기』의 <귀토지설(龜兎之說)>로 정착하기도 했던 것이 설화적 전승의 경과라 할 수 있다. 그러므로 우리는 이상과 같은 문헌설화와 구전설화가 <수궁가> 형성의 근원이 되었다고 판단할 수 있다.5)

    구전설화와 <귀토지설>은 속음과 속임의 구조로 되어 있다. 속은 자가 속인 자를 다시 속이고 탈출하는 데서 이야기가 끝난다.6) <수궁가>는 이러한 대립을 서사적 골격으로 하여 여러 가요와 설화를 삽입하면서7) 연행문법에 따라 사설을 확장하고 주제적 의미를 변모·심화시키는

---

3) 인권환 역주(1993), 『토끼전』, 고려대 민족문화연구소, 9~10쪽 참고.

4) <토끼전>의 근원설화에 대한 연구로는 다음을 참고할 것.
    인권환(1967), 「<토끼전> 근원설화 연구-인도설화의 한국적 전개-」, 아세아연구 25, 고려대 아세아문제연구소.

5) 인도설화, 중국설화, <귀토지설>, 기타 한국설화, 토끼전으로 오면서 대립구도가 변모되고 의미가 심화되는 양상을 추적하는 작업도 해 볼 만하다. 이원수(1982) 및 서종문의 다음 논문에서 이 문제를 부분적으로 언급한 바 있다.
    서종문(1999), 「<토별가>에 나타난 신재효의 현실인식」, 『판소리연구』 10, 판소리학회.

6) 더 멀리로는 인도의 본생설화와 중국의 불전설화에서도 원숭이가 악어 또는 별주부를 속이고 탈출하는 것으로 설정하고 있다. 인권환, 앞의 논문 참고.

7) <수궁가>의 삽입가요에 대한 전반적 논의는 아직 이루어지지 않은 것으로 보인다. 다만, 개별 삽입가요에 대한 한두 논문은 발견된다.
    인권환(1987ⓒ), 「판소리사설 '약성가' 고찰-<수궁가>를 중심으로」, 『문학한글』 1, 한글학회.
    김석배(1994), 「수궁가의 '범피중류' 연구」, 『문학과 언어』 15, 문학과 언어연구회.
    한편 <수궁가>의 삽입설화에 대한 전반적 논의는 다음을 참고할 것.
    인권환(1985), 「수궁가의 삽입설화고」, 『인문논집』 30, 고려대 문과대.

방향으로 발전해 갔을 것이다. 이미 마련되어 있는 기본 골격을 변용하여 작품을 재창조하는 것은 판소리 문학뿐만 아니라 여타 서사문학 작품에서도 매우 흔한 일이다. 특히 육지위기 부분이 소리판의 흥미를 고조시키기 위해 기능하는 부분이라는 견해[8]를 받아들인다면, 〈수궁가〉가 소리판에서 인기 있는 레퍼토리로 등장하면서 청중의 해학성에 대한 요구와 기대에 부응한 결과 이 부분이 생성되었을 가능성이 크다. 그러므로 육지위기 부분은 ‘수궁→육지→수궁’으로 이어지는 수궁위기 부분이 연행문법에 따라 상당히 확장된 뒤에 형성되었다고 할 수 있다.

결국, 〈수궁가〉는 근원설화를 확대·부연하는 방식으로 전개되었기 때문에 ‘그물 위기’나 ‘독수리위기’ 같은 육지위기 부분이 후대에 첨가되었을 것으로 판단된다. 따라서 ‘토끼타령’[9]으로 존재하던 어느 시기의 〈수궁가〉는 수궁위기만 갖춘 형태였을 것이다. 육지위기 부분이 없는 형태의 이 〈수궁가〉가 곧 초기 〈수궁가〉이다.

초기 〈수궁가〉에 육지위기 부분이 첨가·부연된 것이 언제인지 정확하게 말할 수는 없지만 대체적인 추정은 가능하다. 현재 우리가 접할 수 있는 〈수궁가〉는 19세기 중·후기 이후에 틀이 갖추어진 것이다. {육지위기}를 포함하고 있으면서 현행 연행물 계열보다 이른 시기에 생성된 일군의 이본들을 선행 연행물 계열이라 할 때, 초기 〈수궁가〉와 현행

---

8) 이원수(1982), 「‘토끼전’의 형성과 후대적 변모」, 『국어교육연구』 14, 경북대 국어교육과, 15쪽.

9) 〈수궁가〉란 명칭 이전에 ‘토끼타령’, ‘토타령’ 등으로 명명되었다. 이와 같은 초기의 명칭이 토끼가 수궁을 탈출하는 데 초점이 있는 판소리 마당임을 제시해 주는 것으로 보인다. ‘타령’이 ‘가’보다 이른 시기의 판소리에 명명되었으며 덧칭이 역사적 변모를 함의하고 있다는 사실은 다음 논문에서 밝히고 있다.
　서종문(1983), 「‘-가’와 ‘-타령’의 문제」, 『국어교육연구』 15, 경북대 사범대 국어교육연구회.

<수궁가> 사이에 중기 <수궁가>를 상정할 수 있다. 중기 <수궁가>는 선행 연행물 계열의 모본이 되지만 현재 남아 있지 않기 때문에 이것이 기록물로 정착된 선행 연행물 계열을 토대로 논의해 볼 수 있다.

선행 연행물 계열의 이본인 <가람본별토가>는 1887년에 필사된 이본이다. 선행 연행물 계열의 독서물인 <정문연본수궁전>과 <나손35장본>는 필사시기가 1885년으로 오히려 <가람본별토가>보다 앞선다. <나손35장본>에는 {육지위기}가 포함되어 있다. <정문연본수궁전>은 하권이 낙질(落帙)되어 육지위기의 존재 여부를 알 수 없으나 <중산망월전>(1892, 1895)과 행문(行文)이 거의 일치하는 점으로 보아 적어도 육지위기의 전부 또는 일부를 포함하고 있었을 것이다. 이들 선행 연행물 및 그 독서물 계열은 용왕병사설, 왕배탕 삽화, 암자라 대용 화소 등 현행 연행물에 없는, 지배층을 골계화하는 삽화[화소]10)나 가요들을 다수 포함하고 있다. 이처럼 현행 연행물과 구별되는 삽화[화소]나 가요가 포함된 이본들이 19세기 후기에 대거 필사되었다는 것은 늦어도 19세기 중기 이전에 창화되던 <수궁가>를 수용한 결과이다.11) 그러므로 선행 연행물 계열 및 이의 독서물 계열의 필사 시기와 광포성을 근거로 육지위기의 생성을 19세기 중기 이전으로 추정할 수 있다.

한편, <신재효토별가>를 통해서도 육지위기의 생성 시기를 추정할 수 있다. <신재효토별가>에는 육지위기가 없는데, 이것은 그가 자신의 판소리관에 입각하여 <수궁가>를 개작하면서 {육지위기}를 의도적으로

---

10) 이 글에서 '삽화(episode)'는 독립된 이야기 단위로, '화소(motif)'는 독립된 단위로 존재하는 이야기소(素)를 의미하는 용어로 쓰지만, 엄밀하게 구분하지는 않았다.

11) 정출헌은 <가람본별토가>가 19세기 후반·말까지 창으로 불리던 모습을 전해주고 있는 이본이라 하였다. 정출헌(1992ⓛ), 「조선후기 우화소설의 사회적 성격」, 고려대 박사논문, 221쪽.

삭제하였기 때문이다.12) 앞서 살핀 바와 같이, 〈신재효토별가〉는 선행 연행물 계열의 선행본이라 할 수 있는 19세기 중기의 〈수궁가〉를 비판하면서 개작한 이본이다. 이 선행 〈수궁가〉에 {육지위기}가 있었기 때문에 이것이 선행 연행물 계열에 그대로 수용될 수 있었다. 그러므로 1870년 전후에 생성된 〈신재효토별가〉 이전에 육지위기가 창본에 존재했을 것으로 판단할 수 있다.

{육지위기} 생성 시기의 하한선을 19세기 중기로 잡을 수 있는 또 하나의 근거는 19세기 중기의 야담집인 《기문(奇聞)》에 실린 〈교토탈화(狡兎脫禍)〉란 설화이다. 〈교토탈화〉와 판소리 〈수궁가〉의 관련 여부에 따라 매우 다른 해석이 가능하다. 〈교토탈화〉에는 '그믈위기'와 '독수리위기'가 존재한다.13) 이 설화가 〈수궁가〉가 문헌에 정착되는 과정에서 변형된 것이라면,14) 19세기 중기 이전에 {육지위기}가 형성되었다는 결정적인 증거로 볼 수 있지만, 판소리 〈수궁가〉와 무관하다면 〈수궁가〉 이전의 구전설화를 정착시킨 것이 된다. 여타 구전설화에는 토끼가 육지로 귀환한 이후 '그물위기'와 '독수리위기'를 겪는 사건 전개를 보이지 않고 유일하게 이 설화에서만 나타난다는 점, 그리고 특히 '그물위기'는 쉬파리에게 쉬를 슬게 함으로서 들사람[야인(野人)]을 속이고 탈출하는 사건 전개를 보이고 있어서 위기 극복 방식이 〈수궁가〉와 완전히 일치한다는 점에서 〈수궁가〉 또는 〈수궁가〉의 구전이 문헌설화로 정착된 것으로 보는 것이 타당할 것이다.

이상의 근거를 통해 〈수궁가〉의 육지위기 부분이 19세기 중기 이전

12) 이에 관해서는 이 책 제2부 제3장에서 논의한다.
13) 《기문(奇聞)》, 2～3쪽 참고[민속학자료간행회(1958), 《고금소총(古今笑叢)》].
14) 〈교토탈화(狡兎脫禍)〉의 앞부분은 토끼가 어미곰을 모욕함으로써 생기는 갈등을 서술하고 있어(『기문』, 2쪽) 〈수궁가〉와 차이가 있다.

에 생성되었음을 추정할 수 있다. 그렇다면 우리는 <수궁가>를 포함한 연행물적 성격의 이본의 역사적 전개를 다음과 같이 정리할 수 있을 것이다. 먼저 근원설화를 근간으로 하여 17세기 말~18세기 초에 초기 <수궁가>가 생성되었다. 초기 <수궁가>는 새로운 설화와 가요를 삽입하면서 사설을 확장시켜 나갔으나 아직 육지위기 부분이 없고 수궁위기로만 된 <수궁가>이다.15) 초기 <수궁가>는 시간이 흐를수록 단순한 지략담에서 벗어나 점차 지배계층에 대한 골계화를 강화하는 방향으로 발전해 갔을 것이다. 그 결과 지배계층에 대한 골계가 극대화되고 육지위기가 포함된 중기 <수궁가>로 발전하였다. 이것이 기록물로 정착되는 과정에서 선행 연행물 계열이 파생되었다. 선행 연행물 계열의 육지위기는 늦어도 19세기 중기에는 생성되었을 것이다. 선행 연행물 계열은 양반사대부 문화의 수용과 함께 지배계층에 대한 골계화를 누그러뜨리면서 용왕을 소생시키고 별주부를 충신화하는 방향으로 변모하여 19세기 중기 이후에 현행 연행물 계열이 생성되었다.16) 이것은 현행 <수궁가>와 크게 다르지 않을 것으로 판단된다.

---

15) 본고에서 논의 대상으로 삼은 이본 가운데 연행물적 성격의 이본이면서 (육지위기)가 없는 이본은 낙장으로 인한 것이거나 필사자가 의도적으로 삭제했기 때문이다. 또한 연행문법에 따라 확장된 형태이면서 선행 연행물 및 현행 연행물에 존재하지 않는 부분이 있다면 초기 수궁가 이본으로 판단할 수 있을 것이나 이런 이본은 존재하지 않는다. 따라서 초기 <수궁가> 자료는 이 글에서 대상으로 삼은 이본 중에는 없는 것으로 추정된다.

16) 비장(悲壯)이 증가하는 방향으로 판소리가 전개되었다는 다은 논의는 적어도 초기 <수궁가>에서 선행 연행물로의 발전에는 적용되지 않는다. 김흥규(1980), 「판소리에서의 비장」, 『구비문학』 3, 한국정신문화연구원 어문연구실.

2. 연행에 따른 구조적 특성

1) 원심적 구조

토끼가 수궁위기, '그물위기', '독수리위기'를 순차적으로 극복하는 방향으로 사건이 전개되는 연행물－육지위기 계열의 구조적 특성은 판소리 연행의 결과라는 점에서 이와 분리해서 생각할 수 없다. 앞 장에서 판소리 연행에 따르는 원리나 규칙을 연행문법이라고 규정한 바 있다. 본고에서는 연행문법의 결과로서 나타나는 서사문맥으로브터 일탈하려는 원심력이 강화되는 특성에 주목하려 한다.

연행물이 부분의 확장에 관심을 두면서 부분(部分)의 독자성(獨自性)을 지향한다는 경향은 이미 잘 알려진 사실이다. 부분의 독자성은 서사물의 전체 구조에 봉사하지 않고 독자적으로 존재하는 부분인 독립적 화소 또는 단락에 의해서 실현된다. 연행물이 부분의 독자성을 갖게 된 동인을 여러 측면에서 파악할 수 있다.

우선, 판소리 공연이 부분창(部分唱) 위주로 이루어져 온 것이 중요한 이유가 될 수 있다. 판소리 한 마당 전체를 동일한 시·공간에서 다 부르는 것은 창자에게 무리가 따를 뿐만 아니라, 청중의 집중력도 떨어뜨리고 소리판에 대한 청중의 흥미를 잃게 할 수 있다. 이른바 완창(完唱)이라는 형태로 공연이 이루어지기 시작한 것은 불과 몇십 년 전의 일이었고,[17] 그 이전에는 창자가 자신 있게 부를 수 있는 더늠을 중심으로 불

---

17) 박동진이 1960년대 말 〈흥보가〉를 시작으로 여러 바탕의 소리를 완창하여 큰 반향을 불러일으킨 이후 차츰 보편화되기 시작한 것으로 보인다. 아래 책에서 이런 사정을 짐작할 수 있다.
   김명곤(1988), 『광대열전』, 예문, 79～80쪽.
   최동현(1994), 『판소리란 무엇인가』, 에디터, 255～256쪽.

렀던 것이 일반적 공연 방식이었다.

다음으로 더늠의 경쟁적 개발을 들 수 있다. 창자는 자신이 장기로 부를 수 있는 더늠을 가지고 있어야 명창으로 대접받을 수 있었다. 그래서 판소리 창자들은 소리판의 경쟁에서 살아남기 위해 더늠의 개발에 심혈을 기울여야 했다. 창자들은 더늠의 개발을 위해 다른 판소리 마당에서 인기를 끄는 대목을 가져오기도 하고, 민요나 잡가 등에서 사설을 가져와 변형하기도 했다. 다른 판소리 마당에서 차용한 경우로는 <심청가>에서 '범피중류(泛彼中流)'를 수용하여 별주부와 토끼가 육지로 귀환하는 대목에 삽입시킨 것과 <춘향가>의 '어사노정기(御使路程記)'를 수용하여 '자라노정기'[18]를 삽입시킨 것, '거 뉘나 날 찾나'를 변형하여 별주부가 토끼를 토생원이라 부르자 좋아하며 내려오는 대목에 변형하여 수용[19]하고 있는 것을 들 수 있다. 민요에서 수용한 것으로는 초동의 '메나리', 잡가에서 수용한 것으로는 '새타령'을 들 수 있다. 경우에 따라서는 다른 사람의 좋은 더늠을 배워 자기 소리에 삽입하기도 하였다.[20]

연행물−육지위기 계열의 구조도 따지고 보면 이와 같은 판소리 연행 문법의 결과로 빚어진 것이다. '그물위기'와 '독수리위기'를 생성시킨 것

---

18) 별주부가 용왕의 명을 받들고 육지로 나오는 것이 <춘향가>의 이몽룡이 왕명을 받들고 전라어사로 내려오는 '어사노정기'에 대응되기 때문에 <이선유창본>[김택수(1933), 『오가전집』, 대동인쇄소]에서는 "세상을 나오는대 이는 봉명 사신으로 별상 행차 그구로 나오는대 이는 즉 으사엿다"(141쪽)며 '어사노정기'의 일부를 차용하여 '자라노정기'를 마련한 것이다.

19) 이것은 <강령탈춤>에서도 발견된다. 탈춤에서 판소리로 수용되었는지, 아니면 그 반대인지는 좀 더 고찰이 필요하다.

20) 다른 사람의 더늠을 배우는 것은 사승 관계에 따라 더늠이 전승되는 것이 대표적인 예이지만, 송만갑의 <홍보가>를 이어받은 박녹주와 박봉술이 서편제인 김창환의 '제비노정기'를 따와 부르는 것처럼[판소리학회 감수(1982), 『판소리 다섯마당』, 한국브리테니커사, 120쪽] 사승 관계가 아니더라도 이런 일은 흔히 있어 왔다. 김연수가 신재효 사설을 수용한 것도 이와 같은 맥락이라 할 수 있다.

도 명창이 소리판에서 살아남기 위해 더늠을 경쟁적으로 개발한 결과로 봐야 할 것이다. '그물위기'에 포함된 '사람의 내력'이나 초등의 '메나리' 등은 더늠으로서 손색이 없으며, '토끼가 그물에 걸렸다 살아나서 좋아하는데', '장관타령' 등도 토끼가 수궁위기를 모면한 후 좋아하는 대목을 염두에 두면서 생성시킨 대목이다.

　더늠의 개발 과정에서 생성된 이런 부분은 대다수가 토끼전 전체 구조에 봉사하지 않는 독립적 화소 또는 단락이다. 부분창의 공연 형태와 더늠의 경쟁적 개발로 인한 부분의 독자성은 판소리 사설의 전체 또는 부분에서 모순되는 현상을 초래하기도 한다. 수궁위기, '그물위기', '독수리위기'로의 사건 전개는 부분의 독자성이 작품 전체 구조에 영향을 미친 결과이다. 별주부가 암자라와 이별하는 대목은 부분적 모순이 극단적인 형태로 나타난다.

　　(아니리) ①별주부 모친께 하직하고 침실로 들어와 <u>부인의 손길 잡고</u>, 당상의 백발모친 기체 평안하시기는 부인에게 매였소 ②<u>별주부 마누라가 울며불며 나오더니</u> (중중모리)여보 나리, 여보 나리. 세상 간단 말이 웬말이요. 위수 파광 깊은 물에 양주 마주 떠, 맛 좋은 홍미 보건 일을 이제는 다 버리고 만리청산 가신다니 인제 가면 언제 와요. (〈남해성창본Ⅰ〉, 13~14쪽)

　①과 ②의 모순이 발생한 이유는 암자라가 울며불며 나와서는 별주부에게 떠나지 말라고 애원하는 대목이 하나의 연행단위(演行單位)[21]로 굳어져 있기 때문이다. 남해성은 박초월에게 〈수궁가〉를 배웠는데, 〈박

---

21) 연행단위는 더늠과 같은 개념으로 사용한다. 더늠을 두고 굳이 연행단위라는 용어를 함께 쓰는 까닭은 연행물에서 국한되어 일어나는 현상임을 강조함과 아울러 서사단위에 대응되는 개념이 필요하기 때문이다.

초월창본>에도 이런 모순이 그대로 나타나 있으며[22], 남해성이 다른 곳에서 부른 <남해성창본Ⅱ>에도 이런 모순은 지양되지 않았다.

'신하입시' 대목과 '자라 등장' 대목 사이에서도 이런 현상이 발견된다. 즉, '신하입시' 대목에서 별주부가 다른 신하들과 함께 입시하였음에도 불구하고 신하들의 공론이 분분할 때 별주부가 영덕전 뒤[옆]에서 들어오는 것으로 되어 있다. 이 부분에서의 모순도 '신하입시' 대목과 '자라 등장' 대목이 각각 하나의 연행단위로 굳어져 있기 때문에 생긴 현상이다. 모순까지 그대로 전승되는 이러한 현상은 연행단위의 집적으로 판소리 한바탕을 엮어내기 때문에 일어나는 것으로, 연행물의 부분의 독자성을 단적으로 보여주는 일이 아닐 수 없다.[23] 이상의 두 예에서 우리는 연행물에서는 앞뒤 사건의 합리적 전개보다 창자가 각 부분을 창화(唱化)해 내는 능력이 더 중요하다는 사실을 알 수 있다.[24]

연행물−육지위기 계열에서 보이는 또 하나의 특성으로 서술의 비례적 균형을 깨뜨리면서 특정 부분을 확대·부연하는 장면 극대화(場面極大化) 경향을 들 수 있다. 장면 극대화는 부분의 독자성을 초래한다는 점에서 서로 관련성이 있다. <수궁가>의 서두 부분을 통해 장면 극대화의 특성을 살펴보기로 하자.

---

22) 뿌리깊은나무 판소리 감상회본, 10~11쪽 참조.

23) 만약 뒤늦게 이런 모순을 지양하고자 한다면, 아니리 부분의 "부인의 손을 잡고"를 수정 하게 될 것이다.

24) <이선유창본>과 송만갑제인 <박봉술창본>[판소리학회 감수(1982), 『판소리다섯마당』, 한국브리태니커회사]과 정응민제[강산제]인 <정권진창본>[뿌리깊은나무 판소리 감상회본]에서는 이런 모순이 그대로 남아 있으나, 유성준제 <수궁가>에서는 이런 모순을 지양하여 보다 합리성 있게 사건을 전개시키는 방향으로 수정하고 있다. 독서물 계열에서는 별주부를 '신하입시' 부분에서 삭제하거나, 아예 '신하입시' 대목이 삭제함으로써 합리성을 지향하고 있다.

(아니리)용왕득병 – (진양조)용왕탄식1['탑상을 탕탕'] – (엇머리)도사등 장 – (아니리)용왕의 진맥부탁 – (자진모리)약성가 – (아니리)용왕의 병명 질문 – (중모리)도사 재진맥 후 토간처방 – (아니리)도사의 토간 처방의 이유 설명 – (진양조)용왕탄식2['왕왈 연하다'] – (아니리)용왕의 백관 입 시령 – (자진모리)신하입시 – (아니리)용왕이 토간 구할 신하 있는지 하문 – (중모리)용왕탄식3['왕이 똘똘'] – (아니리)신하 공론 – (단중모리)신하 천거 – (아니리)공론미결 – (엇모리 또는 진양조)별주부 등장 – (아니리)별 주부 자원 – (중중모리)토끼화상 그림 (〈정권진창본〉, 373~379쪽 요약)

제시한 부분에서 8번의 아니리와 9번의 창, 10번의 장단 교체 되면서 판소리 연행이 진행된다. 이 가운데 장면 극대화는 당연히 창으로 불리 는 부분에 나타난다. 장면 극대화가 특히 뚜렷한 대목은 도사가 맥을 짚 으면서 용왕의 병명을 파악하는 '약성가(藥性歌)' 대목이다. 도사가 맥을 짚으면서 병의 이치가 이러하다는 말[진맥사설]은 할 수 있겠으나, 맥을 짚는 짧은 순간에 온갖 약을 다 써 보고 온갖 침을 다 놓았다는 것은 현실맥락상 이치에 맞지 않다. 그러나 이 대목은 창자가 한의학과 관련 된 온갖 사실들을 끌어와 사설을 확장시키는 데 초점이 있기 때문에 연 행물에서는 이런 불합리가 문제되지 않는다. 불합리하다는 것도 서사물 의 관점에서 불합리한 것이지 연행물의 관점에서 보면 오히려 합리적인 것이다.25) 이것저것 잡다한 사물을 열거하기에 알맞은 자진모리 장단에

---

25) 어떤 상황이나 장면을 최대한 확장하고 구체화하는 방향에서 추구되는 합리성이라 는 점에서 독서물적 합리성에 대응하여 '연행물적 합리성'이라 부를 수 있다. 예컨대, 〈춘향가〉의 춘향모가 이도령을 위해 다담상을 차리는 대목은 독서물적 합리성은 결 여되어 있으나 연행물적 합리성을 갖고 있다. 즉, 밤늦게 찾아온 귀한 손님을 위해 월매가 온갖 정성을 다하여 음식을 차린다는 의미를 구체화하는 과정에서 계절성이 나 지역성에 맞지 않는 음식도 등장할 수 있다는 관점에서 합리성을 갖는다는 것이다. 신재효의 〈동창춘향가〉에서 "상단이 나가던이 두담갓치 찰인단만 이면이 당챳컷다"

없혀 매우 확장되어 있는 이 대목을 다른 부분에 비해 비정상적으로 확장시킴으로써 소리판의 흥미를 강화하고자 한 것이다.

수궁의 여러 신하들이 어전(御殿)으로 차례로 들어오는 '신하입시'와 출륙할 신하 선택 문제로 공론이 분분한 '출륙공론(出陸公論)' 대목, 그리고 토끼의 얼굴을 모르는 별주부를 위해 '토끼화상'을 그리는 대목 등에서도 이런 현상이 나타난다. 이런 장면들에서 이본 전체의 통어(統御)나 서사물의 전체적 균형은 전혀 고려의 대상이 아니다. 여기서는 서사세계를 합리성 있게 제시하면서 사건을 전개시키기보다 부분에 관심을 집중하면서 이를 확장시키는 데 초점을 두고 있다.

독서물의 관점에서 볼 때, 이 부분은 도사가 진맥하는 장면을 제시하고 도사가 용왕에게 토끼 간이 특효약임을 말하면 되는 곳이다. 그런데도 용왕이 온갖 병이 들었다며 병든 모습을 장황하게 열거하고, 약을 처방한다며 온갖 약재와 침을 늘어놓으며 병의 원리까지 설명한다. 용왕으로서는 자신의 병명과 특효약이 무엇인지를 알고 싶어하는데, 도사는 물론 화자[창자]도 이에는 관심이 없다. 오히려 판소리 창자는 청중과 공모하여 은근히 이런 상황을 즐기는 듯하다. 청중은, 도사가 진맥 후 토끼 간을 처방할 것임을 창자의 구연 이전에 이미 다 알고 있기 때문에 용왕의 병명과 특효약이 무엇인지에는 관심이 없다. 창자와 청중의 입장에서 볼 때, 용왕이 고질병이 들었다는 것을 온갖 병명을 동원해서 그려내면 그뿐이지, 그렇게 많은 병이 한꺼번에 들 수 있는가 여부는 중요하지 않다. 이 대목에서 공연의 성패는 도사가 진맥 후 토끼 간을 처방하기까지의 과정을 얼마나 잘 그려내는가에 달려있다. 결국, 연행물에서는 사건

[강한영(1984), 132쪽]며 이를 비판한 것은, 의도야 무엇이었든 독서물적 합리성의 관점에서 행한 비판으로 볼 수 있다.

전개의 합리성이 중요한 것이 아니라 창자가 성악적 재능과 놀이적 흥미를 얼마나 잘 발휘하는가가 더 중요하다. 이 과정에서 장면은 극대화되고 창자와 청중은 한바탕 흥겨운 소리마당에 **빠져들게** 된다. 연행물의 이와 같은 장면 극대화는 서사세계로부터 일탈하려는 원심력으로 작용한다.

다음으로 해학적(諧謔的) 일탈(逸脫)을 들 수 있다. 〈수궁가〉는 〈흥부가〉와 함께 골계적 지향성이 큰 판소리 마당이다. 부분의 독자성이 강한 부분이나 장면 극대화가 진행된 부분에서도 서사문맥에서의 해학적 일탈이 일어나는 사례를 흔히 찾아볼 수 있다. 〈수궁가〉에서는 토끼 잡아들이는 대목이 적절한 예가 될 것이다.

(자진모리)좌우 나졸 분부 듯고 수달, 해구, 좌우 모지리 둥글 일시 내달라 토끼를 에 위쌀 제, 진황 만리장성 싸듯, 사양 싸움에 마초 싸듯, 첩첩이 둘러싸고 토끼 들입대 잡는 모냥, 영문 출사 도적 잡듯 토끼 두 귀를 꽉 잡고, "이놈, 네가 토끼냐?" 토끼 기가 맥혀 벌렁벌렁 떨며, "나, 토끼 아니요." "그러면 네가 무엇이냐?" "개요." "개 같으면 더욱 좋다, 삼복달음에 너를 잡어 약개정도 좋러니와, 네 간을 내어 오계탕 달여 먹고, 네 껍질 벗겨 내야 잘량 모와서 깔고 자면 어혈, 내종, 혈담에는 만병회춘 명약이라, 이 강아지를 말어 가자." "아이고, 내가 개도 아니란 말이요." "그러면 네가 무엇이냐?" "송아지요." "소 같으면 더욱 좋다. 도탄에 너를 잡아 두피, 족 살찐 다리, 양, 회간, 처녑, 콩팥, 후박 없이 노나 먹고, 네 껍질은 벗겨 내야 북도 매고, 신도 짓고, 네 뿔 베여 활도 묶고, 네 속에 든 우황 값 중한 약이 되고, 똥 오줌 거름 허니 버릴 것 없나니라. 이 송아지를 말어 가자." "아니고, 내가 소도 아니란 말이요." "그러면 이제사 무엇이냐?", "가만 있으시요. 생각해 갖고 갈쳐 줄 테니 좀 노시요. 나 망아지 새끼요." "말 같으면 더욱 좋다. 선간목 후간족, 요단항장 천리

마로다. 연인도 오백금으로 네 뼈를 사갔으니, 너를 산 채로 말아다 대왕
전 바쳤으면 천금상을 아니 주랴. 들어라" 우우 (<박봉술창본>, 178~
179쪽)

'토끼 잡아들이는 데' 또는 '토끼 발명(發明)'이라 불리는 이 대목은 토
끼가 나졸에게 자신의 정체를 부정하는 방식으로 전개된다. 급박한 상황
에서 이런 문답이 오고 간다는 것은 현실맥락상의 합리성이 결여되어
있다. 그러나 생사가 달린 급박한 순간이므로 토끼가 어떻게든 이 위기
를 모면하려고 발버둥칠 것은 당연하다고 생각하면 이런 문답이 가능할
수 있다. 그래서 토끼는 자신이 토끼임을 부정하고 사령들은 토끼인 줄
뻔히 알면서도 토끼의 발뺌을 받아줌으로써 서사문맥으로부터 벗어나
해학적 일탈 장면을 연출하고 있다. 이런 해학적 일탈 현상은 오랜 시간
동안 소리판에 집중해야 하는 청중들에게 한바탕 웃음을 통해 정서적
이완을 가져다주면서 소리판에 더욱 흥미를 갖고 참여하게 한다. 최선의
판소리 창본을 만들고자 했던 신재효(申在孝)가 친지이별 대목을 생성
시키고, 그곳에 해구 출현 장면을 연출한 것26)도 이런 맥락에서 이해할
수 있다.

이밖에 서사문맥으로부터의 일탈을 초래하면서 원심력을 지향하도
록 하는 방법으로 다양한 인물 군상의 등장과 다양한 발화시점(發話視
點)을 들 수 있다.

전자의 경우로 '상좌다툼' 대목을 들 수 있다. 여기서 날짐승과 길짐승
이 각각 벌이는 상좌다툼은 토끼전의 사건 진행에 직접적인 관련이 없
는 것이다. 이것은 <흥부가>의 '놀부박사설'에서 놀부의 몰락 과정을 그

---

26) <신재효토별가>, 270쪽, 272쪽 참고.

리기 위해 온갖 놀이패를 등장시켜 한바탕 흥겨운 놀이마당을 연출하는
것27)이나, 〈변강쇠가〉에서 강쇠의 주검을 치상(治喪)하기 위해 몰려든
유랑 연예 집단에 의해 각종 연희가 파노라마적으로 펼쳐지는 것28)과
비견할 만하다. 이런 부분들로 인해 서사물은 대립과 갈등의 힘이 여러
방향으로 분산되어 결과적으로 서사 진행으로부터 일탈하려는 원심력
을 갖게 된다.

연행물－육지위기 계열에서는 작품 전체의 일관된 화자와 구별되는
화자가 등장하여 작품의 서사세계를 펼쳐나가는 것이 아니라 작품에 관
한 정보를 말하는 사례를 흔히 볼 수 있다.

> (아니리) 화사자를 불러드려 토끼화상을 한번 그려보는데 이 토끼화상
> 이라는 게 토끼타령 전체에 배 가르는 데 허고 이 화상허고 두 간데나
> 있는디, 이건 중년에 우리 선대에 남원 사시던 박만순씨 그 양반이 잘했
> 습니다마는, 그렇게 해볼 수는 없으나마 비양이라도 내 보는디 (〈임방울
> 창본〉, 185~186쪽)

위의 인용문의 발화 방식은 내포화자가 내포독자에게 토끼전의 서사
세계를 전달하는 형식이 아니라, 토끼전의 서사세계 밖의 창자가 자신의
소리를 듣고 있는 청중에게 말을 건네는 방식이다. 즉, 판소리 창자가
자신의 소리를 듣고 있는 청중에게 자신이 지금부터 창으로 부를 대목
이 '토끼화상'이라는 것과 이 '토끼화상'이 '토끼 배 가르는 데(토끼발악)'
와 함께 자신의 선대 명창인 박만순의 더늠29)이라는 정보를 제시하면서,

---

27) 서종문(1982), 197~198쪽.
28) 서종문(1990), 「장승 민속의 문학적 형상화(Ⅱ)」, 『국어교육연구』 22, 국어교육연구
회, 87쪽.
29) 현재 전승되는 모든 〈수궁가〉에는 박만순의 더늠인 '토끼화상'이 포함되어 있다.

박만순처럼 잘 할 수는 없지만 흉내라도 내어보겠다는 겸사를 곁들이고 있다. 이런 발화는 독서물로서의 토끼전은 물론 판소리 사설 <수궁가>의 서사세계와도 무관한 것이며, 연행 현장에서 <수궁가>에 대한 정보를 제공함으로써 청중의 이해를 돕는 정도의 구실을 하고 있다. 창자의 청중을 향한 이런 유형의 발화는 서사 진행을 방해하고 서사문맥에서의 일탈을 초래한다.

이상에서 살핀 바와 같이, 부분의 독자성, 장면 극대화, 해학적 일탈 등의 연행문법은 판소리 연행 환경을 능동적으로 반영한 결과이다. 즉, 판소리 연행의 역동적인 환경이 토끼전의 작품 구조에 영향을 미친 결과 서사문맥으로부터 일탈하려는 원심력이 강화된 구조적 특성을 갖게 된 것이다. 여러 연행원리들은 토끼전의 서사세계를 합리적으로 그려내려는 서사 진행을 끊임없이 방해하고 깨뜨리면서 서사문맥에서 일탈하려는 원심력을 강화하는 방향으로 작용한다.

결론적으로 연행물 계열은 서사단위에 충실한 구조가 아니라 연행단위에 충실한 구조라 할 수 있다. 사설, 음악, 발림을 한 덩이로 하는 연행단위를 서사적 구조물의 틈을 비집고[30] 삽입시킴으로써 부분과 부분 사이의 긴밀한 관계가 약화되고 원심력이 강화되는 결과를 낳는다.[31] 연

'토끼화상'이 박만순의 더늠이라는 것은 김창룡이 '토끼화상'을 부르면서 "만순씨, 박선생 퇴끼화생이었다"[유영대 해설 및 채록(1995), 「한국의 위대한 판소리 명창들(VI) 김창룡」, 킹레코드, 12쪽]고 밝히고 있는 등 여러 곳에서 확인할 수 있다. '토끼 배가르는 데(토끼 발악)'는 신만엽의 더늠으로 알려져 있는데[정노식(1940), 『조선창극사』, 조선일보사, 42쪽], 박만순이 이것을 배워 전승했을 것으로 보인다.

30) 더늠[연행단위]의 개념에 대해서는 김석배·서종문·장석규(1996)을 참고할 것.

31) <삼국지연의(三國志演義)>의 견고한 작품적 질서가 해체되면서 <적벽가>로 재창조되는 과정을 다룬 다음 논문이 이 부분의 논의에 참고가 된다.
서종문(1976), 「신재효본 <적벽가>에 나타난 작가의식」, 『국어국문학』 72·73 합집, 국어국문학회.

행물의 이런 특성은 다음과 같은 그림을 그려볼 수 있다.

서사단위 : ①용왕이 병이 들다 ②도사가 등장하다 ③도사가 진맥하다
④도사가 토간을 지시하다 ⑤용왕이 신하들을 소집하다 ……

연행단위 : ①'용왕탄식1'('탑상을 탕탕') ②'도사등장' ③'약성가'(진맥
사설+약사설+약재사설+침사설) ④'토 간처방' ⑤용왕탄식
2('연하다 수연이나') ⑥'신하입시' ……

서사문법에 의한 서사진행 →

서사단위① + 서사단위② + 서사단위③ + 서사단위④ + 서사단위⑤ + ……
첨가↑↓원심력 첨가↓↑원심력 첨가↑↓원심력 첨가↑↓원심력……
연행단위① ② + 연행단위③ + 연행단위④ ⑤ + 연행단위⑥ + ……

연행문법에 따른 원심력

위의 그림에서 가로축은 시간축으로서 서사문법에 따라 사건이 전개
됨을 나타내는 것이며, 세로축은 공간축으로서 연행문법에 따라 원심력
이 강화되는 것을 나타내는 것이다. 공간축은 부분의 독자성이나 장면
극대화를 통한 원심력(遠心力)의 작용에 의해 확장되고 시간축은 서사
세계를 진행시키려는 서술행위를 통해 확장된다. 그러므르 서사문법이
강하게 작용할수록 구심력(求心力)이 강화되고 서사진행이 빨라지고, 연
행문법이 강하게 작용할수록 원심력이 강화되고 서사진행이 느려진다.
예컨대, 별주부가 해상으로 떠올라 바라본 광경을 서술하는 '고고천변
(皐皐天邊)' 대목이나 '약성가' 대목은 연행문법에 따라 공간적으로 크게
확장됨으로써 시간의 흐름은 극도로 느려져 서술속도는 정지된 상태에
가깝다. 연행물에서는 곧장 서사 진행이 이루어지는 것이 아니라 연행문

법에 따라 원심력이 작용하면서 진행된다. 연행문법과 서사문법은 그 지향하는 방향이 서로 상반되기 때문에 이들은 반비례 관계를 맺고 있다. 그러므로 서사문법이 작용하는 힘과 연행문법이 작용하는 힘이 긴장 관계를 맺으면서 만들어내는 벡터(vector)의 합이 연행물의 원심력의 크기라 할 수 있다.

서사문맥의 일관성을 유지하려는 힘을 구심력이라 하고 서사문맥에서 일탈하려는 힘을 원심력이라 할 때 부분의 독자성, 장면 극대화, 해학적 일탈 등은 원심력에 해당하고, 구성상의 합리성, 서술 균등화, 이면(裏面)의 지향 등은 구심력에 해당한다. 원심력이 강하게 작용할수록 연행물적 성격이 강화되고 구심력이 강하게 작용할수록 독서물적 성격이 강화된다. 결국 연행물-육지위기 계열은 연행문법에 따라 공간적으로 팽창하면서 서술속도가 느려지고 서사문맥에서 일탈하려는 원심적 구조를 갖고 있다. 결국 연행물의 사건이 토끼의 거듭되는 위기의 극복 방향으로 전개되는 것은 부분의 독자성과 장면 극대화, 해학적 일탈 등 연행문법에 따른 원심력 지향의 결과라 할 수 있다.

2) 삽화적 구조

독서물의 관점에서 보면 수궁위기만으로도 이미 완결된 서사적 구조물로서 손색이 없으며, '그물위기'와 '독수리위기'가 있어서 오히려 구조적 완결성을 해치고 있다. 이런 관점에서 육지위기가 있음으로 해서 갖게 된 연행물 계열의 구조적 특성을 여타 계열을 염두에 두면서 살펴보기로 한다.

수궁위기, '그물위기', '독수리위기'에서의 자아와 세계의 대결 관계를 따져보면 필연적 인과 관계가 없는 사건의 연속임을 알 수 있다. 수궁위기는 토끼와 용왕을 중심으로 한 수궁 인물들과 벌이는 대결이고, '그물위기'는 토끼와 그물을 쳐 놓은 초동[목수]과의 대결이며, '독수리위기'는 토끼와 토끼를 낚아 챈 독수리와의 대결이다. 사건이 수궁위기에서 '그물위기'로 전개되면서 토끼와 수궁의 대결 관계가 종결되고 토끼와 초동[목수]과의 새로운 대결 관계가 성립된다. 이때 토끼와 대결하는 초동[목수]은 수궁의 인물들과는 전혀 무관한 인물이다. 여기서 그치지 않고 사건이 '그물위기'에서 '독수리위기'로 전개되면서 토끼와 수궁의 대결 관계는 물론 바로 앞의 초동[목수]과의 대결 관계도 종결된다. 이때 토끼와 대결하는 독수리는 수궁의 인물은 물론 초동[목수]과도 전혀 무관한 인물이다. 이처럼 토끼와 대결하는 수궁의 인물들, 초동[목수], 독수리는 서로 아무런 관련이 없으며 이들 간에는 어떤 만남이나 대결도 이루어지지 않는다.

토끼를 인식과 행위의 주체인 자아라 했을 때, 수궁의 인물들, 초동[목수], 독수리는 자아와 대결하는 세계이다. 그런데 자아의 연속성과 동일성은 유지되고 있지만 세계의 연속성과 동일성은 유지되지 않는다. 자아와 대결하는 세계의 연속성과 동질성이 유지되지 않는다는 것은 독서물의 관점에서 보면 치명적인 결함이 아닐 수 없다. 합리적 세계인식을 요구하는 감상층에 의해 연행물의 이런 특성은 비판되기도 했지만32), 연행물의 관점에서 보면 이와 같은 특성은 오히려 지극히 자연스러운 현상이다. 왜냐하면 연행물은 전체를 통어하면서 유기적 통일성을 지향하기보다는 연행문법에 따른 부분의 확장에 더 관심을 집중하기 때문이다.

결말 부분에서 토끼 이야기와 함께 수궁에 관해서도 언급하지만, 토

---

32) 『조선창극사』 등의 문헌이나 창자 및 고로(古老)와의 면담 조사 등을 통해 감상층이 요구하는 '이면'을 확인할 수 있다.

끼와 수궁의 대결 관계는 형성되지 않고 토끼와 초동, 토끼와 독수리 등 육지 안에서의 대결에 국한된다. 이제 토끼와 수궁은 더 이상 관련을 맺지 않고 분리된 채 독자적인 세계로 존재한다.

> (엇중몰이)독수리 그제야 돌린 줄을 알고 훨훨 날아가고, 별주부 정성
> 으로 대왕병 직차하고, 토끼는 그 산중에 완연히 늙더라. 그 뒤야 뉘가
> 알리. 더질더질. (<박초월창본>, 48쪽)

토끼가 '독수리위기'를 극복한 직후에 이어지는 대목으로 <수궁가>에서 창(唱)으로 제시되는 마지막 대목이다. 토끼가 도망간 이후 이 부분까지 별주부 또는 수궁에 대한 언급은 전혀 없었으며, 여기서 처음이자 마지막으로 언급된다. 그런데 이것마저 "별주부 정성으로 대왕병 직차하고"라는 화자의 요약적 서술을 통해 제시하고 있다. 그것마저도 "별주부 정성"이라는 원인과 "대왕병 직차"라는 결과로 맺어지고 있어서 인과 관계가 설득력 있게 제시되지 않고 있다. 이것은 자아와 세계의 대결이 종결된 후 인물의 최종적 삶을 요약적으로 서술하면서 끝맺는 고전소설의 일반적 종결 유형을 설득력 있는 서사적 계기를 마련하지 않고 모방한 것에 불과하다.

토끼와 수궁의 대결 관계 종결과 토끼의 거듭되는 위기 극복이라는 사건 전개는 작품의 구조를 느슨하게 만드는 요인이 되고 있다. 토끼와 수궁의 대결이 원인이 되어서 토끼와 초동과의 대결이 발생한 것은 아니며, 또한 토끼와 초동의 대결이 원인이 되어서 토끼와 독수리의 대결이 발생하는 것도 아니다.[33] 이것은 일어난 사건을 시간 순서에 따라

---

33) 육지 공간은 이제 수궁과는 전혀 무관한 사건이 전개되는 곳이다. 이본에 따라 긴밀성에 강약의 차이가 있기는 하지만, 앞부분에 있는 '모족(毛族) 모임'의 공간이 별주

제시했을 뿐, 수궁위기, '그물위기', '독수리위기' 간에 아무런 계기적 인과 관계가 없다는 것을 의미한다. 인과 관계가 없는 사건의 연속은 유기적 통일성을 갖지 못하므로 연행물—육지위기 계열은 유기적 질서가 아닌 삽화적 질서를 갖고 있다. 연행물이 갖는 이런 구조적 특성은 인물, 갈등, 주제 등 여러 면에서 인과 관계를 갖지 못하는 '과장(科場)'이 모여 탈춤 전체를 형성하는 구조적 특성과 비견될 만하다.

연행물이 독서물화되면서 생성된 이본에서 육지위기가 필사자에 의해 삭제되거나 다른 삽화[화소]로 대체되는 일이 빈번히 일어난다. 이것은 연행물의 삽화적 구조를 반증하는 현상이다. 육지위기의 삭제는 독서물적 성격을 강화하면서 구조적 유기성과 통일성이 미약한 부분을 손질하는 과정에서 나타난 현상이라 할 수 있다.

그런데 이러한 특성을 두고 구조적 통일성이 결여되었다고 파악하는 것은 온당하지 않을 것으로 판단된다. 비록 각 위기 간의 사건의 인과 관계는 부족하지만 인물이 갖는 우의적 성격이 동질적이라는 사실을 주목할 필요가 있다. 먼저 토끼는 주요 대결 국면에 지속적으로 등장하여 위기를 극복하는 삶을 보여준다. 한편, 토끼와 대결하는 인물들은 토끼의 생존을 위협하는 존재라는 점에서 동질성을 갖는다. 여기서 우리는 토끼전의 중심인물이 계층적 전형성을 띠고 있다는 점을 상기할 필요가 있다. 토끼전에서 토끼를 서민 또는 민중의 형상으로 파악해 왔다.[34] 그렇다면 수궁의 인물들과 초동(목수), 독수리는 서민 또는 민중의 생존을 위협하는 존재로 볼 수 있다. 물론 세밀히 따진다면 이들 사이에 차별성

부와 토끼의 만남을 제공하는 공간으로 기능하는 것과는 명백히 다른 차원이다.
34) 토끼전에 관해 가장 왕성한 논의를 한 인권환을 비롯해 대부분의 논자들이 이점에 동의하고 있다.

이 존재할 것이다. 중세적 통치자인 용왕과 서민의 형상인 초동을 동일
시하기에는 무리가 있다. 그러나 토끼란 인물을 중심에 놓고 생각한다
면, 이들은 모두 동질성을 갖는다는 점은 분명하다.35) 결국 연행물은 토
끼 중심의 구조적 통일성을 갖는다고 할 수 있다.36)

　연행물 계열의 이런 구조적 특성은 앞서 그렸던 그림을 가져와 다음
과 같이 나타낼 수 있다.

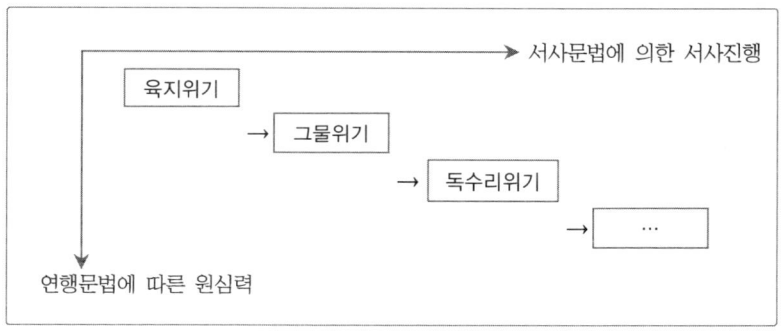

　토끼의 거듭되는 수난과 그 극복을 중심으로 모든 사건과 인물이 관
련을 맺고 있다는 사실은 연행물－육지위기 계열이 '토끼이야기'라는 측

---

35) 이런 관점에서 보면, <홍길동전>이 홍길동과 적대 세계의 대결 관계에서 본다면
　　구조적 통일성을 갖고 있다는 논의[김일렬(1988), 「홍길동전의 구조와 의미」, 『국어
　　국문학』 99, 국어국문학회]가 설득력을 갖는다. 토끼를 자아로 파악했을 때, 세계의
　　동질성이 더 약하다는 점에서 연행물 계열의 토끼전이 <홍길동전> 보다 유기적 통일
　　성이 더 약하다고 할 수 있다.
36) 탈춤의 '과장(科場)'도 중세적 제모순을 골계화하는 주제적 의미를 갖고 있다는 점에
　　서 보다 추상적·보편적 차원에서 통일성을 갖는다. 그러나 상대적으로 탈춤의 마당
　　에 견주어 토끼전의 각 위기 간의 독립성이 약한 것은 사실이다. 한편, 여러 시점이
　　공존하는 현상에 주목하여 판소리와 풍속화를 견준 김현주의 다음 저서는 매우 흥미
　　롭다.
　　김현주(2000), 『판소리와 풍속화 그 닮은 예술 세계』, 효형출판.

면이 가장 강화된 작품이라는 것을 의미한다. 연행물-육지위기 계열에서는 '토끼가 거듭되는 위기를 어떻게 극복하는가'에 서술의 초점이 맞춰져 있기 때문에 토끼란 인물과 그의 행적을 따라가며 서술해 나가고 있는 것이다.

그런데 거듭되는 위기 극복이 토끼의 삶에 질적인 변화를 가져다 주지는 않는다. 토끼가 거듭되는 위기를 겪고 나서 수궁위기 이전에 육지에서 겪었던 '세상팔난'을 해결할 수 있었던 것은 아니다. 결국 위기와 그 극복의 반복적 구조가 발전적 반복이 아니라 질적 변화가 없는 반복이다.

이상에서 육지위기 계열이 인물의 우의적 성격을 중심으로 한 구조적 통일성을 지니고 있기는 하지만 거듭되는 위기 사이에 인과 관계가 희박한 느슨한 구조를 지니고 있다는 사실을 확인하였으며, 이러한 특성을 판소리 연행의 특성인 부분의 독자성이나 장면 극대화, 해학적 일탈로 설명할 수 있음을 살펴보았다. {육지위기}가 토끼가 거듭되는 위기를 어떻게 극복하는가에 초점을 둔 부분이라는 사실은 긴장과 이완, 맺힘과 풀림이라는 우리 연행 예술의 일반 원리에 충실한 구조라는 사실과 표리 관계를 맺고 있다. 이런 점에서 창본을 포함한 연행물적 성격의 이본이 모두 육지위기 계열이라는 사실은 결코 우연이 아니다.

초월적 존재의 등장 면에서도 연행물-육지위기 계열은 필연적 인과성이 부족하다. 선행 연행물 계열에서는 천상계의 개입이 1회, 현행 연행물 계열에서는 2회 있지만, 선행 연행물 계열과 현행 연행물 계열을 막론하고 천상계가 개입할 만한 서사적 계기가 설득력 있게 마련되어 있지 않다는 점에서 일치한다. 연행물 계열 초입에 도사[선관]가 등장하는 장면에서 도사[선관]는 다른 목적으로 지나가다가 우연히 용왕의 소문을 듣고 들른 것으로 설정되어 있다.37) 현행 연행물 계열에서 토끼를 놓친 별주부 앞에 도사[선관]가 등장하여 명약을 건네주는 장면도 필연성을 갖고 있지 못한 것은 마찬가지이다. 이와 같은 사건 전개는 필연적 인과 관계 확보가 중요한 문제가 아니었기 때문에 연행물에서는 이를 확보하기 위한 노력을 기울이지 않았던 결과라 할 수 있다.

문학작품에서 대립과 갈등의 구조는 작품 자체의 논리라 할 수 있으므로 이를 논리구조(論理構造)[38]라 부를 수 있다. 한편, 어떤 문학적 구조물에서 작품 자체의 대결의 논리와 무관하게 이루어지는 화자의 언표적(言表的) 국면이 나타날 수 있다. 연행물 계열에서는 화자의 언표적 국면 가운데 화자의 설명적 진술[39]을 통해 이루어지는 결말처리방식이 주목된다. 결말처리의 핵심적 내용은 수궁 인물의 운명 처리 방식이다. 선행 연행물 계열은 인물의 운명 처리가 대결의 결과와 같은 방향성을 갖고 있다는 점에서 논리구조와 결말처리방식이 일치한다고 할 수 있다.

그러나 현행 연행물의 경우, 논리구조는 선행 연행물과 일치하지만, 결말처리가 논리구조와 무관하게 이루어진다. 즉, 토끼가 수궁[용왕]을 속이고 탈출하는 대결 자체의 논리와 도사가 재등장하여 별주부를 도와 용왕을 소생시키는 결말처리방식이 지향하는 의미가 서로 모순된다는 것이다.[40] 이렇게 보면 연행물의 역사적 전개 과정은 논리구조와 결말

---

37) 선행 연행물 계열 중 다른 이본보다 확장된 <가람본별토가>는 수궁에서 명의를 초빙하는 것으로 되어 있으나 이것은 기록되면서 변형된 것으로 보인다.

38) 김일렬이 <구운몽>을 '논리구조'와 '서술구조'라는 틀로 분석했을 때 사용한 논리구조는 기본 줄거리로 파악되는 구조라는 점에서 본고에서 사용하는 의미와는 차이가 있다.
   김일렬(1984), 「구운몽의 구조와 사상」, 『조선조소설의 구조와 의미』, 형설출판사.

39) Tzvetan Todorov는 화법과 시제를 언표적 국면으로 다루면서, 제라르 주네트를 인용하여 화법을 직접화법, 간접화법, 설명적 진술로 구분하였다.
   곽광수 역(1977), 『구조시학』, 문학과지성사, 59~69쪽. 특히 63쪽 참조.

40) 토끼 간은 도사가 처음 등장하여 유일한 약이라며 지시한 것인데, 현행 연행물 계열

처리방식이 일치하는 데서 모순되는 방향으로 나아갔다고 할 수 있다. 연행물 계열이 이런 방향으로 전개된 것은 인과 관계가 희박한 구조적 특성이 기인한 것이다.

연행물-육지위기 계열의 이러한 구조적 변모는 연행 환경의 변화에 능동적으로 대처하는 과정에서 나타난 결과로 풀이할 수 있다. 선행 연행물 계열이 수용한 선행 창본도 양반 사대부가 소리판의 중요한 후원자(patron)로 등장하는 시기의 것으로 추정되지만, 지배계층에 대한 풍자와 회화화(戱畫化)가 두드러진 모습을 하고 있다. 그러나 소리판에서 양반 사대부 문화 취향이 더욱 강화되면서 〈수궁가〉에서도 여러 계층의 다양한 기호를 가진 청중을 소리판으로 끌어들이기 위해 선행 연행물의 이런 특성을 둔화시키면서 용왕과 별주부에 대한 시각을 긍정적으로 설정하려는 의식이 작용한 것으로 보인다. 그 결과 현행 연행물 계열에서 논리구조와 결말처리방식이 상호 모순되는 결과를 낳기에 이른 것이다.

3. 구조적 특성에 나타난 의미

1) 민중의 고단한 삶의 해학적 형상화

연행물-육지위기 계열은 연행문법(演行文法)에 따른 원심적(遠心的) 구조, '수궁위기 → 그물위기 → 독수리위기'로의 서사전개는 인과 관계

에서는 갑자기 등장한 도사가 다른 명약(名藥)을 별주부에게 줌으로써 토끼 간이 아니어도 살 길이 있음이 밝혀진다. 그렇다면 도사의 토끼 간 지시와 그 동안의 별주부의 노력은 공연한 것이 되고 만다. 결과를 뻔히 알면서도 별주부에게 과업을 부여한 셈이 되므로 현행 연행물 계열의 모순적 구조는 별주부의 충성을 시험하기 위한 장치로 전락하고 만다.

가 희박한 삽화적 구조를 갖고 있음을 확인하였다. 그러면 이러한 구조적 특성에서 검출할 수 있는 의미를 살펴보기로 한다.

연행물 계열은 '토끼 이야기'라는 측면이 강화되어 있으므로 토끼가 중심인물이라 할 수 있다. 이런 토끼는 그가 속한 모족사회(毛族社會)에서 어떤 위상을 갖고 있는가를 먼저 확인해 보자.

> (중중머리) 거 누가 날 찾나, 거 누가 날 찾어. 기산영수 소부허유 피서가자고 날 찾나. 수양산 백이숙제 채미허자고 날 찬나. 백화심처 일승귀 춘풍 석교화림중에 성진화상이 날 찾나 ……(중략)…… 건너 산 과부 토끼가 연분을 맺자고 날 찾어. 이리로 깡장 저리로 깡장 깡장거리고 내려온다. (<정광수창본>, 42쪽)

별주부가 "토생원"으로 불러주자 "첩첩산중에서 놀던 토끼"(42쪽)로서는 "생원 말 듯기는 처음이라 반계 펄쩍 나서면서"(42쪽) 위와 같이 가당치 않게 갖다 붙여 본다. 앞부분에 있는 '길짐승 상좌다툼' 대목에서는 토끼가 나이자랑을 늘어놓자 다른 동물이 "좌중에서 덩치는 젤 작소마는 말은 듣고 보닝개 워낙 높소."(<임방울창본>, 200쪽)하며 상좌에 앉게 한다. 평생 약자로서 멸시를 받아온 토끼는 별주부가 '생원'으로 불러주자 우쭐한 마음이 생겨 노래를 부르며 온갖 방정을 떨며 내려온다. 이런 부분에서 토끼는 서민 가운데서도 그 위상이 매우 낮은 인물로 설정되어 있으며 지혜로써 열악한 위상을 헤쳐나가는 인물임을 알 수 있다. 그런데 그는 지배집단을 비롯한 사회적 강자의 수탈을 거부한다는 점에서 민중적 형상으로 발전한다. 연행물 계열에서 서술의 초점이 토끼에게 있다는 것은 민중의 삶을 형상화하는 데 주력하고 있음을 의미한다.

그렇다면 연행물 계열에서 역점을 두어 형상화하는 민중의 삶이란 어떤 것인가 하는 문제에 관심을 가져볼 만하다. 연행물 계열에서 민중의 전형인 토끼의 삶은, 연행문법에 의한 수궁위기, '그물위기', '독수리위기'로 전개되는 사건이 보여주듯이 고단한 삶의 연속이다. 연행물 계열의 육지위기가 갖는 기능 또는 미학적 특질에 관한 논의가 있어 왔다. 육지위기가 있음으로 해서 긴장을 고조시키고 홍미를 유발하여 쾌감을 충족시켜 작품의 극적 효과를 점층적으로 고양시키는 기능을 한다는 견해[41]와 해학성을 증대시켜 긴장감을 해소하는 기능을 한다는 견해[42]가 그것이다. 육지위기 부분이 소설본보다 창본에 잘 갖추어져 있다는 점을 지적하면서 이 부분이 소리판을 홍겨운 놀이판으로 만드는 기능을 한다는 견해[43]는 후자의 것에 가깝다. 육지위기 부분이 긴장감을 고조시키면서 극적 효과를 높이는가, 아니면 해학성을 통해 극적 긴장감을 해소시키는가가 논쟁의 핵심이라 할 수 있다. 육지위기 부분이 수궁위기에 비해 상대적으로 긴장이 이완되어 있다는 점에서 후자가 실상에 더 가깝다고 생각하지만, 육지위기가 있음으로 해서 토끼가 그토록 염려하던 팔난(八難)의 상황이 현실적이고 절실한 의미로 구체화된다는 점만은 분명하다. 토끼에게 시시각각으로 닥치는 위기는 민중의 총체적 고난의 삶을 형상화하려는 의도를 갖고 있는 셈이다. 토끼가 겪는 고난의 실체를 중세 봉건 체제의 무제한적 수탈로 이해하려는 견해[44]도 연행물 계열을 토대로 제기되었다.

　연행물 계열에서 서민 또는 민중을 표상하는 인물로는 토끼 이외에

41) 인권환(1987㉠), 「수궁가의 설화적 구성과 사설의 양상」, 『어문논집』 27, 고려대 국어국문학과, 401~402쪽.
42) 이원수(1982), 13~17쪽.
43) 정출헌(1992㉡), 240~241쪽.
44) 정출헌(1992㉡), 240쪽.

더 있다. '모족(毛族)모임' 대목에서의 호랑이에게 수탈당하는 동물들도 서민의 형상을 띠고 있으며, 선행 연행물 계열에서 별주부가 육지에서 처음 만나는 우생원도 민중의 형상을 하고 있다. 심지어 토끼의 생존을 위협하는 초동들까지도 서민의 형상을 지니고 나타난다.

우생원과 별주부의 대화에서 두 인물의 신분적 처지가 다름이 드러난다. 별주부가 기골이 장대한 우생원을 보자 두려움을 느끼며 "로형은 시신니 졀리 장디흔니 지각니 남에서 더흐녀 몰을 거시 읍실 듯흐오"(<국도본별주부전>, 11장 앞~11장 뒤)라고 묻는다. 우생원은 "그디 지인지감 무던흐오"(11장 뒤)하며 우쭐하지만, "로형언 무어스로 쇼업니요"(11장 뒤) 하는 물음에 "늬 말얼 흐즈 흐면 흉격니 답답흐오"(11장 뒤)하며 자신의 실상을 토로하게 된다. '우생원의 신세타령'으로 명명(命名)할 수 있는 이 대목에서 우생원은 주인을 위해 성실히 일했지만 결국 푸줏간으로 팔려가 죽게 될 가련한 운명임을 드러낸다. 우생원의 신세타령을 듣고 난 별주부는 "죽기는 바속에 아딜노 죽쇼"(12장 앞)하며 가소롭게 여긴다. 우생원의 이런 고단한 삶은 강자에게 수탈당하고 이용당하는 민중의 가련한 처지로 파악된다는 점에서 토끼의 민중적 삶의 연장선상에 놓여 있다.[45]

어이 가리너. 어이 가리너. 어이 가리너. 너와로고나. 태고라 천황씨는 목덕으로 왕하였으니 낭기 아니 중할쏘냐. 인황씨 아홉 형제 분장구주 마련헐제 우리 곤케 허였든가. 어떤 사람 팔자 좋아 삼태육경 좋은 집의 부귀영화로 잘 사는디 우리 팔자 어이허여 헌옷 입고 말얼기만 질머지고

---

[45] 우생원의 운명은 선행 연행물 계열의 별주부의 운명과 닮은 데가 있다. 별주부도 용왕을 위해 충성을 다 했지만 이용 가치가 없어지자 용왕에게 희생당할 위기에 처하고 마침내 자결하고 만다. 별주부는 민중의 고난에 무관심했지만 결국 별주부도 중세적 통치 논리 속에서 희생되고 만다.

심산궁곡이 웬일인고. 집이라 돌아가면 소탱 빈 방안의 곱송그려 새우잠 자니 초동팔자 가련지고. 여보소 친구들아, 자네는 저 골로 들어가고 나는 이 골로 들어가 떨어진 낙엽 부러진 가지 힘대로 허여다가 위부모처자식을 극진 공대 허여보세. 어이가리너 너허로구나. (〈정권진창본〉, 406쪽)

초동들이 부르는 위의 노래는 경상도 메나리조의 민요로서, 〈수궁가〉에 삽입가요(挿入歌謠)로 차용(借用)되었다. 위에서 보다시피 초동은 고달픈 삶을 살아가는 서민적 형상의 인물임은 길게 설명할 필요가 없다. 이들 초동은 토끼를 수탈하는 주체이면서도 그들이 몸담고 있는 인간세계에서는 동물세계의 토끼와 다를 바 없는 사회적 약자이다.[46]

이상으로 볼 때 연행물－육지위기 계열에서는 민중적 형상의 인물이 확장되면서 사회적 강자에게 수탈당하는 민중적 삶의 현실이 다각적으로 노정된다고 할 수 있다. 그런데 이와 같은 서민 또는 민중의 고단한 삶을 형상화하면서도 비극적이기보다는 오히려 해학적 미감(美感)으로 표출된다는 점이 주목된다.

앞서 살핀 '거 뉘가 날 찾나' 등에서 보이는 토끼의 언헝은 소리판에서 연행될 때 청중의 웃음을 자아내기에 알맞다. 물론 토끼의 서민적·민중적 형상은 연행물뿐만 아니라 모든 토끼전에서 공통되는 설정이지만, 민중의 고단한 삶을 해학적 미감으로 표출하는 것은 연행물이 아니고는 어렵다.

자래 퇴명을 반겨 듣고, 오늘날 상봉허니 하상견지만만 무고불칙이오. 아 토끼란 놈이 조막만한 놈이 문자를 탁 들어 쓰네. 하하, 이것 보소.

---

46) 초동은 판소리 연행(演行)의 주체인 광대와 비슷한 처지에 놓인 서민적 형상이라는 점에서 성격화되기 쉬웠을 것으로 보인다.

내 만일에 문자 한 마디라도 단문허게 썼다가는 나 하나로 세상 문장들
이 망신을 헐 모양이니 내 전일에 배운 문자통을 이 놈 앞으로 내궁굴려
내놓을 뱎이. 자 별주부나리 문자통 궁굴러 가니 착실히 좀 들어보시오.
보면 홍안이요 홍안백발이요 홍불감장이요 아가사창이요 당구삼년이요
이불가독식이요 전불궤면이요 탄탄대로요 어동육서 좌포우혜요 홍동백
서 분향재배요 오육칠 두루숭이요 일삼오 대감이요 명기위적은 전라감
영이요. 아 이 놈이 문자를 갖다가 엎어 썼다 뒤집어 썼다 가관이 없던
것이었다. 자라 듣고 함소 왈 토선생 높은 문명을 들은지 오랠러니 금일
와서 화답을 하니 어두운 귀가 훤칠하오. 놀랍소 놀랍소 글도 잘허거니와
풍신이 소년대장을 꼭 헐 인물이요. (<임방울창본>, 213~215쪽)

이것은 토끼와 별주부가 처음 만나 통성명(通姓名)하는 부분으로 연
행물 계열에만 있는 부분이다. 별주부가 문자를 써 가며 인사를 하자 토
끼도 수궁과 육지의 문장 대결로 의식하면서 이에 질세라 유식한 척 문
자를 쓴다는 것이 문리(文理)가 연결되지 않는 한자 구절만 나열하는 엉
터리라 웃음을 자아낸다. 이런 토끼를 통해 교육의 기회조차 박탈당한
민중의 처지가 해학적으로 드러난다. 기회의 불균등과 사회적 불평등이
민중의 고단한 삶의 주요 원인임에도 이를 해학적 미감으로 표출하고
있는 것이다.

그러미 뉘가 上峰으로 다닌다고 중간 기실그로 살〃 단이지요 中間의
난 쪼 일이 웁다고 게야 무슨 일이 잇셔요 드러보오 中間으로 단일 져게
불잘 논난 捕獸더리 미지망터 등의 지귀 귀통 藥筒 남날기와 白치 火繩
가늘게 밉시 잇게 쏘와 곳초갓튼 불을 달여 곱쇠 숀의 얼넌 들고 방牌
쑤며 압가리고 金字박기 술바그면 총 됴흔 火藥 鐵丸 박아 火繩불을
방아쇠의 들어언져 톡기가 올는ᄒ면 한짝 눈 찟긋 감고 말근쇠 얼는 맛

촤 肝 더벅이 디층흐여 귀쌀 번쩍 탕 **톡기란 놈 거동보소 찍굴찍굴 궁글**
더니 精神찰여 흐난 말이 이고 둑쎄다 아니 여보 웃지 말삼을 글이 몰강
시럽게 흐오 총흐고 나흐고난 大天地怨讐요 으지 글어튼 말리요 우리
祖父丈게셔 탕 흐더니 一去無消息이요 父親게셔 탕 흐더니 因忽不見
이요 伯氏게셔 탕 흐더니 飛去夕陽風흐여기로 나고난 大天地怨讐 날
듯기 슬은 소리 너머 마오 主傅 笑曰 兄의 말삼이 江山風景 차지하고
世上걱정 읍다더니 입으로 흐난 총소리의 그디지 놀늬요 톡기 가삼이 벌
덕벌덕 하난 말이 (〈가람본별토가〉, 23장 앞~23장 뒤)

위의 대목은 현행 연행물에서 창화되는 부분으로, 연행문법에 의한
확장의 흔적을 간직하고 있어서 선행 연행물에서도 창으르 불린 대목으
로 생각된다. 별주부가 추는 말에 우쭐하여 '세상경개(세상흥미)'를 늘어
놓았으나 별주부의 '세상팔난'으로 토끼의 숨은 실상이 드러난다. '세상
팔난' 가운데서도 토끼가 가장 두려워하는 것은 포수의 총이다. 이것을
간파한 별주부는 여우(너구리)의 만류에 토끼가 가지 않으려 할 때 포수
의 총을 상기시키면서 위협하기도 했다.47) 조부, 부친, 백부 등이 총에
맞아 죽은 과거 사실을 말하면서도 "인홀불견(因忽不見)", "일거무소식
(一去無消息)", "비거석양풍(飛去夕陽風)" 등 한문투 언어를 동원하여 해
학적으로 표현되고 있다. 이 대목은 현행 연행물에서 자진모리 장단에
얹어 불리는 대목이기에 해학적 미감의 표출과 잘 맞아떨어지고 있다.

---

47) 이 부분에서도 해학적으로 표출된다. 〈박봉술창본〉에서 해당 부분을 제시하면 다음
과 같다. "네 상오를 보면 인중 밑이 절은 것이 단명객이 분명하고 인중에 화망살이라
내일 묘시말 진시초에 재너머 김포수 '무'자 '현'자 '금'자 때 온동 시슬 잘 가는 총으로
네 놈의 북두자리 양미간 골치 대목에다 들이대고 그저 꿍그르르르 쾅! 토끼 듣고
깜짝 놀래 아이고 여보소 쾅 소리는 빼 버리시오. 우리 삼대가 다 총으로 망했소.
수궁에 가면 총 없소? 아 수화가 상충인데 무슨 총이 있단 말이요? 총이라 허는 거슨
불이 일어나야 나가는듸 아 물속에서 무슨 총이 있단 말이요?"(177쪽)

(자진모리) ······(전략)······ 우루루루루 토끼를 결박하여 빨그런 주장
대로 꾹 찔러 드러메니, 토끼 기가 막혀, 대랑 대랑 대랑 달려, 아이고
이놈아 별주부야. 오야. 아 나 탄 것이 무엇이냐, 이렇게 아프게. 아 이놈
아 아까 그 수궁 남녀 갖고 나온다고 내가 허닝개. 아이고 이 오라질 놈의
남녀 두 번만 타게 되면 옹도리뼈도 안남겠구나. (<임방울창본>, 236쪽)

위의 대목은 '토끼 잡아들이는 데'의 뒷부분으로 역시 자진모리 장단
에 평우조(平羽調)로 불린다. 자진모리와 평우조는 긴박하고 격동하는
일이 극적으로 벌어지는 대목에서 흔히 결합되는 장단조(長短調)이다.[48]
토끼가 용왕 앞으로 끌려가는 급박한 상황임에도 나졸들과 '정체확인사
설'을 주고받는 장면 극대화가 진행되면서 별주부와 토끼의 해학적인 대
화로 표출된다.[49]

결국 연행물 — 육지위기 계열은 거듭되는 위기를 통해 민중의 고단한
삶과 그 극복 의 문제를 해학적 미감으로 형상화하는 방향으로 확대되
어 나간 셈이다. 그런데 고단한 삶의 해학적 형상화가 서민 또는 민중의
문제 해결을 지향하고 있지는 않다. 토끼는 작품의 결말 부분에 이르기
까지 온갖 위기를 겪었지만 결말 부분에 이르러서도 이러한 고난 극복
의 결과 토끼의 삶은 조금도 질적인 향상이나 개선이 이루어지지 않았
다. 토끼가 얻은 소득이 있다면 세계 도처에 민중의 삶을 위협하고 수탈
하는 정치적·사회적 강자들이 존재한다는 인식의 심화를 가져왔다는
것일 터이다. 월궁(月宮)으로 승천하였다는 것[50]은 수탈이 없는 세계로

---

48) 이보형(1975), 「판소리사설의 극적 상황에 따른 장단·조의 구성」, 『예술원 논문집』
   14, 대한민국예술원, 159쪽.
49) 공연 실황 음반을 들어보면, 이 대목에서 여러 차례 청중의 폭소가 터져 나오고
   있는 데서 이점을 확인할 수 있다. 대한국악원(1983), 『임방울 창극(4)』, 아세아레코드.
50) <박봉술창본>과 <정광수창본>에 이 화소가 포함되어 있다. <신재효토별가>에도

도피하고자 하는 민중적 소망의 표현일 뿐이다. 이러한 설정은 자신이 몸담고 있는 현실 세계에서는 삶의 고난을 극복할 수 없다는 사실을 역설적으로 드러낸다. 현실인식은 깊어졌다고 할 수 있으나 인식의 심화가 문제 해결을 담보하지 못한다는 점에서 해결적 전망을 제시하지 못하고 있다.

2) 봉건적 통치체제의 골계화와 그 변모

민중의 고단한 삶의 해학적 형상화는 선행 연행물 계열과 현행 연행물 계열에서 공통적이지만, 중세적 통치체제에 대한 시각에 있어 두 계열 간의 차이가 뚜렷하게 드러난다. 그러므로 선행 연행물 계열을 중심으로 먼저 논의하고 현행 연행물 계열로 변모해 간 양상을 논의하기로 한다.

〈국도본별주부전〉, 〈가람본별토가〉 등 선행 연행물 계열에서 중세적 통치체제에 대한 풍자와 희화화가 뚜렷하다. 이들 선행 연행물은 토끼의 고단한 삶을 보여주는 면과 병행하면서 통치집단에 대한 골계화에 초점이 두어져 있다.[51]

통치 체제의 정점에 있는 용왕이 발화 주체에 의해 어떤 형상으로 그려지는가를 먼저 주목할 필요가 있다. 용왕의 형상은 서두에서 설명적 묘사를 통해 제시되고 있다.

이 화소가 있는데, 영향 관계는 분명하지 않다.

51) J. Macqueen는 풍자적 의미는 타자 또는 자신에게 하는 인물의 언행, 타 인물의 언행, 그리고 서술자의 말에 의해 나타낼 수 있다고 했다.
송낙헌 역(1979), 『풍자(諷刺)』, 서울대출판부, 32쪽.

㉠굉쥬교쵹의 이슴― 논 년우회 남히 광니왕니 히천녈풍얼 복즁의 과니 쏘니녀 만신(에) 병(이) 드되니 승실업게 들엇던 거시녓다 ㉡머리의 두통에 꼭기에 발제를 겸ᄒ고 귀의 니롱의 코에 비츙얼 겸ᄒ고 목궁에 닌후에 감충을 겸ᄒ고 목에 년쥬에 나력얼 겸ᄒ고 가슴에 관격에 져졔 뉴종얼 겸ᄒ고 비에 복통에 졔충얼 겸ᄒ고 팔에 견비통의 익ᄒ봉얼 겸ᄒ고 손가락니 달니 갓도 달니가 헐니 갓고 허리가 아방궁 들보 갓고 코넌 벌녹벌녹 눈언 금젹금젹 부랄은 달낭달낭 ᄒ난구나 ㉢(젼)신얼 둘너본이 알난 곳 졔쳐노면 셩ᄒ 곳 바니 읍다 (<국도본별주부젼>, 1장 앞~1장 뒤. 괄호 안은 필자가 추정하여 삽입)

인용한 부분은 온갖 병이 들어 흉물스런 모습을 하고 있는 용왕의 형상을 그려내는 '용왕 병사설'로서, 현행 연행물 계열에서는 삭제된 부분이다. 사설을 살펴보면 ㉠의 끝 부분에 있는 "승실업게 들엇던 거시녓다"는 아니리에서 唱으로 넘어가기 직전에 흔히 나타나는 전형적인 선행발화(先行發話)의 형태를 갖추고 있으며, ㉢은 창이 끝나고 아니리로 넘어가는 부분으로 추정된다.52) 따라서 위의 사설은 아니리(㉠)→창(㉡)→아니리(㉢)로 구성된 연행단위(演行單位)로서 연행문법에 의한 확장 양상을 보이고 있다. 이러한 연행물적 확장을 통해 그려지는 용왕의 형상은 용왕이 통치권자로서의 자격을 갖추지 못하였음을 암시한다.53) 득병의 원인이 논리적 인과 관계에 따라 설득력 있게 서술되고 있지는 않지만, 지나친 유흥에 기인한 것으로 설정되어 있어서 용왕의 병든 형상과 조응되고 있다.

---

52) <가람본별토가>에서는 ㉠의 같은 위치에 "萬身의 病이 들어싯되 이상실리 兼ᄒ여 들어든 거시여다"(1쪽)로 되어 있으며 ㉢에 해당하는 부분은 행문이 거의 일치하고 있다.
53) 정출헌(1992ㄴ)은 "썩을대로 썩은 봉건 말기 국가의 모습"(245쪽)으로 규정하고 있다.

화자의 서술뿐만 아니라 용왕 자신의 언행에 의한 희화화의 방식도 다채롭게 드러난다. 어족회의에서 '어족입시' 대목 다음에 이어진 용왕의 발화를 인용하면 다음과 같다.

> 龍王이 左右을 돌아보니 世上의 나가면 밥반찬걸리와 슐안쥬걸리가 다 들어오것다 廣利 曰 卿네을 두보 보니 寡人은 魚物 都行首 그운이 만혜 글의 됴졍이 안이라 칠전 졔자거리 안이면 무의신고 (〈가람본별토가〉, 10쪽)

토끼 간을 구해 올 신하를 선발하기 위해 소집된 어족회의에서 용왕은 신하들을 '밥반찬거리'와 '술안주거리'로, 자신을 '어물전 도행수'로, 그리고 자신들이 모여 회의를 하는 어전(御殿)을 '칠전 저자거리'로 비의(比擬)하면서 자신을 포함한 지배집단 전체를 비하시키고 있다.

용왕은 다른 인물과의 대화나 갈등 관계를 통해서도 희화화되거나 비속한 인물로 전락한다. 도사의 단방문(單方文) 화소는 사경을 헤매는 용왕에게 엉터리 처방을 내림으로써 용왕을 비속화(卑俗化)시키는 구실을 하고 있다. 토끼가 자신의 간을 먹으면 "신기난 싱바람벽을 뚤쇼리이다"(〈국도본별주부전〉, 33장 앞)고 하자, 토끼의 기변(奇辯)에 속은 용왕은 "시기 좃탄 말에 더욱 돌녀"(〈국도본별주부전〉, 33장 앞) 토끼를 풀어주게 되고, 토끼는 수궁풍류를 즐기며 술에 취해 용왕을 "녀보 용첨지"(〈국도본별주부전〉, 33장 뒤)라 부르며 "용왕과 벗ㅎ"(〈국도본별주부전〉, 33장 뒤)는 데 이른다. 다른 인물과의 상호작용에서 보여지는 용왕의 이와 같은 언동에서 용왕은 더욱 비속한 인물로 전락한다.

용왕은 자신의 병만 나을 수 있다면 그 누구도 희생시킬 수 있다. 다음과 같은 장면은 용왕을 단순히 웃음거리로 만드는 이상의 의미를 내포하고 있다.

> 토끼 마음의 분ᄒ여 파연후의 왕게 쥬왈 쇼토 세상의 약간 의셔얼 보아
> 건이와 음허화 동의 원긔쇼복ᄒ기난 왕비탕이 졔일이라 ᄒ여싸온이 연
> 구한 자리을 구야 씨오면 ᄌ연 보원ᄒ오리인이 그 담의 쇼토의 간을 씨
> 오면 병환이 불일닉의 평복ᄒ오리다 왕이 잇디 토기 말이라ᄒ면 지록위
> 마라도 신쳥ᄒ년지라 즉시 ᄒ영 왈 츌세ᄒ여던 별쥬부 연구한니 의법ᄎ
> 로 디령ᄒ라 좌의정 금거북이 엿ᄌ오디 연발삼의 ᄒ여씨되 교ㅣ 토사의
> 쥬구을 핑ᄒ고 고조건의 앙궁이장이라 ᄒ엿사온나 쥬부 ᄌ리난 말이타
> 국의 츙셩 다ᄒ여 공얼 일위고 왓삽거던 봉작은 고ᄉᄒ고 죽이기가 불ᄀ
> ᄉ문어인국이온니 별노 권도을 죠ᄎ 암ᄌ리로 디용ᄒ실 츠분 발아난이
> 다 왕왈 의구ᄒ라(<사재동본별주부전>, 24장 뒤~25장 앞)

토끼 간을 얻어서 자신의 생명을 연장시키려는 욕망에 사로잡힌 용왕
이 토끼의 뱃속에 간이 없다고 믿게 되자 이제는 토끼가 모든 국면의
주도권을 쥐게 되었다. 토끼의 속임에 넘어간 용왕은 이미 이성을 완전
히 잃어버려 사리 판단을 전혀 할 수 없는 인물이다. 자신을 위해 죽음을
무릅쓰고 토끼를 생포해 온 별주부를 원기를 돋우는 데 도움이 된다고
하자 아무런 양심의 가책도 없이 희생시키려는 용왕의 태도를 통해 용
왕은 최소한의 도덕성도 결여한 군주로 형상화된다. 이와 같은 용왕에
대한 풍자와 비속화는 용왕을 정점으로 하는 통치체제의 정당성에 회의
를 갖게 하면서 그 부당성을 암시적으로 드러내고 있다.

지배계층의 일원인 별주부의 경우도 골계의 대상이 되는 것은 마찬가
지이다. 토끼화상을 받아 든 별주부는 "우리 부모 날 만들 ᄊ에 의지간
ᄒ 간 만들엇더면 니련 ᄊ에 요진니 씰 거셜"(<국도본별주부전>, 8장 뒤)
하며 "졔 싼의 지담ᄒ"(<국도본별주부전>, 8장 뒤)는 장면은 스스로를 비

속한 인물로 전락시키는 언행이다. 별주부가 암자라와 이별하는 장면에
서는 이런 비속화가 더욱 뚜렷이 드러난다.

> ㉠우지마라 일건 ᄯ지더니 鱉奏夫 제가 울것다 ㉡못 잇건니 못 잇건니
> 아모리도 못 잇건니 암ᄌ리 뭇난 마리 그 무어설 못 잇것나 못 잇즐 것
> 읍건마난 도원花中 碧房中의 老親父母 못 잇것나 안이 그건 八境일셰
> 玉窓櫻桃深閨中 看花佳人 못잇것나 아니 그도 千里로셰 글어면 眼前
> 의 蘭草갓흔 어린 子息 못 잇것나 안이 그도 싼판일셰 그러면 父母妻子
> 外의 그 머어설 못 잇것나 ㉢鱉主傅 對答ᄒ되 이것 져것 다 발리고 다만
> 자니 兩脚間 가득 宋便 못 잇것니 近來 눈의 것치연 놈 마니 볼너고
> 누가 준의 것치기에 그 말리요 그 陰凶흔 놈 南生이란 놈 명식읍시 날들
> 어 외사촌이라 ᄒ고 형이니 아오니 ᄒ며 아쥬 너털우슘지뎌 집걱졍 아주
> 말고 이연턱실업게 ᄒ되 니 본시 눈거치게 본 그을음풀웃흔 날 밤이면
> 니 집의 무엇ᄒ로 글리 자됴 단난고 나 나가도 문단속 단단이 ᄒ고 잠잘
> 리을 갈여 자오 誤夢後談이 쳡졍 쉬운이 일어틋 말을 ᄒ니 암ᄌ리 해을
> 니여 엣 ᄌ리 중의 雜ᄌᄅ로고 (〈가람본별토가〉, 9장 뒤)

별주부와 암자라의 이별 장면은 현행 연행물에서 창으로 불리는 대목
으로 선행 연행물에서도 창으로 불렸을 가능성이 크다. 이런 가능성은
사설의 특성을 통해서도 확인할 수 있다. ㉠은 아니리에서 창으로 넘어
가기 전에 나타나는 전형적인 선행발화로서 "제가 울것다"가 뚜렷한 표
지 구실을 한다. ㉡은 율문적 문장과 대화 표지어(對話 標識語) 없이 진
행되는 대화로 볼 때 연행문법에 의해 확장된 것으로 판단된다. ㉢은 아
니리로 전달되는 부분으로 보이는데, 〈조동일본별주전〉과 견주어 볼 때
확장되어 있어서 기록되면서 확장된 것으로 판단된다. 따라서 위의 인
용 부분도 원래는 소리판에서 연행단위로서 자격을 갖고 있었던 것으로

보인다.

별주부는 암자라가 "독슉공방 이 닉 신셰 맘 쏫칠 곳 젼혀 읍"(<가람
본별토가>, 9장 앞)다며 떠남을 만류하자, 화를 벌컥 내며 "옛 妖忘ᄒ지고
어펀니 國事으을 모로고 사졍만 싱각ᄒ고 무을 아나랴고 奉命使臣으로
万里他國의 연장도 업시 山짐싱 자불어 가난디 방장실니 우난고"(<가람
본별토가>, 9장 앞)하며 선공후사(先公後私)를 내세운다. 그러나 곧바로
위의 대목으로 이어지면서 별주부는 이런 근엄함에서 돌연 일탈하여 비
속화된다. 암자라의 만류는 지극히 인간적인 감정에서 우러나온 것이라
할 수 있다. 반면에 별주부의 "자늬 兩脚間 가득송편 못 잇것늬"라는
말과 혼자 둔 아내가 부정한 짓을 할까 봐 미리 단속하는 모습, 그리고
그의 아내에 의해 "즈리 중의 雜즈르"로 취급되는 대화에서 별주부는
비루하고 저속한 인물로 추락하고 있다.

이상은 골계화가 비교적 온건한 해학적 장면으로 처리할 수 있지만,
다음과 같은 장면은 별주부의 정당성에 의문을 제기한다.

　닛ᄯ 쥬부 천디망극ᄒ여 집에 도라와 부쳐 셔로 손얼 줍고 통곡ᄒ다가
문득 싱각 曰늬 경션ᄒ 말로 음희를 만나 무쵀ᄒ 부닌을 니 지경에 당케
ᄒ엿시나 니 져와 ᄉ싱동고지졍니 젹지 안니ᄒ고 졔 마음도 상약ᄒ여 고
집되지 안니ᄒ니 울늬 졍셰를 다ᄒ야 빌면 다시 측은니 싱각ᄒ야 구ᄒ리
라 ᄒ고 즉시 별당열 소솨ᄒ고 준치을 비셜ᄒ녀 톡기를 쳥ᄒ녀 상좌에
안치고 쥬부 닉외 당ᄒ에 쑤러안져 빅비 이걸ᄒ난 말니 오날날 울늬 양
인에 목슘니 션싱의계 달녀신니 너부신 도량으로 짐죽ᄒ야 존명얼 구ᄒ
녀 쥬압쇼스 톡기 슈넘얼 만니며 우어 왈 네 듯거라 당쵸의 날얼 죽을
곳즈로 뉴인흠도 심즁니 고니ᄒ거던 ᄒ물며 읍난 간얼 닛다 ᄒ야 그녀니
죽니라 ᄒ기난 무슴 연고며 위태ᄒ 씨를 둥ᄒ야 이걸ᄒ기난 나를 죠롱흠
민야 쥬부 비러 왈 님군 병환 ᄉ싱 즁 위퇴ᄒ거날 신즈 도리의 슈화즁닌

들 웃지 ᄉᆞ양ᄒ올닛가 글노 칙망ᄒ오면 ᄒᆞ올 말ᄉᆞᆷ 읍건니와 년석의 좀
간 경션흔 말ᄉᆞᆷ으로 ○연ᄒ오면 쇠ᄉᆞ무셕니온니 쳐분더로 ᄒᆞ올녀니와
겨러흔 디즛부 풍치로 일시 회담얼 혐의ᄒᆞ올시닛가 톡기 더욱 의기닉녀
왈 너 죽기를 둘녀ᄒᆞ거던 네 안희로 ᄒᆞ로밤 슈쳥 들니면 컨니와 그러치
안니면 멸문지환니 목견의 당ᄒ리라 쥬부 부닉를 도라보와 왈 그더 쇼견
웃더ᄒᆞ오 ……(중략)…… 쥬부 왈 부닉 말ᄉᆞᆷ니 닉니 올ᄉᆞ오나 닛 쎠널
당ᄒᆞ와 흔갓 졍졀만 싱각ᄒ고 권도를 좃지 안니 ᄒ리닛가 (〈국도본별주
부젼〉, 35장 앞~36장 앞)

위에서 우리는 토끼의 당당한 모습과 대조되는 별주부의 지극히 초라
한 모습과 마주치게 된다. 별주부는 토끼를 속여 수궁으로 업고 온 것까
지도 "ᄉᆞ싱동고지졍"으로 갖다 붙이면서 토끼로부터 동정심을 사서 목
숨을 구걸하고자 한다. 토끼의 배를 갈라 보라고 간언하다가 상황이 바
뀌자 자신이 한 말에 대해 "좀간 경션흔 말ᄉᆞᆷ"으로 변명하면서 "당ᄒ에
ᄉᆞ러안겨 빅비 이걸"한다. 이처럼 별주부는 상황에 따라 언행을 바꾸는
인물이니 토끼가 "나를 죠롱홈민냐"고 꾸짖는 것은 당연하다. 인물의 모
순적 행동은 연행물의 특성에 기인한 것이라 할 수 있다. 중요한 것은
연행물은 이러한 특성을 십분 활용하여 별주부를 성격 파탄자로 형상화
하는 데 이바지하고 있다는 사실이다. 이와 같은 별주부의 언행을 통해
별주부를 강자 앞에서 비굴하고 약자 앞에서 군림하려는 중세 봉건 관
료의 생리를 가진 인물로 형상화한다.

별주부는 암자라 수청을 들이지 않으면 멸문지환(滅門之患)을 당할 것
이라는 토끼의 위협에 암자라에게 훼절을 권유한다. 암자라가 도리를 들
어 거부하자 별주부는 권도(權道)를 좇아 토끼에게 수청 들 것을 재차
강권한다. 여기서 별주부가 충(忠)을 절대시하면서도 유교적 이념의 다른

유형인 열(烈)은 상황에 따라 저버릴 수 있는 것으로 여기고 있음을 알수 있다. 조선조 유교사회의 존립 기반이 되는 대표적 이념은 충·효·열(忠孝烈)이라 할 수 있다. 별주부가 암자라에게 훼절을 권유한 까닭은충(忠)의 실현을 위해서가 아니라 자신의 목숨을 부지하기 위해서이다.충(忠)은 반드시 실현되어야 할 것이지만 같은 유교적 이념이자 덕목인열(烈)은 목숨을 구하기 위해 '권도(權道)'라는 이름으로 쉽게 버리려는별주부의 의식과 행위는 이율배반적이라 할 수 있다. 충(忠)만이 가치있고 다른 덕목은 초개같이 버릴 수 있는 근거가 무엇인지 작품에서 납득할 수 있게 제시되어 있지 않다.[54] 별주부의 이런 이율배반적인 언행은역으로 별주부가 추구하는 충(忠)이 정당한가 하는 의문을 갖게 한다.

> 톡기 스룰 가를 지녓시되 ①스랑 스랑 스랑니야 남충 북충 노적갓치 다물 다물 쏜닌 스랑 년평 바다 그물갓치 고고니 미친 스랑 청누미식 침션갓치 솔기 솔기 감친 스랑 호걸낭군 니가 되고 절뒤가닌 네가 되니 니안니 년분닌야 ②스룰 코 귀흔 졍니 예붓텀 닛건마난 토성원 별부닌언 비할 더 젼녀 웁다 흐로밤 동침흔니 빅년흐로 흐랴 흐던 별쥬부난 뜬 구름니 되얏고나 신졍니 미흡흐야 수중에 힘 도든니 ③별부닌에 그동부쇼 토션성에 숀얼 줍고 쩌나기 년년흐녀 흐더라 (<국도본별주부전>, 36장 앞~36장 뒤)

위의 인용문은 별주부를 다각도로 몰락시키는 구실을 한다. ①은 토끼가 암자라를 안고 누워 부른 토끼의 사랑가로서 연행문법에 의한 확장으로 보인다. ②와 ③은 화자의 발화로서, ②에서는 토끼와 암자라의 애틋한 정을 언급하였고, ③은 토끼와 동침한 후 암자라가 보여준 태도

---

54) 이 대목을 암자라와 이별 장면에서 보여준 별주부의 비속한 태도와도 상충된다.

를 서술하였다. 이와 같은 화자의 발화, 암자라를 비롯한 다른 인물의
언행 등은 별주부를 밑바닥까지 끌어내리는 구실을 한다.

여기서 그치지 않고 토끼가 육지로 떠난다는 말을 들은 암자라는 토
끼에게 서간(書簡)을 보내 자신의 심경을 토로한다.

> 小妾 鱉夫人은 두 번 절하고 一張血書를 兎生員 座下의 올이나니다
> 妾은 八字 기박하와 十歲前의 父母을 여흐고 十五歲의 主傳을 맛나
> 승품이 至惡ㅎ여 琴瑟이 不足ㅎ여 마음의 잇난 슬음 부칠 곳 젼혀 읍셔
> 남 모로게 玉皇前의 피눈물로 發願터니 玉皇이 하감ㅎ사 쥰슈男子 지
> 시ㅎ여 千金갓치 貴흔 몸을 홀로 밤을 同枕ㅎ니 탐탐ㅎ고 貴한 情이
> 비할 곳 젼혀 읍다 風彩 됴흔 우리 郎君 만나기도 느질시고 百年이나
> 쥭지 말고 이별 마자 ㅎ여더니 國事의 私情 읍셔 一朝郎君 이別이야
> 血氣로 싱긴 몸이 일이 셜고 어이 살고 三生의 重한 연분 一身의 病이
> 되어 紗窓의 비게 누어 胡蝶夢 으드랴들 무정한 꾀꼬리 잠좃차 씨우나
> 냐 ……(중략)…… 인달울사 이 몸이 둑고둑고 万번 다시 쥭으기로 後世
> 上의 女子 되어 人世上 다시 나셔 낭군과 스로 만나 翡翠衾 雌雄體로
> 연分 지여 넙놀고져 風情읍신 별쥬부난 늬사 슬의 늬사 슬의 붓셜 잡아
> 셜라 ㅎ니 희음 읍난 이너 눈물 쥬쥴리 소사나고 胸膈이 쯥쯥ㅎ여 大綱
> 즉어 붓치나니 슈히 급히 도라와셔 쥬거가나 이너 목슘 一時나 건져쥬읍
> 기 千万 발으압나이다 (〈가람본별토가〉, 38장 앞~38장 뒤)

별주부의 성정(性情)이 지극히 악(惡)하여 평소 금슬이 부족하였는데,
"玉皇前의 피눈물로 發願"한 결과 "玉皇이 하감ㅎ사" 토끼를 낭군으로
섬기게 되었다고 했다. 그러면서 암자라는 후생(後生)에는 인간 세상에
태어나 토끼와 부부의 연을 맺기를 소망하고 있다. 중세적 이념에 사로
잡힌 별주부의 고루한 사고가 암자라가 "風情읍신 별쥬부난 늬사 슬의
늬사 슬의"하는 데까지 이르게 한 것이다. 이리하여 忠을 실현하는 것이

최고의 가치라 믿고 행동한 별주부는 군주로부터 이용 가치가 없어지자 버림받았을 뿐만 아니라, 암자라가 별주부를 거부하고 토끼를 연모함으로써 그의 아내한테까지 버림을 받는 참담한 지경에 이르고 만다. 별주부의 이런 파멸은 그가 구현하고자 한 충(忠)의 정당성에 의문을 제기하는 일이 아닐 수 없다.

지금까지 다각도로 전개되어 온 용왕과 별주부를 중심 대상으로 한 골계화는, 서사전개가 지향하는 논리구조와 결말처리를 일치시킴으로써 더욱 강렬하게 드러난다. 다음과 같은 결말처리는 중세적 지배체제의 정당성에 치명적 타격을 가하고 있다.

> 鱉夫人 암ㅈ라은 兎先生 離別後의 相思로 病이 되어 수월 신음타가 속절읍시 둑어시니 수궁의셔난 그 잔속을 모로고셔 主傅을 싱각ᄒᆞ여 글어ᄒᆞ다 ᄒᆞ고 龍王게 장문ᄒᆞ여 貞列을 표ᄒᆞ여고 龍王도 톡기 기다리다가 病이 漸漸 더ᄒᆞ여 世子의게 轉位ᄒᆞ고 別宮으로 피ᄒᆞ여더니 (<가람본별토가>, 43장 뒤~44장 앞)

중세적 이념을 선양하기 위해 내려지는 충렬(忠烈)의 표창이 훼절한 암자라에게 내려지는 사건과 별주부의 비극적 운명을 통해 별주부의 행위가 얼마나 허망한 것인가가 용왕의 몰락한 형상 및 죽음과 조응되면서 극명하게 드러난다. 별주부의 파멸을 통해 부당한 지배 권력에 대한 충(忠)이 결코 정당화될 수 없으며 그러한 권력은 몰락할 수밖에 없다는 주제적 의미를 표출하고 있다. 이와 같은 의미는 패도정치(覇道政治)를 부정한 맹자(孟子)의 정치관(政治觀)과 비견될 만하다.

제(齊)나라 선왕(宣王)이 물었다. "탕왕(湯王)이 걸왕(傑王)을 몰아냈

으며 무왕(武王)이 주왕(紂王)을 토벌했다 하는데 사실입니까?" 맹자
(孟子)가 대답했다. "전하여 내려오는 글에 그 일이 실려 있습니다." 제
선왕이 말했다. "신하로서 자기 임금을 시해해도 됩니까?" 맹자가 대답
했다. "인(仁)을 해롭게 하는 것을 적(賊)이라 하고 의(義)를 해롭게 하
는 것을 잔(殘)이라 하며 잔적(殘賊)한 사람을 일개 필부(匹夫)라 하니,
무왕이 일개 필부인 주(紂)를 주살(誅殺)했다는 말은 들었어도 임금을
죽였다는 말은 듣지 못하였습니다." 齊宣王問曰 湯放桀 武王伐紂 有
諸 孟子對曰 於傳有之 曰 臣弑其君 可乎 曰 賊仁者 爲之賊 賊義者
爲之殘 殘賊之人 爲之一夫 問誅一夫紂矣 未聞弑君也『맹자(孟子)』
「양혜왕장구 하(梁惠王章句 下)」

　물론 맹자의 이와 같은 말은 패도적(覇道的) 통치권력을 부정하고 왕
도정치(王道政治)를 구현하고자 한 그의 정치적 이상을 드러낸 것이다.
그의 이런 정치관은 통치권력으로서의 자격을 갖지 못한 세력이며, 이러
한 권력은 민중의 지지를 받고 있는 새로운 세력에 의해 처단되는 것이
마땅하다는 것으로, 민중적 주체에 의한 혁명을 정당화하는 논리로 해석
할 수 있다. 이런 점에서 선행 연행물 계열에서 드러나는 중세적 통치체
제에 대한 시각은 패도적 정치권력에 대한 맹자의 생각 또는 논리와 일
맥상통하고 있다. 이처럼 선행 연행물 계열에서는 충성할 가치가 없는
지배권력에 대한 맹목적 충성은 지배권력의 몰락과 함께 지양되어야 할
것임을 작품 자체의 논리가 지향하는 의미와 결말처리가 지향하는 의미
를 일치시키면서 구체적으로 보여주고 있다.
　지배계층에 대한 신랄한 풍자와 희화화를 통해 웃음을 창출하면서 부
당한 지배권력을 공격하고자 한 선행 연행물 계열이 현행 연행물 계열
로 전개되면서 골계화의 초점이 흐려지고 의미 지향이 므호해지는 방향
으로 변모하였다. 우선 삽화[화소]나 가요 차원에서 그 원인을 살펴보면

현행 연행물 계열에서는 선행 연행물 계열에서 보이던 지배계층를 풍자하고 희화화하던 삽화[화소]가 대거 삭제되었다. 현행 연행물에 남아 있는 지배계층에 대한 골계화는 '어족입시' 대목에서 용왕이 스스로를 비속화하는 것55)과 토끼가 취중에 용왕을 "용게미"(<임방울창본>, 165쪽)로 부르는 것, 별주부가 암자라와 이별할 때 남생이를 조심하라고 이르는 것56) 정도이다. 그나마 선행 연행물에 비해 서술이 축소되고 표현의 강도가 약화되었다.

지배계층에 대한 골계의 약화로 볼 때, 19세기 중기 이전의 선행 연행물 계열에서는 토끼의 고단한 삶의 형상화 과정에서의 해학성 지향과 함께 지배계층에 대한 풍자적 공격이 함께 추구되다가 19세기 후기 이후의 현행 연행물 계열로 오면서 지배체제에 대한 풍자적 측면은 약화되고 민중의 고단한 삶을 해학적으로 형상화하는 측면은 유지된 것으로 판단된다. 전체적으로 말하면 서민적 미의식인 해학성과 풍자성이 함께 추구되다가 향유층의 변화 등 판소리 연행 환경 변화와 맞물리면서 풍자성이 약화되는 방향으로 전개되었다고 할 수 있다.

현행 연행물 계열에서 토끼가 수궁위기를 탈출한다는 점에서는 논리구조상 토끼의 삶을 긍정하고 있음은 분명하다. 그러나 현행 연행물에서는 별주부에 의한 용왕의 소생, 언표적 국면을 통한 별주부의 충신화와 별주부에 대한 연민의 시선 등을 통해 별주부를 골계화의 대상에서 분

---

55) "용왕이 이만허고 보시더니마는 어, 내가 이런 때는 용왕이 아니라 팔월 대목 장날 생선 전의 도물주가 되얏구나." (<박봉술창본>, 164쪽)

56) 가장 뚜렷한 <박봉술창본>에서 인용하면 다음과 같다. "오냐, 네가 아이고 지고 운다마 는, 내가 너를 못 잊고 가는 일이 하나 있다. 아, 무슨 일을 그렇게 못 잊고 가세요? 다른 게 아니라, 재너머 남생이란 놈이 제 조에 덧붙임 사촌간이라하여 두고 볼끔 볼끔 자주 돌아당기는 게 아마도 내 구망에 껄쩍지근혀. 그 놈 몸에는 거 노랑내가 나고, 내 몸에는 고순내가 나니, 글로 징험해서 부대 조심허렸다잉." (167쪽)

리시키려는 경향 등은 지배체제에 대한 긍정의 의미도 내포하고 있다.

이러한 충돌의 결과 현행 연행물은 지배계층에 대한 희화화와 신랄한 풍자가 둔화되면서 문제의 초점이 흐려지고 중세적 이념이나 통치방식에 대한 태도가 이중성을 띠게 되었다. 민중의 삶에 대한 지속적 관심과 긍정, 중세적 통치체제나 이념에 대한 풍자적 시각과 긍정적 시각이 공존하는 양상을 보이고 있다. 따라서 현행 연행물은 인물에 대한 서로 다른 시각이 공존하면서 대결의 힘을 약화시켰다고 할 수 있다.

4. 맺음말

연행물－육지위기 계열은 육지위기 생성 이전의 단계토서 근원설화에 여러 삽화[화소]와 가요를 첨가하거나 기존의 삽화[화소]나 가요를 확장시키던 초기 연행물 계열, 육지위기가 생성되고 용왕을 비롯한 지배계층에 대한 풍자와 희화화가 뚜렷한 선행 연행물 계열, 지배계층에 대한 골계화가 약화되고 해학적 성격만 유지·강화되는 현행 연행물 계열로 전개되었다. 초기 연행물 계열의 이본은 남아 있지 않아 구체적 면모를 파악하기 어려우나 선행 연행물 계열 생성의 하한선은, 19세기 중기의 야담집인 《기문(奇聞)》에 실린 〈교토탈화(狡兔脫禍)〉와 〈신재효토별가〉(1870년경)를 근거로 19세기 중기 이전으로 잡을 수 있다. 연행물이 독서물화되면서 선행 연행물이 갖고 있던 골계적 성격이 약화되기도 하였다.

연행물－육지위기 계열은 연행 현장의 특성을 반영한 계열로서 부분의 독자성, 장면극대화 등 연행문법에 따른 서술 특성을 간직하고 있다.

그 결과 서사문맥에서 일탈하려는 원심적 구조와 인과 관계가 없는 삽화적 구조를 갖게 되었다. 이러한 구조적 특성을 통해 민중의 고단한 삶을 해학적으로 형상화하고 중세적 통치체제를 골계화하는 주제적 의미를 지향하고 있다. 용왕에 대한 골계화를 통해 통치체제를 비판하고 그 말단에서 봉건적 통치방식과 이념에 봉사하는 별주부의 몰락을 통해 불의한 통치권력에 대한 봉사가 부당한 것임을 분명히 하였다. 그러나 현행 연행물로 오면서 지배계층에 대한 풍자가 약화되고 작품의 논리와 의미지향이 서로 어긋나면서 별주부에 대한 긍적적 시각을 보이고 있다.

연행물 계열의 이러한 전개와 달리, <고대본토공전>, <임형택본토공전> 같은 문장체 소설이 나타남으로써 토끼전은 새로운 활력을 얻기에 이른다.

제2장 〈수궁가〉의 지평 전환

1. 머리말

토끼전 가운데 과거 창으로 불렸거나 현재 창으로 불리는 대본임이 분명하지 않으면서 연행물적 성격이 강한 이본들을 다수 발견할 수 있다. 이들 이본은 기록되면서 독서물적 성격이 첨가되었지만 창본의 성격이 강하게 남아 있는 이본들이다. 이들 이본 또는 이들 이본의 모본은 필사 당시의 연행 현장과 밀접한 관련을 갖고 있을 것으로 추정된다. 이들 이본은 서로 비슷한 모습을 하고 있는 것은 이들의 이본의 모태는 바로 이들 이본이 생성될 당대의 창본이었기 때문이다.

이 장에서는 연행물적 성격이 강한 이들 이본의 상호 관계를 살피고자 한다. 그런데 계통을 세우는 데 지렛대 구실을 할 수 있는 것은 20세기에 들어와서 채록되었거나 현재 우리가 들을 수 있는 현행 창본57)밖에 없다. 이들 이본을 현행 창본과 면밀히 대조해 보면 친소(親疏) 관계에 따라 두 계열로 나누어진다. 현행 창본과 소원(疏遠)한 이본군의 대표

---

57) 현행 창본은 〈이선유창본〉처럼 창이 전승되지 않는 이본도 포함한다. 〈이선유창본〉은 본고에서 논의하는 구조와 의미 면에서 차별성이 없으므로 함께 묶어서 다른 이본군(異本群)과 차별성을 검토하기 위함이다.

이본으로 <가람본별토가>를 들 수 있고, 현행 창본과 좀더 가까운 이본 군의 대표 이본으로 <박순호35장본>을 들 수 있다. 그리하여 이 두 이본 군을 따로 살핀 후 이들 상호간의 관계를 검토하기로 한다. 모두 창본과 밀접한 관련이 있고 연행물적 성격의 이본인데 이런 차이가 생긴 원인 이 무엇인지 추정하는 일은 <수궁가>를 중심으로 한 토끼전의 역사적 전개의 한 축을 밝히는 길이 될 것이다.

2. 〈가람본별토가〉 계열의 상호 관계

현행 창본과 보다 소원한 연행물로 <가람본별토가>, <조동일본별주 전>, <국도본별주부전>, <사재동본별주부전>, <경화수궁전> 등을 들 수 있다. 이들 다섯 이본은 상당수의 삽화[화소]와 가요를 공유하고 있으 며 이본에 따라 행문의 확장과 축소가 있기는 하지만 내용상의 차이는 거의 없다. 부분에 따라 친소 관계가 다르기는 하지만 전반적으로 앞의 두 이본과 뒤의 세 이본간의 친연성이 더 강하다.

뒤의 세 이본과 구별되는 앞의 두 이본 사이의 공통점으로 사해용왕 근본 사설, 별 주부의 암자라 이별시 암자라가 별주부를 잡자라라며 욕 하는 화소를 들 수 있다. 호랑이 봉변 대목의 위치가 모족(毛族)모임 뒤 라는 점에서도 일치한다. 그러나 <가람본별토가>에는 <조동일본별주 전>에 없는 용왕이 천하 명의(名醫)들을 초빙하여 치료를 하였으나 효 험을 보지 못하는 삽화[천하명의치료 사설]와 단방문(單方文) 화소, 우생 원 삽화 등 몇 가지 삽화나 화소가 첨가되어 있다.

한편, 뒤의 세 이본은 앞의 두 이본의 공통점을 공유하지 않는다는 공통점 외에 두꺼비 삽화에서 호랑이가 두꺼비를 꾸짖는 장면, 별주부의 암자라 이별시 의관을 내오게 하는 화소 등을 공유하고 있다. 호랑이 봉변 대목과 산신제 대목이 우생원 삽화와 모족모임 사이에 들어 있는 점도 특징이다. 이들 세 이본은 표기 형태의 차이와 자구(字句)의 출입이 다소 있을 뿐 행문(行文)이 거의 일치한다. 〈사재동본별주부전〉은 토끼가 그물에 걸리는 데까지, 〈경화수궁전〉은 용왕이 토끼를 육지로 돌려보내라는 부분까지 필사하고 {육지위기}는 의도적으로 삭제해 버렸기 때문에 〈국도본별주부전〉이 가장 선본(善本)이다.

앞의 두 이본과 뒤의 세 이본 사이의 친연성도 강하다. 상당 부분에서 세부적인 행문의 일치를 보이고 있으며 대부분의 가요와 상당 부분의 삽화[화소]가 일치한다.

> (가)-㉠ 잠긴 단방문 쵸약니 닛나니다 큰 황ᄌ목판 디톱씨고 디퓌로 고니 밀어 좌우 달어 천지판 모막니ᄒ여 은썅으로 가닙ᄒ면 단통 낫깃나니다 광니 왈 도ᄉ난 날얼 곳 죽으란 말니요 (〈국도본별주부전〉, 3장 뒤)
>
> (가)-㉡ 톡기 마춤 죠정에 드러가셔 용왕전에 문후ᄒ고 다시 쥬왈 어제날 왕비탕얼 씨라 ᄒ압기난 병환 중 원기 져러ᄒ시미 일시 구급ᄒ올 약니압기로 마지 못ᄒ녀 쥬달ᄒ녓습던니 밤 지닌 후 다시 싱각ᄒ온니 쇼퇴에 간얼 써 동졍얼 보온 후 달니 보원ᄒ오면 쇽효 닛실가 ᄒ오며 ᄒ물며 쥬부난 말니타국에 셩공지신니라 공도 씨지 안니ᄒ고 그 안힉를 쥭니오면 국가에 공니 안니오며 쏘ᄒ 쇼퇴 슈국 드러와 쳣 경ᄉ에 그른 일로 쥬달ᄒ오면 일후에 ᄒ 면목으로 즌ᄒ올니닛가 (〈국도본별주부전〉, 36장 뒤~37장 앞)

> (나)-㉠ 暫間 生覺ᄒ니 單方文의 쉬운 藥이 잇나이다 무어시잇가 黃精木을 大톱으로 쪼기니여 딕퓌로 곱게 밀어 天地板 左右을 잘나 모비

기 二分 너코 艱莊을 加入ᄒ여씨면 단통 낫게소 廣利 듣고 道士난 날을 듁는단 말리요 (<가람본별토가>, 4장 앞)

(나)-ⓛ 톡기 맛참 츠디 드러가 龍王 前의 問安ᄒ고 다시 奏曰 어졔날 王背湯을 씨라 ᄒ옵기난 病患中 元氣 져려ᄒ시미 일시 救急ᄒ올 藥이 업사와 마지 못흔 말삼으로 奏達하여삽더니 밤 지닌 後 싱각ᄒ오니 臣의 肝을 먼져 ᄊ 動靜을 보온 後의 다른 그시로 保元ᄒ오면 速效 잇실가 ᄒ며 ᄒ물며 主傅난 功臣이라 功도 씨지 아니ᄒ고 도로혀 그 안희을 듁기면 國家의 公論이 아니라 事勢 가장 졀박하오니 小兎 水宮의 드러와 쳣 졍事 그릇ᄒ면 日後의 무슨 面目으로 殿下의 朝庭을 디ᄒ오릿가 (<가람본별토가>, 36장 뒤~37장 앞)

(다)-㉠ 잠간 단방문 효약이 인난이다 무어시 약이 되난잇ᄭ 쓴 황당목을 디톱으로 ᄊ셔 디픠을 고계 밀어 좌우 모믹기 젼거판의 으쌍으로 ᄭ입ᄒ여시면 단통 나기나이다 광이 왈 동ᄉ난 날을 곳 죽으란 말니요 (<사재동본별주부젼>, 5장 앞~5장 뒤)

(다)-ⓛ 톡기 맛참 치디의 들어ᄀ 용왕젼의 문후ᄒ고 다시 쥬왈 어졔날 왕비탕을 씨라 ᄒ옵기난 병환중 원긔 져려ᄒ시미 일시구급할 약이압기로 마지 못ᄒ여 쥬달ᄒ여삽던이 밤 진닌 후 두시 싱각하온이 쇼토의 간어셔 동졍 보온 후의 일이 보원ᄒ오면 즉효 잇실가 ᄒ오며 ᄒ물며 쥬부난 말이 타국의 셩공지신니라 공도 씨지 안이ᄒ고 그 안희을 쥬기오면 국ᄀ 공의 안이오며 쏘한 쇼토 슈국의 들어와 쳣 졍ᄉ의 글은 일노 쥬달ᄒ오면 일후의 ᄒ면목으로 즌하 죠졍얼 디ᄒ올잇가 (<사재동본별주부젼>, 26장 앞~26장 뒤)

(라) 잠간 단방文 卽效약이 잇나이다 廣利 반겨 問曰 무슨 약이 卽效ᄒ오잇가 道士 笑曰 큰 황장목을 디톱으로 씨고 디픠로 골고로 미러 左右 묘믹기ᄒ고 天地板의 근쌍으로 가입ᄋ면 단통 낫게나이다 廣利曰 道士는 날을 꼭 죽으란 말이요 (<경화수궁젼>, 6장 뒤)

(마) 토기 맛참 치더의 드러가 용왕전의 문안ᄒ고 다시 쥬왈 어졔날
왕비탕을 쓰라 ᄒᆞ옵기는 병환중 원긔 져러ᄒ시니 일시구급ᄒ실 약이옵
스와 마지 못ᄒ 말슴으로 쥬달ᄒᆞ여습더니 밤 진는 후 두시 싱각하오니
쇼토의 간을 먼져 쓰셔 동졍을 보온 후 다시 보원ᄒᆞ오면 속호 잇슬ᄀᆞ ᄒ
오며 ᄒ믈며 쥬부난 공신이라 공노 씨지 아이ᄒ고 도로혀 그 안희을 죽
기오면 국가 공논이 아이라 스셰 가장 졀박ᄒ오니 소토 수구의 츄음 드
러와 첫 졍ᄉ의 그른ᄒᆞ오면 일 무슨 면목으로 젼ᄒ의 죠졍을 디ᄒᆞ오릿가
(〈조동일본별주전〉, 26장 뒤)

(가)~(다)의 ㉠과 (라)는 연행물 가운데는 위의 네 이본에만 나타나
는 단방문(單方文) 화소인데, 이들 이본의 영향권 아래 있는 독서물 계열
에서도 발견된다. (가)~(다)의 ㉡과 (마)는 위의 네 이본[58] 및 이 계열
의 영향 아래 있는 이본에 두루 존재한다. 행문의 일치 정도에 차이가
다소 있기는 하지만, 대부분의 삽화[화소]와 가요가 공통적으로 들어 있
으며 위와 같은 정도의 유사성을 보이고 있다.

그런데 〈가람본별토가〉에는 있으나 〈조동일본별주전〉에 없는 천하
명의치료 사설, 단방문 화소, 우생원 삽화 등이 뒤의 세 이본에 들어 있
어서 이들의 관계를 정확하게 판단하기 어렵다. 다섯 이본 가운데 〈가람
본별토가〉가 다른 네 이본에 비해 전반적으로 사설이 확장되어 있는데,
〈가람본별토가〉가 확장된 것인지 여타 이본이 축약된 것인지 분명하지
않다. 당대 소리판에서 전승되던 사설이 수용된 것이라면 공통 모본이
있었을 것이므로, 〈가람본별토가〉는 이를 확장하고 다른 네 이본은 이
를 거의 그대로 필사했을 것으로 판단하는 것이 자연스럽다. 다섯 이본
가운데 〈가람본별토가〉만이 전반적으로 확장되어 있는 점이 이를 방증

---

58) 〈경화수궁전〉은 이 부분을 의도적으로 삭제하였다.

한다. <가람본별토가>는 말미에 "정해납월순망간(丁亥臘月旬望間)"이라
는 필사기(筆寫記)를 통해 1887년에 필사되었음을 짐작할 수 있고,[59]
<경화수궁전>은 "병진(丙辰)"이란 간지(干支)가 있어서 1916년에 필사
되었음을 짐작할 수 있다. <경화수궁전>에서는 {육지위기}가 의도적으
로 삭제되었다.

 이상으로 볼 때, 위의 다섯 이본은 대부분의 삽화[화소]와 가요가 일치
는 동일 계열이다. 이들 다섯 이본을 함께 묶어 '<가람본별토가> 계열'
로 부르기로 한다.

 <가람본별토가> 계열은 현행 창본 계열의 삽화[화소]와 가요를 상당
부분 갖고 있고 세부 내용도 이와 일치하지만, 현행 창본과 구별되는 몇
가지 중요한 특징을 갖고 있다. 첫째, 서두에 용왕이 온갖 병이 든 형상
을 연행문법에 따라 확장한 이른바 '병사설'이 있다. 둘째, 별주부 모친
이 별주부의 육지행을 끝까지 만류하는 것으로 설정하였다. 셋째, 토끼
가 별주부에게 복수하기 위해 용왕에게 왕배탕을 권하는 왕배탕 삽화,
신하들이 암자라를 대신 쓰도록 청하여 용왕이 허락하는 암자라 대용
화소, 별주부가 암자라에게 토끼와 동침하기를 권하여 동침이 이루어지
는 암자라 동침 삽화, 토끼가 암자라를 안고 사랑가를 부르는 토끼의 사
랑가 사설, 암자라가 육지로 떠나는 토끼에게 편지를 보내는 암자라 연
서(戀書) 화소 등이 있다. 넷째, 육지로 귀환한 토끼가 암자라에게 안부
를 전해 달라는 화소가 있다. 다섯째, 암자라가 토끼를 그리워하다 상사

---

59) 인권환(1968), 「<토끼전> 이본고」(『아세아연구』 29, 고려대 아세아문제연구소)에서
 는 '정해(丁亥)'라는 간지(干支)를 1827년으로 추정했고(93쪽), 정출헌(1992ⓒ)은
 1887년으로 추정했다(201쪽). 19세기 중엽의 명창인 염계달(廉季達)의 더늠으로 알려
 진 '토끼가 노는 대목'이 들어 있는 것을 근거로 1887년으로 추정한 정출헌의 견해가
 타당한 것으로 판단된다.

병으로 죽자 수궁에서는 별주부를 그리워하다 그리 된 것으로 오인하여 암자라의 정열(貞烈)을 표창하는 삽화가 있다. 여섯째, 용왕은 약을 얻지 못해 죽음을 맞이하고 별주부는 수궁으로 돌아가지 못하고 소상강으로 망명했다가 용왕이 죽고 암자라가 정렬 표창을 받았다는 소식을 듣고 자결하는 방향으로 수궁 인물의 운명이 결정된다. 일곱째, 〈조동일본별주전〉을 제외한 네 이본에 별주부가 육지에 올라와 소를 만나 수작하는 우생원 삽화가 들어 있다.

이상과 같은 〈가람본별토가〉 계열의 특징적 삽화[화소]나 가요는 지배계층의 골계화를 지향하는 것으로 요약된다.

그 밖의 특징적 삽화[화소]는 다음과 같다. 수궁에 가면 벼슬도 하고 팔선녀도 볼 수 있느냐는 토끼의 질문에 별주부는 토끼 풍신이면 일등미색이 청개구리 뒤에 실뱀 따르듯 할 것이라며 추켜 세우고, 토끼가 주저하자 별주부가 호랑이 찾아가겠다며 떠나려 하고, 이에 대해 토끼는 호랑이 숙주(叔主)가 모든 일을 나와 상의하므로 가도 소용없을 것이라고 응수하는 삽화가 있다.

〈가람본별토가〉 계열의 '병사설', '토끼의 사랑가', '서상경개(세상흥미)' 대목의 '꽃타령'과 '나무타령' 등은 연행문법에 들어맞는 사설의 형태를 갖고 있어서 과거 소리판에서 창으로 불렸을 가능성이 크다. 그런데 우생원 삽화는 창으로 불리던 것인지, 아니면 기록되면서 첨가되었는지 추정하기 어렵다.

(가) ①우싱원 ᄒ난 말니 닉 말얼 ᄒ즈ᄒ면 흉격니 답답ᄒ오 웃지ᄒ녀 그러ᄒ오 일르거던 드러보오. ②신롱씨 즈손으로 시교경 ᄒ올쎄에 / 녁손의 밧텰갈고 그길로 도라와셔 우션에 누엇던니 / 뉵손포님 결쥬시에 구쪽얼 다멸ᄒ고 / 졔션왕 포쥭간에 쥬글목슘 계오스닉 / 님쳔쵸야 슈문

날에 뮤지흔 빅셩더리 / 무단니 안니보고 남걸위녀 코를쏘니고 / 셰겹들
니 삭기쥴을 목에미녀 길게 줍고 / ……(중략)…… / 쳔즈왕후 즁더신도
나안니면 놉다ㅎ며 / 영웅호걸 뉘실넌지 나아니면 귀타할가 / 오복즁에
귀흔거시 일왈슈오 니왈부라 / 경젼식 안니ㅎ고 복닛다고 부즈되며 / 니
공얼 남이먹고 날얼죽여 쏘먹은니 / 젹숑즈 쟝즈방 밧가라 안니먹고 /
뉵식도 멀니ㅎ되 즁싱불사 ㅎ건마난 / 닌심도 녕악ㅎ고 셰도도 변할시고
/ 닉신셰 싱각ㅎ니 몸둘더 바니옵쇼 / ③흔심ㅎ고 가련흔 말 디강 그러ㅎ
오. 쥬부 닐은 말니 그러ㅎ면 몸에 발닐 거시 옵단 말니요 (<국도본별주
부젼>, 22~23쪽. 행구분 표시 '/'－필자, 이하 같음)

  (나) (아니리) ①…내가 뭐 별건 뭐 아는 것이 없습니다마는 내 팔자는
세상에서 무쌍이요 내 낱낱이 일러줄게 들어보시오. ②(중몰이)임자없는
녹수청산 일모황혼 저문 날에 / 월출동령의 잠을 깨여 청림벽계 집을 삼
고 / 값이 없는 산과목실 양식을 삼아서 감식허고 / 신여부운 일이 없어
명산 찾아 완경할제 / ……(중략)…… / 적송자에 안기생을 나의 제자 삼
아두고 / 이따금 심심하면 종아리나 때렸웁네. / ③강산경개를 다 일러둘
양이면 몇 날을 헐 줄을 모르겠네. 나는 세상에서 이렇게 지내요. (<임방
울창본>, 215~217쪽)

(가)는 <국도본별주부젼>의 우생원 삽화 가운데 우생원이 자신의 신
세타령을 늘어놓는 대목이며, (나)는 현행 창본 계열에서 이와 유사한
형태를 보이는 부분으로 토끼가 별주부에게 자신의 세상살이를 자랑하
는 '세상경개(세상흥미)' 대목이다. (가)의 앞 부분에서 대화 표지어(對話
標識語)가 거의 쓰이지 않으면서 인물의 대화를 극적(劇的)으로 재현하
고 있어서 연행물의 특성을 그대로 간직하고 있다. 또한 아니리로 전달
하였을 법한 ①에서 밑줄 친 "일으거던 드러보오"라는 말은 전형적인
선행발화(先行發話)의 형태를 띠고 있으며, 창으로 불렸을 것으로 보이

는 ②가 끝나고 아니리로 전달되었을 법한 ③에서 밑줄 친 "흔심흐고 가련흔말 더강 그러흐오"는 후행발화(後行發話)에 해당한다.

이러한 특징은 '아리리－창－아니리'로 진행되는 현행 창본의 (나)와 견주어 보면 본질적인 차이가 드러나지 않는다. 더욱이 즌머리 장단에 얹혀 전달되는 '세상흥미' 대목은 우생원의 신세타령 사설처럼 3(4)·4조 4음보의 율문적 형태를 갖춘 점까지 일치한다. 이뿐만 아니라 뚜렷한 서사적 계기 없이 우생원과의 만남이 이루어지는 점, 〈가람본별토가〉 계열의 영향권 아래 있는 독서물 계열60)에 우생원 삽화가 두루 포함되어 있는 점 등도 당대 소리판에서 창화되었을 가능성을 뒷받침한다. 그러므로 이 대목은 '우생원의 신세타령'으로 명명되면서 3(4)·4조 4음보의 율격적 문체로 중머리 장단 이하의 비교적 느린 장단에 얹혀 창화되었을 법한 대목이다.

이상의 검토 결과에 따라 이본 간의 친소 관계를 표시하면 다음과 같다.61)

---

60) 우생원 삽화가 들어 있는 독서물로 〈정문연본수궁전〉, 〈조동일본토처사전〉, 〈조동 일본토별전〉, 〈일사본별주부전〉, 〈정문연본별주부전〉, 〈김광순본수륙문답〉, 〈임형 택본토처사전〉, 〈나손30장본〉, 〈권영철본토끼전〉 등이 있다.

61) 여기서 사용하는 기호와 그 의미는 다음과 같다.
  = : 이본 전반의 행문이 거의 일치하는 관계(다른 계열의 영향을 받지 않음)
  — : 상당 부분의 행문이 거의 일치하는 관계(다른 계열의 영향을 부분적으로 받음)
  > : 선후관계가 있음(선후 영향 관계가 확실한 경우는 물론, 대상으로 삼은 이본의 범위 내에서 필사시기를 분명히 알 수 있는 경우에도 표시하였음. 친연성은 인정되나 양쪽 또는 어느 한쪽 이본의 생성 시기가 분명하지 않아 선후 영향 관계를 파악할 수 없는 경우에는 표시하지 않았음)
  [ ] : 현재 사설(이본)이 전하지 않음
  r : 연행물에 독서물적 성격 첨가
  MF : 앞쪽 낙장, MR : 뒤쪽 낙장, MM : 중간 낙장(훼손이 심한 경우와 내용상의 누락 포함)
  E : 육지 귀환 이후 사건의 의도적 삭제(e : 부분 삭제)

[선행 창본계]

```
    ┌─→ <가람본별토가>(1887) = <조동일본별주전>
    │
    └─→ <국도본별주부전> = <사재동본별주부전>(e) = <경화수궁전>(1916)(E)
```

3. 〈박순호35장본〉 계열의 상호 관계

다음으로 현행 창본과 친연성이 강한 연행물적 성격의 이본을 살펴본다. 이에 해당하는 이본으로 <박순호35장본>, <박순호29장본>, <박순호33장본>, <나손18장본>, <사재동본옥토전>, <하버드대본별주부전>, <박순호22장본>, <박순호56장본>, <나손53장본>, <나손22장본>, <홍윤표본별주부곡> 등을 들 수 있다. 이들 11종의 이본은 자구(字句)와 문장, 삽화[화소]나 가요의 출입은 있으나 상당 부분의 삽화[화소]와 가요가 일치하는 동일 계열본이다.

이본의 체제를 대략 살펴 보면 다음과 같다. <박순호35장본>, <하버드대본별주부전>은 낙장이 없는 완결본(完結本)이다. <박순호29장본>은 23장과 24장 사이에 갈게가 토끼에게 청탁하는 장면이 없는데, 낙장으로 인한 것인지 실수로 내용을 빠뜨렸는지 분명하지 않다. <박순호33장본>은 용왕에게 꼬리 있는 신하를 다 죽이라는 명을 거두기를 청하는 토끼의 상소문 부분에서 낙장되었다. <박순호18장본>은 도사의 토간 지시에서 시작하므로 그 앞 부분이 낙장되었으며, 별주부의 토끼 관상풀이 이하 부분도 낙장되었다. <사재동본옥토전>은 첫 부분에 낙장으로 인하여 한 장 분량의 내용이 없고, 13장과 14장 사이에 너구리의 토끼 만류 부분에 해당하는 1장 정도 분량의 내용이 낙장으로 인하여 누락되었다. <나손53장본>은 용왕탄식 이전 부분이 낙장되었다. <나손22장본>은 별

주부의 산신제 직전 부분까지만 있고 그 이하는 낙장되었다. 이상에서
보면 〈박순호33장본〉, 〈나손18장본〉, 〈나손22장본〉은 낙장으로 인하
여 육지위기가 존재하지 않는다. 한편, 〈박순호22장본〉과 〈박순호56장
본〉은 육지위기를 의도적으로 삭제하였다.

 11종의 이본 가운데 육지위기가 있는 것을 검토해 보면 이본마다 조
금씩 차이가 있다. 〈하버드대본별주부전〉과 〈나손53장본〉은 '그물위기'
와 '독수리위기'로 되어 있어서 현행 창본과 동일하다. 〈박순호35장본〉,
〈박순호29장본〉, 〈사재동본옥토전〉은 '그물위기', '독수리위기' 외에 현
행 창본에 없는 '포수위기'가 덧붙어 있다.[62] '그물위기'에 쉬파리의 서
울 구경 화소가 있는 점과 '독수리위기'에서 토끼가 다리는 잡지 않고
나뭇가지를 잡고 있느냐며 독수리를 속여 탈출한다는 점어서 현행 창본
과 차이가 있다.[63] '포수위기'가 당대 창본의 흔적인지 아니면 기록되면
서 첨가되었는지는 분명하지 않다. 〈홍윤표본별주부곡〉은 {육지위기}
중 '그물위기'는 삭제하고 '독수리위기'만 남겨 놓았다.

 토끼가 도망간 이후 수궁의 운명을 파악할 수 있는 이본은 8종이다.
이들 이본 모두에서 별주부는 빈손으로 귀환하지만, 용왕의 운명은 조금
씩 다르게 처리하고 있다. 〈하버드대본별주부전〉의 용왕은 하늘이 지시
해 준 천생벽도(天生碧桃)를 먹고 병이 쾌차한다.[64] 〈박순호29장본〉과
〈나손53장본〉에서는 뚜렷한 계기 없이 평복되며,[65] 〈박순호56장〉에서

---

62) 이 부분이 낙장된 〈박순호33장본〉과 〈나손18장본〉도 이들과 같을 것으로 추정된다.
63) 〈박순호15장본〉에서 토끼가 '노구할미위기'를 탈출하는 방법이 이와 유사하다.
64) {육지위기} 이전에 "ᄌ리 허릴업셔 도라와 용왕께 엿ᄌ오니 용왕이 왈 ᄒ날이 날을
  지시ᄒ야 천싱멱도을 쥬어먹고 병도 나셔시며 ᄯ 퇴기는 구변이 조와 스러갓시니
  이는 촌관이 무스라"(19장 뒤)라 하여 수궁에 관한 언급이 지극히 축약된 형태로 제
  시된다는 점이 특이하다.

는 "무약 중의 회춘"(110쪽)한다.66) <홍윤표본별주부곡>에서도 "鼈主簿 忠誠으로 龍王의 病을 偶然이 勿藥自效"(93쪽) 되어 소생한다. <박순호 35장본>과 <사재동본옥토전>은 수궁 인물의 운명에 대한 언급이 없이 마무리되지만, 별주부가 빈손으로 돌아갔으므로 용왕을 죽음으로 처리 한 셈이다. <박순호22장본>에서 "龍宮에 가 龍다려 이로니 龍王이 탄 식ᄒ고 퇴기는 歸死○生(起死回生인 듯-필자 주)ᄒ고"(43쪽)로 마무리 되어 역시 용왕의 죽음으로 처리한 듯하다. <박순호33장본>과 <나손18 장본>은 낙장으로 인하여 파악할 수 없으나 <박순호35장본>과 같을 것 으로 보인다. 용왕의 운명 처리에서 나타나는 특징은 용왕이 소생하는 이본과 죽음을 맞이하는 이본이 섞여 있다는 점과 소생시키는 경우 사 건의 인과적 설득력을 확보하려는 노력이 보이지 않는다는 점이다. 전자 의 경우 <수궁가>의 역사적 전개와 관련되고, 후자의 경우 연행물의 특 성과 관계된다.

낙장이 심한 <나손18장본>과 <나손22장본>을 제외하고 9종의 이본 은 현행 창본의 삽화[화소]와 가요를 대부분 공유한다는 공통점 외에 다 음과 같은 공통점을 갖고 있다. 첫째, 모족 모여드는 대목은 있으나 길짐 승 상좌다툼 대목이 없다. 둘째, 수궁 사령인 자가사리가 토끼를 잡아들 이러 왔다가 토끼 발에 차여 울며 들어가는 삽화가 있다.

11종의 이본을 좀 더 세밀히 검토해 보면 <박순호35장본>, <박순호 29장본>, <박순호33장본>, <사재동본옥토전>, <나손18장본> 사이와

---

66) <박순호29장본>은 "용왕이 이 말 듯고 돌돌 탄신ᄒ던 슈월을 지니미 쳔위 신쥬ᄒ야 환후평복ᄒ다 ᄒ더라"(29장 뒤)로 되어 있으며, <나손53장본>은 "자리 슈궁의 드러 가고 용왕도 평복하고 만亽가 두루 틱평ᄒ여쩌라"(53장 앞)로 되어 있다.
66) <박순호56장본>은 결말 부분에서 수궁의 운명에 관한 언급 후 토끼에 관한 언급이 이루어진다.

〈하버드대본별주부전〉, 〈박순호22장본〉, 〈박순호56장본〉 사이의 친연성이 더 강하다. 앞의 다섯 이본 중에서는 〈사재동본옥토전〉이 다른 네 이본보다 친연성이 다소 약하기는 하지만, 앞의 다섯 이본과 뒤의 세 이본은 8종의 이본이 함께 지닌 공통점 외에 몇 가지 공통점을 더 공유하고 있다.

앞의 다섯 이본은 표기 형태의 차이와 자구의 출입은 있으나 세부 행문(行文)의 일치를 보이면서 대부분 삽화[화소]와 가요를 공유하고 있다. 다섯 이본 가운데서도 〈박순호35장본〉, 〈박순호29장본〉, 〈박순호33장본〉이 더 가깝다. 〈나손18장본〉은 낙장이 심하지만 남아 있는 부분만을 대상으로 대비해 보면 비슷한 정도의 친연성을 보인다. 〈박순호35장본〉의 "긔유이월쵸삼일"(40장 앞)과 〈박순호29장본〉의 뒷표지 안쪽의 "갑인팔월이십일"을 통해 각각 1909년과 1914년에 필사한 것임을 알수 있다.

〈사재동본옥토전〉은 '신하입시' 대목 이전까지는 앞의 네 이본과 다르나 이 대목부터는 행문이 유사하여 앞의 네 이본 상호 간보다 그 친연성이 다소 떨어진다. 〈사재동본옥토전〉은 전반적으로 앞의 네 이본의 내용을 그대로 유지하면서 행문을 축소하는 모습을 보인다. 그러나 경우에 따라서는 흥미 위주의 내용을 첨가·확장한 대목도 있다. 별주부의 암자라 이별 대목이 그러한 예이다.

(다) 자라 졔의 안희 암자리 방의 드려간니 암자리 눈들을 지의면 셔은 시셜노 울다가 악슈상별ᄒ더라 (〈박순호35장본〉, 7장 뒤)
(라) 자라 ᄒ직ᄒ고 물너느와 졔의 안희 암ᄌ리 방의 드러ᄀ 익수상별ᄒ니 암ᄌ리 눈물지며 셔룬 시살노 이별가 지여 보닉니라 (〈박순호29장본〉, 7장 앞)[67]

(마) 부모게 ᄒ직하고 저에 안이 암자라게 가 ᄒ직ᄒᆫ 져에 안히가 손을 줍고 방에 들어가 눈물을 흘니고 흔슴 쉬며 스러운 ᄉ셜ᄒᄂᆫ 말이 창슝에 늘근 부모 규즁에 절문 안히 이팔쳥츈 날을 두고 간단 말이 어인 말고 나도 가셰 〃〃〃〃 임을 ᄯᅡ라 나도 가셰 남감이 호즁조고리 미역 줄기 옷치마 잇기 보션 칠보단쥼 밉셰 잇게 치즁ᄒ고 훌짝〃〃 울며 ᄯᅡᆯ 아나오니 주먹발로 처에 마누라를 늅다 츠며 딕즁부 힝츠시에 방정마진 게집년이 요ᄉᆞᆫ 말 ᄒ지 말고 길목보션 가져오고 부모 봉양이나 극진히 ᄒ고 어린 것덜 너머 울니지 말고 밤젼역예 문이나 단〃이 중구고 죰도 스루 주고 나 오기 젼의 부딕〃〃 잘잇소 (<사재동본옥토젼>, 6장 뒤~ 7장 앞)

인용한 바로 앞부분의 모친 이별 대목은 세 이본이 동일하지만 별주 부가 암자라와 이별하는 대목은 위에서 보는 바와 같이 (다)와 (라)는 간략한데 <사재동본옥토젼>은 "스러운 ᄉ셜"의 "이별가"를 첨가하는 방향으로 확장되어 있다. 투박한 말투로 별주부가 대답하는 말까지 첨가 함으로써 흥미지향성이 강하다. 이로 보건대, <사재동본옥토젼>은 선행 이본을 필사자가 축소와 확장을 적절히 하면서 흥미를 추구하는 방향으 로 변모시킨 것으로 보인다. 따라서 뒤쪽의 "정사정월(丁巳正月)"이라는 필사 시기는 1917년으로 추정된다.[68]

뒤의 세 이본과 구별되는 이들 다섯 이본의 공통점은 다음과 같다.

---

67) <나손18장본>은 "악슈상별ᄒ니 암ᄌ리 눈물지며 셜운 사셜노 이별가 지여 보닉이 라"(7장 앞~7장 뒤)로 되어 있어 <박순호29장본>과 동일하다.

68) <사재동본옥토젼> 필사기(筆寫記) 중 토끼가 다시 육지로 내려 왔다가 죽을 고생을 하고 탈출했다는 내용이 모본에 있으나 별다른 흥미를 느끼지 못했다는 말로 보아 모본에 있는 내용을 필사하지 않고 의도적으로 삭제한 것으로 보인다. 토끼가 수궁에 다시 잡혀온다는 설정은 <정문연본토생젼>, <임형택본토처사젼>, <가람본토끼젼> 등에도 보이지만 어느 정도 친연성이 있는지는 판단할 수 없다.

별주부 자원 대목과 '고고천변(杲杲天邊)' 말미의 '새타령'이 서로 유사하다. 다른 세 이본에 없는 것으로 토끼가 간밤의 꿈이 흉악하다며 별주부를 따라가겠다는 삽화가 있다. 낙장으로 인하여 해당 대목이 없는 〈나손18장본〉을 제외한 네 이본은 수궁 잔치에서 갈게가 토끼의 뱃속에 간이 있음을 눈치 채고 따라와서는 간 들었다는 말을 안 할 테니 세상에 나가거든 인간들에게 게를 먹으면 설사곽란(泄瀉癨亂)으로 죽는다고 말 좀 해 달라고 부탁하는 삽화(갈게 청탁 삽화),[69] 물메기가 취중에 꼬리로 용왕을 치자 용왕이 대노(大怒)하여 꼬리 있는 신하들을 모두 불러들여 점고하자 개구리가 올챙이적 시절을 생각하여 벌벌 떨고 토끼가 상소를 올려 물메기만 죄를 주고 용서하게 하는 삽화 등이 들어 있다.

〈하버드대본별주부전〉, 〈박순호22장본〉, 〈박순호56장본〉은 앞의 다섯 이본보다 행문·삽화[화소]·가요에 있어서 친연성이 더 강하다. 필사 시기에 관한 정보가 없어 선후 관계는 알기 어렵다. 앞의 다섯 이본과 구별되는 공통점으로 별주부 자원 대목과 '새타령'이 앞의 다섯 이본과는 다르되 이들 세 이본이 같다. 〈하버드대본별주부전〉과 〈박순호22장본〉에는 수궁 잔치에서 용왕이 술에 취하여 토끼더러 "퇵기야 네의 어미 날 좀 다구 네가 져리 기즈ㅎ니 네의 어미 오직할가"(〈하버드대본별주부전〉, 18장 앞)하며 용왕을 비속화하는 삽화가 들어 있다.[70] 〈하버드대본별주부전〉의 독특한 설정으로 토끼의 수궁행 만류 인물로 너구리와 두꺼비가 차례로 등장한다. 세 이본 중에서는 〈박순호56장본〉이 독서물화가 좀 더 진행되었으며 친연성이 떨어진다.

---

69) 〈박순호29장본〉은 이 부분이 누락되어 확인할 수 없으나 다른 이본과 견주어볼 때 들어 있었을 것으로 보인다.

70) 〈사재동본옥토전〉에도 용왕이 "토기야 네 어미 〃 〃 〃 허 〃"(23장 앞) 하는 말이 있다.

〈홍윤표본별주부곡〉은 물메기가 벼슬 제의로 토끼를 유인하는 삽화가 있고 용왕을 꼬리로 치는 대목이 없는 점으로 보아 〈하버드대본별주부전〉과 가장 친연성이 있다. '출륙공론' 대목에서 신하들이 출륙을 거부한다는 점과 {육지위기} 중 '그물위기'가 없고 '독수리위기'만 있다는 점에서 현행 창본과 차이를 보이지만, 전반적으로 현행 창본과도 가장 유사한 행문(行文)을 보이고 있으면서 부분적인 확장을 통해 해학성을 강화하였다.

한편, 〈나손53장본〉과 〈나손22장본〉은 〈박순호35장본〉과 더 가까운 부분도 있고 〈하버드대본별주부전〉과 더 가까운 부분도 있어서 어느 계열과 더 가깝다고 단언할 수 없다. 예컨대 〈나손53장본〉은 토끼 흉몽 화소, 갈게 청탁 삽화, 물메기가 용왕을 꼬리로 치는 삽화, 개구리 삽화 등이 없는 점과 육지위기가 '그물위기'와 '독수리위기'로 되어 있는 점은 〈하버드대본별주부전〉과 같지만, 토끼 수궁행 만류 대목에 두꺼비가 등장하지 않는 점, 대장 범치가 토끼 뱃속에 간 들었다고 소리치는 부분이 있는 점, 그리고 세부 행문의 유사성 면에서는 〈박순호35장본〉과 더 가깝다.

이상에서 살핀 11종의 이본은 상당 부분의 삽화가 일치하는 가운데 보다 가까운 이본이 있다. 이들 중 낙장이 없고 필사시기를 알 수 있는 이본 가운데 가장 이른 시기에 필사된 〈박순호35장본〉을 대표 이본으로 잡을 수 있다. 11종의 이본은 본고에서 논의하려는 구조와 주제적 의미에 있어 차이를 보이지 않으므로 이를 묶어서 '〈박순호35장본〉 계열'이라 부르기로 한다. 이들의 관계를 표시하면 다음과 같다.

[현행 창본의 모본계]

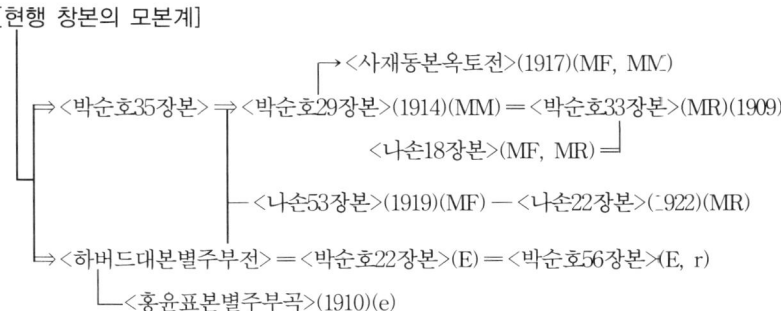

4. 〈가람본별토가〉계열과 〈박순호35장본〉계열의 상호 관계

이들 이본과 앞서 살핀 현행 창본 및 〈가람본별토가〉 계열과 대비해
보면, 세 계열은 상당 부분의 삽화[화소]와 가요의 일치를 보이고 있다.
현행 창본 중 가장 고제 사설을 많이 포함하고 있는 이본으로 판명된
〈이선유창본〉에서 창(唱)으로 불리는 37 대목을 〈가람본별토가〉와 〈박
순호35장본〉에서 찾아보면 몇 대목을 빼고는 모두 갖추고 있다.[71] 이것
은 현행 창본이 〈박순호35장본〉 계열과 더 가깝기는 하지만, 〈가람본별
토가〉와도 친연성이 강하다는 증거이다.[72] 이와 같은 친연성은 〈가람

---

71) 정출헌은 〈가람본별토가〉에 '침사설(針辭說)'과 '초동가(樵童歌)'를 제외한 35개의
   사설이 들어 있다고 확인한 바 있다. 정출헌(1992ⓛ), 197쪽. 〈박순호35장본〉에서도
   비슷한 수효의 삽화[화소]와 가요의 일치를 보이고 있다.
72) 물론 세부 행문도 〈박순호35장본〉계열이 〈가람본별토가〉 계열보다 현행 창본과
   더 가깝다. 토끼가 도망가면서 엉터리 약을 지어주는 부분을 예로 들면 다음과 같다.
   "맛브름 마른 것 흔 돈중과 독긔비 씰긔 흔 보와 졀이마 쌀 흔 긔와 어름 브른 것
   흔 돈중과 느묵신 엄지총 두긔와 옴박지 창시 흔늑을 흔 졉믄 지여셔 흰 구름 약돈지
   의 번긔불의 잠간 드려 거름지 수건의 발근 싸서 흔 초리믄 머기시면 늑을 거시오
   만일 그러치 안이흐면 복쟁이 알 세 보만 먹엇쓰면 겔코 늑을 거신이 그디로 ᄋ릐여
   라"(〈박순호29장본〉, 25장 뒤~26장 앞). "거 늬그 수궁에 들어가보니 암자래 많드라.

본별토가> 계열과 <박순호35장본> 계열이 판소리 연행의 공통 기반 위에서 생성되었기 때문이다.

그러나 <박순호35장본> 계열과 현행 창본 계열은 <가람본별토가> 계열의 특징으로 제시했던 지배계층을 골계화하는 삽화들이 거의 나타나지 않는다는 점에서 결정적인 차이가 있다. 이 밖에도 <박순호35장본> 계열은 수궁 인물의 운명 처리에 있어서도 세 계열은 차이를 보인다. <가람본별토가> 계열에서 별주부는 수궁으로 돌아가지 못하고 용왕은 죽음을 맞이한다. 현행 창본에서 별주부는 도사로부터 선약을 얻어 돌아와 용왕을 소생시킨다. 그런데 <박순호35장본> 계열에서는 현행 창본에서처럼 별주부가 수궁으로 돌아가지만, 선약을 얻어 돌아가는 경우도 있고 빈 손으로 돌아가는 경우도 있다. 용왕의 운명도 별주부가 가져온 약을 먹고 쾌차하는 경우도 있고, 인과적 계기 없이 소생하는 경우도 있으며, 죽음을 맞이하는 경우도 있다.

그렇다면 <가람본별토가> 계열과 현행 창본 및 <박순호35장본> 계열의 관계는 어떤 것일까. 세 계열이 이런 차이는 <수궁가>의 역사적 전개와 관련 있는 것으로 보인다. 즉, 현행 창본과 구별되는 <가람본별토가> 계열이 현행 창본 및 현행 창본과 유사한 <박순호35장본> 계열보다 앞선 시기의 창본 사설을 수용하고 있는 것으로 판단된다.

하루 일천오백 마리씩 잡어 다려 맥이고 복쟁이 가루를 천석을 만들어 오자대환을 지어무시복하고 퍼먹여 버려라. 그러면 죽든지 살든지 끝장을 보리라. 오 그래도 안 나커든 또 좋은 약이 있다. 화재는 가미허랑탕이라. 두꺼비 쓸개 열 독, 빈대 월경수 서말, 새색기 발톱 장말 서되, 병아리 눈물 한 말, 흰구름 단지에다 은하수 물 붓고 번개불에 바싹 다려 거름자 수건에 아드득 짜 먹어야 망중이제 만일 그러지 못하면 염여대왕이 지 할애비라도 살기는 틀렸다 이녀석아 어서 가거라 어서 가거라 나는 간다."(<정권진창본>, 48~49쪽) "부증병의 바상탕 삭인 빈대 고초갈로 구역증에 싱강집과 아푸즌코 줄 죽기는 복의알이 졔일이라"(<조동일본별주전>, 20장 앞)

이런 판단의 근거를 우선 이본의 필사 시기에서 찾을 수 있다. 선행
창본계로 추정한 〈가람본별토가〉(1887)와 현행 창본계인 〈박순호35장
본〉(1909)의 필사 시기에는 20여 년의 시차가 있는 등 여타 이본의 필
사 시기도 전반적으로 〈가람본별토가〉계열 이본이 앞서고 있다.[73] 필사
시기의 분포가 계열의 생성 시기를 어느 정도 반영하고 있을 것이다. 이
런 점에서 〈가람본별토가〉 계열에 포함된, 현행 창본과 구별되는 특징
을 현행 창본 이전의 것으로 추정할 수 있다. 현행 창본을 후대적인 것으
로 보고 현행 창본과 다른 지평을 지닌 연행물적 성격의 이본을 선행본
으로 잡는 것은 지극히 자연스러운 일이라 하겠다.

또 다른 근거는 판소리 연행 환경의 변화에서 추정할 수 있다. 19세기
의 판소리는 일반 서민뿐만 아니라 양반사대부 계층까지 소리판으로 끌
어들임으로써 판소리 향유층이 확대되었을 뿐만 아니라 양반사대부의
문화를 수용하고 지향하는 방향으로의 변모가 일어났다는 것은 주지의
사실이다.[74] 〈수궁가〉도 소리판의 이러한 연행 환경의 전반적인 변화
와 맞물리면서 여기에 능동적으로 대처하는 방향으로 변모해간 것으로
판단된다. 토끼전의 경우, 〈가람본별토가〉 계열에서 보이는 별주부와
용왕을 비롯한 지배계층을 희화화하고 풍자하는 삽화가 〈박순호35장

---

73) 선행 연행물의 특성을 간직한 〈가람본별토가〉의 필사 시기가 19세기 후반이므로
   현행 연행물의 특성을 간직한 이본들의 필사 시기도 이를 상회하기 어려우며 오히려
   늦게 잡아야 할 것이다. 본고에서 간지(干支)를 절대연대로 추정할 수 있는 근거도
   여기에 있다.

74) 18세기에도 몇몇 사대부가 판소리에 관심을 가지기는 했으나 예외적 현상에 지나지
   않았으며 양반사회에서 비난의 표적이 되었다. 19세기에 들어서면서 양반사대부의
   판소리에 대한 관심의 일반화에 따른 연행환경 변화에 관한 대표적 논의로 다음 논문
   을 들 수 있다.
   김흥규(1991), 「19세기 전기 판소리의 연행환경과 사회적 기반」, 『어문논집』 30, 고
   려대 국어국문학연구회.

본> 계열과 현행 창본으로 오면서 탈락·지양되는 방향으로 구체화된 것이다. <박순호35장본> 계열에 지배계층에 대한 골계화가 대거 삭제·지양된 것은 이 계열이 현행 창본의 틀이 잡힌 시기의 창본을 저본(底本)하였기 때문이다.75)

그러므로 <가람본별토가> 계열이 가장 이른 시기의 <수궁가> 사설을 반영한 것이며, 그 다음이 <박순호35장본> 계열, 현행 창본 계열의 순으로 전개되었다고 볼 수 있다. 비록 '그물위기'가 없지만, <박순호35장본> 계열 가운데 현행 창본과 가장 가까운 모습을 하고 있는 이본은 <홍윤표본별주부곡>이다. 세 계열의 관계를 정리하면 다음과 같다.

     [선행 창본계] ⟹ <가람본별토가> 계열
        ⇓
     [현행 창본의 모본계] ⟶ <박순호35장본> 계열
               ⟶ 현행 창본 계열

<가람본별토가> 계열과 지금 전하지는 않지만 이것의 모본이 되는 창본을 함께 일컬어 선행 연행물 계열로, <박순호35장본> 계열과 현행 창본 및 지금으로서는 확인할 수 없는 현행 창본의 모본을 함께 일컬어 현행 연행물 계열로 부를 수 있다.76)

---

75) 선행 창본과 이것과 관련 있는 연행물적 성격의 이본, 현행 창본과의 이와 유사한 연행 물적 성격의 이본의 관계를 더 깊이 따지는 일은 본 논문의 범위에서 벗어나는 일이므로 차후의 과제로 남겨 둔다.

76) 선행 연행물과 현행 연행물의 관계 및 필사시기는 여타 이본의 필사시기를 추정하는 잣대가 된다. 즉, 선행 연행물의 내용을 기준으로 볼 때, 여타 이본 가운데 19세기 중엽 이전의 이본은 존재하지 않는 것으로 판단된다. 본고에서 간지(干支)만 있는 이본에 절대 연대를 추정한 근거도 여기에 있다.

5. 맺음말

대체로 말하면, 토끼전은 〈수궁가〉 연행을 중심으로 한 연행물의 전승과 변모를 한 축으로 하고, 필사를 통한 독서물의 생산과 전파를 또 다른 한 축으로 하여 전개되었다고 할 수 있다. 그런데 현재 판소리 연행 현장에서 불려지거나 기록된 창본을 통해 알 수 있는 〈수궁가〉가 〈수궁가〉 생성기부터 그러했으리라고 생각할 수는 없다. 왜냐하면, 〈수궁가〉를 비롯한 판소리 사설은 수많은 더늠이 명멸하면서 현재의 모습으로 남아 있을 것이기 때문이다.

〈가람본별토가〉 계열과 〈박순호35장본〉 계열은 연행물의 성격을 간직한 이본군으로서 토끼전의 역사적 전개의 한 축을 밝혀줄 수 있을 것으로 판단하여 두 계열의 특징을 먼저 살핀 후, 이런 차이가 갖는 의미가 무엇인지를 모색하는 과정으로 논의가 전개되었다. 그 결과 〈가람본별토가〉 계열이 〈박순호35장본〉 계열보다 선행 형태의 창본을 반영한 연행물적 성격의 이본이라는 결론에 이르렀다. 이 변모는 〈수궁가〉를 중심으로 한 토끼전의 생산주체와 소비주체가 상호 작용한 결과일 것이다.

제3장 육지위기의 삭제로 본 〈신재효토별가〉

1. 머리말

　토끼전의 육지위기를 두고 이루어진 논의는 이 부분이 작품 전체에서 갖는 기능에 대한 논의 정도여서 보다 집중적인 점검이 필요하다. 이 장에서는 신재효(申在孝, 1812~1884)가 개작하여 정착시킨 〈신재효토별가〉의 육지위기 부분의 부재와 이를 통해 본 〈신재효토별가〉의 특성을 논의한다. 이를 위해 이 대목이 〈신재효토별가〉의 선행 지평인가, 아니면 신재효 개작 이후에 생성된 지평인가부터 논의해야 한다. 여기서 필자는 육지위기 부분이 〈신재효토별가〉의 선행 지평이며, 이 부분을 삭제하였음을 추정할 것이다. 둘째, 육지위기의 삭제 결과 신재효 개작본이 갖는 특성을 살핀다. 육지위기 부분이 있고 없음이 작품에 미치는 영향이 무엇인가, 그리고 육지위기 부분이 없는 것과 〈신재효토별가〉 자체의 특성과 상호 조응하는가의 문제를 다룰 것이다. 셋째, 신재효가 육지위기 부분을 삭제한 이유가 무엇인가를 탐색한다. 삭제의 이유를 신재효 스스로는 밝히지 않았지만, 그의 판소리 사설 개작에 관한 기존 논의와 작품 자체의 논리를 통해 추단할 수 있을 것이다.

이 논의에서 주의해야 할 점은 육지위기 부분의 삭제가 지향하는 지평이 〈신재효토별가〉 전반에서 지향하는 지평과 일치해야 한다는 것이다. 이를 위해 필요한 경우 〈신재효토별가〉의 전반적 성격을 함께 거론하기로 한다.

2. 〈신재효토별가〉의 선행 지평

신재효는 최선의 창본을 만들겠다는 의도로 소리판에서 재현되던 판소리에 바탕을 두고 〈신재효토별가〉를 생성시켰다. 이를 위해 그는 당대 여러 광대들에 의해 전승되는 판소리 사설을 참고하였을 것이다. 신재효가 〈신재효토별가〉를 생성시킬 즈음에[77] 필사본이나 방각본 토끼전이 있었을 테지만, 그가 참고한 선행 지평은 창본이 그 근간이라 생각된다. 신재효가 판소리 창자는 아니었지만, 그들을 후원하고 사범을 데려다 교육시키고 이론 교육을 직접 담당했던 점으로 볼 때[78], 악곡(樂曲)에 얹혀 소리판에서 구현되는 판소리 사설은 그에게 매우 친숙한 지평이었을 것이기 때문이다.

여기서 우리는 신재효가 〈신재효토별가〉를 개작할 당시 선행 지평으로 존재하던 토끼전의 모습은 어떤 것이었을까 하는 의문을 갖게 된다. 그 가운데 육지위기 부분에 관한 의문의 핵심은 이 부분의 생성이 〈신재효토별가〉 성립 이전인가 이후인가 하는 점이다. 이런 의문은 육지위

---

77) 신재효가 〈신재효토별가〉를 개작한 시점은 1864년 이후이며, 1870년경으로 추정되고 있다. 강한영 교주(1984), 『신재효판소리사설집(전)』, 교문사, 20쪽.

78) 서종문(2008), 『판소리와 신재효 연구』, 제이앤씨, 34~43쪽 참조.

기 부분이 수궁위기보다 후대에 생성되었을 것으로 생각되기 때문에 제기된다.

육지위기 부분이 수궁위기보다 후대에 생성되었다는 근거는 여러 측면에서 찾을 수 있다. 먼저 <수궁가>의 설화적 근원이 되는 『삼국사기(三國史記)』<귀토지설(龜兎之說)>에서도 토끼가 거북을 속이고 탈출하는 데서 끝난다.[79] <귀토지설>은 당대의 민간에서 전승되는 민담을 수용하여 이루어진 것으로, <수궁가>는 이들을 서사적 골격으로 하여 장황한 수사, 사설의 부연 등을 통한 상황적 의미·정서의 추구, 장면 극대화, 여러 가요들의 삽입 등 연행문법에 따라 사설을 확장하고 주제적 의미를 변모·심화시키는 방향으로 변모되었을 것이다. 이미 마련되어 있는 기본 골격을 확장하여 새로운 작품을 생성시키는 것은 판소리 사설의 형성에서 매우 흔한 일이다. 특히 육지위기 부분이 소리판의 흥미를 고조시키기 위해 기능하는 부분이라는 견해[80]를 받아들인다면, <수궁가>가 소리판에서 인기 있는 레퍼토리로 등장하면서 청중의 해학성에 대한 요구와 기대에 부응한 결과 이 부분이 생성되었을 가능성이 크다.

<신재효토별가> 이전에 독서물로 정착된 이본이 여럿 있었을 것으로 생각된다.[81] 창본에는 '그물위기'와 '독수리위기'가 공통적으로 나타나지만, 필사본에서는 다양한 양상을 보이고 있다. 창본에 없는 '포수위

---

79) 더 멀리로는 인도의 본생설화(本生說話)와 중국의 불전설화(佛典說話)에서도 원숭이가 악어 또는 자라를 속이고 탈출하는 것으로 설정하고 있다. 토끼전의 근원설화에 대한 연구로는 인권환(1967) 외에 다음을 참고할 것.
　오종근(1987), 「<토끼전>의 근원설화고」, 『논문집』 1, 원광대 대학원.
80) 이원수(1982), 15쪽.
81) <경판토생전>의 생성은 <완판토별가>(1897)와 함께 토끼전이 상업적 가치가 있는 독서물이었다는 사실을 말해준다. 상업적 출판 형태인 방각본으로 간행되었다면 필사본으로도 유통되고 있었다고 봐야 할 것이다.

기'[82]나 '노구할미위기'[83]가 들어 있는가 하면, 창본에 있던 '그물위기'
나 '독수리위기'가 나타나지 않기도 한다. 이런 현상에서 우리는 독서물
로 정착된 판소리계 작품의 특정 부분이 창본의 흔적인가 독서물화되면
서 생성된 부분인가를 판별할 수 있다. 판소리의 연행문법에 따라 확장
된 부분이 소설화되면서 축약되었다면 장면 극대화를 보여주는 이본과
그렇지 않은 이본이 함께 존재할 터이지만, 독서물화되면서 생성된 부분
이라면 후자의 이본만 존재할 것이다. 그렇다면 필사본에서 그물위기와
독수리위기 부분이 연행문법에 의해 생성된 흔적이 남아있는 것과 제거
된 것이 공존하는 점으로 보아 독서물화되면서 축약 또는 탈락되는 현
상으로 생각된다. 이와 달리 '포수위기'나 '노구할미위기'는 판소리 문법
에 의한 생성의 흔적을 남기고 있지 않으므로 판소리 사설이 독서물로
정착되면서 부연된 부분으로 보인다.

필사본에 나타나는 이런 현상을 육지위기가 수궁위기보다 후대에 등
장한 것임을 말해주는 증거로도 해석할 수 있다. 즉, 육지위기 부분이
아직 창본에서 확고하게 자리잡지 못했기 때문에 나타나는 현상이며, 확
고하게 자리잡지 못한 이유는 육지위기의 생성이 수궁위기보다 뒤늦었
기 때문인 것이다.

이상으로 볼 때, 육지위기 부분은 '수궁→육지→수궁'으로 이어지는
앞부분이 판소리 문법에 따라 상당히 확장된 뒤에 형성되었다고 할 수
있다.[84]

그런데 문제는 그물위기와 독수리위기의 생성 시기가 〈신재효토별

---

82) 〈박순호29장본〉이 그 예이다.
83) 〈박순호15장본〉이 그 예이다.
84) 이원수(1982)는 고리식 연쇄에 의해 부연되었다고 했다. 15쪽.

가> 이후인가 이전인가 하는 점이다. 결론부터 말하면, 육지위기 부분은 <신재효토별가> 이전에 생성되었으며, <신재효토별가>는 이의 수용을 지양했다고 생각된다. 개연성 있는 근거 몇 가지를 살펴보기로 한다.

한 가지 더 살펴볼 것은 야담집 《기문(奇聞)》의 <교토탈화(狡兎脫禍)> 설화이다. 여기에 '독수리위기'와 '그물위기' 등이 나타난다. 이것은 구전되던 설화가 야담으로 기록된 것으로 보인다. 판소리 광대의 신분적·문화적 기반으로 볼 때 <수궁가>의 선행 지평도 야담이 아닌 구전 설화였을 것으로 생각된다.85) 따라서 육지위기는 <신재효토별가> 이전의 것이며, 이것이 판소리 <수궁가> 육지위기 형성의 토대가 마련되어 있었다는 것을 뜻한다.

다음으로 주목할 사실은 <경판토생전>에 그물위기 대목이 들어 있다는 점이다. 대부분의 선행 연구에서 간기(刊記)인 무신(戊申)을 1848년으로 추정하거나 인정하고 있다.86) 동일 계열의 이본인 <국도본토생전>과 견주어 보면, 작품의 내용을 온전하게 갖추고 있지 못하다는 점에서 후대본일 가능성이 있지만, 표기상의 특징을 비교해 보면 앞선 시기일 가능성이 높다.87) 그런데 <경판토생전>에서 문맥에 맞지 않게 생략된

---

85) 인권환(1987⊙), 「수궁가의 설화적 구성과 사설의 양상」, 『어문논집』 27, 고려대 국어국문학연구회, 393쪽.

86) 아래 글에서 그렇게 추정하거나 인정했다.
김동욱(1960), 「한글소설 방각본의 성립에 대하여」, 『향토서울』 8, 서울시사 편찬위원회.
인권환(1993), 「토생전 - 경판본 - 해제」, 『토끼전』, 고려대 민족문화연구소, 15쪽.
정출헌(1992ⓒ), 236~237쪽.

87) 인권환(1991)은 두 가지 가능성을 모두 인정하였고(「토끼전군 결말부의 변화양상과 의미」, 『정신문화연구』 44, 한국정신문화연구원, 174쪽) 정출헌(1992ⓒ:226~227)과 민찬(1994)도 이를 받아들였다(『조선후기 우화소설 연구』, 태학사, 64~265쪽). 구체적으로 표기상의 특징을 살펴보면, <경판토생전>의 경우 두음법칙이 적용되지 않은 단어, 구개음화 되기 전의 'ㄷ'음이 빈번히 나타나며, 원순모음화가 일어나지 않은

부분을 〈국도본토생전〉에서 복원할 수 있다는 점에서 〈경판토생전〉은 모본을 번각하면서 축약한 이본으로 생각된다.[88] 결국 두 이본은 공통 계열을 모본으로 하고 있되[89] 생성 시기는 〈경판토생전〉이 앞섬을 추정할 수 있다. 1848년으로 추정되는 무신(戊申)은 〈경판토생전〉과 합본된 〈노섬상좌기(老蟾上座記)〉의 말미에 판각되어 있으므로 〈노섬상좌기〉 모본의 간행 연대로 보는 것이 합당할 것이다.[90] 〈노섬상좌기〉와 〈경판토생전〉은 각기 그들의 모본을 축약하면서 현재의 형태로 합본되었다면, 〈경판토생전〉이 신재효본 이전에 존재했을 가능성이 여전히 남아 있다. 모본의 축약으로 생성된 〈경판토생전〉에 그물우기 대목이 나타나므로 〈신재효토별가〉 이전에 '그물위기'가 존재했음을 확신할 수 있다. 더 나아가 〈경판토생전〉은 모본을 축약하는 과정에서 '독수리위기' 대목을 삭제했을 가능성이 있기 때문에 독수리위기 대목의 존재 가능성도 생각할 수 있다. 〈국도본토생전〉과 견주어 볼 때, 〈경판토생전〉이 축약되어 있는 점에서 이런 추정은 신빙성을 갖는다.

토끼전의 사적(史的) 전개라는 통시적 관점에서 볼 때, 수궁위기 부분에서 창본적 성격을 유지하고 있는 초기 이본[91]에 육지의기 부분이 존

단어(머므다 등)도 나타난다. 주격조사 '가'가 올 자리에 'ㅣ'가 거의 빠짐없이 사용되었으며(별듀뷔 등), 이중모음과 'ㆍ'의 사용 빈도도 매우 높다.

88) 정출헌(1992ⓒ), 227쪽.

89) 정출헌(1992ⓒ:228)은 동일한 대본을 저본으로 삼아 경판본과 국립도서관본으로 각기 방각·필사한 것으로 보았다.

90) 민찬(1994:267)은 '무신(戊申)'을 현존 경판은 물론 번각 이전의 경판과도 무관한 것으로 보면서 현존 경판은 1848년 이후 출현한 작품이라 했다.

91) 토끼전의 초기 이본이 갖는 특징에 관해서 구체적인 논의는 아직 이루어지지 않았으나 다음 논문에서 개략적으로 언급된 바 있다.
인권환(1984ⓒ), 「〈토별가〉에 나타난 신재효의 작가의식」, 『문학사상』 146, 문학사상사.

재한다는 점도 <신재효토별가> 이전에 육지위기 부분이 마련되어 있었다는 심증을 갖게 한다. 그 대표적인 예가 '그물위기'와 '독수리위기'가 모두 존재하는 <가람본별토가>(1887)이다.[92] <신재효토별가>와 <가람본별토가> 생성 간의 시간적 거리는 20년 미만이다. <가람본별토가>의 모본이 있었다고 본다면 그 간격은 더욱 좁아질 수 있으며 선후가 바뀔 수도 있다. <신재효토별가> 이전에 존재하지 않던 육지위기가 <신재효토별가>가 성립된 지 10여 년 만에 창본을 잇고 있는 <가람본별토가>에 등장하며, 모든 창본과 방각본에 빠짐없이 등장하고, 상당수의 필사본에도 등장하고 있다는 사실을 설명하기 어렵다.[93] 특히 신재효의 개작 사설이 당대 또는 후대의 창단에 큰 영향을 끼치지는 못했다는 점[94]을 생각할 때 그 가능성이 더욱 증대된다. 신재효본의 선행 창본에 육지위기 부분이 존재하였기 때문에, 창본의 지평을 충실하게 수용한 <가람본별토가>에 이 부분이 남아 있다고 보는 것이 합리적이다.

요컨대, <신재효토별가> 이전에 육지위기 부분이 성립되었다는 필연적인 근거는 찾을 수 없으나 개연성이 큰 근거를 이상과 같이 찾을 수 있다. 신재효 이전의 모든 창자가 육지위기 부분을 갖고 있었는지는 알

---

92) 가람본 <별토가>의 초기 이본적 특징은 정출헌(1992:217~224) 참조. 초기 이본임을 말해주는 특징으로 쟁장설화(爭長說話)에서 두꺼비가 상좌를 차지하는 대목을 들 수 있다. 두꺼비의 상좌 차지는 구전설화의 지평을 그대로 수용한 것으로서, 토끼전의 문맥으로 완전히 내려앉기 전의 모습이다. 후대에 토끼전의 문맥에 맞게 토끼가 상좌를 차지하는 것으로 전환된 이본이 등장한다. 쟁장설화에 대한 기존 논의로는 다음을 참고할 수 있다.
  인권환(1988), 「수궁가 쟁장설화의 근원과 전개」, 『홍익어문』 7, 홍익대 사대 홍익어문연구회.
93) 정출헌(1992ⓒ), 237쪽 참조.
94) 현재 육지위기 부분을 갖고 있지 않은 창자가 없다는 사실은 신재효의 <토별가>의 육지위기 삭제가 당대 또는 후대의 사설에 큰 영향을 끼치지는 못했음을 뜻한다.

수 없으나 이 부분은 신재효가 개작할 당시 익히 알고 있는 선행 지평이 었다. 그러나 현재까지의 자료로서는 추정의 범위를 넘지 못한다. 추정의 위험성을 감수하면서 다음 논의를 진행하기로 한다.

3. 육지위기의 삭제로 본 〈신재효토별가〉의 특성

1) 인물형상의 대등성 유지

육지위기는 토끼가 초군들이 쳐 놓은 그물 또는 덫에 걸린 위기 상황과 독수리에게 채인 위기 상황을 기지로 극복하는 대목으로 구성되어 있다. 앞에서 살핀 바와 같이, 이 부분은 근원설화에 존재하지 않던 부분으로, 〈수궁가〉가 판소리 공연물로 인기를 얻으면서 〈교토탈화〉 또는 그 이전부터 전승되어 오던 설화를 바탕으로 생성된 부분이다. 인도의 석가본생설화 및 중국의 불전설화, 그리고 『삼국사기(三國史記)』 〈귀토지설(龜兎之說)〉에 이르기까지 이들 이야기의 주인공은 손임을 당해 죽음의 위기에 빠졌다가 그 위기를 탈출하는 원숭이와 거북이라는 사실을 눈여겨 볼 일이다. 이와 같은 인물 설정은 형성기 토끼전의 모습을 짐작하는 데 도움이 된다.

설화에서의 이런 인물형상은 수궁가로 전환되면서도 그대로 유지되고 있다. 초기 수궁가에서 주인공은 토끼이며, 토끼가 어떻게 용왕과 별주부를 속이고 수궁을 탈출하는가에 초점이 모아져 있었다. 육지위기 부분의 생성은 이런 초기 이본의 성격이 소리판에서 재현되면서 관중의 호응에 힘입어 더욱 강화되어 가는 현상으로 이해할 수 있다.

육지위기는 토끼, 용왕, 별주부 세 인물이 중심이 되어 엮어가는 것이

아니라 토끼 혼자서 엮어가는 '토끼 이야기'라 할 수 있다. 그리하여 육
지위기가 존재하는 <신재효토별가>의 선행 지평은 별주부와 용왕을 풍
자하거나 희화화하는 한편, 거듭되는 위기를 극복하는 토끼의 재주보여
주기 방향으로 팽창되어 있었다. 따라서 <신재효토별가>의 육지위기 삭
제는 토끼 일방으로 인물이 강화되던 소리판을 거부하고 토끼의 이야기
인 동시에 별주부의 이야기이기도 하며, 더 나아가 용왕의 이야기도 될
수 있는 작품으로 변모시킨 셈이다.95) 즉 선행 지평이 '토끼가 어떻게
거듭되는 위기를 극복하는가'에 초점에 모아져 있는 이야기라면, <신재
효토별가>는 이에 대한 관심과 '자라가 어떻게 용왕에게 충성하는가'에
대한 관심이 대등한 위치를 확보하고 있다. 육지위기의 삭제는 결과적으
로 <신재효토별가>를 대등한 비중을 지닌 두 인물의 이야기가 될 수 있
게 하였다.96)

　신재효가 수궁가를 별주부의 "즁흔 츙셩"(316쪽)과 토끼의 "만흔 의
ㅅ"(316쪽)를 드러내고자 한 판소리 공연물로 이해하고 있다는 사실은
이상과 같은 생각을 더욱 굳히게 한다. 즉 수궁가는 토끼가 지혜로써 수
궁위기를 극복한 이야기이자 별주부가 용왕을 위해 충성한 이야기로 이

---

95) <신재효토별가>의 이런 변모는 신재효본 <심청가>에서 심봉사 황성 가는 부분을
　　확장한 것과 대비된다. 장석규(1993)는 <심청가>를 '심청 이야기'와 '심봉사 이야기'
　　로 보고 서사구조를 파악한 바 있는데「『심청전의 서사구조 연구』, 경북대 박사논문],
　　신재효본 <심청가>는 선행 지평보다 '심봉사 이야기'로서의 면모가 더욱 강화되어
　　있다. 이렇게 함으로써 '심청 이야기'와 '심봉사 이야기'가 균형을 유지하고 있는 점은
　　<신재효토별가>에서 '토끼 이야기'와 '별주부 이야기'가 균형을 유지하고 있는 점과
　　같다.

96) 인권환(1984ㄴ)은 토끼에서 자라로 관심이 바뀌었다고 했으나 김현양(1996)은 기본
　　구조에는 변화가 없고 변주적 특성을 보일 뿐이라면서 토끼에 대한 관심은 변화없다
　　고 했다.(「신재효 판소리 사설의 변주적 특성과 그 성격」, 『민족문학사연구』9, 창작
　　과비평사, 216쪽 참조.) 김현양이 <신재효토별가>를 변주적 특성으로 이해한 것은
　　받아들일 만하지만, 진실은 두 인물의 대등성에 있다.

해하면서 그런 방향으로 개작한 결과 두 인물이 대등한 비중을 지니고 함께 긍정되는 인물로 그려지고 있다.

신재효가 별주부를 긍정적인 인물로 형상화하려는 노력을 끊임없이 보여주고 있는 점에서 이러한 방향으로의 개작은 일관성을 지니고 있다. 별주부 모친과 부인이 별주부가 토끼를 잡으러 육지로 가게 된 사실을 듣고서 보이는 반응이 좋은 예가 된다. 선행 지평에서는 두 사람이 울면서 별주부를 만류하는 태도를 보이는 데 반해, 〈신재효토별가〉에서는 별주부의 행위를 당연하다고 하면서 실패하거든 아예 거기서 죽지 돌아오지 말라거나, 군신 관계가 부부 관계보다 중한 것이라며 모친과 자식 걱정은 말고 잘 다녀오라는 반응을 보인다.97) 또한 초기 이본에 있던 토끼와 암자라의 동침 화소도 삭제하였다. 이런 방향으로의 전환은 용왕의 경우에도 나타난다. 온갖 병이 든 용왕의 추한 모습을 그려낸 선행 지평을 〈신재효토별가〉가 삭제한 일이 대표적 사례이다.

별주부를 충성스런 인물, 긍정적인 인물로 형상하려는 의도와 별주부가 작품에서 차지하는 비중이 상대적으로 증가하는 것은 같은 맥락에서 이해할 일이다. 요컨대, 육지위기의 삭제로 〈신재효토별가〉는 공시적 축에서 볼 때 인물형상의 대등성을 획득하고 있으며, 통시적 축에서 볼 때 별주부의 인물형상이 강화되고 있다.

---

97) 〈신재효토별가〉의 별주부의 인물형상을 변모시킨 것은 〈적벽가〉를 개작하면서 정욱(程昱)을 방자형(房子型) 인물로 변모시킨 것과 대비된다. 신재효는 〈적벽가〉에서 정욱을 방자형 인물로 형상화하여 불의한 권력자를 비판하는 관점을 택했다면[서종문(1976), 「신재효본 적벽가에 나타난 작가의식」, 『국어국문학』 72・73, 143~146쪽, 148~150쪽.], 〈신재효토별가〉에서 별주부를 통해 지배계층을 포함한 당대 정치・사회의 제반 문제를 비판하고 있음을 볼 수 있다. 다만 별주부에 대한 시각은 긍정적이나 정욱에 대한 시각은 뚜렷하지 않다는 점에서 차이가 있다.

2) 서사 전개의 합리성 획득

신재효는 토끼가 육지를 떠나 수궁으로 가는 것을 자신이 뿌리내리고 있던 삶의 터전을 떠나 다른 곳으로 이주(移住)하는 행위로 인식하고 그러한 방향으로 형상화하고 있다. 신재효는 작중인물의 발화를 통해 이점을 거듭 표명하고 있는데, 한결같이 이주 행위를 부정적으로 보고 있다.

　　　수궁이 죠타ᄒ되 이향직 턴이라니 갈슈업졔 〃 〃 〃 (292쪽)

　　　타국의셔 왓다ᄒ고 쳔ᄃ를 ᄒ거드면 그 아니 졀통ᄒ오 (294쪽)

　　　벼슬 싱각 부ᄃ 말고 이ᄉ 싱각 부ᄃ 마쇼 벼슬ᄒ면 몸 위텁고 타관 가면 쳔ᄃ 밧니 몸 익은 쳥산 풍월 낫 익은 우리 동무 쥬야죵죵 질기 노시 (320쪽)

창본 비롯한 여러 이본에서는 다른 나라에 가서 벼슬하다 잘못된 사람들을 열거하면서 벼슬살이가 위태함을 드러내는 데 그친 반면에, 신본에서는 이와 함께 이향(離鄕)이 향촌사회의 결속력과 이주민에 대한 배타성 때문에 결코 행복을 보장할 수 없다는 사실을, 향촌사회를 떠났을 때의 고난과 천대를 들어 거듭 강조하고 있다. 이는 자신이 태어나서 자란 향촌의 테두리를 떠나는 것이 결코 문제의 해결책일 수 없음을 말한 것으로 해석 가능하다. 19세기 중·후반에 향촌사회의 동요로 말미암아 농토에서 유리된 농민들 급증하여 유랑하거나 이향민으로 전락하는 현상이 심각한 문제로 제기되었다. 신재효는 이를 심각한 사회 문제로 받아들이면서 향촌사회를 떠나는 것을 부정적인 시각에서 보면서 향촌사회의 안정을 소망한 듯하다.

　이향에 대한 신재효의 생각이 이와 같다면 육지위기 부분의 삭제는
당연한 귀결이라 할 수 있다. 수궁에서 거듭되는 죽음의 위기를 극복하고
돌아온 토끼가 다시 겪게 되는 육지위기는 이상에서 지적한 신재효의
이향에 대한 부정적 시각과는 정면으로 대치되는 사건이 아닐 수 없다.
육지에 아직까지 그토록 많은 위험이 도사리고 있다면 이향을 비판하는
신재효의 주장은 모순이며 설득력을 가질 수 없기 때문이다 선행 지평은
토끼의 수궁행을 다른 나라로 이주하는 것으로 막연하게나마 인식했으면
서도 그러한 행위에 대한 뚜렷한 시각을 내보이지 않았지만, 〈신재효토
별가〉는 뚜렷하게 인식하면서 형상화하려 했기에 작품의 전후 모순도
뚜렷할 수밖에 없을 것이다. 따라서 육지위기 부분의 삭제로 〈신재효토
별가〉는 선행 지평보다 서사 전개의 합리성[98]을 획득하게 된 셈이다.
서사 전개의 합리성은 〈신재효토별가〉 전반에서 나타나는 현상이다.

　　쥬부가 싱각ᄒᆞ직 이번의 가난 길은 토기의게 미인 목슘 토기의 ᄒᆞ난
　　말을 드러야 홀 테여든 그리ᄒᆞᄌ 허락ᄒᆞ니, 경망ᄒᆞᆫ 져 토기가 ᄌᆞᆫ말리 비
　　슝ᄒᆞ다. 토기가 나올 적의 이비 슘여 보단 말은 아마도 망발인 게, 김싱은
　　김싱ᄶᅡ지 스람말을 비러다가 셔로 문답ᄒᆞ려니와, 스람이야 김싱 보고 무
　　슨 말을 ᄒᆞᆯ것ᄂᆞ냐. ᄌᆞ리의 즁ᄒᆞᆫ 츙셩 토기의 죠흔 귀변 ᄌᆞᆯ ᄒᆞ자 ᄒᆞᆫ 말이
　　니 김싱으로 쒸밀 텐듸, 고기타령 김싱타령 두 가지만 ᄒᆞ여쥬고 식타령을
　　안히쥬면 한 ᄌᆞᆫ 슐의 눈물이라, 식타령이 싯막으되 히슝으로 지나오니
　　식 옙페 물 업시면 근경이 아니엿다. 자리 등의 토기 안져 가라치며 연에
　　물어, 져기 져것 무엇시냐. (316쪽)

98) 〈춘향가〉의 지평 전환 문제를 논하면서 합리성을 현실 문맥상의 합리성과 구성상의
　　합리성으로 나누어 검토한 업적이 있어 참고가 된다.
　　김석배(1989), 「춘향전의 지평전환과 후대적 변모-서술자 개입을 중심으로-」, 『문
　　학과 언어』 10, 문학과 언어연구회.

위의 인용문은 토끼와 별주부가 수궁으로 들어가는 대목에서 이름난 경치를 묻고 답하는 것에 대해 "쥬부의 된 슈졍이 육지 온 지 열어 달의 밤나스로 고슝ᄒ다 토기를 게우 돌나 고국으로 도라가기 시각이 밧바시니 톡기 귀경 시기자고 희슝의셔 두류ᄒ야 가르쳐 쥴 이가 잇나"(330쪽)며 비판한 후 선행 지평인 '범피중류' 대목을 삭제함으로써 합리성을 지향한 것과 같은 맥락에서 이해해야 할 터이다.[99]

밑줄 친 부분은 사람과 짐승의 대화가 불가능하다는 신재효 나름의 우화적 수법에 대한 이해를 보여주는 곳이다. 그러나 여기에 그치지 않고 이 말을 서사 전개의 합리성이란 견지에서도 바라볼 수 있을 듯하다. 즉, 선행 지평에서 토끼가 수궁을 탈출하여 해상을 지나가다가 각기 만고의 열녀와 충신의 화신으로 추앙받는 아황(娥皇)·여영(女英)과 굴원(屈原)을 만나 문답하는 대목을 두고서 망발(妄發)로 몰아붙인 것을 임기응변에 능한 토끼와 이들의 만남이 적절하지 않다고 판단하여 개연성과 합리성을 지니도록 개작한 것으로 볼 수 있다.

별주부가 호랑이를 토끼로 잘못 알고 불렀다가 곤욕을 치르는 대목을 삭제한 것도 서사 전개의 합리성을 지향한 것이다.[100] 장한 충신으로 형상화된 별주부가 호랑이로부터 시련을 겪는 것은 합리적이지 못하다는 판단에 따라 신재효는 이 부분을 삭제한 것으로 보이기 때문이다. 이런 사례도 신재효가 사설 개작의 주안점을 서사 전개의 합리성에 두고 있음을 알 수 있다. 서사 전개의 합리성은 신재효본이 독서물적 성격이 강화되는 원인으로 작용하였다. 수궁위기 부분에서 독서물적 성격이 강한

---

99) 김석배는 아래 논문에서 신재효가 비판한 선행 이본의 '범피중류' 지평을 추정하고 있다. 김석배(1994), 90~92쪽.

100) 이 부분은 현재 전승되는 모든 창본과 다수의 필사본에 들어 있는 것으로 보아 생성 시기가 <신재효토별가>보다 앞서는 것으로 생각된다.

이본에 육지위기 대목이 존재하지 않는다는 특성을 발견할 수 있는데, 이것은 육지위기 부분이 독서물로서의 토끼전에는 선택적인 부분임을 뜻한다.[101]

3) 해학성의 지양

토끼전에서 육지위기가 갖는 기능에 대한 논의가 산발적으로 있어왔지만, 주장이 한결같지 않다. 이원수는 이 부분이 고리식 연쇄에 의하여 생성된 부분으로서 해학성을 증대시켜 긴장감을 해소하는 기능을 한다[102]고 했다. 토끼전에 지속적인 관심을 보여온 인권환은 이 부분이 있음으로 해서 토끼전은 위기와 극복이 반복적으로 이루어지면서 긴장을 고조시키고 흥미를 유발하며 쾌감을 충족시켜 작품의 극적 효과를 점층적으로 고양시키는 기능을 한다[103]고 하여 대립되는 견해를 보였다. 한편 정출헌은 육지위기 부분이 소설본보다 창본에 잘 갖추어져 있다는 점을 지적하면서 춘향가나 심청가의 결말 부분처럼 소리판을 흥겨운 놀이마당으로 만드는 기능을 한다[104]고 하여 이원수에 보다 가까운 견해를 피력했다. 이들의 논란의 핵심은 육지위기 부분이 극적 긴장감을 고조시키는 기능을 하는가 아니면 해학성을 증대키거나 흥겨운 놀이판으로 유도하는 기능을 하는가 하는 점이 될 것이다. 이것은 육지위기 부분,

---

101) 필사본인 가람본 〈별토가〉에는 그물위기와 독수리위기가 모두 나타나지만, 〈토생전〉에는 독수리위기가 나타나지 않는다. 이것은 가람본 〈별토가〉가 창본을 충실하게 수용한 이본이며, 〈토생전〉이 출판 경비 절감과 소설화에 충실하려 한 이본이기 때문에 나타난 현상이다. 김동욱본 〈나손30장본〉과 〈토선생별주부입전(兎先生鼈主簿立傳)〉에 육지위기가 나타나지 않는 것도 독서물화의 결과로 설명할 수 있다.

102) 이원수(1982), 13~17쪽 참조.

103) 인권환(1987㉠), 401~402쪽 참조.

104) 정출헌(1992㉡), 240~241쪽 참조.

나아가 토끼전의 미학적 특질에 대한 논의와 밀접한 관련을 맺고 있다.

육지위기 부분이 갖는 기능 또는 미학적 특질은 해학성이라는 견해가 더욱 설득력 있어 보인다. 앞에서 말한 바와 같이 육지위기 부분은 청중들의 기대에 부응하여 소리판을 흥겹게 하기 위해 판소리 문법에 바탕하여 생성된 부분이다.[105) 수궁가에서 수궁위기 탈출까지는 극적인 긴장감을 형성하면서 전개되지만 육지위기 부분은 긴장이 다소 이완된 상태에서 전개되고 있다. 육지위기 부분에서 수궁위기 부분이 보여준 극적인 긴장감을 발견하기는 어렵다.

현재 전승되고 있는 여러 창본들을 검토해 보면 육지위기 대목은 아니리 부분이 창(唱) 부분보다 매우 발달되어 있음을 볼 수 있다. 장면 극대화를 추구하는 판소리 연행의 일반적 경향으로 인하여 사설이 부연·확장되어 가는 것이 보통이며, 판소리 창자들은 명창의 반열에 들기 위해서 저마다 더늠의 개발에 심혈을 기울이게 된다. 따라서 지금 전승되는 창본은 경쟁에서 살아남은 더늠이 누적된 것으로 음악, 사설, 발림 등 모든 면에서 가장 발전된 형태라고 봐야 할 터이다.[106)

그런데 육지위기 부분은 그 앞부분만큼 훌륭한 사설을 갖추고 있지 못하며 음악적으로도 이렇다 할 만한 성취를 거두지 못한 것으로 보인다. 육지위기 부분에 유명한 대목이나 더늠이 없다는 사실이 단적인 증거이다. 이것은 《탄세단가(歎世短歌)》[107)와 정노식의 『조선창극사(朝鮮

---

105) 그물위기 부분에서 초군들이 메나리조의 신세타령을 부르면서 산으로 올라오는 대목은 판소리 문법에 의한 생성임을 보여주는 예이다. 이 대목은 경상도 지역에 널리 전승되는 어사용의 가락과 사설을 수용하여 판소리 연행 원리에 따라 생성된 부분이다.

106) 아래 업적에서 더늠을 음악, 사설, 발림을 포함하는 개념으로 파악하고 있다.
김석배·서종문·장석규(1996), 5~18쪽.

107) 최동현(1988), 『민족음악학보』 3, 한국민족음악학회.

唱劇史)』 등 더늠을 수록하고 있는 몇몇 자료를 근거로 내린 판단이긴 하지만, 당대의 실상을 정확히 반영하고 있을 것이다.

육지위기 부분이 음악적 성취가 미흡한 대신에 재담조의 아니리가 발달되어 있는 점을 주목할 필요가 있다. 왜냐하면 이런 현상들은 육지위기 부분이 해학성을 주된 미감으로 한다는 사실을 말해주는 징표로 받아들일 수 있기 때문이다.108) 명창들은 이 부분에서 해학성을 창출함으로써 관중들의 기대 지평에 적극 부응하려 하였던 것이다. 이렇다 할 더늠이 없으면서도 이 부분이 오랜 세월 동안 경쟁에서 살아남을 수 있었던 것도 이 부분이 갖는 해학성에서 찾아야 할 것이다. 바꿔 말하면, 육지위기 대목은 뛰어난 더늠으로 소리판에서 살아남았다기보다는 소리판에서 관중의 웃음을 유발하는 데서 생명을 유지할 수 있었던 것으로 생각된다.109) 아울러 이 부분은 판소리 연행 원리에 적합한 부분으로서 〈춘향가〉의 '어사출도' 대목이나 〈심청가〉의 '심봉사 눈 뜨는 데'처럼 지금까지의 맺힘을 풀어주는 기능을 한다.

이처럼 육지위기 부분은 해학적 미감을 생성시키는 방향으로 기울어져 있으므로 이 부분의 삭제는 해학성을 지양하는 방향으로의 개작이라고 할 수 있다. 해학성의 지양은 〈신재효토별가〉 전반에서 나타나는 현상이어서 상당한 일관성을 지니고 있다.110) 〈신재효토별가〉는 해학성

---

108) 토끼가 별주부를 속여 올가미에 목을 넣게 하는 대목이 있는데, 별주부 위기라 할 수 있는 이 대목도 비극성보다는 해학성이 두드러진다. 이 부분의 생성이 신재효 이전인지 이후인지는 불분명하나 어느 경우이든 이 육지위기 부분이 해학성을 강화하는 방향으로 변모가 진행되고 있음은 사실이다.

109) 〈박동진창본〉은 이런 방향으로 가장 잘 발달된 연행물이라 생각된다. SKC 발매 음반 및 가사지(1988) 참고.

110) 판소리는 골계와 비장이 공존하는 예술 장르로 알려져 있다. 비극적인 대목에서도 비장을 골계가 감싸안은 형태로 제시되는 특성이 있다. 그런데 신재효의 판소리 사설

을 약화시키는 대신 강렬한 비판정신을 드러내는 방향으로 개작하고 있
는 점에서 이 둘을 같은 맥락에서 이해할 일이다.111)

4. 육지위기 부분의 삭제 이유

1) 신재효의 〈수궁가〉 해석과 비판정신

신재효는 〈신재효토별가〉를 생성시키면서 인물, 서술자(또는 창자)의
발화에 여러 차례 개입하여 선행 지평을 개작할 의사를 내비치고 있다.
별주부가 토끼를 유인하여 수궁으로 가는 도중에 토끼가 과거경처를 묻
는 대목에 개입하여 선행 지평을 삭제한 사례나, 육지로 귀환하는 대목
에 개입하여 토끼의 요구를 거절하지 못하는 것으로 개작하는 사례가
그것이다. 그의 이러한 작가적·비평가적 개입은 신재효 나름대로 〈수
궁가〉를 이해하여 그것을 자신의 기대지평대로 변모시키려는 의지를
드러낸 것이다. 육지위기 부분도 그의 이런 의지로 인하여 삭제된 것으
로 생각된다.

신재효가 수궁가를 자기 나름대로 해석하려는 의지를 보여주는 사례
는 다음에서도 발견된다.

도 이런 특성을 공유하면서 비장과 골계가 극단화된 대립의 형태로 제시되는 부분이
있다. 김대행은 문맥으로부터의 일탈함을 통해 나타나는 '터무니없음'이라는 관점에
서 논의한 바 있다. 김대행(1993), 「동리(桐里)의 웃음 : 터무니없음 그리고 판소리의
세계」, 『동리연구』 창간호, 동리연구회.
111) 김대행(1993)은 신재효 판소리 사설의 웃음의 특징을 기괴한 웃음으로 말한 바
있으나 상대적으로 해학적 면모가 상당 부분 지양된 것은 사실이다.

곰이 미오 의기 잇셔 나안지며 ㅎ난 말리 ㉠오날 우리 고우기난 슌즁
졔폐ㅎᄌ더니 손힝기난 업셰라되 포슈 무셔 할 슈 업고 인쥰흔 쥐 다람
이 과동지ᄌ 다 ᄲᅵ기여 부모쳐ᄌ 굼길테요 가셰 부죡 멧쏘야지 숭명지통
보와시니 ㉡시쇽의 비ᄒᆞ면은 슌군은 슈령갓고 여우난 간믈 출픠 손힝기
난 셰도안젼 너구리 멧쏫시며 쥐와 다람이난 굽찌 안난 빅셩이라 ㉢오날
젼역 쏘 지니면 여우 눈의 못 괴인 놈 무슨 환을 쏘 당할지 그놈의 우슘
쇼리 ᄭᅧ졀여 못 듯것니 그만ᄒᆞ여 파합시다 (284쪽)

㉠과 ㉢은 순전히 곰의 발화이지만, ㉡은 곰의 입을 빌어 이루어진
신재효 자신의 말이다. 위의 인용문에서 등장 인물의 발화에 어느 순간
개입하여 자신의 비평가적 견해를 드러내고 있는 작가의 목소리를 들을
수 있다. 이러한 개입은 서술자의 비판적 발화를 통해 문제되는 당대 사
회의 현실을 극복하려는 의지의 소산이며, 수궁가의 인물들을 자기 나름
대로 해석하고 평가하려는 의도로 풀이된다. 육지위기 부분의 삭제는 바
로 작중 인물에 대한 신재효 나름의 해석 및 평가와 맥이 닿아 있다.
즉, 별주부와 토끼를 각각 충성스런 인물과 지혜로운 인물로 대등하게
형상화하려는 노력의 결과가 육지위기의 삭제로 나타난 셈이다. 〈신재
효토별가〉는 우화소설이 결코 인간세계와 무관한 것이 아니며 오히려
인간세계의 풍자와 비판을 주된 기능으로 함을 명확히 인식하고 작품
속의 특정 인물들을 당대 사회의 특정 계층의 인물과 결부시키려는 의
식을 뚜렷이 노정시키고 있다. 이점은 다른 이본에서 찾아보기 어렵다.

신재효가 〈수궁가〉를 용왕, 별주부, 토끼의 세 인물의 이야기로 해석
한 것은 육지위기 부분의 삭제 이유가 된다. 신재효는 수궁가를 별주부
의 충과 토끼의 재주가 균형을 이룬 이야기로 해석했기 때문에 별주부
및 용왕과 무관한 토끼의 이야기이기만 한 육지 귀환 후의 대목을 삭제

한 것으로 판단된다.

육지위기 부분의 삭제는 신재효가 <신재효토별가>에서 비판정신을
강렬하게 드러내는 방향으로 개작한 것과 같은 선상에서 이해할 일이다.
육지위기 부분의 주된 미감인 해학성은 대상을 향한 공격성이 강한 비
판정신의 강도를 떨어뜨리는 구실을 한다.112) 그의 비판정신을 강렬하
게 드러내는 점과 육지위기의 해학성 지향은 상반되는 미감을 자아내고
있는 것이다. 육지위기 부분에 오면 지금까지 전개되어 오던 비판의 대
상을 상실하고 해학성에 경도되어 버리기 때문이다. 신재효는 당대의 구
체적 현실 문제에 대해 끊임없이 개입하면서 대 사회적 발언을 강화하
는 방향을 지향하였다. 모족회의 대목의 개작을 통해 향촌사회의 수탈
현장을 강도 높게 비판한 일이나113), 어족회의 대목을 문반과 무반의 갈
등으로 전환한 일이 대표적 사례들인데, 육지위기 부분에서는 이런 일을
기대하기 어렵다.114) 창본의 인간사회 일반에 대한 풍자를 당대 사회의
현실문제에 대한 비판으로 전환시키고 있는 셈이다. 해학성의 지양은 신
재효의 당대 사회 비판적 의도를 갖고 있었기 때문에 나타난 결과로 판
단된다.

육지위기 부분은 '수궁→육지→수궁'으로 이어지면서 조성된 갈등과
제기된 문제와는 상관없는 부분이라 할 수 있다. 물론 토끼의 거듭되는
위기 극복에 초점을 두고 본다면, 이 부분은 토끼가 자신에게 닥친 문제

---

112) 해학적 의미의 부각이 풍자적 의미의 약화를 초래한다는 이원수(1982:16)의 견해는
경청할 만하다.
113) 모족모임의 목적이 불분명하던 선행지평을 분명한 산중의 위기 해소 방책을 찾기
위해서라는 뚜렷한 목적의식을 가진 것으로 설정한 것도 이런 맥락에서 이해해야
할 것이다.
114) 이원수(1982:16)는 육지위기 대목에서 풍자적 의미가 밀려나고 강자들의 반복되는
우행에서 야기되는 웃음 그 자체에 관심을 집중시킨다고 했다.

를 해결해가는 과정이란 점에서 일관성을 지니고 있다. 그러나 토끼의
문제가 구체적으로 무엇이며 그것이 어떤 의미를 가지는가에 초점을 둔
다면 육지위기 부분은 수궁위기와는 일정한 거리가 있다. 수궁위기나 육
지위기는 강자와 약자의 대결에서 약자가 지닌 유일한 수단인 지혜로써
강자의 위협으로부터 벗어난다는 구조적인 차원에서 동질성을 보이고
있으나 육지위기는 지배계층의 횡포와 피지배계층의 수난이라는 역사
성 및 사회성과는 곧바로 연결시키기 어렵다고 할 것이다.

2) 감상자의 입장에서 개작

신재효는 〈광대가(廣大歌)〉에서 명창이 갖추어야 할 두 번째 요건으
로 '사설치레'를 들고 있다. 이것은 명창이 되기 위해 판소리 공연의 객
체인 사설을 갈고 닦아서 훌륭한 사설을 갖추어야 한다는 것을 신재효
가 뚜렷이 인식하고 있었음을 뜻한다. 신재효가 생각한 훌륭한 사설은
정현석(鄭顯奭)이 그에게 보낸 〈증동리신군서(贈桐里申君序)〉와 신재효
가 개작한 판소리 다섯바탕을 통해서 어떤 것이었는지 짐작할 수 있다.
신재효는 판소리 창자가 부를 전범이 될 만한 판소리 사설을 만들기
위해 개작 작업을 수행했지만, 그의 사설은 소리하기에 적합하지 않은
사설로 남게 되었다. 그 원인을 그가 전문적인 판소리 창자가 아니라 이
론가였다는 데서 찾을 수 있다.115) 그는 판소리 생산주체인 창자보다는
소비주체인 감상자, 특히 양반 좌상객의 입장에서 판소리 개작 작업을
수행했던 까닭에 앞에서 살핀 서사 전개의 합리성, 별주부 강화 및 긍정
적 형상화, 해학성 지양의 특성을 갖게 되었다. 이러한 사정은 "좌상 쳐

---

115) 서종문(2008), 116쪽.

분 엇덜런디"(<남창 춘향가>, 48쪽)하며 양반 좌상객을 향하여 자신이 개
작한 사설의 타당성에 동의를 구하는 태도나 "광디의 스설이나 참아 엇
지 ᄒ건난가"(<동창 춘향가>, 134쪽)하며 감상자의 위치에서 비속한 사설
에 대한 비판을 가하고 있는 데서 잘 드러난다. <신재효토별가>의 "톡
기가 나올 적의 이비 숨여 보단 말은 아마도 망발인 게, 김싱은 김싱까지
스람말을 비러다가 셔로 문답ᄒ려니와, 스람이야 김싱 보고 무슨 말을
ᄒ것나냐."(316쪽)하는 대목도 감상자의 입장에서 개작을 시도한 다음
다시 창자로 돌아가는 모습을 보여준다. 여기서 우리는 신재효가 창자와
감상자의 위치를 자유롭게 오가되, 감상자의 시각에서 개작하고 있음을
볼 수 있다.

　감상자의 입장에서 개작한 결과 합리성을 지닌 사설로 평가받고 있지
만, 신재효 사설의 영향을 받은 창자들조차도 그의 사설을 그대로 부르
지 않고 소리하기에 적합한 형태로 변용하여 부르고 있다.[116] 신재효 당
대의 소리판에서는 부분창이 유행하였으므로 창자들은 자신의 더늠을
개발하는 데 혼신을 힘을 쏟았을 것임은 쉽게 짐작할 수 있으며『조선창
극사』등을 통해 실제로 확인할 수 있다. 그러다보니 장면 극대화에 의
한 부분의 확장에 치중하여 앞뒤가 모순되는 현상까지 빚게 되었다. 신
재효는 판소리 사설을 개작하면서 소리판에서 재현되는 상황을 고려하
였지만, 역설적으로 소리판과 맞지 않는 사설을 생성시키는 데 그치고
말았다. 그것은 신재효가 소리판의 생생한 현장에서 개작한 것이 아니라
소리판을 떠난 닫힌 공간에서 사설만 가지고 개작에 임했기 때문이
다.[117] 즉, 그는 판소리 연행 현장을 떠나 사설만을 대상으로 개작했기

---

116) 서종문(2008), 115~116쪽 참조.
117) 신재효는 자신이 행하는 개작 작업이 독서물을 생성시키는 일이라 생각하지는 않

때문에 소리판의 실제 상황과는 어울리지 않는 사설을 갖게 되었다.

육지위기 부분의 음악성에 대한 판단도 이 부분을 삭제한 이유가 될 것이다. 이미 살펴본 바와 같이, 수궁가의 육지위기 부분은 그 앞부분보다 사설이나 창곡(唱曲)의 양면에서 덜 발달되어 있다. 음악적인 면에서 볼 때, 수궁가의 눈대목은 토끼가 용왕을 속이고 수궁위기에서 탈출하는 부분이라 할 수 있다. 이 부분에 '토끼 발악', '수궁풍류' 등 유명한 대목과 더늠이 포진하고 있는 데서도 이 점이 드러난다. 그런데 이 부분은 서사 전개에 있어서 가장 극적인 부분에 해당하기도 한다. 토끼, 별주부, 용왕이 함께 등장하여 세 인물의 이야기임을 가장 잘 드러내 주는 부분이 바로 토끼전의 눈대목인 수궁위기 대목이다. 즉, 서사물의 절정 부분과 음악적으로 절정에 해당하는 눈대목이 일치하는 셈이다.[118] 따라서 신재효는 이렇다 할 유명한 대목이나 더늠이 없어 음악적으로도 세련되지 못한 뒷부분을 삭제한 것으로 보인다. 수궁가의 경우 서사 전개의 합리성을 중시하는 신재효의 판소리관과 음악적 세련을 추구하는 판소리의 일반적 지향성을 일치시킨 셈이다.

5. 맺음말

이 장에서 〈신재효토별가〉의 육지위기 부분의 삭제를 통해 작품의 특성을 살피고, 신재효가 육지위기 부분을 삭제한 이유를 밝히고자 했다.

왔지만, 그의 개작 작업은 소리판의 현장과는 일정한 거리를 두고 이루어졌다. 판소리 창자라면 소라판에서의 관중의 반응에 바탕을 두고 개작하겠지만, 그는 이론가였기 때문에 사설의 독서물적 일관성을 끊임없이 의식하고 이를 유지하려고 노력한 흔적을 곳곳에서 내보이고 있다.

118) 백대웅(1996), 『다시보는 판소리』, 어울림, 30쪽.

<신재효토별가>의 선행 지평에 육지위기가 존재했으며 신재효는 이를 삭제한 것으로 추정된다. 육지위기 부분이 근원설화인 <귀토지설>에 존재하지 않는다는 점과 육지위기 부분의 출입이 심하다는 점으로 볼 때 이 부분은 수궁위기보다 후대에 생성되었을 것이다. 그러나 구전되던 <교토탈화> 설화의 존재 가능성, 그물위기가 있는 <경판토생전>의 모본이 <신재효토별가>보다 앞설 가능성, 창본적 성격의 초기 이본인 <별토가> 및 모든 창본과 다수의 필사본에 육지위기가 존재한다는 점으로 볼 때, 소리판에서의 해학성에 대한 기대에 부응하면서 <신재효토별가>보다 앞서 형성되었을 것으로 생각된다.

그물위기와 독수리위기를 삭제한 결과 신재효본 <신재효토별가>가 갖는 특성은 다음과 같다. 첫째, 통시적으로 볼 때 자라의 형상이 강화되고 공시적으로 볼 때 인물형상의 대등성을 유지하고 있다. 둘째, 서사 전개상의 합리성을 획득했다. 토끼의 수궁행을 자신이 몸담고 있던 향촌사회를 떠나는 것으로 인식한 신재효는 이향을 부정적 시각에서 그린 앞부분과의 모순을 제거하기 위해 육지위기 부분을 삭제함으로써 서사 전개상 합리성을 획득하고 있다. 셋째, 육지위기 부분이 해학성을 주된 미감으로 하고 있으므로 이의 삭제로 <신재효토별가>는 해학성이 감소되었다.

신재효가 육지위기 부분을 삭제한 이유는 다음과 같다. 첫째, 육지위기 부분은 신재효의 기대지평과 맞지 않는 부분이었기 때문이다. 신재효는 비평가적 개입을 통해 문관과 무관의 갈등이나 향촌사회의 수탈 등 당대 사회의 문제적 현실을 강렬하게 비판하고 있는데, 해학성을 지향하는 육지위기 부분은 그의 이런 방향으로의 개작과 어긋났던 것이다. 둘째, 소리판을 의식했지만 감상자의 입장에서 사설만을 대상으로 개작했기 때문이다. 이는 의도적이라기보다는 그의 한계로 봐야 것이다.

제4장 〈수궁가〉 '모족모임' 대목의 생성과 변모

1. 머리말

  〈수궁가〉는 연행문법에 따라 서사적 골격이 되는 근원설화에 여러 삽입가요와 삽입설화가 덧붙어 끊임없이 변모·발전되어 왔다. 여러 삽입설화[119] 가운데 하나인 〈수궁가〉의 '모족모임' 대목도 근원설화를 갖고 있다. 독서물로 정착되면서 이 대목이 탈락된 이본도 있으나, 19세기 이후의 모든 창본에 존재하고 창본의 성격을 간직한 채 기록물로 정착한 필사본에 다양한 형태로 남아 있다.

  '모족모임'은 육지의 산림 속에 사는 털 가진 길짐승들이 친목회를 하거나 환란에 대한 해결책을 찾는 회의를 한다는 명목으로 모임을 갖는 대목이다. 이 대목은 길짐승의 상좌다툼이 중심 내용이지만, 〈신재효토별가〉처럼 상좌다툼이 일어나지 않는 이본도 있고, 회의한다는 명목으로 모였으나 회의가 이루어지지 않고 있으므로 포괄적으로 '모족모임'로 부르기로 한다.

---

119) 수궁가의 삽입설화에 관한 논의는 다음을 참고할 수 있다.
    인권환(1985), 「〈수궁가〉의 삽입설화고」, 『인문논집』 30, 고려대 문과대.

'길짐승 상좌다툼' 앞에 '날짐승 상좌다툼'[120]이 존재하는 창본도 있는
데, 이 대목은 '모족모임' 대목에 포함되지 않는 것으로 보는 것이 합당
하다. 일반적으로 '모족'이라 했을 때 깃털 가진 족속, 즉 우족(羽族)은
제외되기 때문이다. <신재효토별가>에서는 "남성이 디답ᄒ되 손중의
일 잇씨면 모쪽더리 모도 모와 공스를 ᄒ난 턴듸 나와 둑겁이난 몸의
털은 업스오나 네 바리 도쳣싸고 함긔 미양 춤예터니"(278쪽) 라고 하였
으며, '고기타령(어족회의)', '김싱타령(모족모임)', '시타령'으로 구별하고
있는 점[121]으로 미루어 볼 때, '모족모임' 대목을 길짐승들의 모임으로
한정시켜 이해해 왔음이 분명하다.

결국 '모족모임'은 수궁가에서 네 발 가진 길짐승들이 차례로 모여들
었다가 흩어지는 대목이다. 따라서 현재 전승되는 창본의 경우 여러 모
족들이 모여드는 데서 자라가 호랑이를 토끼로 오인하고 부르는 데 직
전까지이며, <신재효토별가>의 경우 곰이 모임을 파하기를 제의하는 데

---

120) 단정적으로 말하기 어렵지만, 이 대목이 원래 동편제 수궁가에는 없었고 19세기
　　중기 서편제 수궁가에서 생성되었다[김석배(1993), 「'새타령'의 전승과 변모」, 『동리
　　연구』 창간호, 90쪽]는 견해를 받아들이면서, 명창의 사승 관계와 지금까지 채록된
　　창본을 검토해 보면, 유성준(劉成俊)이 서편제의 날짐승 상좌다툼을 수용한 것이란
　　판단이 선다. 이 대목의 사설과 장단이 거의 일치한다는 점은 유력한 근거가 될 수
　　있다. 그런데 『조선창극사』[정노식(鄭魯植), 조선일보사출판부(1940), 198~199쪽]에
　　유성준의 더늠으로 소개된 것은 그의 계보를 잇고 있는 어느 누구의 창본과도 다르다.
　　이는 『조선창극사』 소재 더늠을 비롯한 내용의 신빙성에 의문을 갖게 하는데, 이 문
　　제에 관한 본격적인 논의로 다음 두 논문을 들 수 있다.
　　　김석배(1997), 「『조선창극사』 소재 심청가 더늠의 문제점」, 『문학과 언어』 18, 문학
　　과 언어연구회.
　　　장석규(1997), 「『조선창극사』 기술 방법의 신빙성 문제」, 『문학과 언어』 18, 문학과
　　언어연구회.
121) 토끼가 자라의 등에 업혀 육지로 돌아오는 장면에서 "김싱으로 쮜밀 텐듸 고기타령
　　김싱타령 두 가지만 ᄒ여쥬고 시타령을 안히쥬면"(316쪽) 합당하지 않다고 말하고
　　있다.

까지이다.

통시적 축에서 보면, '모족모임' 대목은 모임의 목적, 상좌를 차지하는 인물, 〈수궁가〉 전체와의 관계 등 여러 면에서 갖는 유의미한 차이에도 불구하고 주목받지 못했다.[122] 근원설화에서 토착화된 구조설화를 거쳐 〈수궁가〉로 수용되면서 일어난 변모의 과정을 추적하면 '모족모임' 대목이 설화적 구도에서 멀어지면서 〈수궁가〉의 문맥으로 변모·발전되어 온 흐름과 그 의미를 제대로 파악할 수 있을 것으로 기대된다.

2. 쟁장설화의 전승

우리 나라에서 전승되는 쟁장설화(爭長說話)[123]는 석가세존(釋迦世尊)의 본생설화(Jataka)에 근원을 두고 있으며 이것이 중극에서 불교경전으로 한역되어 우리 나라로 들어와 민간으로 토착화되는 과정에서 형성되었다는 사실은 이미 밝혀진 바 있으므로[124] 자세한 논의는 필요하지 않다. 그런데 전승의 과정에서 일어난 변모와 그 의미에 관해서는 제

---

122) 인권환은 '모족모임'의 편차가 통시적으로 형성된 것이라 추정했으나 그러한 방향으로의 변모가 일어나게 된 원인을 분석하지는 않았다. 인권환(1988), 「수궁가 쟁장설화의 근원과 전개」, 『홍익어문』 7, 홍익어문연구회.

123) '쟁장'은 '어른다툼'으로 '쟁년'은 '나이다툼'으로 풀어 쓸 수 있다. 따라서 쟁장설화는 '누가 어른인가'를 다투는 이야기로서 어른이 될 수 있는 조건은 여러 가지로 설정될 수 있다. 쟁년설화는 '누가 나이가 가장 많은가'를 다투는 이야기로서 나이가 가장 많은 사람이 어른이라는 단일한 조건을 놓고 서로 다툰다. 선행 논문에서 이 둘을 구별하여 쓰고 있는 것[민찬(1994), 29~32쪽]도 이런 분석에 바탕하고 있다. 그러나 '누가 나이가 가장 많은가'는 '누가 어른인가'의 여러 조건 가운데 하나이므로 쟁장설화는 쟁년설화를 포함하는 개념으로 사용하는 것이 적절하다.

124) 인권환(1988), 600~602쪽.

대로 주목하지 않았으므로, 선행 업적에서 밝혀낸 전승 경로를 바탕으로 이에 관한 논의로 진전시키는 일이 필요하다. 더구나 구전되는 쟁장설화는 〈수궁가〉 '모족모임'의 변모 양상을 살피는 데 매개항의 구실을 하기 때문에 '모족모임' 생성의 토대와 변모 과정을 밝히기 위해서는 우리 설화의 전승 양상과 그 의미 지향을 살펴보지 않을 수 없다.

　　(가) 과거세(過去世) 때 설산 근처에 세 짐승이 함께 살고 있었다. 세 짐승은 사막새, 원숭이, 코끼리였는데, 서로 업신여기고 오만불손하여 공경함이 없었다. 이들 세 짐승은 한결같이 이렇게 생각했다. '우리는 왜 서로 공경하지 않는가. 만약 연장자가 있다면 마땅히 공양하고 존중하며 교화를 따를 텐데.' 그때 사막새와 원숭이가 코끼리에게 말했다. "너는 과거 어떤 일을 기억하는가? 이곳에 큰 필발수가 있었는가?" 코끼리가 말했다. "내가 어렸을 적에 이곳에 왔을 때 이 나무는 내 배 아래 정도였다." 코끼리와 사막새가 원숭이에게 말했다. "너는 과거 어떤 일을 기억하는가?" 원숭이가 대답했다. "내가 어렸을 때 땅에 앉아서 이 나무 꼭대기를 끌어당겨 땅에 닿게 하였다." 코끼리가 원숭이에게 "당신이 저보다 나이가 많습니다. 저는 마땅히 당신을 공경하고 존중하겠사오니 당신은 마땅히 저를 위해 설법해 주십시오."하고 말했다. 원숭이가 사막새에게 말했다. "너는 과거 어떤 일을 기억하는가?" 사막새가 대답했다. "저곳에 큰 필발수가 있었는데 내가 그 열매를 따 먹고 여기에 대변을 보았더니 이 나무가 생겨나 자라서 이렇게 큰 나무가 되었다. 이것이 내가 기억하는 바이다."고 대답했다. 원숭이가 말했다. "당신이 저보다 나이가 많습니다. 저는 마땅히 당신을 공양하고 존중하겠사오니 당신은 마땅히 저를 위해 설법해 주십시오." 過去歲時 近雪山下 有三禽獸共住 一鵽二獼猴三象是三禽獸 互相輕慢 無恭敬行 是三禽獸 同作是念 我等何不共相共敬 若前生者 應供養尊重 敎化我等 爾時 鵽與獼猴問象言 汝憶念過去何事時 是處有大蓽茇樹 象言 我小時行此 此樹在我腹過下

象鷄問彌猴言 汝憶念過去何事 答言 我憶小時座地 提此樹頭 按令
到地 象與彌猴 汝年大我 我當恭敬尊重汝 汝當爲我說法 彌猴問鷄
言 汝憶念過去何事 答言 彼處有大畢芨樹 我時噉其子 於此大便 乃
生其樹 長大如是 是我所憶 彌猴言 汝年大我 我當供養尊重汝 汝當
爲我說法[125] (『고려대장경(高麗大藏經)』 권34 십송률(一誦律))

(나) 호랑이, 여우, 두꺼비가 뱃속이 허전하여 먹을 것을 구해다 먹기로
했다. 그들은 떡을 이고 가는 여인을 쫓아 버리고 떡을 얻었다. 호랑이와
여우가 두꺼비를 따돌리려고 나이가 제일 많은 사람이 다 먹기로 했다.
호랑이는 천황씨 때 났다고 하고, 여우는 신농씨(神農氏) 때 났다고 했
다. 그 말을 듣고 있던 두꺼비가 눈물만 뚝뚝 흘렸다. 호랑이와 여우가
그 이유를 묻자, 두꺼비는 우리 막내아들이 고욤나무 방망이로 하늘에다
별을 박았다고 했다.[126]

(다) 여우, 토끼, 두꺼비가 입이 궁금하여 떡을 쪄서 먹는데, 가장 먼저
태어난 사람이 다 먹기로 했다. 토끼가 여우에게 언제 태어났는지 물으니
여우가 태고(太古) 천황씨(天皇氏)때 났다고 했다. 그러자 토끼는 천지
개벽할 때 났다고 했다. 토끼가 아무 말이 없는 두꺼비에게 그 이유를
물으니 너무나 기가 차서 말을 않고 있었다며, 자신은 태고 천황씨 때
큰 자식이 죽고 천지개벽할 때 작은 자식이 죽었다고 했다.[127]

(가)는 〈수궁가〉 쟁장설화의 근원설화로 알려진 것이고 (나)와 (다)

---

125) 원문은 인권환(2001), 『토끼전·수궁가 연구』(고려대 민족문화연구소, 115쪽)를 재
인용하고 번역을 참고함.
126) 이현수(1985), 「두꺼비의 나이 자랑」, 『한국구비문학대계』 6-5(전라남도 해남군
편), 한국정신문화연구원, 45~46쪽 요약. 이하 『한국구비문학대계』는 『대계』로 줄여
쓰고, 발행처도 생략한다.
127) 정상박·유종목(1981), 「두꺼비 배가 부른 연유」, 『대계』 8-4(경상남도 진주시·진
양군편(2)), 499쪽 요약.

는 토착화된 구전설화이다. 이들은 '다툼의 목적→해결을 위한 계약→나이다툼→승자의 결정→계약의 실행'으로 전개되는 구조적 유사성을 지니고 있다. 이것은 우리나라에서 전승되는 여러 각편의 쟁장설화에도 공통적으로 적용될 수 있다.

구조적 유사성과 함께 세부적 차별성이 주목된다. (가)는 석가세존의 본생담(本生譚)으로서 쟁장의 목적은 다른 사람의 존경을 얻고 다른 사람에게 교화를 배풀만한 사람을 가리기 위함이다. 누가 그런 사람인가를 판단하는 기준은 '나이'이다. 나이가 가장 많은 사람이 덕이 높다는 공통된 인식 아래 코끼리, 원숭이, 사막새가 차례로 자신의 나이를 말하고 있다. (나)와 (다)에서 다툼의 목적은 먹을 것을 독차지하기 위함이다. 다툼의 목적이 소박한 수준으로 떨어져 있음을 알 수 있다. 이것은 관념을 앞세우지 않는 민중들의 소박한 사고의 산물로 판단된다.

(가)는 날짐승과 길짐승이 함께 등장하는 데 반하여 (나)와 (다)에서는 날짐승은 나타나지 않고 길짐승들만의 나이다툼으로 설정되어 있다. 이것은 (가)에 비하여 (나)와 (다)는 대상에 대한 분별적 사고가 뚜렷해지고 인간사회의 동류의식이 반영되면서 나타난 현상으로 (가)보다 후대적인 것임을 알 수 있다. 또한 (나)와 (다)로 이행되면서 등장하는 동물이 우리 영역에서 토착화된 친숙한 것들로 변모하였다.

(가)의 등장 인물들이 주장하는 나이가 허황한 거짓말로만 생각되지 않는 데 반하여, (나)와 (다)는 도무지 믿기 어려운 허황한 거짓말로 일관하고 있다는 점에서도 이들은 구별된다. 각편 (나)와 (다)를 포함한 쟁장설화를 『대계』에서 '나이가 가장 많다는 두꺼비' 유형으로 분류하고, '힘겨운 상대 지략으로 누르기', '속을만한데 속이기', '속이고 속기'를 상위유형들로 설정128)하고 있는 데서 토착화된 쟁장설화의 이런 특징을

거듭 확인할 수 있다.129)

　이런 차이는 (가)는 신성성과 진실성을 바탕으로 하지만, (나)와 (다)
는 그러한 근원적 의미가 탈색되고 흥미 있는 민담으로만 전승된다는
점 때문에 생긴 것이다. 오늘날의 관점에서 볼 때 (가)도 허황한 이야기
이지만, 석가의 본생담이라는 장치를 마련하였으므로 허황한 이야기가
아니라 신성성과 진실성을 지닌 것으로 받아들이도록 하고 있다.130) 이
것은 (가)가 우리의 구전설화로 토착화되면서 골계화·통속화되어 갔음
을 의미한다.131)

　(가), (나), (다) 모두 다툼에 참여하는 인물은 셋이다. 구전설화에 한
정시켜 보면, 내기에 등장하는 인물은 각편마다 편차가 있지만 승리하는
인물은 항상 두꺼비이므로, 두꺼비는 필수적으로 등장하는 인물이다.132)
토끼 호랑이, 사슴, 여우, 너구리 등이 흔히 등장하는데, 등장인물의 편
차가 유의미한 징표를 드러내지 않는다. 호랑이가 등장하는 경우라도 호

---

128) 조동일 외(1989), 『한국설화유형분류집』(『대계』별책부록(I)), 한국정신문화연구원.
129) 쟁장설화는 키가 가장 큰 사람, 술을 가장 못 먹는 사람이 승리자가 된다는 계약을
　　맺고 내기를 하는 이야기나, 먹을 것을 산 위에서 굴려 먼저 차지하는 사람이 임자라
　　는 식의 이야기 등 몇 가지 다른 유형과 함께 구연·전승되고 있다(예컨대, 박순호
　　(1985), 「두꺼비, 여우 그리고 토끼의 내기」, 『대계』6-4(전라남도 승주군편), 490~
　　492쪽). 유형은 서로 다르지만 두꺼비가 힘겨운 상대를 지략으로 누르고 승리한다는
　　점에서 동질적이므로 함께 구연·전승되고 있는 것이다. 여기서도 쟁장설화는 자략
　　담(智略譚)이나 사기담(詐欺譚)의 한 유형으로 전승되고 있음을 확인할 수 있다.
130) (가)는 인도에서 구전되던 설화를 석가의 본생담으로 윤색하는 과정에서 이런 의미
　　가 덧칠해졌을 것이므로 인도 민간설화로 전승될 때는 허황한 이야기로 인식되었을
　　것이다.
131) 인권환(1988:604~605)에서 두꺼비의 눈물, 아들과 손자 이야기로 확장되어 간 것
　　을 골계화·통속화의 관점으로 설명한 바 있다.
132) 두꺼비가 아닌 두더지가 등장하는 경우도 있는데, 이들은 가장 약하고 비천한 인물
　　로 인식되고 있다는 점에서 전혀 차이가 없다.

랑이는 다른 동물과 동등한 위상을 갖고 있다.

주목할 일은 등장하는 세 동물이 그들 나름의 위계 질서나 상하 관계를 갖고 있는 것 같지는 않지만, 두꺼비가 다른 두 인물에 비해 월등히 보잘 것 없는 인물로 인식된다는 점에서는 공통적이다. (나)에서 이점을 확인할 수 있다. 이 이야기의 구연자가 "두꺼비가 시펴 죽것제. 그랑께 두꺼비 주기가 아까워, 인자 두 것들이"[133]라고 하는 데서 잘 드러나듯이, 세 인물 가운데 두꺼비는 다른 두 인물보다 열등한 인물로 설정되어 있으며 이야기의 구연자도 그렇게 여기고 있음이 명백하다. 호랑이와 여우가 한 번의 패배로 승복하지 않고 거듭 다른 내기를 제안하는 것[134]은 그들이 평소 얕보았던 두꺼비가 승리한 것을 결코 인정할 수 없다는 생각을 드러낸 것이다.

(나)와 (다) 같은 구전 쟁장설화는 기대양상의 파괴에서 오는 충격과 그것이 주는 흥미가 이야기를 생성, 전승시키는 바탕이다.[135] 외관상 가장 보잘 것 없는 인물이 사실은 가장 지혜로워 내기에서 승리하는 데 이 이야기의 묘미가 있다.[136] 기존의 유형 분류에서 이 이야기를 상위유형 '속을만한데 속이기'에 귀속시키고 있다는 사실[137]은 이 이야기가 기

---

133) 이현수(1985), 45쪽.

134) 호랑이와 여우가 두꺼비의 승리를 인정하지 않고 떡 광주리를 산 위에서 굴러내려 먼저 차지하는 사람이 떡을 먹기로 하자는 내기를 새로 제안한다. 『대계』 6-5, 46쪽 참고.

135) 함께 구연되는 다른 유형들도 이 점에서 일치한다. 산 위에서 떡 바구니를 굴려 먼저 달려 내려가 받아먹는 자가 임자라는 내기(김선풍(1986), 「두꺼비의 지혜」, 『대계』 2-8(강원도 영월군편(1)), 722~723쪽.)처럼, 예상 밖의 사태를 전혀 짐작하지 못한 호랑이와 토끼 등이 참패하게 된다.

136) 이런 장치는 근원설화인 (가)에 이미 마련되어 있었던 것 같다. (가)에서 가장 체소(體小)한 사막새가 다툼에서 승리함으로써 기대양상을 파괴하고 있기 때문이다.

137) 『대계』의 유형 분류에서 두 번째 상위유형을 '~해서~하기', '~한데~하기'로 체

대양상을 파괴하는 데 묘미가 있는 이야기임을 입증한다

　그런데 전승력의 기저를 이렇게 파악하는 것만으로는 이 이야기가 전국적으로 풍부하게 전승된 이유를 충분히 설명하기 어렵다.[138) 우리는 여기서 두꺼비의 처지와 이야기를 구연하는 사람의 처지 사이의 유사성에 주목할 필요가 있다. 즉, 우리는 이야기 속의 두꺼비의 처지가 이야기 전승자인 민중의 처지와 부합된다는 점을 발견할 수 있다. 전승자들은 이런 이야기를 통해 평소 억눌려 지낼 수밖에 없는 삶의 현실을 극복하고 강자를 꺾을 수 있는 통쾌함을 경험하면서 심리적 보상을 얻고자 했을 것이다. 설화의 전승자가 이 이야기를 지략담(智略譚)으로 인식하고 있는 것도 두꺼비에 대한 긍정 때문이다.[139)

　요컨대, 기대양상의 파괴가 민중의식을 드러내는 방향으로 전개된다는 점이 이 이야기가 묘미를 갖게 하며 전승의 원동력이 되고 있다. 그러나 구전 쟁장설화는 강자와 약자의 역전에서 사회적 의미망을 검출할 수 있는 정도에 그친다.

계화하고 있는데, 전자는 기대양상이 실현되는 이야기라 할 수 있그, 후자는 기대양상이 파괴되는 이야기라 할 수 있다. 전자가 기존의 통념을 실현하는 이야기라면, 후자는 기존의 통념을 뒤엎는 충격을 주는 이야기라는 점에서 후자가 더욱 묘미를 갖추고 있다.

138) 쟁장설화는 전국적으로 분포하고 있으며 그 각편도 제법 많은 편이다. 『대계』를 비롯하여 임석재 채록본(『한국구전설화』, 평민사) 등 여러 자료집과 선행 논저에서 언급된 각편을 합하면 20여 편에 이른다.

139) 여러 각편에서 구연자는 "두꺼비가 그래 의견이 많다는 기지."[김선풍(1986), 723쪽]라는 식으로 두꺼비의 지혜를 긍정적으로 생각하고 있다.

3. 〈수궁가〉로의 수용

〈수궁가〉 '모족모임' 대목의 상좌다툼은 이상에서 살핀 토착화된 구전설화를 판소리 광대들이 〈수궁가〉로 받아들여 생성시켰다. 〈수궁가〉의 상좌다툼이 날짐승 상좌다툼과 길짐승 상좌다툼으로 완전히 분리되어 있는 것은 토착화된 구전설화를 수용했다는 사실을 말해 준다.

'모족모임' 대목의 쟁장설화가 〈수궁가〉에 수용된 시점을 정확하게 말할 수는 없으나 그 하한선은 19세기 초로 추정할 수 있다. 17세기 말~18세기 초에 토착화된 구전설화를 판소리화하여 〈수궁가〉의 골격을 형성시킨 다음 삽입설화를 들여왔을 것이며, 길짐승 상좌다툼인 '모족모임' 대목이 소리판에서 인기를 끌면서 날짐승 상좌다툼이 19세기 중기에 서편제 〈수궁가〉에서 생성되었다고 한다면, 길짐승 상좌다툼은 그 이전에 성립되었음이 분명하기 때문이다.

그렇다면 〈수궁가〉에 수용된 초기의 '모족모임' 대목의 모습이 어떠하였을까? 지금 전승되는 창본이나 기록물들은 대부분 19세기 후기의 변모된 〈수궁가〉이기 때문에 그 이전의 모습을 간직한 창본적 성격의 이본을 찾을 수 있으면 '모족모임' 대목의 생성과 변모를 논의할 수 있는 길이 열린다. 다행히 〈가람본별토가〉는 19세기 후기 변모되기 이전의 모습을 간직한 창본적 성격의 이본으로 인정되어 왔으므로[140] '모족모

---

140) 정출헌(1992㉠), 「〈토끼전〉의 작품구조와 인물형상─가람본 별토가를 중심으로─」, 『한국학보』 66, 일지사, 196쪽. 〈가람본별토가〉는 조동일본 〈별쥬전〉과 동일 모본을 필사한 것 같고, 일사본(一簑本) 〈별쥬부전〉(서울대 도서관 소장 필사본)과는 같은 계열에 속하는 이본이다. 김석배(1993)는 "19세기 중기에 불리던 창본을 모본으로 필사한 이본"(89쪽)이라 했다. 한편, 〈가람본별토가〉의 모본이 된 창본은 어느 계통인지 아직 논의된 바 없다. 좀 더 면밀한 검토가 있어야 하겠으나 몇 가지 대목을 근거로 동편제 수궁가가 근간이 된 모본이 아니었던가 한다. 그 근거는 동편제에서만

임' 대목에서도 부분적으로 이러한 특성을 유지하고 있을 것으로 생각된다. 해당 대목을 요약하여 제시하면 다음과 같다.

> 도감 포수관 포수가 사냥을 나와 산짐승이 환란을 만났다. 장공원이 발문하여 색장 담비가 통문을 돌리니 짐승들이 일시에 모여들었다. 여러 짐승들이 모여 좌석 다툼을 했다. 토끼가 자신이 어른이라며 상석에 앉겠다 하니 너구리가 몸무게로 따져도 자기가 어른이라 했다. 이때 호랑이가 들이닥쳐 상좌에 앉았다. 호랑이가 토끼더러 어른인 근본을 물으니 토끼가 천상의 불로초를 옥황께 바쳤기에 어른이라 했다. 호랑이가 너구리더러 어른인 연유를 물으니 너구리가 죽을 놈이 말하여 소용없다 했다. 호랑이가 잡아 먹지 않겠으니 말하라 하니 너구리가 견문한 바를 이야기했다. 너구리가 호랑이더러 어른인 까닭을 물으니 호랑이가 용력이 절륜하고 직품이 높아 어른이라 했다. 두꺼비가 울며 들어오자 호랑이가 그 연유를 물었다. 두꺼비는 자기 아들 삼형제 중 막내 아들이 심은 나무 세 그루이야기를 하며 서러워서 운다 했다. 여러 짐승들이 상좌에 앉히려 하자 호랑이가 지체가 없지만 향당(鄕黨)은 막여치(莫如齒)라며 별좌에 앉게 했다. (이하 두꺼비의 생김새에 대한 문답이 이어짐〉 (〈가람본별토가〉, 12장 뒤~15장 앞)

〈가람본별토가〉는 창본의 성격이 강한 이본임에도 불구하고 현재 전승되는 창본의 '모족모임' 대목과 사뭇 다른 모습을 하고 있다. 전승 창본은 토끼가 상좌를 차지한 후 호랑이가 상좌를 빼앗는 형태로 되어 있

간직한 특징을 〈가람본별토가〉가 갖고 있음을 통해 추정할 수 있다. 즉, 〈가람본별토가〉는 '침사설' 없으며, 별주부 모친과 이별 대목이 있으며, 별주부의 육지 간다는 말에 대한 별주부처의 반응이 동일하며, 새타령이 있고 날짐승 상좌다툼이 없으며, 독수리위기 대목으로 끝난다는 점 등이 그것이다. 별주부 상소 대독은 동편제와 서편제에 공통적으로 들어 있는데, 〈가람본별토가〉는 서편제와 전혀 다르고 동편제와 거의 일치한다는 점도 이런 추정을 가능하게 한다.

는데, <가람본별토가>는 상좌를 정하지 못하고 있던 차에 호랑이가 등 장하여 상좌를 차지하고, 다시 두꺼비가 등장하여 별좌를 차지하는 것으로 되어 있다. 토끼가 상좌를 차지하지 못한다는 점과 두꺼비가 등장한다는 점은 후대 창본과 다른 점이다. 두꺼비가 등장하는 점은 설화와 같지만 상좌가 아닌 별좌(別座)에 앉는다는 점은 설화와 다르다.

위에서 제시한 특징 가운데 기록물로 정착되면서 나타난 변화도 있겠으나,141) 토끼가 상좌를 차지하지 못하고 있다는 점은 <가람본별토가>의 선행 창본의 지평으로 생각된다. 그렇다면 <가람본별토가>가 이런 모습을 지니기까지의 과정은 다음과 같이 추정할 수 있다. <가람본별토가> 이전의 '모족모임' 대목에서는 두꺼비가 상좌를 차지하였으나 <가람본별토가>는 호랑이를 최강자로 설정하여 상좌를 차지하게 전환시켰다. 자신의 나이가 더 많다며 둘러대는 근거가 소설이 아닌 설화에서 제시된 것과 유사한 점으로 볼 때, 두꺼비가 별좌에 앉는 것은 설화의 지평을 수용하여 변형한 것으로 생각된다. 그러나 그 뒤에 이어지는 두꺼비와 호랑이와의 문답은 <두껍전>류의 쟁장형(爭長型) 소설에만 있으며, 실제로 그와 유사하다는 점에서 소설의 영향으로 덧붙여진 것으로 판단된다.

이상의 추정을 통해 '모족모임' 대목이 <수궁가>에 처음 수용되었을 때의 모습을 짐작해 볼 수 있다. '모족모임' 대목이 처음 생성될 때 토끼가 등장하였는지는 알 수 없지만 토끼가 등장하는 방향으로 나아갔다. 토끼가 등장하지 않는 모족 모임이었다면, '모족모임' 대목은 <수궁가>에서 아무런 서사적 기능도 하지 못하는 부분으로서, 판소리 문법에 따라 장면 극대화를 통한 정황적 흥미성을 획득하기 위해 생성된 것이다.

---

141) 동물들의 이름에 벼슬 이름을 부여한 것이 대표적인 예이다.

토끼가 등장했다면 모족 모임의 장소는 자라와 토끼의 만남을 위해 설정한 공간을 제공하는 기능을 한 셈인데, 실제로는 이 장소에서 만남이 이루어졌는지는 알 수 없다.

토끼가 등장하자마자 상좌를 차지할 수 있었던 것은 아니다. '모족모임'이 생성되었을 초기에는 토착화된 쟁장설화를 소리하기에 적합한 사설의 형태로 변형시키는 수준에서 수용하였을 것이므로 구전설화의 다툼 양상을 거의 바꾸지 않았을 것이다. 상좌를 차지하는 인물도 두꺼비였을 것이며, 그것이 갖는 지향적 의미도 기대양상의 파괴를 통한 민중의식의 구현이라는 설화 지평을 유지하였을 것이다. 구전설화에서 다툼의 다양한 목적142) 가운데 〈수궁가〉는 상좌를 차지하기 위한 다툼을 수용하는 방향으로 나아갔을 것이다. 먹을 것의 획득이라는 기본적이고 본능적인 욕구의 충족보다는 윗자리 차지라는 이차적·사회적 욕구의 충족을 위한 다툼을 수용하는 방향으로 나아갔을 것이다.

구전 쟁장설화가 〈수궁가〉로 수용되면서 길짐승들의 모임'으로서의 성격을 갖게 되었다. 설화에서는 등장인물로서의 성격을 쿠여받은 세 짐승이 등장하여 나이다툼을 벌이지만, 〈수궁가〉에서는 수많은 짐승들이 모여드는 장면을 제시함으로써 이들이 공동체를 구성하고 있음을 보여준다. 즉, 나이다툼을 벌이는 동물들은 같은 공동체 내의 인물들로 형상화되어 있는 것이다. 이렇게 함으로써 그들의 다툼의 의미가 사회적 성격을 갖게 되는 방향으로 변모하게 된다.143) "향당(鄕黨)은 막여치(莫如

---

142) 『대계』에는 '먹을 것 차지하기', 손진태(孫晉泰) 채록본에는 '(床) 먼저 받기', 임동권과 고목민웅(高木敏雄)의 채록본에서는 '상석에 앉기'를 두고 다툰다(인권환(1988), 604쪽 참조). 『대계』의 것이 다른 채록본보다 원초적인 것으로 생각된다.

143) 수궁가는 연장자가 어른이라는 전통적 관념을 인정하고 있지만 〈녹처사연회〉(서울대본. 김동욱 편(1973), 『영인 고소설판각본전집』1, 연세대 인문과학연구소.)에서

齒)"라는 말은 모족모임의 공간을 향당, 즉 향촌사회로 설정하고 향촌사
회의 위계질서가 통용되는 곳으로 인식하려는 의도를 갖고 있는 것이다.
이런 설정은 구전 쟁장설화의 산중(山中)이라는 막연한 다툼의 공간이
인간 세상의 향촌사회로 전환되었음을 뜻한다.

설화에서 호랑이는 두꺼비를 제외한 다른 동물과 동등한 위상의 인물
이었지만, '모족모임'에서 호랑이는 등장하는 동물 중에서 최강자로 군
림한다. 호랑이가 다른 동물과 함께 등장하였는지 현재의 수궁가처럼 나
중에 등장하였는지 분명하지 않지만, 초기 <수궁가>에서 설화를 그대로
수용하는 수준에 머물렀다면 전자일 가능성이 높다.

4. 〈수궁가〉 문맥으로의 전환과 골계미의 확장

시간이 흐름에 따라 '모족모임' 대목은 설화 지평을 지양하는 방향으
로 나아갔다. 오늘날 전승되는 모든 창본에서는 호랑이가 등장하기 전까
지 토끼가 상좌를 차지하는 방향으로 고정되어 있다. 인권환은 처음에는
두꺼비가 등장하는 설화가 삽입되었다가 그 전파 과정에서 윤색, 삭제,
변용되면서 두꺼비의 이야기가 탈락되고 호랑이가 상좌로 남게 된 것으
로 보인다144)고 했다. 그런데 그는 다른 동물과 달리 호랑이가 시차를
두고 나중에 등장한다는 점을 간과함으로써 호랑이가 등장하기 전에 토

는 이를 부정하고 다른 기준을 제시한다. 이것은 수궁가의 '모족회의' 대목이 서민층
의 분화와 갈등이 첨예해지기 전의 사회상을 반영하고 있음을 뜻한다. 바꿔 말하면,
수궁가는 유유상종을 이유로 형세가 미치지 못하는 자들을 모임에서 제외시키는 <녹
처사연회>보다 앞선 시대의 사회상을 반영한 것이다. 어떤 인물이 상좌에 앉아야 하
는가 하는 점은 사회사적으로 중요한 의미를 갖는다.

144) 인권환(1988), 610쪽.

끼가 상좌를 차지했었다는 점을 주목하지 못했다. 즉, 설화의 수용으로 두꺼비가 상좌를 차지하는 '모족모임'이 형성되었다가 토끼가 상좌를 차지하는 방향으로 전환되었으며, 그 후에 쟁장형 소설을 수용하여 호랑이를 등장시킴으로써 토끼를 밀어내고 호랑이가 상좌를 차지하는 이야기로 바뀐 것이다. 쟁장형 소설에서 두꺼비가 상좌를 차지한 다음 호랑이가 바로 등장하여 두꺼비와 호랑이가 대결하는 데 반하여 〈수궁가〉에서는 두꺼비와 호랑이의 직접적 대결이 없다는 점만 보아도[145] 두꺼비와 호랑이 사이에 토끼가 설정되어 호랑이가 등장하는 단계로 발전하기 이전에 이미 토끼가 상좌를 차지하는 이야기로 변모되었다는 것을 보여준다. '모족모임' 대목이 19세기 중기에는 이미 토끼가 상좌를 차지하고, 호랑이가 등장해 토끼의 상좌를 빼앗는 방향으로 틀을 잡았으리라 추정된다.[146] 토끼가 상좌를 차지하면서 두꺼비는 창본에서 사라졌다가 독서물로 정착하면서 다시 등장하게 된다.

결국, 두꺼비가 상좌를 차지했다가 토끼가 상좌를 차지하는 방향으로 변모하고 다시 호랑이가 토끼의 자리를 밀어내는 방향으로 바뀌어 간 것이 그간의 경과이다. 사적(史的)으로 볼 때 두꺼비가 상좌를 차지하는 데서 토끼가 상좌를 차지하는 방향으로 변모하였다는 사실을 알 수 있다.

모족들이 모여서 하는 일이란 상좌를 차지하기 위한 소모적인 다툼일

---

145) 두꺼비와 호랑이가 직접 대결하는 경우 토끼는 상좌를 차지하지 못한다. 〈토의간〉이 이 경우인데, 이렇게 함으로써 토끼전의 문맥과 합치되지 않는 개작으로 이 부분에 관한한 서사적 정합성이 얼마나 이루어졌는가 하는 관점에서 본다면 개악이다.
146) '모족모임' 대목에 포함되지는 않지만 자라가 호랑이로부터 수난을 당하는 대목도 〈신재효토별가〉 이전의 창본에 형성되었다. 〈신재효토별가〉 이전에 존재했던 별주부가 산신제를 지내는 대목은 호랑이로부터의 수난을 전제해야 존재할 수 있는 대목이기 때문이다.

뿐이다. 이런 소모적 다툼을 장황하게 연출하게 된 까닭은 판소리 연행 현장에서 장면 극대화를 지향하면서 정황적 흥미성을 추구했기 때문이다. 그 결과가 판소리 사설에서 서사의 진행을 멈추고 공간을 극대화하는 특성으로 구체화되는 것이다. 이런 특성이 부분과 부분, 부분과 전체의 유기성을 훼손하기도 했지만, '모족모임'의 경우 토끼가 상좌를 차지함으로 하는 방향으로의 변모가 그것이다.

토끼가 상좌를 차지하는 방향으로의 변모는 <수궁가>가 '토끼 이야기'라는 점과 밀접한 관련을 맺고 있다. <수궁가>에서는 두꺼비의 구변을 부각시켜 그의 인물형상을 강조할 이유는 전혀 없다. 따라서 구전설화 및 초기 <수궁가>에서 약자이지만 구변이 뛰어난 인물로 형상화된 두꺼비는 <수궁가>에서 점차 그 자취를 감추었으며, 토끼가 그의 위치를 대신하게 되었다. 토끼가 상좌를 차지하면서 두꺼비가 등장하지 않는다는 것은 두꺼비 대신 토끼가 등장하여 두꺼비의 역할을 대신하고 있기 때문이다.

그렇다면 <수궁가>는 '자라 이야기'이면서 동시에 민중의 전형으로 형상화된 토끼가 거듭되는 위기를 극복하는 과정을 통해 민중의식을 고취하는 이야기이기 때문에 토끼의 지혜를 강조하는 방향으로의 변모가 진행된 것이다. '모족모임'에서 토끼가 능란한 구변으로 상좌를 차지함으로써 수궁에서 기변(奇辯)을 내어 용왕을 속이고 위기를 탈출하는 부분과 인물의 성격 형상화의 측면에서 긴밀하게 연관되어 선행 창본보다는 강한 유기성을 확보하게 된 것이다.147) 요컨대, 토끼의 상좌 차지는

---

147) 창본에서 '모족모임'에 있던 토끼와 자라가 치성(致誠)을 드린 후 만난 토끼는 동일 인물이 아니다. 그러나 수궁가에 등장하는 토끼는 전형화(典型化)된 인물이므로 이 두 토끼가 다른 개체라 하더라도 동질성을 지닌 한 인물의 연장으로 이해할 수 있다.

'모족모임' 대목을 〈수궁가〉의 문맥으로 내려앉게 함으로써 선행 창본보다 서사적 합리성을 획득하는 방향으로 변모한 것을 의미한다. 〈수궁가〉 전반에서 '토끼 이야기'로서의 면모가 강화되어 가던 방향과 '모족모임' 대목에서 토끼가 상좌를 차지하는 방향으로의 변모는 병행하는 관계임을 알 수 있다.

호랑이가 나중에 등장하여 토끼를 밀어내고 상좌를 차지하는 변모는 토끼가 상좌 차지를 전제해야만 가능한 일이므로 토끼 상좌 이후에 일어난 일이다. 호랑이가 이 대목에서 등장해야 할 필연적인 이유가 없는데도 등장하여 오랫동안 탈락하지 않을 수 있었던 것은 호랑이의 '자라 봉변' 대목으로 자연스럽게 이어지면서 소리판의 흥미성을 증폭시키는 구실을 하기 때문이다.

호랑이가 등장하면서 토끼가 상좌에서 밀려나는 방향으로 변모하고 이것이 '자라 봉변' 대목으로 연결되는 것은 〈수궁가〉 '모족모임' 대목이 해학성을 확장하고 강화하는 방향의 연장선 위에 있음을 의미한다. 판소리 연행 현장에서 〈수궁가〉는 해학성이 전반적으로 강화되는 방향으로 변모하였는데, 이 대목의 변모도 소리판의 흥미성을 지향하는 방향으로 변모되어 가는 과정에서 생긴 부분이다. 토끼의 인물 강화와 해학성의 강화는 병행하여 나아갔다.

요컨대, 〈수궁가〉의 이런 변모는 '모족모임' 대목을 〈수궁가〉의 문맥으로 전환시킴으로써 서사적 합리성을 획득하려는 노력, 토끼를 민중의 전형으로 형상화하려는 의지, 그리고 해학성을 강화함으로써 소리판에서의 흥미성을 추구하는 경향이 어우러져 빚어낸 현상으로 판단된다. 일반적으로 서사적 합리성의 추구와 판소리 현장의 흥미성 지향은 서로 다른 방향을 지향하는 긴장된 관계인데, 〈수궁가〉의 '모족모임' 대목은 이 두 가지가 함께 고려된 대목이라 할 수 있다.

5. 향촌사회 현실의 반영과 비판

신재효는 뚜렷한 개작의식을 지니고 이본으로서의 가치가 큰 <신재
효토별가>를 파생시켰다.[148] '모족모임' 대목도 앞서 살핀 선행 창본의
몇 가지 특징을 독자적으로 바꾸어 놓아 다른 이본에서 볼 수 없는 독특
한 모습을 갖고 있으며 그 변모의 의미가 주목된다.

신재효가 개작한 '모족모임' 대목의 선행 지평은 당시 명창들에 의해
전승되던 <수궁가>의 '모족모임' 대목이었을 것이다. 그러므로 <신재효
토별가>의 선행 지평은 <수궁가>의 문맥으로 전환된 <수궁가>였다. 그
달라진 모습을 살펴보기로 한다.

먼저 인물 설정의 면에서 선행 창본과 달라졌다. 선행 창본은 호랑이
를 "(호)장군(님)"으로 부르며 강자의 표상으로만 설정되어 있을 뿐 산군
(山君)으로서의 지위를 확보하지 못하고 있다. 그러나 <신재효토별가>
에서 호랑이는 다른 짐승과 함께 등장하는 산군으로서의 위상을 뚜렷이
확보하여 모임을 소집하고 그 진행을 주재하고 있다. 이들 집단에서는
좌석의 서차(序次)를 정하는 데 아무런 다툼이 없으며, 오히려 서로 상좌
를 사양함으로써 위계질서가 뚜렷하다. 호랑이를 산군으로 설정한 것은
인간 세계의 지방관으로서의 위상에 비견하여 모족 모임을 향촌사회의
대립관계로 설정하기 위한 의도로 풀이된다.

---

148) 신재효 및 그의 판소리 사설에 관한 포괄적 논의는 아래 책에서 이루어졌다.
　　서종문(2008) ; 정병헌(1986), 신재효 판소리 사설의 연구, 평민사 ; 설중환(1994),
　　판소리사설연구, 국학자료원.

　　두꺼비가 등장하지만 모족들이 모여드는 부분에서 이름이 거론될 뿐
이어서 작중인물로서의 성격조차 부여받지 못하고 여러 길짐승들 틈에
끼어 있는 소재 차원으로 물러나 있다. 토끼의 위상은 상좌를 차지하지
못한다는 점에서 선행 창본보다 오히려 후퇴한 듯하다. 그러나 이것은
상좌다툼 자체가 없기 때문에 당연한 귀결이다. 선행 창본이 토끼의 지
혜를 강조함으로써 인물의 성격 형성에 기여했다면, 〈신저효토별가〉에
서는 모족 모임의 장소는 자라와 토끼의 만남이 이루어지는 곳이 됨으
로써 서사 공간으로서의 기능이 뚜렷해졌다. 즉, 별주부가 모족 모임을
처음부터 끝까지 지켜보고 있다가 모임이 끝난 후 토끼를 뒤따라감으로
써 모족모임의 공간이 토끼와 별주부의 만남을 제공하는 공간으로 변모
된다. 토끼가 산신제를 지낸 후 다른 장소에서 다른 토끼를 만나는 것으
로 설정되어 있는 선행 창본보다 유기성을 더 지니게 되었다.149)

　　모족 모임의 목적이 불분명하거나 친목회로 설정되어 있던 선행 창본
을 〈신재효토별가〉에서는 산중의 현안 문제를 의논하기 위한 모임으로
바꾸어 놓아 선행 창본의 상좌다툼이라는 흥미성 지향과는 성격을 달리
한다. 이런 점에서 〈신재효토별가〉의 모임은 '회의' 차원이다. 모임에서
실제로 벌어지는 일이 모임을 소집한 목적대로 진행되지 않는데, 다른
방향으로 진행된다는 것 자체의 함의(含意)를 주목할 필요가 있다.

　　〈신재효토별가〉에서 모족들이 부딪힌 문제는 일시적인 환란이 아니
라, 인간 세계와 모족 세계의 지속적인 대립으로 인해 발생한 근원적인

---

149) 그런데 이 대목이 논리적으로 파탄을 보인다는 민찬(1994:293)의 논의가 있다. 신재
　　효가 논리적 파탄을 초래하게 된 것은 산군과 다른 길짐승은 인물간의 관계망을 고려
　　하면서 구조적으로 파악하고 있으나 사냥개의 경우 남을 위해 주구(走狗)의 구실을
　　한다는 행위 그 자체에만 주목하였기 때문이다. 이 대목의 파탄은 신재효가 문제의
　　초점을 어디에 두고 있었는가를 알려주는 지표(指標)가 될 수 있다.

문제로 설정되어 있다. 인간 세계와 모족 세계의 대립, 모족 세계 내의 계층 대립이 함께 나타난다는 점에서 대립 구도가 뚜렷해졌다. 인간으로부터 받는 위협 문제를 해결하고자 모였으나 그들 자신의 대립과 갈등이 바로 인간사회의 갈등을 그대로를 형상화하고 있다는 점에서 복합적 대립관계가 형성되어 있다. 모족 세계에 나타난 인간 세계의 모습이란 지배층에 의해 자행되는 가혹한 수탈로 인한 갈등 바로 그것이다. 선행 <수궁가>가 향촌사회의 위계질서의 문란을 보여주는 공간이라면, '모족모임' 대목에 대응되는 '어족회의' 대목이 문반(文班)과 무반(武班)의 대립을 형상화 공간이라면,150) <신재효토별가>의 '모족모임' 장소는 향촌사회의 민중에 대한 지방관과 아전들의 수탈의 현장을 형상화한 공간이다.151)

나이다툼은 향촌사회의 질서를 유지하는 장유유서(長幼有序)의 관념이 남아 있기는 하지만 그것이 제대로 구실하지 못하는 모습을 보여준다. 상좌다툼이 일어난다는 것 자체가 향촌사회의 위계질서가 흔들리고 있다는 증거이다. 이러한 상황 속에서 인물들은 허황한 거짓말을 동원하여 서로 나이가 많다고 우기니 거짓말에 능한 사람일수록 어른이라는 결론에 이르고 만다. 신재효는 향촌사회의 위계질서가 문란함을 보여주는 선행 지평을 지양하고 대신 조선후기 향촌사회에서 자행되는 수탈의

---

150) '어족회의' 대목에서는 용왕보다 신하들에 대한 비판에 초점이 모아져 있다. 이것은 60년이 넘게 지속어 온 권신들에 의한 세도정치에 대한 공격에 초점을 맞춘 것으로 생각된다. 평생토록 다른 어족들로부터 멸시를 받던 별주부를 충신의 화신으로 형상화하려 한 것도 새로운 인물의 필요성을 제기한 것으로 풀이할 수 있다.

151) 이강엽은 어족회의 대목을 중앙정치무대로, 모족모임 대목을 지방정치무대로 파악했다.

   이강엽(1993), 「신재효 <퇴별가>의 풍자적 특성과 계층갈등」, 『원우론집』 20, 연세대 원우회.

생생한 모습을 형상화한 것은 향촌사회의 위계질서 문란의 문제보다는 지방관에 의해 자행되는 백성에 대한 수탈을 더욱 심각한 문제로 인식하였기 때문이다. 이러한 특성들은 신재효가 지닌 대자적(對自的) 현실 인식과 대립적 세계 인식의 결과로 풀이된다.

　신재효가 향촌사회에 대한 수탈을 비판한 것은 당대 향촌사회의 문제적 현실을 형상화한 것이지만, 비판이 궁극적으로 지향하는 방향이 뚜렷하지 않다. 그가 향촌사회에서 자행되는 수탈의 현장을 고발함으로서 지배계층에 대한 강도 높은 공격을 가하였지만, 그것이 근대적 사회에 대한 열망의 반영인지, 아니면 오히려 봉건적 통치 질서를 재확립하는 방향을 지향하는 것인지 분명하지 않다는 말이다.152) 신재효는 혼란과 수탈의 자행은 봉건적 통치질서가 무너졌기 때문에 나타난 현상으로 파악하여 문제적 현실을 드러내는 데 치중하였지 그에 대한 해결적 전망을 뚜렷이 제시하지 않았기 때문에 나타난 현상이다.

　〈신재효토별가〉의 '모족모임' 대목의 이러한 개작은 해학성을 지양하고 비판정신을 강화함으로써 대사회적 발언을 강화하는 방향으로의 전환을 가져 왔다. 〈수궁가〉의 '모족모임' 대목에서 토끼가 상좌를 차지하는 방향으로 변모시키면서 토끼의 이야기로서의 면모를 강화하였지만 다른 부분과의 유기성이 미약한 것은 사실이다. 신재효가 이 대목의 유명한 더늠을 삭제하거나 축약했음에도 불구하고 이 대목을 다른 방향으로 확대하여 전체 서술량이 선행 창본보도 오히려 늘어난 것은 이 대목을 통해 신재효가 〈신재효토별가〉의 주제적 의미를 강하게 전달하고자 한 의도의 결과이다.

---

152) 민찬(1994)은 "봉건왕조나 그 존립기반인 봉건적 논리에 대해 근본적인 의문을 보내지 않고 있다.", "봉건왕조를 제대로 지탱시킬 수 있는 질서와 토대가 구현되지 않고 있다는 점에 문제의 비중을 두고 있"다고 했다. 294쪽.

　　<신재효토별가>는 모족들이 모여드는 부분에서 판소리적 특성을 그
대로 간직하고 있으나 그 이후 전개되는 부분은 선행 창본과 견주어 문
장체 소설적 특성이 강화되었다.153) 선행 창본에서는 모족들이 자신이
가장 나이가 많음을 증명하기 위해 갖가지 전고(典故)를 반복과 나열의
방식으로 끌어다 붙이면서 장면이 극대화되었다. 신재효는 이를 삭제하
고 산군(山君)과 다른 짐승들의 대립으로 형상화하면서 대화 표지어(對
話 標識語)가 많이 등장하되 반복이나 나열이 없는 긴 서술문으로 대체
시켰다. 그리하여 <신재효토별가>의 '모족모임' 대목은 길짐승들이 모
여드는 대목을 제외하고는 유명한 더늠을 모두 소거시켜 버리고 이를
대체할 만한 더늠도 형성시키지 못하고 말았다. 더늠은 장면 극대화를
지향하는데, <신재효토별가> '모족모임' 대목은 서술문으로 되어 있어
후대의 창자가 더늠으로 수용한다 하더라도 더늠의 일반적 모습과는 거
리가 있게 된다. 김연수(金演洙)가 <신재효토별가>의 이 대목을 수용하
면서도 날짐승 상좌다툼과 길짐승 상좌다툼을 삭제하지 않은 것154)도
<신재효토별가> '모족모임'이 갖는 이런 특성 때문이다.

6. 맺음말

　　판소리 광대들이 토착화된 구전 쟁장설화를 수용하여 생성시킨 <수
궁가> '모족모임' 대목은 판소리의 연행 현장에서 끊임없이 변모·발전

---

153) 신재효 판소리 사설의 기록문학적 성격에 관해 아래 논문에서 자세하게 다루었다.
　　이강엽(1995), 「신재효 문체의 기록문학적 특징」, 『판소리연구』 6, 판소리학회.
154) 김연수(1974), 『창본 심청가·홍보가·수궁가·적벽가』, 문화재관리국, 255~262쪽
　　참조.

해 왔다. 세 동물의 나이다툼이던 설화에 여러 짐승들이 모여 드는 장면을 만들어 넣고, 다툼에 참여하는 인물의 수를 증가시키는 등 판소리 연행 문법에 따라 부분의 확장을 통한 장면 극대화를 지향하는 방향으로 나아갔다.

'모족모임' 대목을 〈수궁가〉로 받아들일 때 구전되던 쟁장설화의 다툼의 양상을 그대로 수용하였을 것으로 생각되므로 초기의 '모족모임' 대목은 두꺼비가 상좌를 차지하는 형태였을 것이다. 그리하여 구전 쟁장 설화가 지니고 있던 기대양상의 파괴를 통해 민중의식을 구현하는 주제적 의미를 함유하고 있었을 것이다. 여기에다 판소리 연행 현장에서 적흥적 흥미성 요구에 부응하기 위해 골계미를 확장시키는 방향으로 나아갔을 것이다.

시간이 흐름에 따라 '모족모임' 대목은 토끼를 등장시켜 두꺼비를 밀어내고 그가 상좌에 앉는 방향으로 전개되었다. 두꺼비는 그 이후 이 대목에서 탈락하였고 호랑이가 등장하여 상좌를 차지하고 있던 토끼를 다시 밀어내는 방향으로 변모하였다. 토끼가 상좌에 앉는 방향으로 변모는 이 대목을 〈수궁가〉의 문맥과 합치시키려는 기저에서 나타난 현상으로 파악할 수 있다. 〈수궁가〉는 토끼의 지혜를 드러내는 이야기이며, '육지위기'의 확장 등을 통해 이런 특성이 강화되는 방향으로 전개되어 왔으므로 토끼가 능변으로 상좌를 차지하게 함으로써 인물의 성격 형상화와 서사적 합리성을 획득하는 데 기여하고 있다. 이러한 변모가 한편으로는 해학성을 증대시키는 방향이기도 했다.

신재효의 〈신재효토별가〉에 와서 이런 방향은 전환점을 마련하게 된다. 신재효는 이 대목을 향촌사회에서 자행되는 가혹한 수탈의 현장으로 형상화하고 있다. 선행 〈수궁가〉도 모족 모임의 장소가 향촌사회 공간으로 설정되어 있지만, 상좌다툼을 벌이는 해학적 장면을 연출하는 공간이었다. 그러나 <신재효토별가>는 문제적 현실에 대해 강도 높게 비판·풍자함으로써 대사회적 발언을 강화하고 그의 대자적 현실인식을 드러내고 있다.

그러나 한편으로는 소리판의 현장에서 판소리 문법에 의해 형성된 더늠과 문체적 특성을 소거하고 대화 표지어가 많은 긴 서술문으로 바꾸어 놓아 선행 창본보다 기록문학적 성격이 강한 사설을 생성시켰다. 더늠의 일반적 성격과 거리가 있는 이 대목은 그의 사설을 받아들인 후대의 창자에 의해 비판적으로 수용되었다.

판소리는 장면 극대화를 지향하였으며 부분의 독자성이란 특성을 갖고 있다. 그런데 판소리가 서사물적 합리성에 대한 고려 없이 무한정 장면 극대화만을 지향하는 것은 아니라 생각한다. 즉, 장면 극대화의 방향과 서사적 합리성 지향이 서로 긴장된 관계를 형성함으로써 어느 일방으로 일탈되는 것을 제어하고 있다는 가설을 세우게 한다. 더구나 <수궁가> '모족모임'의 장면 극대화 방향이 결과적으로 서사적 합리성을 획득하는 방향이어서 긴장된 관계마저 희박하다. 이런 현상은 수용자의 비판적 개입과 판소리 광대의 자기 검열 등으로 인하여 장면 극대화와 함께 서사적 합리성에 대해 무심할 수 없음을 의미한다. 양반 사대부를 소리판으로 끌어들이면서 사설의 합리성에 대한 관심은 더욱 증대되었을 것이다. 물론 판소리 연행 현장에서는 서사적 합리성에 대한 관심보다는 장면 극대화가 주는 흥미성과 사설을 얹고 있는 판소리 선율에 더 주목할 것이다. 그러나 그들은 독서물로 정착한 판소리 작품을 함께 향수하였으므로 창본의 모순점을 발견하게 되었을 것으로 생각한다. 판소리 감상자가 출판물의 소비자이자 필사본의 생산자로 참여했을 것이기 때문이다.

제3부
〈토끼전〉의 생성과 변주

제1장 독서물-육지위기 계열의 구조적 특성과 의미

1. 머리말

　연행물-육지위기 계열 중 판소리 사설은 소리판의 악곡(樂曲)에 얹혀 오랜 세월 판소리 광대에 의해 전승되어 왔다. 그 긴 시간 동안 전승되면서 기록물로 정착되는 것은 자연스런 일이다. 그런데 판소리 사설이 문자를 덧입는 것에서 그치는 것이 아니라 읽기에 적합한 텍스트로 변모하는 현상이 나타났다. 연행물-육지위기 계열 내에서도 그 편차가 있듯이, 판소리 사설의 독서물화가 더욱 강화되어 연행물보다는 독서물에 더욱 가까운 구조를 갖게 된 것이다.

　그러나 독서물-육지위기 계열은 독서물이긴 하지만 연행물에 적합한 부분인 육지위기를 갖고 있거나 그 일부가 탈락한 형태이다. 물론 육지위기 부분 또한 연행물적 특성보다는 독서물적 특성이 강화되어 나타난다. 이 장에서는 독서물-육지위기 계열이 연행물-육지위기 계열에서 파생되는 과정에서 일어난 변화에 대해 논의한다. 독서물-토끼포획 계열보다는 독서물화가 철저하지 못하지만, 그 나름의 독서물화 방법과 방향을 파악할 수 있을 것이다.

2. 서사성 강화의 방법과 방향

1) 첨가 · 확장의 방법과 삭제 · 축소의 방법

이본 계열의 파생 과정에서, 독서물-육지위기 계열은 연행물-육지위기 계열이 갖고 있던 연행물적 성격을 지양하고 서사문법(敍事文法)에 따라 독서물적 성격을 강화하면서 생성된 이본 계열이다. 이 계열은 연행물인가 독서물인가의 관점에서 보면 독서물적 성격의 이본이라 할 수 있지만, {육지위기} 부분을 갖고 있다는 점과 연행물적 성격이 부분적으로 남아 있다는 점에서 완전한 문장체 소설로 전환되지 않았다. 그래서 이 계열은 연행물-육지위기 계열과 독서물-토끼포획 계열의 중간적 위치에 놓여 있다.

독서물-육지위기 계열에서 연행물의 특성을 지양해 나가는 방법은 두 가지로 나타난다. 하나는 새로운 삽화[화소]나 가요를 첨가하거나 기존의 삽화[화소]나 가요를 확장하는 방법이고, 다른 하나는 선행 이본에 있던 삽화[화소]나 가요를 삭제하거나 축소하는 방법이다.[1] 첨가와 확장이 뚜렷하면 서술량이 늘어나고 삭제와 축소가 뚜렷하면 서술량이 줄어든다. 이 둘이 어느 정도 균형을 유지하여 연행물의 서술량과 비슷한 수준을 유지하는 이본도 있다. 첨가 · 확장을 지향하는 이본에서도 특정 부분에서 삽화[화소]나 가요가 삭제 · 축소되기도 하며, 삭제 · 축소를 지향하는 이본에서도 특정 부분에서 삽화[화소]나 가요가 첨가 · 확장되기도 한다. 한 이본에서 첨가 · 확장과 삭제 · 축소가 함께 이루어지면서 서사

---

[1] 김석배(1992), 「<춘향전> 이본의 생성과 변모양상 연구」, 경북대 박사논문, 21~32쪽 참고. 본고에서는 연행물에서 독서물로의 변모의 관점에서 서술하므로 이본을 크게 변모시키는 첨가와 삭제, 확장과 축소를 중심으로 논의하기로 한다.

적 구조화가 진행되는 것이 일반적 양상이다.

첨가·확장의 경향이 뚜렷한 대표적 이본으로 〈중산망월전〉, 〈토별산수록〉, 〈수궁별주부산중토처사전〉 등을 들 수 있고, 삭제·축소의 경향이 뚜렷한 대표적 이본으로 〈박순호28장본〉, 〈박순호15장본〉 등을 들 수 있다. 첨가·확장과 삭제·축소 어느 한쪽으로 기울지 않은 이본도 있으나, 독서물—육지위기 계열의 특성을 보다 분명히 드러내기 위해 첨가·확장이 뚜렷한 이본과 삭제·축소가 뚜렷한 이본을 중심으로 구조적 특성을 살펴보기로 한다.

새로운 삽화[화소]의 첨가는 이본에 비교적 큰 변화를 가져온다. 〈중산망월전〉은 선행 연행물 계열의 삽화[화소]를 대부분 갖고 있으면서 광리왕 부친의 원도사와의 대결, 도사와 광리왕 동생의 친분 관계, 일신(一身)이 일국(一國)과 같다는 이론, 호랑이 화상 등을 첨가하였다. 〈토별산수록〉은 선행 연행물 계열 및 〈중산망월전〉에 있던 왕배탕 삽화, 암자라 대용 화소 등은 빠져 있지만 사해 용왕 제시, '새타령', '나무타령', '화초타령', 토끼 점복(占卜) 화소, 수궁행 도중 별주부가 토끼를 업고 노래하는 대목, '짝타령' 등이 첨가되었다. 이뿐만 아니라 〈국도본토생전〉 계열에 들어 있는 암토끼 삽화, 오봉산토끼 삽화, 토끼 재포획론과 용왕의 제지 삽화 등을 수용하였다. 이로 보건대 〈토별산수록〉은 연행문법에 의해 확장된 부분이 상당히 남아 있기는 하나 서사문법에 의한 확장이 뚜렷하고 서사적 합리성의 강화를 통해 전체적으로는 서사성을 강화하는 방향으로 변모하였다. 〈수궁별주부산중토처사전〉에는 이보다 더욱 다양한 삽화[화소]가 첨가되어 〈중산망월전〉과 〈토별산수록〉이 갖고 있는 대부분의 삽화[화소]를 공유하고 있을 뿐만 아니라 간방문 화소 등 〈가람본별토가〉 계열의 화소도 일부 갖고 있다. 더욱이 다른 이본과 공유하는 삽화[화소]라 하더라도 서사문법에 따라 확장되는 양상을 보인다.2) 이처럼 <수궁별주부산중토처사전>은 다양한 계열의 삽화[화소]를 수용하면서 <토끼전> 이본 가운데 가장 많은 삽화[화소]와 분량을 갖고 있다.

기존 삽화[화소]를 확장하는 방식은 대부분 연행문법에 의해 생성된 부분을 서사 문법에 따라 변모시키면서 확장하는 것이다. <중산망월전>에서는 '출륙공론' 부분을 도사가 출륙할 신하를 고르는 방법으로 변모시킴으로써 연행물의 특성을 지양하였다. <토별산수록>은 '세상팔난' 부분을 일례로 들 수 있다. 여기서는 토끼가 육지에서 겪는 여덟 가지 고난을 개조식으로 나열하고 나서, 다시 "또 일르게 드러보쇼"(<나손본 토별산수록>, 17장 뒤) 하면서 덧붙여 토끼가 세상에서 겪는 위기를 제시하고 있다. <수궁별주부산중토처사전>은 기존 삽화[화소]를 여러 이본에서 수용하면서 확장하였다. 대표적인 예로 '출륙공론(出陸公論)' 부분을 들 수 있다. 이 부분에서 출륙공론이 2회 되풀이된다. 즉, <중산망월전> 계열처럼 여러 신하들이 입시한 가운데 도사가 그들을 하나하나 열거하면서 출륙의 타당성을 검토한 후 별주부로 낙점한다. 그런데 조정의 권신(權臣)들 중 고래, 잉어, 거북이 용왕을 가까이서 모시는 은구어를 움직여 출륙할 신하를 다시 뽑게 한다. 이렇게 하여 신하들이 또 다시

---

2) 단방문 화소를 예로 들면 다음과 같다. "도사 우셔 왈 단방문이 잇나이다 무삼 단방문이요 도사 답왈 황장목 결 조흔 나걸 디톱으로 고기 켜셔 가변은 터러닉고 천지판 좌우 셥폐 상흐 믹여 으장 질고 운단 션단 흐문당과 보단 공단 연쵸단에 명목 낙수 염십흐여 디럼 업관하온 후 희월삼경 깁푼 밤에 물련가고 구름은 히여질 졔 간다 바라 남히 용왕 황쳔 부사 도임쵸로 신연흐인 계 잇나냐 이렷타시 호령할 졔 디왕 병 아조 홀신 나흐리다 션수이은 과인을 곳 죽으로 흐오 조롱을 과히 마르시고 약이나 이르소셔 도사 왈 디왕으 병에는 의가 약으로 낫기을 바라다가난 오육월 염쳔에 황소 불알 되올리다" (6장 앞~6장 뒤)

입시하여 연행물에서처럼 서로 가겠다고 주장하는 사건이 펼쳐진다. 공
론을 벌이는 인물의 수효가 증가하였을 뿐만 아니라 한 인물 당 발화의
양이 팽창되어 세부 서술이 장황할 정도로 확장되어 있다. 문장도 대화
표지어(對話 標識語)에 의해 열리고 닫히는 구조로 변모시켰음은 물론이
다. 이처럼 〈수궁별주부산중토처사전〉은 전반적으로 최대한 서술을 확
장하면서 서사성을 강화하고 있다.

위의 세 이본은 〈중산망월전〉, 〈토별산수록〉, 〈수궁별주부산중토처
사전〉으로 갈수록 첨가·확장되는 경향을 보인다. 그러면 첨가와 확장
이 일어난 여러 부분 가운데 두 가지 현상을 동시에 살필 수 있는 곳을
통해 그 양상을 살펴보기로 한다.

(가) ①톡기 이 말 듯고 한는 말리 결단 못 드러갈세마는 ②이번 가는
길언나에 평싱 화복이 달여는지라 아모컨나 점이나 천서 길흉얼 알고 가
세 ③인하여 청계병 반석상에 단정이 쑤러 안저 추원ᄒᆞ여 갈오더 유세차
추구월 ᄒᆞ오닐 정형산 거ᄒᆞ는 토싱원은 근복문ᄒᆞ압나이 천ᄒᆞ언제시며
지하는제기리요마는 신지영에 거니슈통ᄒᆞ압소서 다름 아이오라 인간활
난지익얼 면하엿고 별주부로 설로 의론하하압고 수궁으로 드러가오이
④귀곡선싱 퇴공선싱 제갈선싱 강절선싱 곽박선싱은 감이수통하압소서
⑤쾨얼 어더 육효얼 어더 득산지박이 변ᄒᆞ여 중산간니 듸엿는지라 오리
보다가 어히업서 갈오더 니 일리 어닌 일고 싹을 박착 ᄭᅩ얼 변ᄒᆞ여 간이
라 ᄒᆞ는 쾨얼 어더시이 이상하고 고이ᄒᆞ다 형제발동에 상문니 변하여시
이 쏘ᄒᆞ 이상ᄒᆞ고 신관귀가지세라 ᄒᆞ고 고모자손이 상극되이 수궁으로
가는 길에 화관귀가 입늑ᄒᆞ이 가장 융ᄒᆞ도다 하고 주저ᄒᆞ거날 (〈박순호
본토별산수록〉, 36쪽 뒤~37쪽 뒤)

(나) ①톡기 왈 자넨 친상하는 말리 더욱이 유리하니 결단하고 따라가

세 ② 그러나 이번 길에 평생화복이 달여신니 점이나 한 장 처서 길흉을 아리라 ③청계변 벽상의 단정히 꾸러 안자 점을 칠 제 축사를 일러 왈 복이 태세 유삼일 길신양천지제향하시고 천하언제시며 지하언재실리요 만은 고지즉 응하난니 감이순통하옵소서 유세차 병인 구월 정묘 삭 초오일 신미일 진에 산중 거하난 토처사난 복문하오되 별주부 동행하와 길흉화복 모르오매 물비소시하옵소서 ④신기영즉 감이순통 건곤도합 포합만장 황천무사라 궐영유혹하사 부대인자난 여천지로 합기덕하고 여일월로 합기명하고 여사시로 합기서하고 귀신으로 합기길흉하니 청향일주 처성 복청 복희 신농 황제 대요 대순 우탕 문무 주공 오개 부재 현위 구천 현녀 왕부사 귀곡 손빈 원천 사정 소광절 곽박 이순풍 재갈공명 진희리 정명도 정이천 주매암 육상산 육운장 마의도사 배괴 동지 조곡 동녀 여순양옥 용도사 육갑 육을 육병 육정 육술 육사 육경 육신 육임 육해 재위신장은 용천 용지 길즉길 흉즉흉 물비소시래조아 재신래조아 통신하옵소서 ⑤축사를 삼송하고 작괘하니 뇌산 손괘가 변하야 중산간 괘가 되엿난지라 이윽히 생각다가 옴작 놀래 하난 말리 오관지새하야 화출술문서하야신니 화묘가 왼 일인고 육호문서 발동하야 동묘가 왼 일인고 만리타국 가난 길에 술란 괘가 입묘하니 대흉이라 하고 또 자저하거날 (<수궁별주부산중토처사전>, 53쪽 뒤~54쪽 뒤)

위에 인용한 부분은 토끼가 수궁행 전에 길흉을 판단하기 위해 점을 치는 화소이다. 선행 연행물 및 <중산망월전> 계열에는 이 화소가 존재하지 않는다. 그러므로 위의 두 이본에서 이 대목을 새로이 첨가한 것이다. 한편, <수궁별주부산중토처사전>은 <토별산수록>의 화소를 수용하면서 ④를 더 첨가하여 확장시켰다. 위의 화소는 연행문법에 의한 첨가나 확장이 아니다. <수궁별주부산중토처사전>에서 토끼가 점괘를 얻기 위해 주문을 외우며 잡다하게 나열하는 부분조차도 장면 극대화를 지향한 것이 아니다. '독축제(讀祝制)'로 일컬어지는 축문이나 제문 읽는 대목은 판소리 연행 현장에서 창화(唱化)되지 않고 창조(唱調)[도섭]로 처리되는 것이 일반적이다.[3] 그러므로 이 부분은 연행단위로 생성·확장된 부분이 아니며, 연행물에서 창화되었을 가능성은 거의 없다.

다음으로 기존 삽화[화소]나 가요를 삭제·축소하는 방법으로 공간적 팽창에 의한 원심력을 약화시키고 서사성(敍事性)을 강화한 경우를 살펴보자. 〈박순호28장본〉 가운데 삭제와 축소가 함께 들어 있는 부분을 통해 검토해 보기로 한다.

> 헌으도독 거복이 주왈 퇵기 아뢰난 말이 지록위마하니 츳소위 고조진
> 의 양궁을 장하 고 교퇴사의 주구을 펑흠 갓튼지라 즈리은 수부의 걱흔
> 공신으로소이다 봉후은 고스ᄒ고 도리의 쥐기려ᄒ니 불가스문어인국으
> 로소이다 ● 용왕이 할 일 엽셔 퇵기와 주부을 다시 인간의 보닐 시 용왕
> 이 친이 잔을 잡아 퇵션싱계 드린 후의 주부으게 당부ᄒ여 왈 부디 수이
> 도라오라 ᄒ니 퇵기 안마음의 닝소ᄒ고 왕계 ᄒ직ᄒ야 <u>즈리 등의 셥젹</u>
> <u>올나 벅히창난 둥실 쩌셔 호호양양 조흘씨고 소당 동경 도라든니 굴삼여</u>
> <u>조상ᄒ고 쳔산유수 말이번의 주부 등을 짓서 딕이거날</u> 네 죄목을 싱각ᄒ
> 면 당장 간을 닐 터이되 옛글의 일으기를 영아부아언졍 무아부인이라 ᄒ
> 여씨니 빅번 졈작ᄒ건이와 네 왕계 드려가 무스이 힝츳ᄒ여다 ᄒ고 주부
> 을 도리 셰운 후의 퇵기 신기홈을 이기지 못ᄒ야 즈문즈답 노릭홀졔 반
> 갑도다 반갑도다 고국산쳔 반갑도다 홍문연 살기 즁의 픠공이 살아낫고
> 망경딕 창낭즁의 퇵션싱이 살아왓네 허헐씨고 조헐씨고 이리 쮜고 저리
> 쮜며 쳔방 지방 덤비다가 꾀수익비 견역 그물의 치여거날 (〈박순호28장
> 본〉, 49~51쪽. '●'는 필자)

---

3) 예컨대, 현행 창본 중 〈수궁가〉에서 별주부의 상소문과 별주부가 산신제를 지내는 대목에서 제문을 읽는 부분, 〈심청가〉에서 심봉사가 곽씨부인의 계문을 읽는 부분 등이 창조[도섭]로 제시된다. 창조[도섭]는 북장단을 동반하지 않으며, 넓은 의미의 아니리에 해당한다.

‘●’로 표시한 부분에 왕배탕 삽화가 들어 있을 경우에 자동적으로 따라 붙는 암자라 대용 화소, 암자라 동침 삽화, 토끼의 사랑가, 암자라 연서(戀書) 화소 등이 삭제되었다. 앞뒤 내용이 자연스럽게 이어지고 있는 점으로 보아 의도적 삭제임이 분명하다. 결말 부분에서도 암자라가 토끼 상사로 죽자 용왕이 정렬을 표창하는 삽화를 삭제하여 구성상의 합리성도 유지되고 있다. <박순호28장본>에서는 왕배탕 삽화만 남겨 놓고 여타의 용왕과 별주부를 골계화하는 삽화는 모두 삭제해 버린 셈이다. 이와 함께 ‘신하입시’, ‘약성가’, ‘수궁풍류’, ‘토끼 춤추는 데’, ‘토끼발악’, ‘토끼 잡아들이는 데’, ‘모족모이는 데’ 등 독립적 화소에 의해 부분의 독자성이 강한 부분을 모두 삭제·축소하였다.

밑줄 친 부분은 토끼가 별주부의 등에 업혀 육지로 나오는 부분이다. 연행물에서 토끼가 이비(二妃), 굴원(屈原), 오자서(伍子胥) 등을 만나 문답하는 이 부분은, 후대로 갈수록 축약되는 경향을 보이기는 하지만 현행 연행물에서 여전히 창(唱)으로 불린다. 그러나 여기서는 단 몇 구절로 축약되어 있다. 선행 연행물 계열과 그 독서물 계열에서는 두더지(두꺼비) 삽화가 있었으나 <박순호28장본>에서는 의도적으로 삭제함으로써 ‘길짐승 상좌다툼’을 축소하였다.

이본에 따라서는 ‘그물위기’나 ‘독수리위기’ 중 어느 것이 탈락되기도 한다. <윤해옥본토전>이 대표적인 예인데, 여기서는 ‘그물위기’만 있고 ‘독수리위기’는 탈락되었다. 그러나 <박순호15장본>에서는 ‘보라매위기’와 ‘노구할미위기’ 등이 오히려 첨가되었다. 이것은 연행물 계열에서 전혀 나타나지 않는 것으로 보아 독서물화되면서 새롭게 생성된 것으로 판단된다. 첨가된 부분을 살펴보면 서사문법에 의한 첨가임이 분명하다.

이처럼 독서물―육지위기 계열은 연행문법에 의해 확장된 부분을 삭제·축소하거나 서사문법에 따라 첨가·확장하면서 연행성(演行性)을 약화시키고 서사성(敍事性)을 강화시키고 있다.

2) 서사적 합리성 지향과 그 한계

이상과 같이 첨가와 확장, 삭제와 축소의 방법으로 연행물적 성격의 이본을 변모시킨 결과 독서물－육지위기 계열은 서사적 구조물로서의 성격이 강화되었다. 연행물 계열이 이미 서사성을 갖고 있음은 분명하지만,4) 서사문맥에서 일탈하려는 원심력의 작용이 빈번히 일어나면서 서사성이 약화되는 경향을 보인다. 독서물－육지위기 계열에서는 삭제와 축소, 독서물적 첨가와 확장의 과정을 거치면서 서사성이 더욱 강화되는 것은 자연스런 현상이다. 서사성 강화는 서사적 합리성 지향으로 구체화된다.

{육지위기}의 일부가 탈락하는 현상을 먼저 짚어볼 필요가 있다. 이미 논의한 바와 같이, 육지위기는 수궁위기와 인과 관계가 희박한 부분이었다. 이것이 독서물－육지위기 계열로 오면서 부분적으로 탈락하는 현상이 일어난다. 예컨대, <윤해옥본토전>에는 '그물위기'만 남아 있고 '독수리위기'는 의도적으로 삭제되었다. 이런 현상은 독서물을 지향하면서 서사적·인과적 연결 고리가 약한 부분을 삭제함으로써 서사물의 구조적 유기성을 강화하려 한 데서 나타난 결과로 볼 수 있다.

{육지위기}를 일부 삭제하기보다는 그대로 두거나 다소 축소하는 수

---

4) 서사성이 반드시 기술성(記述性)에 의해 확보되는 것이 아니라는 견해[최진형(1999), 「판소리서사체의 구비성과 기록성」, 『국문학의 구비성과 기록성』, 태학사, 141~142쪽]를 인정하더라도 독서물－육지위기 계열에서 연행물의 원심력이 약화되면서 서사성이 강화되는 것은 자연스런 변모이다.

준에서 그치는 대신, 사건을 합리성 있게 전개시킴으로써 유기적 통일성
을 부여하는 방법이 더 일반적인 현상이다. 용왕의 득병과 그 원인에 대
한 설정이 대표적인 경우이다. 연행물 계열에서는 "주육에 잠기여 이삼
일을 노르시더니 해텬열풍을 복중에 과이 쐬여 졸연 득병"(<이선유창
본>, 133쪽)한 것으로 설정한 것이 가장 구체화된 것이다. 그러나 독서물
-육지위기 계열에서는 그 원인을 보다 설득력 있게 제시하려는 경향을
보이고 있다.

> 당국 틔종 황졔 시졀의 경희 슈궁 용왕이 황셩문 밧 사는 원도사와 슐
> 법을 니긔허다가 상졔의 젼교을 어긔여 비 그르 쥰 죄로 목을 버힌 후의
> 슈궁이 거이 망키 되여더니 상졔 겨교ㅎ사 용자을 직휘혀라 ㅎ시이 용자
> 즉위혀이 슈졸을 거날이고 덕을 짝근이 슈도 완연혀여 틔평을 고혀거날
> 상졔 디히허사 화교왈 황쥬 빅셩니 삼연젼의 슈지을 만니 흔날을 원망키
> 로 슈연을 가믈게 허더니 지금은 지형니 다 편ㅎ기로 틕별이 용셔혀여
> 경으로 ㅎ여곰 비을 주게허니 경의 부친의 죄을 싱각ㅎ여 쳔명을 어긔지
> 말고 츔셩으로 다 혀여 비을 쥬라 허시더 용왕니 해교홀 밧사와 풍빅과
> 뇌공을 거날이고 항쥬의 가 삼일 비쥰 후의 흔풍열긔의 상흔 비 되어 도
> 라와 오리지 아니허미 만신의 병이 얼미여 (<중산망월젼>, 1장 앞)

<중산망월젼>에서 용왕은 옥황의 명으로 황주 지방에 비를 주다가
한풍열기(寒風熱氣)에 몸이 상하여 병을 얻은 것으로 설정하고 있다. 도
사가 등장하여 "황쥬의 비 쥬러 가더라 혀온이 삼연을 가믈다가 비을
만너미 극흔 더우의 쯩울흔 긔운과 음참흔 바롬의 병이 되어"(4장 앞)
그러하다며 득병 원인을 재확인해 주었다. 위의 인용문과 도사의 말이
일치됨으로써 구성상의 합리성을 획득하고 서사 전개의 설득력을 확보
하려는 의지를 읽을 수 있다. 사건과 사건을 긴밀한 인과 관계로 엮으면

서 서사적 합리성과 설득력을 확보하려는 의식이 작용하여 일반 고전소
설에서 필요한 화소를 수용하고 있는 것이다.

앞서 살핀 토끼의 수궁행 점복 화소의 첨가·확장도 이런 차원에서
이해할 수 있다. 토끼의 수궁행 결행은 토끼 스스로 말했듯이 "평생 화
복이 달여"(〈수궁별주부산중토처사전〉, 53장 뒤) 있는 일이므로 신중하게
결정하려는 토끼의 태도는 지극히 당연하다. 그런 만큼 점복을 통해 길
흉을 판단해 보고자 하는 토끼의 행동은 그 시대 독자들이 자연스럽게
수긍할 수 있는 설정이다. 따라서 이 부분은 첨가·확장은 서사적 합리
성을 확보하기 위한 설정이라 할 수 있다.

인물의 행동 양식에 합리성을 부여한 것으로 별주부가 우생원을 만나
는 부분을 검토해 볼 만하다.

> 별쥬부 안마음의 싱각혀되 져게 오난 거시 퇴긔도 아니요 범도 아라니
> 그 셩명을 아 지 못혀거니와 디장부 왕명을 메와 이곳갓지 아셔 엇지 두
> 려오믈 싱각허리요 그리혀나 면져 시험혀여 그 말을 들은면 퇴긔을 자연
> 알이라 허고 오난 길의 별주부 셕 나셔면 (〈중산망월젼〉, 8장 뒤)

연행물에서는 별주부의 내면의식에 대한 서술이 문면에 전혀 노출되
지 않아 별주부와 우생원의 만남이 우연한 만남 이상의 의미를 갖지 않
고 있다. 그러나 위에서 보다시피 〈중산망월젼〉 계열에서는 별주부가
우생원과의 만남을 회피할 수도 있었으나 토끼에 관한 정보를 얻기 위
해 의도적으로 우생원에게 접근한다. 또한 연행물 계열에서는 우생원의
신세타령만 듣고 헤어지지만, 〈중산망월젼〉 계열에서는 실제로 우생원
에게 토끼를 보았는지 물어봄으로써 우생원에게 의도적으로 접근한 목
적과 일관성을 유지하고 있다. 비록 우생원 삽화는 독립적 화소의 성격

이 강하지만 <중산망월전> 계열에서는 우생원 삽화를 전후 사건과 계기
적 인과성을 마련하려는 노력을 하고 있다.

서사 전개의 합리성과 설득력을 확보하려는 경향은 독서물－육지위
기 계열 전반에서 나타나는 현상이다. 도사의 등장 또한 우연한 사건이
아니다. 연행물에서는 도사가 다른 일로 지나가다가 우연히 광리왕의 병
소식을 듣고 문병차로 온 것으로 설정되어 있다.5) 독서물－육지위기 계
열에서는 수궁에서 도사를 초빙하는 방향으로 변모시켜 합리성을 부여
한 이본이 생겨나기도 했다. <중산망월전> 계열에서는 도사의 말을 통
해 다음과 같이 제시되어 있다.

> 도사 왈 노신은 천상 틱을션관이옵더이 비록 디왕을 상면치 못혀여삽
> 거이와 그 졔시 광연왕과 친의 잘별혀옵더니 일젼의 상졔게옵셔 남셩문
> 의 젼좌혀옵시고 삼십삼천 옥녀 션관과 육경 육졍 신장과 사히 용왕을
> 죠회 바들실졔 그 졔시 광연왕이 죠회 불참흔 죄로 상졔 히교흐사 목을
> 베히려 혀시다가 노신이 구흔 비 되어 인후흐신 쳐분을 나려 무사혀 후
> 의 그 졔시의게 죠회 불참혀 연고을 무르니 디왕의 병이 중허고로 시병
> 허옵다가 자연 지체되여노라 허거날 드러미 놀나와 문병차로 왓사옵거
> 니와 (<중산망월전>, 2장 앞~2장 뒤)

위에서 보는 바와 같이 도사가 용왕이 병든 사실을 알고 찾아 오게
된 과정이 전후 사연을 통해 충분히 납득할 수 있도록 제시되고 있다.
연행물 계열에서의 도사의 우연한 등장과 달리 사건과 사건 사이가 인

---

5) <이선유창본>을 제시해 보면 다음과 같다. "천위도사가 청학창 뜰처 입고 백운거
빗겨 타고 공중을 내려와 재배이진왈 약수 삼철이에 해당화 구경과 백운 요지연이
천년 벽도 엇자 하옵고 지내가옵다가 풍편에 듯싸오니 대왕의 병세가 점점 위중타
하옵기 뵈옵고저 왓나이다."(133~134쪽)

과 관계로 맺어지면서 구성상의 합리성을 획득하고 있다. 〈박순호본토별산수록〉에는 토끼가 도망간 후 관음보살이 나타나 "ᄒ날늬 너의 충성을 감동ᄒ사 약을 주라 ᄒ시기로"(62장 뒤) 현신(現身)했다ᄀ 했다. 이렇게 되면 천상계 인물의 등장은 개인의 자의적인 판단이 ᄋᆞ니라 별주부에 대한 천상계 차원의 보상임을 알 수 있다.6)

연행물 계열에서 도사가 진맥을 하면서 진맥사설, 약재사설, 약사설, 침사설 등을 장황하게 늘어놓던 대목도 다음과 같이 설명적 진술로 대체하였다.

> 이찌의 용왕이 무릎 꿇고 치사 왈 션싱계옵셔 과인으 사제을 구ᄒ옵고 또 ᄒ림ᄒ와 과인으 병을 칙은ᄒ신니 더욱 황감ᄒ여이다 ᄒ고 직시 약방 도제쥬의계 젼후 약씬 방문을 들이라 ᄒ여 도ᄉᆞ게 보이니 도사 보기을 다ᄒᆞ 후 위여 왈 디져 이원되난 지 병을 당ᄒ야 근본을 싱각지 안이ᄒ고 괴연이 약 씨기만 쥬장ᄒ니 엇지 결통치 안이할이요 디왕으 음약을 보온니 젼젼인수 불노단과 겨욱삼졍환은 병셔의 이르기를 도운 후의 먹삽난 약이요 ……(중략)…… 허로환 삼화탕과 목번한 지주환은 만무부당이옵고 침으로 이논ᄒ야도 ᄉᆞ관 쥰안 팅상이 결고 다 노혼들 디왕으 병셰난 약과 침으로 이논치 못ᄒ온니 부질엽시 근심 마옵고 안ᄉᆞ조쳐 ᄒ옵소셔 (〈박순호28장본〉, 2장 앞~2장 뒤)

용왕을 진맥하면서 온갖 사설을 늘어놓는 연행물 계열은 독서물의 관점에서 보면 비합리적이다. 그래서 위의 이본에서는 도사가 그간의 약방문(藥方文)을 보고 그 부당성을 일목요연하게 지적하면서 용왕에게 맞는 약을 일러주는 방향으로 서술을 변모시켰다. 이렇게 함으로써 연행물

---

6) 연행물인 〈박순호56장본〉에서 "무약중에 병이 나으니"(55장 뒤)라 하여 전혀 인과관계가 성립되지 않는 경우도 있다.

의 비합리성을 지양하면서 서사 전개의 합리성을 획득하고 있다.

별주부가 육지로 떠나기 전에 토끼화상과 함께 호랑이화상을 그려주는 설정도 서사적 합리성을 지향하는 예가 된다. 선행 이본에서 별주부가 호랑이에게 봉변을 당하는 데서 착안하여 미리 호랑이화상을 그려준다는 화소를 후대에 첨가한 것이라 할 수 있다. 실제로 모족(毛族) 모임 장면을 서술하는 부분에서 별주부는 토끼와 호랑이의 화상을 꺼내 놓고 토끼와 호랑이를 찾는 대목이 나온다. 이렇게 함으로써 구성상의 합리성을 획득하고 있다.

<중산망월전> 계열, <토별산수록> 계열, <박순호28장본> 등의 '어족회의(魚族會議)' 부분에서 육지 갈 신하를 선발하는 장면은 연행문법의 지양을 잘 보여 준다. 연행물 계열에서는 예외 없이 신하들 사이에 출륙 문제를 두고 다툼이 분분하게 일어남으로써 공간적으로 확장되고 서사 진행은 느려진다. 이러한 연행물적 특성을 이들 이본에서는 도사가 출륙할 신하를 고르게 함으로써 일거에 지양하고 있다.

즉시 만죠빅관을 슈정의 모와 도사의게 보니거날 도사 슈쥴의 상을 난난치 보고 용왕 짜려 왈 일광노 젹훈공니 신슈 장디혀고 용역니 과인혀나 지식니 부족혀고 졍신니 조급허니 육노의 부당혀고 좌장군 나무셩니 쳔셩니 옹졸혀여 변통니 젼니 업고 죽을 곳디 당혀오면 쇠활 쥴 모로오니 보니긔 어렵삽고 ……(중략)…… (거복-시우-쌩긔-병어-오젹어-고리-가자미ㆍ복젹어-디구ㆍ머어긔) ……(중략)…… 금변 사신은 디왕의 사셩과 국가 홍망니 달여시니 가장 두렵고 킨지라 반다시 황우 갓탄 긔력과 쇼진 갓탄 구변과 장방 갓탄 변통을 겸훈 사름이라와 능히 디사을 일울 거시니 노신의 쇼경의 주부 베살혀는 자리가 맛당혀여니다 별쥬부는 약방 도셰쥬라 디왕의 병 즁 거힁을 보오니 마음니 상진혀여 허류치 아니혀고 하물면 갑옵실 입버시니 시셕을 피혀 거시오 눈이 누르고 이가

마구 삼긔시니 철셕이라도 여헉면 쑤사질 거시오 사족니 졋트로 압실혀
오닌 횡보의 염여 업고 비 밋터 임금 왕자 셔시니 목슘니 장원할 거시오
목을 임무로 출입허니 원근 금포의 익을 기시오 비간의 틔 갈음과 역싱
의 핑흐물 다혀도 그 졀가운 변치 아니혀 거시니 졔신 즁의 웃틈이라 주
부 박게 보니 리 업사오니 디왕은 노신의 말을 헛도니 싱각지 마오쇼셔
(〈중산망월전〉, 5장 뒤~7장 앞, 괄호 안은 필자 요약)

  신하들이 서로 가겠다며 경쟁하는 가운데 질투와 시기 등의 여러 감
정이 교차되고 다양한 인물 군상의 이런 저런 모습들이 드러나는 것은
연행물에 적합한 구조이다. 도사에 의한 출륙할 신하 고르기는 이런 갈
등이 제거되고 도사의 단일한 시각에 의해 대상 인물이 재단되는 결과
를 초래한다. 대상 세계의 다양성을 서술적 문장을 통해 단일한 시각 속
에 몰아넣음으로써 공간의 부피가 축소되고 사건은 직선적 속도감을 갖
고 전개된다. 이처럼 대립관계가 단순화되고 단일한 시각이 강화되면서
서사적 구조물로서의 성격이 강화되어 가는 모습을 볼 수 있다. 이런 이
본에서는 별주부가 암자라와 이별하는 대목도 삭제하여 서사문맥에서
의 일탈을 방지하고 있다. 이상과 같은 방법으로 장면 극대화에 의한 원
심적 일탈은 점차 지양되고 서사성이 강화되는 구조로 변모하고 있다.
  독서물-육지위기 계열은 논리구조와 결말처리방식의 면에서도 두
계열의 중간적 성격을 갖는다. 왜냐하면, 이 계열에서는 선행 연행물 계
열보다 지배계층에 대한 골계화가 강하지 않고 현행 연행물 계열만큼
화자에 의한 별주부의 충신화가 뚜렷하지 않으며, 독서물-토끼포획 계
열처럼 모순 해소가 철저하지 않기 때문이다. 독서물-육지위기 계열은
일부 계열이 지닌 모순을 지양하면서 독서물-토끼포획 계열이 지닌 모
순 해소의 방향을 지향하는 중간적 성격을 지니는 점이 이런 측면에서

도 드러난다.[7)]

이와 같이, 독서물－육지위기 계열은 연행물 계열보다 합리적인 사건 전개를 통해 서사물로서의 설득력을 확보하려는 의식이 강하게 작용하고 있음을 볼 수 있다. 그러나 <중산망월전> 계열 등이 독서물적 성격만을 가진 것은 아니다. <중산망월전> 계열 등에는 서사문법이 강하게 적용되어 연행문법에 의해 생성된 부분이 그 특성을 대부분 잃기는 했지만, 아직까지 연행문법에 의해 확장된 부분이 다소 남아 있으며 철저하게 독서물화되지는 않고 있다.

<중산망월전> 계열에서 별주부가 토끼화상과 함께 호랑이화상을 지녔음에도 호랑이 봉변을 당하는 장면이 나온다. 이런 사건 전개는 독서물로서의 완벽한 합리성을 갖추지는 못했음을 보여준다. 또 <토별산수록>과 <수궁별주부산중토처사전>처럼 연행문법에 의해 확장된 새타령, 나무타령, 화초타령, 짝타령 등이 다수 포함되어 있는 경우도 있다. <박순호15장본>의 경우, 전반적으로 삭제·축소를 지향하면서도 {육지위기} 부분은 토끼가 '그물위기'와 '독수리위기' 외에 '보라매위기'와 '노구할미위기'까지 겪는 것으로 오히려 확장되었다. 서사문법에 의한 확장이지만 거듭되는 {육지위기}의 생성은 결과적으로 인과 관계를 느슨하게 만들기 때문에 구조적 완결성을 지향하는 철저한 독서물의 구조로 보기는 어렵다. {육지위기}가 존재한다는 것 자체가 연행물적 특성을 완전히

---

7) "도사 왈 노신은 천상 틱을션관이옵더니 비록 디왕을 상면치 못혀여삽거이와 그 제시 광연왕과 친의 잘별허옵더니"(<중산망월전>, 2장 뒤)에서는 부분적으로 인물의 발화에 화자의 발화가 침투하는 현상이 나타나는 사례가 있다. 도사가 용왕에게 하는 말 가운데 밑줄 친 부분은 도사의 발화시점(發話視點)이 아니고 화자의 발화 시점에서 이루어진 것이다. 작가가 객관적으로 사건을 서술하려는 의도가 지나쳐 이와 같은 현상이 일어났다.[서종문(2008), 판소리와 신재효 연구, 제이앤씨, 53쪽] 그러나 독서물－육지위기 계열의 이런 문장체 소설적 특성은 예외적인 현상에 속한다.

제거하지 않았음을 의미한다.

서사적 합리성을 지향한다고는 하지만 그것이 철저하게 이루어지지는 않고 있는 독서물-육지위기 계열의 이런 특성은 연행물-육지위기 계열과 독서물-토끼포획 계열의 중간적 성격을 반증한다. 즉, 서사문법에 의해 연행물적 성격을 지양하면서 서사성을 강화했다는 점에서 독서물-토끼포획 계열에 가까워졌지만, 인과 관계가 희박한 육지위기 부분을 남겨 두었다는 점에서 연행물-육지위기 계열에서 완전히 벗어나지 않았다.[8]

3. 구조적 특성에 나타난 의미

1) 독서물적 흥미의 지향

이상에서 살핀 구조적 특성은 판소리 연행 현장에서의 흥미 지향과는 달리 독서물적 흥미를 지향한 결과로 이해된다. 연행물적 흥미 지향과 독서물적 흥미 지향은 뚜렷이 구별된다. 연행물에서는 소리판에서 재현될 때 특정 부분을 극대화하거나 서사문맥에서 일탈함으로써 흥미를 추구한다. 연행문법에 따른 사설의 특성은 연행물적 흥미를 추구한 결과라 할 수 있다. 그러나 독서물적 흥미 지향은 공간적 확장을 통한 장면 극대화가 아니라 사건을 타당성 있고 설득력 있게 전개시키려는 과정에서 이루어진다. 연행물에서는 사건 전개의 인과적 논리성보다 연행물로서

---

8) 일부 이본에서는 상층적 언어와 하층적 언어가 혼효되어 있던 것이 단일 계층의 언어화하는 경향도 있다. 〈가람본토끼전〉과 친연성이 있는 〈세창본불노초〉에서는 한문투 문장을 한글투 문장으로 바꾸면서 한문투에 익숙하지 않은 독자층을 끌어들이고 있다.

의 홍미성이 중요하지만, 열린 공간으로서의 연행 현장을 벗어나 읽을거리로 기록될 때는 합리성과 설득력을 갖춘 사건 전개를 요구하게 된다. 그래서 사건 전개가 필연적 인과성을 갖추도록 설정하면서 독자에게 독서물로서의 홍미를 제공하려는 경향이 나타난다.

첨가와 확장, 삭제와 축소를 통해 이루어진 변모는 이런 독서물적 홍미를 충족하는 방향과 일치하고 있다. <중산망월전> 계열 서두의 용왕 부친과 원도사의 대결, 옥황상제에 의한 용왕 부친의 죽음, 현임 용왕의 등극과 득병 원인 등은 구성적인 면에서 서사적 합리성을 추구하면서 독서물적 홍미성도 강화하는 방향으로 첨가된 것이다.

극단적인 확장을 지향하는 <수궁별주부산중토처사전>에서의 출륙공론이 2회 벌어지는 것이 홍미 지향의 대표적 사례이다. 도사에 의해 자신들이 폄하되고 별주부가 출륙할 신하로 지목되자 이에 불만을 품은 권신(權臣)들이 자신들이 갈 수 있도록 해 달라며 은구어에게 청탁하자 은구어는 용왕을 설득하여 어족회의를 다시 열게 하지만 이들의 계획이 실패로 돌아가는 과정이 매우 홍미롭게 그려지고 있다. 이런 과정에서 이들 인물은 연행물에서 보다 구체적인 성격을 부여받으면서 출륙할 신하가 결정되기까지의 과정이 결과를 예측하기 어려운 반전을 통해 홍미 진진하게 전개되고 있다.

두 번째 출륙공론에서 용왕의 태도 변화도 홍미롭게 서술하고 있다. 초반에는 거북이 자원하자 용왕은 국가의 주석지신(柱石之臣)이라 가벼이 보낼 수 없다며 사리 판단을 제대로 하는 듯했다. 자원과 반대가 몇 번 되풀이되자 "그러흐려 흐면 엇지하잔 말고"(15장 앞) 하며 대안 제시를 요구하는 적극적인 모습을 보였다. 그러다가 방게가 자원했을 때는 "경언 세승에 나간들 무삼 지조로 톡기 잡아올손가 진쇼웨 당낭거쳘리라"(15장 뒤)며 그의 능력을 의심하기도 했다. 그러나 후반부로 가면서 뚜렷한 해결책이 없이 공론만 분분하자 "늬가 간다 늬가 간다 셔로 간다 ᄒ되 톡기 잡아오는 양언 ᄒ나도 보지 못ᄒ니 고만 두워라 두말 업시 늬 죽깃다"(17장 뒤), "나난 다시 모르깃다 졔신들 소견디로 ᄒ여라"(19장 앞)며 자포자기의 상태에 이른다. 출륙공론의 진행에 따라 용왕의 태도 가 어떻게 변화해 가는가를 예리하게 포착하여 흥미롭게 제시하고 있다. 서사문법에 의해 확장된 이 부분을 통해 독서물적 흥미를 지향하고 있다.

독서물적 흥미를 위해 육지위기 부분이 첨가된 경우도 있다. <박순호 15장본>은 축약된 이본이면서도 결말 부분의 {육지위기}가 '독수리위 기', '보라매위기', '노구할미위기', '그물위기'로 확장되어 있다. 다소 변 형되기는 했지만 '독수리위기'를 의사죽치로 유인하여 극복하고, '그물 위기'는 쉬파리의 도움으로 극복하는 사건 전개로 보아 연행물의 해당 부분이 서사문법에 따라 다소 축약되면서 정착된 것이다. 육지위기가 첨 가된다는 것 자체는 인과 관계를 중시하는 독서물적 구조화와는 거리가 있지만, 토끼의 위기 극복 방향에 초점을 맞추어 독자에게 흥미를 더하 기 위해 다양한 위기 극복의 사건을 설정하고 있다. '노구할미위기' 부분 을 통해 이를 살펴보기로 한다.

그 집 노구할미 ᄒᄂ 잇스되 반은 천밍ᄀ이라 마츰 뒤간의 갓다가 오는 길의 톡기울 탈리 드러감을 보고 톡기의 뒤달리을 줍고 다회을 불너 왈 톡기 ᄒ나 즈바슨이 어셔 오라 ᄒ거날 톡기 쪼한 싱각ᄒ되 아마도 니 목 숨이 경각의 잇스이 그 중의 ᄒ 꾀을 니여 이른 말리 톡기을 즈바다 ᄒ되 톡기 달리는 안니 쥐고 이미흔 울쑤리을 줍고 톡기을 즈바노라 ᄒ니 가 이 우숩쏘다 톡기 톡기 잇슨이 어셔 톡기을 줍읍쇼셔 ᄒ거날 노구할미 그 말 듯고 톡기 다리을 노코 울가지을 쥐고 들어머여 왈 네 이져야 어딘

로 가리요 함중의 든 범이요 우물의 든 고기로다 흐거날 퇵기란 놈이 다
러느며 흐난 말리 불상흐다 져 노구야 퇵기을 줄도 줍버 먹것도다 퇵기
는 에 와슨이 어셔 좃쳐와 자부라 흐고 팔죽 쮜여 다라느이 ……(후략)
…… (<박순호15장본>, 19장 앞)

위에서 보듯이 '노구할미위기'는 '독수리위기'나 '그물위기'처럼 토끼
가 속임의 방법으로 자신의 위기를 극복하고 있어서, 앞부분의 위기 극
복 방식을 모방하면서 첨가시킨 부분으로 판단할 수 있다. 명시적 대화
표지어와 서술적 문장의 형태를 갖추고 있는 점으로 보아 서사문법에
의한 확장 부분이다. 따라서 <박순호15장본>은 연행물처럼 토끼의 위기
극복에 초점이 있으면서도 서사문법에 따라 독서물적 흥미를 강화하는
방향으로 전개되고 있음을 알 수 있다.

이상에서 삽화[화소]의 첨가와 확장, 삭제와 축소는 연행물의 원심력
을 약화시키고 서사성과 사건 전개의 합리성을 강화하는 과정에서 독서
물적 흥미성을 지향하고 있음을 확인하였다. 독서물―육지위기 계열은
사건 전개의 합리성을 요구하는 향유층의 기호를 반영한 이본 계열이라
할 수 있다.

2) 골계의 둔화와 매너리즘의 경향

삽화 또는 화소의 첨가와 삭제, 확장과 축소를 통한 이본의 파생과
변이가 이루어진 결과 지배계층에 대한 골계가 둔화되고 문제의식이 약
화되면서 매너리즘화하는 경향을 보인다.

<중산망월전> 계열은 선행 연행물 계열이 갖고 있던 지배계층을 풍
자하고 회화화하는 특성이 어느 정도 유지되면서 서사성을 강화하고 있

어서 비교적 독서물화에 성공하고 있다고 할 수 있다. 그러나 〈중산망월전〉의 영향권에서 멀어진 이본에서는 골계적 특성이 약화되어 갔다.

〈수궁별주부산중토처사전〉, 〈나손30장본〉, 〈박순호28장본〉에서는 〈중산망월전〉 계열을 수용한 부분에서 골계화가 약화되기는 했지만 어느 정도 유지된다. 그러나 결말 부분에서 암자라의 토끼 상사(相思)로 인한 죽음과 수궁에서의 정렬 표창이 삭제되면서 최종적으로 별주부와 용왕을 부정하던 특성이 사라졌다. 〈나손30장본〉과 〈박순호28장본〉의 경우 용왕의 죽음에 대한 언급이 없어 결과 처리가 흐릿해졌다.

〈토별산수록〉과 〈정문연본토끼전〉에서는 지배계층을 골계화하는 이런 삽화가 완전히 제거되었다. 특히 〈토별산수록〉에서는 별주부가 남해 보살로부터 감로수(甘露水)를 얻어와 용왕을 살리는 것으로 설정하였다. "니 용왕에 병을 위흠이 아니라 너의 츙심을 갸숭니 여겨 흔 병 감노슈를 쥬나니 도라가 츙심에 공을 일우라"(〈나손본토별산수록〉, 17장 앞)는 남해 보살의 말을 통해 별주부는 충신으로 부각된다. 용왕이 쾌차하자 신하들이 토끼 재포획론을 제기하고 용왕이 이를 제지하는 삽화도 첨가되어 있다. 용왕이 소생한 후 "일노붓터 용궁이 슛쳔서 틱졍을 윤이 더라"(65장 앞) 하며 태평성대를 구가한 것으로 설정하였다. 이상과 같은 설정은 수궁을 미화하는 기능을 한다.

여기까지만 하더라도 골계와 문제의식의 둔화에 따른 매너리즘의 경향으로 정리할 수 있다. 그런데 〈신구본별주부전〉 계열, 〈신명균본토끼전〉, 〈세창본불로초〉 등 구활자본(舊活字本)에서는 골계의 둔화로 인한 문제의식의 실종 현상마저 나타난다. 〈신구본별주부전〉을 보면, 수궁에서 용왕의 병을 진맥하고 약을 처방하기 위해 범상국(范柤國), 장사군(張使君), 육처사(陸處士) 등 세 명의 명의(名醫)를 초빙하였는데 뒤늦게 오자서(伍子胥)가 나타나 오(吳)와 월(越)의 역사와 관련된 사실을 장황하게 열거하며 상좌에 앉아 있던 범상국을 수죄(數罪)하고 자신의 충성을 주장하는 내용이 장황하게 이어진다. 또 토끼화상을 그리는 부분에서는 온갖 벼루와 종이를 나열하고 여러 명의 화공(畵工)이 토끼 신체 중 각각 한 부분씩 맡아서 그리는 것으로 설정하였다.

> 烏衣巷口 빗긴夕陽 王謝堂前 졔비소리 出自幽谷 遷于喬木 山深四月 黃鶯聲과 紅蓼岸 白濱酒에 含蘆飛下 鴻雁聲과 旅館寒燈獨不眠에 報新年之鷄鳴聲과 溯湘江 깁흔밤에 二妃의 눈물인가 班竹에 다져즈니 蕭蕭ㅎ다 細雨聲과 ……(중략)…… 白馬눈 欲去長嘶ㅎ고 靑娥눈 牽衣惜別홀졔 춤아어이 分手ㅎ리 목밋친 노리소리 春風花柳 노리쟝에 才子佳人 다 모혓다 시됴질음 불을적에 쟝단치눈 長鼓소리 以鳥鳴春과 以蟲鳴秋 온갓소리 모다듯눈 귀그리고 (<신구본별주부젼>, 9장 뒤~10장 앞)

맨 먼저 제시된 귀 그리는 부분만 인용해 보인 것이다. 여기서는 귀, 눈, 코, 입, 털, 발 등 신체의 각 부분을 차례로 그려나가는 과정에서 중국의 고사나 지명과 관련된 한문 및 한시 구절을 인용하여 장황하게 서술하고 있다. 읽을거리로 생산된 활자본이라 연행 현장을 고려한 것도 아니다.

위의 이본에서는 별주부가 떠나기 전에 용왕이 내린 교유서(敎諭書)와 별주부가 화답한 시를 제시하고 있다. 별주부가 토끼를 생포해 왔을 때에도 용왕이 백관에게 하교(下敎)하는 글과 신하들이 축하하는 표문(表文)을 제시하고 있다. 별주부가 토끼를 만나기까지의 과정은 더욱 확장되어 있다. 별주부가 토끼를 찾는 과정에서 만나는 인물은 역대 중국

의 명사(名士) 13명, 동물을 의인화시킨 인물이 6명 등 무려 19명이나
된다. 별주부는 만나는 사람과 동물에게 자신이 육지로 온 목적을 숨김
없이 말해 주고 이들로부터 충신이라는 칭찬을 듣고 도움을 받는다. 별
주부가 육지에서 만나는 인물들이 별주부의 편에 서는 것은 연행물 계
열뿐만 아니라 독서물-육지위기 계열인 〈중산망원전〉 계열과도 상반
되는 현상이다. 연행물 계열에서는 토끼가 이비, 굴원, 오자서 등과 문답
하는 것으로 되어 있었으며[9], 육지 동물들은 별주부가 아닌 토끼의 편
에 서서 별주부와 대결 관계를 형성하고 있었다. '자라 노정기'라 할 수
있는 이 부분의 확장은 서술의 초점을 별주부에게 맞추면서 별주부를
충신으로 형상화하고 있는 셈이다. 이에 따라 연행물이 갖고 있던 긴장
된 갈등관계가 이완되고 지배계층에 대한 골계가 희석되면서 무엇을 드
러내고자 하는지조차 알기 어려워 문제의식의 방향성을 상실하고 주제
의식이 둔화되는 결과를 초래했다.

독서물-육지위기 계열의 이런 경향은 선행 연행물 계열의 지배계층
에 대한 골계화가 점차 희석되고 비판정신이 약화되어 감으로써 생긴
후대적 변모이다. 서사적 성격이 강화되면서 주제적 의미도 연행물 계열
보다 심화되거나 새로운 문제 제기가 이루어지면 의미망을 새롭게 형성
할 수도 있다. 그러나 독서물-육지위기 계열은 선행 연행물 계열에서
성취한 주제적 의미망은 물론 현행 연행물 계열의 수준이도 못 미치는
매너리즘의 경향에 머무르고 말았다.

독서물-육지위기 계열의 이러한 문제점은 태생적인 한계에 기인한
것이기도 하다. 이는 연행물처럼 연행 현장에서의 생동하는 골계를 담아
내기도 어렵고, 그렇다고 연행물적 성격을 완전히 제거하고 완전한 독서

---

9) 이것마저 선행 연행물에서 현행 연행물로 오면서 축소·탈락되는 경향이 있다.

물로 철저하게 나아가지도 못하였기 때문에 생기는 한계로 판단할 수
있다. 또 하나는 서술시각과 서술초점의 변화를 들 수 있다. 토끼를 서술
의 초점으로 삼아 토끼를 긍정하고 수궁을 부정하던 시각은 별주부를
서술의 초점으로 삼아 수궁을 긍정하려는 경향이 강해지면서 지배계층
에 대한 골계화가 약화되어 간 것이다. 이러한 한계는 독서물—토끼포획
계열의 파생 동기로 작용하였으며, 독서물—토끼포획 계열에 의해 극복
된다.

4. 맺음말

이상에서 살펴 본바, 독서물—육지위기 계열은 연행물—육지위기 계
열이 문자를 몸입고 기록되는 과정에서 독서물화된 이본군들이다. 연행
문법의 영향력이 줄어들고 서사문법의 영향력이 확대되면서 연행물—
육지위기 계열의 특성들은 삭제·축소되고 독서물에 적합한 구조적 특
성을 강화하는 방향으로 변모해 갔다.

그러나 독서물—육지위기 계열은 획기적인 지평을 열지 못하고 매너
리즘화하는 경향이 나타났다. 즉 연행물—육지위기 계열 중 선행 연행물
계열이 내포했던 문제의식이 소거되어 갔을 뿐만 아니라, 토끼전 지평에
새로운 활력을 불어넣지 못했다. 선행 연행물 계열이 현행 연행물 계열
로 전개되면서 지배계층에 대한 풍자와 비판의 칼날을 누그러뜨린 것과
같은 방향이라 할 수 있다. 그러나 현행 연행물의 변모가 향유층의 확대
라는 결과를 가져 온 것과 달리 독서물—육지위기 계열은 독자층의 확
대도 가져 오지 못한 것으로 보인다.

그리하여 토끼전은 후대로 오면서 연행물과 독서물 모두 활력을 잃어 갔다고 할 수 있다. 독서물－토끼포획 계열의 생성은 이런 토끼전에 새로운 활력을 불어넣는 계기가 되었다. 토끼전의 역사적 전개에서 볼 때, 독서물－토끼포획 계열의 생성은 필연적 사건이라 할 수 있다.

제2장 독서물적 구조화의 새로운 방향

1. 머리말

수궁위기는 토끼와 수궁의 대결이고, 육지위기는 토끼와 인간 또는 육지 동물의 대결이다. 그러므로 토끼를 기준으로 보면 서사적 일관성이 유지되지만, 토끼와 부딪히는 세계는 일관성이 흔들리고 있다. 왜냐하면 토끼와 대결하는 세계인 수궁과 인간 또는 육지 동물 상호간에는 구체적 동일성이 유지되지 않기 때문이다. 즉, 수궁과 인간 또는 다른 육지 동물은 토끼를 수탈한다는 점에서 공통점이 있으나, 수궁은 중세적 통치 집단이고, 인간이나 다른 육지 동물은 그런 의미가 전혀 없기 때문이다. 육지위기는 수궁위기와 무관하게 사건이 전개된다. 수궁위기와 육지위기가 결합된 육지위기 계열은 연행물이나 독서물을 막론하고 그러하다.

앞서 살펴 본 바와 같이, 연행물－육지위기 계열이 연행문법에 의해 지배받는 것과 달리 독서물－육지위기 계열은 기록화 과정에서 서사문법의 지배를 더 강하게 받으면서 파생된 이본군이다. 그러나 독서물－육지위기 계열은 서사문법의 지배를 더 강하게 받지만, 독서물적 구조화가 철저하지 못한 특성을 보여 주었다. 그것은 무엇보다도 육지위기의 존재

때문이다. 그리하여 독서물-토끼포획 계열의 생성은 자연스런 결과로
판단된다.

이 장에서는 독서물-토끼포획 계열의 구조적 특성과 독서물-토끼
포획 계열 중 토끼 재포획론 제기와 그 제지로 이루어진 이본군에 대해
논의한다. 토끼포획 계열 전체가 아닌, 이들만 따로 문제삼는 것은 토끼
포획이 구체적으로 실행되는 이본들과 문제의식에서 이질적일 뿐만 아
니라, 이렇게 하는 것이 토끼포획 계열의 생성과 변모에 대한 논의를 가
능하게 하기 때문이다.

2. 독서물적 구조화의 방향

1) 서술 균등화에 의한 시간 중심적 구조화

연행물이 아닌 독서물을 만들 바에야 소설적 대결이 뚜렷하고 사건
전개가 흥미로운 문장체 소설화해야 일반 고전소설에 익숙한 독자들에
게 호소력을 가질 수 있다. 연행물-육지위기 계열의 구조적 특성을 지
양함은 물론, 독서물-육지위기 계열의 서사적 구조화 방향을 더욱 철저
하게 진행하면서[10] 등장한 것이 독서물-토끼포획 계열이다. 여기서 그
치지 않고 독서물-토끼포획 계열에서는 대결방식의 전환을 통해 전혀
다른 차원의 결말 부분을 적극적으로 창조해 나감으로써 새로운 차원의
독서물적 구조화가 이루어졌다.[11] 이렇게 하여 완전한 문장체 소설이

---

10) 도사가 토끼 간을 처방하는 것과 달리, 〈가람본토끼전〉의 경우 수궁에서 초청한
   명의(名醫)가 토끼 간을 지시하는 것으로 설정함으로써(39쪽 참고) 현실성을 강화하
   고 있는 것이 그 예이다.
11) 물론 토끼포획 계열에서도 독서물-육지위기 계열에서 서사성을 강화하던 방법을

주류를 이루는 독서물 계열로 탄생하였다.

그러면 독서물은 어떤 방식으로 만들어졌는가를 살펴본다. 먼저 연행물-육지위기 계열이 장면 구체화를 지향한 것과 달리 독서물-토끼포획 계열은 서술 균등화를 지향한다. 독서물-토끼포획 계열의 특성을 보다 분명히 드러내기 위해 앞서 들었던 연행물 계열에서 들었던 부분과 동일한 부분을 인용하기로 한다.

> 화설 디명 셩화 연간에 북히 농궁 광혁왕 옹강이 즉위ᄒᆞ엿더니 일〃은 우연이 병을 어더 졈〃 침즁ᄒᆞ니 빅약이 무효ᄒᆞ민 슈궁이 황〃ᄒᆞ여 ᄒᆞ더니 일일은 홀연 도시 이르러 닐오디 대왕 병환이 비록 삼신산 션약이라도 효험이 읍슬 거시니 양계의 ᄂᆞ가 톳기롤 졉ᄋᆞ 간을 니여 작환ᄒᆞ여 쓰면 즉츳ᄒᆞ리이ᄃᆞ ᄒᆞ거날 용왕이 도사의 말을 듯고 졔신을 모화 의논ᄒᆞᆯ시 일인이 츌반듀왈 쇼신이 비록 무지ᄒᆞ오ᄂᆞ 인간의 나가 톳기롤 싱금ᄒᆞ여 오리이다 ᄒᆞ니 모다 보니 이는 거복의 이셩 사촌 별듀뷔라 왕이 디희ᄒᆞ여 갈오디 경의 츙셩이 가히 ᄋᆞ롬답도다 ᄒᆞ고 즉시 화ᄉᆞ를 명초ᄒᆞ여 톳기 화상 그려 별듀부롤 듀니 자라에게 젼교ᄒᆞ되 경이 〃 그림을 가지고 인간에 ᄂᆞ가 톡기를 으더오라 별듀뷔 톡기 화상을 ᄇᆞ드 가지고 하직ᄒᆞᆯ시 (<경판토생전>, 1장 앞)

독서물-토끼포획 계열은 연행물에서 보이던 연행문법에 의해 확장된 부분을 삭제·축소하면서 구체적 서술을 극도로 제한하고 있다. '용왕득병→도사등장→토간지시→별주부 자원→별주부 출룡'으로 이어지는 사건 전개는 연행물 계열과 전혀 차이가 없다. 그러나 서술량에 있

사용하고 있다. <토생전> 계열에서 별주부가 토끼를 유인하는 부분에 암토끼와 관련된 언급을 미리 함으로써 구상상의 합리성을 추구하면서 서사 전개에 설득력을 부여하려는 노력이 보인다. 그러나 이것과 함께 전혀 다른 방식을 통해 독서물화가 이루어진다는 점을 주목할 필요가 있다.

어 연행물과 극명한 대조를 보이고 있다. 인용문에서 보듯이, 용왕탄식
장면과 도사등장 장면은 물론, 연행물에서 크게 확장된 양상을 보이던
도사진맥[약성가] 대목 및 출륙공론 대목까지 완전히 삭제됨에 따라 줄
거리를 요약했다고 할 수 있을 정도로 서술량이 극도로 축소되고 서사
대상이 단숨에 서술되고 있다. 따라서 위 이본에서는 서술 대상의 핵심
줄거리만 제시할 뿐 특정 부분이 서술의 비례적 균형을 깨뜨리고 크게
확장되는 일은 거의 일어나지 않는다.

　이처럼 서술 균등화는 장면 극대화에 의해 확대 · 부연되면서 원심적
일탈 현상이 나타나는 부분을 축소 · 삭제하거나 합리적으로 개작하면서
서사 전개에 충실한 시간 중심적 구조로 변모시켰다. 이러한 구조에서
나타나는 서술 균등화는 연행물이 지향하는 방향과 정반대로 사건전개
의 일관성을 유지하면서 구심력을 강화하는 방향을 지향하고 있다. 서술
균등화의 원리가 강하게 작용할수록 공간적 확장에 의한 원심력은 줄어
들고 서사진행의 구심력이 강화되면서 서사속도는 빨라진다. 그러므로
독서물은 연행물에 비해 서술하는 시간보다 서술된 시간이 훨씬 길다.[12]
결국 독서물-토끼포획 계열은 원심력 지향에 따른 공간적 확장 구조가
지양되고 구심적 일관성에 의한 시간 중심적 구조를 갖게 된다.

2) 이질 공간 중심의 대립 구도 단선화

　구심적 일관성에 의한 시간 중심적 구조는 토끼포획 계열의 대립구도
를 단선적 · 단층적 서술구조로 변모시킨다. 이것은 연행물의 복합적이
고 다층적인 서술구조와 대조적인 양상이다. 인물간의 대립 관계에서 단

---

12) 서사학에는 이를 서사행위의 하나인 '서사속도'의 문제로 다루고 있다. G. Prince
　　(1973), 최상규 역(1988), 『서사학-서사물의 형식과 기능』, 문학과 지성사, 87~97쪽.

선적·단층적 구조가 잘 드러나므로 이를 중심으로 살펴보기로 한다. 토
끼포획 계열의 인물간의 대립구도는 다음과 같이 그릴 수 있을 것이다.

> <국도본토생전>의 경우 :
> 용왕·별주부 —— 토끼·암토끼 —— 오봉산 토끼
>
> <임형택본토공전>의 경우 :
> 용왕·별주부·산신령·산군·웅장군·신양후·석중선 —— 토끼

연행물에서는 수궁 내 신하들 간의 대립, 용왕과 대신들의 대립, 용왕
과 별주부의 대립, 육지 내 여러 동물들의 대립, 토끼와 인간 및 독수리
의 대립, 수궁과 육지의 대립 등 복선적이고 다층적인 대립관계를 갖고
있었다. 특히 선행 연행물에서는 왕배탕 삽화 등으로 인하여 대립과 갈
등의 정도가 더욱 심화되며 별주부와 암자라의 대립과 갈등까지 더해진
다. 그러나 토끼포획 계열에서는 이들의 갈등은 소거되거나 약화된다.
<경판토생전>과 <국도본토생전>에서는 출륙공론 없이 별주부를 유일
한 지원자로 설정하였으며, <가람본토끼전>에서는 별주부와 문어의 대
결로 압축시키고 있다. 이에 따라 다양한 대결 국면을 수궁의 용왕과 지
상의 토끼의 대결 국면으로 압축시키면서 대결의 초점을 분명히 하고
있다.13) 따라서 독서물－토끼토획 계열은 모든 대립과 갈등이 토끼와
용왕으로 집약되어 나타남으로써 다기적 대립구도가 단선적 대립구도
로 전환된다.

---

13) <가람본토끼전>에는 산신령과 토끼의 대립관계가 설정되어 있으나 산신령은 용왕
    의 요청에 따라 용왕의 요구대로 움직이므로 용왕의 연장선상에 있는 인물이다. 따라
    서 용왕과 별도로 대립의 한 축을 형성한다고 보기 어렵다.

토끼포획 계열의 단선적 구조는 일관된 화자의 등장과 대화 표지어의 빈번한 사용 등으로 인하여 서술시점의 고정 및 초점화 현상과도 밀접한 관련을 맺고 있다.

①자리 갈 곳을 아지 못ᄒ여 좌우 산천을 <u>살펴보니</u> ②산이 높지 아니헌듸 명긔 슈려 ᄒ며 초목이 무셩헌듸 시닉가 잔잔ᄒ고 졀벽이 의의ᄒ여 두견은 슬피 울며 긔화요초 푸여 향긔 진동ᄒ고 양유는 쳥쳥헌듸 쇠쏘리 왕닉ᄒ니 진실로 명승지지요 별유쳔지 비인간이러라 ③자리 경긔를 좃ᄎ 간슈를 ᄯᆞ라 가든니 벽계슈가의 다다라 홀연 산즁으로 좃ᄎ ᄒᆞᆫ 즘싱이 풀도 ᄯᅥ더 먹으면서 꼿도 희롱ᄒ고 나려오거날 자리 몸을 감초와 자셰히 보며 일변 그림을 보니 ④이즁히 일편단심에 미친 바 독긔라 자리 마음에 환쳔희지ᄒ여 <u>스스로 싱각ᄒ되</u> ⑤져 독긔를 잡아다가 우리 대왕게 드려 약을 ᄒ면 니가 슈궁에 웃듬 공신 되리로다 ⑥ᄒ고 긴 목을 늘히여 압폐 나아가 예ᄒ고 왈 ⑦토션싱은 뵈ᄂᆞ이다 ⑧톡기 자라를 보고 우으며 <u>가로ᄃᆡ</u> ⑨그ᄃᆡ 웃지 나에 승명을 알고 부르는요 남상이 아들인가 목도 기다ᄒ니 ⑩자리 겻히 안즈며 젼에 보지 못헌 말을 ᄒᆞ고 승명을 통헌 후의 왈 ⑪그ᄃᆡ 무슴 싱이나 피엿스며 쳥산벽계로 단니니 그 흥미 웃더ᄒ뇨 (<국도본토생젼>, 2장 뒤~3장 뒤)

①, ③, ⑥, ⑧, ⑩은 화자의 발화이고, ⑤는 인물의 내적독백이며, ⑦, ⑨, ⑪은 인물의 발화(대화)이다. ②는 별주부의 눈 앞에 펼쳐지는 광경을 인물의 시점에서 화자가 전달한 것이며, ④는 화자가 인물의 내면 심리를 서술한 것이다. 이런 발화시점(發話視點)의 이동을 밑줄 친 부분과 같은 명시적 대화 표지어를 통해 분명히 구별해 주고 있다. 이러한 명시적 대화 표지어로 인하여 발화시점이 분명해지거나 고정되어 시점이 상호 침투하는 현상은 거의 일어나지 않는다.[14] 토끼를 긍정적으로 그리

려는 <가람본토끼전>은 이런 시각을 화자의 목소리와 함께 처음부터 끝까지 유지하고 있다. 이렇게 되면서 특정 인물에 대한 긍정과 부정의 판단이 뚜렷해지는 경향이 나타난다.

이상과 같은 독서물의 특성은 복합적이고 다층적인 연행물의 구조적 특성을 단선적 구조로 만들어주고 있다. 연행물의 공간적 확장에 의한 원심력이 빠른 서사진행에 따라 시간 중심적 구조로 전환됨으로써 토끼 포획 계열 전체가 지향하는 바와 일관성을 갖고 있다. 결말 부분으로 말미암아 앞부분의 특성이 더욱 강화되고 작품 전체가 일정한 방향성을 갖게 되었다.

3) 대결 관계 지속을 통한 유기적 구조화

토끼포획 계열은 수궁위기가 전혀 다른 차원의 위기로 나아가는 것이 아니라 수궁위기의 연장선상에서 대립과 갈등이 전개된다. 토끼포획 계

---

14) 연행물은 이와 구별되는 특성을 보인다. "①아 급해서 그랬던가, 퇴기 뒷발이 미끄러졌던가 자래허고 탁 부딪쳐 논 것이, ②아이고 여보 해골이야. 아, 여보 거 어쩌다가 남의 이마빡을 이리 독허게 들이받아 놓소. 여보시오, 피차일반이니 우리 그만두고 바쁘니 통성명 좀 해봅시다. 게가 뉘라 허시오 나는 수국 전옥주부 공신 사대손 별주부 별나리라고 허오. 토끼 듣고 예 잘왔소 나는 천상에서 ……(중략)…… 자래 토명을 반겨 듣고, 오늘날 상봉허니 하상견지만만부고불칙이오. ③아 토끼란 놈이, ④조막만헌 놈이 문자를 탁 들어 쓰네. ⑤하하, 이것 보소. 내 만일에 문자 한 마디라도 단문허게 썼다가는 나 하나로 세상문장들이 망신을 헐 모양이니 내 전일에 배운 문자통을 이놈 앞으로 내궁글려 내놓을 배이. ⑥자 별주부나리 문자통 궁굴러 가니 착실히 좀 들어보시오." (<임방울창본>, 213~214쪽) 여기서는 명시적 대화 표지어 없이 인물의 대화가 오고 가는 연행문법의 형태를 보여준다. 여기서 가장 주목되는 곳은 ④와 이를 전후한 ③과 ⑤이다. ④는 화자의 발화인지 인물(토끼)의 발화 시점인지 분명하지 않다. ③이 화자의 발화이므로 ④는 인물의 발화인 듯하지만 "쓰네"라는 종결어가 쓰인 점과 인물의 내적독백에 해당하는 ⑤가 따로 있는 점으로 보아 ④는 화자의 발화인 것 같기도 하다. 발화 주체와 발화 시점을 분명히 구분하려는 의식이 없다 보니 이처럼 누구의 발화인지 모호한 부분이 나타나는 것이다.

열의 대표적 이본인 〈국도본토생전〉, 〈가람본토끼전〉, 〈고대본토공전〉
의 육지 귀환 이후의 서사단락을 제시하면 다음과 같다.

　　〈국도본토생전〉: ①토끼가 별주부에게 무수히 욕을 퍼붙는다. ②토끼
가 암토끼와 상봉하여 그간의 일을 설화한다. ③암토끼가 별주부에게 욕
을 퍼붙는다. ④별주부가 빈손으로 수궁으로 돌아간다. ⑤용왕이 신하들
이 제기한 토끼 재포획론을 제지한다. ⑥용왕이 죽음을 맞이하고 거창한
장의가 거행된다.

　　〈가람본토끼전〉: ①수궁에서 수군을 조발하여 토끼포획에 나섰으나
실패하고 회군한다. ②용왕이 산신령에게 이문하여 토끼포획을 부탁한
다. ③산신령이 석중서로 하여금 토끼를 잡아 수궁으로 보낸다. ④토끼가
밤을 틈타 수궁을 탈출한다. ⑤용왕이 죽음을 맞이한다.[15]

　　〈고대본토공전〉: ①용왕이 옥황상제에게 표문(表文)을 올려 토끼를
잡아달라고 부탁한다. ②옥황상제가 용왕과 토끼를 함께 불러 그들의 진
술을 듣는다. ③옥황상제가 토끼를 방면하라는 판결을 내린다. ④용왕이
토끼를 잡으려 하자 옥황상제가 몰래 빼돌려 만수산으로 보낸다. ⑤용왕
이 죽음을 맞이한다.

　육지위기 계열의 후반부가 수궁과 무관한 토끼만의 위기로 전개된다
면, 토끼포획 계열의 후반부는 위에서 보는 바와 같이 토끼와 수궁 간의
치열한 대결관계가 토끼가 육지로 탈출한 이후에도 지속된다. 이렇게
된 까닭은 수궁에서 토끼를 재포획하자는 주장이 제기되었기 때문이다.
〈토생전〉 계열처럼 토끼 재포획 논의 결과 이를 실행에 옮기지 않는 방

---

15) 〈임형택본토공전〉과 〈정문연본토생전〉은 토끼를 잡기 위해 수궁의 장수들이 수
　 차례 반복적으로 나서고 있으며, 용왕의 이문(移文)을 받은 산신령도 호랑이, 곰, 원
　 숭이, 여우를 거듭 보내 토끼를 포획하려 하는 등 〈가람본토끼전〉보다 크게 확장되
　 면서 대결 관계가 강화되었다.

향으로 결론이 나는 이본도 있고, <가람본토끼전>, <고대본토공전>, <임형택본토공전> 계열처럼 포획 방안을 토의하여 이를 실행에 옮기는 이본도 있다. 어느 경우이나 수궁에서의 문제제기로 인해 긴장 국면이 새로이 조성됨에 따라 대립관계가 결말 부분에서도 지속된다는 점에서는 동일하다.

토끼와 수궁의 대결의 지속은, 연행물－육지위기 계열이 구조적으로 느슨하였던 것과는 달리, 토끼포획 계열의 구조적 통일성을 더욱 견고하게 만드는 결과를 낳고 있다. 육지위기 계열은 토끼라는 인물이 계속 등장한다는 점과 토끼와 대결하는 인물의 속성이 동질적이라는 점에서 통일성을 갖는다고 하였는데, 토끼포획 계열은 이런 추상적 차원으로 확대하지 않더라도 유기적 통일성을 갖고 있다. 즉, 토끼와 수궁의 대결 관계가 육지 공간에서 지속되거나, 천상계와 같은 다른 세계와 옥황상제나 산신령 같은 새로운 인물을 끌어들이면서 토끼와 수궁의 대결 관계를 그대로 지속시킴으로써 작품의 구조적 통일성이 더욱 견고해졌다.

대립관계가 지속되고 반복되는 만큼 대결이 심화되고, 이에 따라 그들의 승패[속임과 속음]도 더욱 확고하게 판가름 나는 결과를 초래한다. 육지위기 계열은 토끼를 위협하는 주체가 바뀜으로써 대립관계의 필연적 인과성이 부족하였던 것과 달리, 토끼포획 계열에서는 토끼를 거듭 위협하는 주체가 바뀌지 않음으로써 유기적 통일성을 갖고 있다. <토생전> 계열의 경우 토끼의 육지귀환 후 토끼와 별주부의 대립관계를 지속시킴으로써 대결을 심화시키고 있다. 즉, 연행물－육지위기 계열의 경우 토끼를 놓친 별주부는 더 이상 토끼와 만남이 이루어지지 않는 데 반하여, <토생전> 계열에서는 별주부를 공격하는 토끼의 발화가 장황하게 이어지며 암토끼까지 가세하여 별주부에 대한 공격이 이루어진다. <가

람본토끼전〉에서는 토끼를 놓친 후에도 포기하지 않고 수군을 동원하여 육지로 진격하여 토끼를 포획하려는 시도를 하며,16) 이것이 실패로 돌아가자 육지의 산신령에게 이문(移文)을 부쳐 토끼를 잡으려 한다. 용왕이 직접 나서지 않아 대리전의 형태를 띠고 있지만, 용왕과 토끼의 대결관계는 지속되고 있다. 〈고대본토공전〉에서 옥황상제에게 표문(表文)을 올려 토끼를 잡으려 하고, 옥황상제가 토끼를 방면하려 하자 용왕이 비밀리에 또다시 토끼를 잡으려 한다. 따라서 육지위기 계열은 수궁위기, '그물위기', '독수리위기'로 대결관계가 변모한다면, 〈가람본토끼전〉과 〈고대본토공전〉 등 토끼포획 계열은 수궁에서 방법을 달리하면서 토끼포획을 거듭 시도함으로써 수궁으로부터의 위기가 반복되는 구조를 갖고 있는 셈이다. 이와 같은 수궁과의 지속적·반복적 대결을 통해 대결의 강도가 강화되는 만큼 용왕의 패배는 더욱 철저한 것이 된다.

육지 귀환 이후에 수궁과 토끼의 대립관계가 지속됨으로써 용왕과 토끼의 대립 관계가 연행물에 비해서 더욱 강화되고 극대화된 형태로 전개되는 특성을 낳고 있다. 토끼와 수궁의 대결 관계가 결말 부분에서도 지속되고 구조적 통일성이 견고하다는 특성은 토끼포획 계열이 소설적 대결이 더욱 확고하고 심화되었다는 것을 의미한다. 소설적 대결 방식이란 인식과 행위의 주체인 자아와 그 대상인 세계가 상호우위에 입각한 대결을 펼치는 것17)이라 할 수 있겠는데, 토끼포획 계열에서의 이와 같은 특성은 곧 자아와 세계의 대결을 보다 철저하게 전개하여 소설적 대결을 심화하려는 의식의 소산으로 풀이할 수 있다. 토끼포획 계열이 독

---

16) 〈임철호본토별전〉은 자라의 1차 출륙에서 토끼를 잡기 위해 수군을 파병하는 사건을 설정하고 있다. 인권환(1986ⓛ), 「별주부전 한문본고」, 『동방학지』 52, 63쪽 참고.
17) 조동일(1977), 「자아와 세계의 소설적 대결에 관한 시론」, 『한국소설의 이론』, 지식산업사.

서물적 성격의 이본인 것은 이러한 대결 방식의 결과라 할 수 있다.

한편, 용왕과 별주부의 운명을 통해서도 승패에 대한 분명한 태도가 드러난다. 육지 위기 계열에서는 <박순호35장본> 계열처럼 별주부가 빈 손으로 수궁에 돌아가기도 하고, 현행 창본 계열처럼 선약(仙藥)을 얻어 돌아가기도 하며, 선행 연행물 계열처럼 수궁으로 돌아가지 못하고 소상 강(瀟湘江)에 머물러 살다가 자결하기도 하고, <나손6장본>처럼 귀양 가기도 하는 등 다양한 양상을 보인다. 그러나 토끼포획 계열의 결말은 <가람본토끼전>, <고대본토공전>, <임형택본토공전>, <정문연본토생 전>처럼 빈손으로 돌아가거나 <토생전> 계열처럼 자결하는 두 가지 양 상으로 요약된다. 용왕의 경우도 연행물 계열에서는 죽음을 맞이하는 경 우와 소생하는 경우가 함께 나타나는 데 반하여, 토끼포획 계열에서는 이본에 따라 이유는 다르지만 죽음으로 결말지어진다. 이와 같은 결말처 리는 다양한 시각을 그대로 두지 않고 대결의 결말을 철저하게 어느 하 나로 규정하려는 의식의 소산이다.

연행물 계열, 특히 현행 연행물 계열에서 토끼 간을 지시하는 도사나 별주부에게 선약을 주는 신령 등은 천상계 인물로서 수궁에서 도움이 필요한 결정적 순간마다 나타나 측면 지원을 해 준다. 이것은 연행물 계 열에서 천상계가 그 실체를 전면에 드러내지 않으면서 대결을 가능하게 하거나, 대결과 무관하게 특정한 방향으로 인물의 운명을 결정하는 데 관여함을 뜻한다. 그러나 연행물에서의 천상계는 가려져 있기 때문에 천 상계의 개입은 필연성이 없는 우연적 사건으로 인식된다.[18]

---

18) 도사가 나타나서 토끼 간을 지시하지 않았다면 용왕은 죽었을 것이며, 이에 따라 토끼와 수궁의 대결관계도 성립되지 않았을 터이다. 이런 점에서 도사는 <토끼전>의 대결 관계를 성립시키는 기능을 하는 인물이라 할 수 있다. 그런데 도사가 천상계에 속한 인물임을 틀림없으나 그가 천상계의 대표 자격으로 나타나 용왕에게 토끼 간을

그러나 〈고대본토공전〉의 천상계는 수궁계나 육지계보다 우월한 세계로 설정되어 있는 점에서 연행물 계열과 같지만, 작중인물의 요청에 따라 개입하여 객관성과 논리성에 입각한 보편타당한 판결을 통해 어느 한쪽을 지지하는 기능을 할 뿐이다. 일반적으로 송사(訟事)는 사건의 당사자가 문제를 제기했을 때 성립되며 판결문은 제3자의 입장에서 객관적 증거와 보편타당한 논리를 바탕으로 작성되는 것이다. 따라서 현행 연행물처럼 천상계가 우월적 지위를 이용하여 수궁과 육지의 문제를 자신의 의지대로 움직이려 하는 것과는 차별성을 갖는다.

〈가람본토끼전〉, 〈임형택본토공전〉, 〈정문연본토생전〉에서는 여타 이본에 보이지 않는 산신령이 성격화되어 등장한다.19) 용왕이 수궁을 통치하는 군주이듯이 산신령은 육지(만수산)를 통치하는 군주로 설정되어 있다. 그러므로 수궁의 용왕과 육지의 산신령은 대등한 위상의 인물로서 이 두 인물의 상위에 천상계의 통치자이면서 두 세계까지 통제하는 옥황상제가 존재하는 것으로 이해할 수 있다. 이들 이본의 산신령은 수궁의 요청에 의해 개입한다는 점에서 그의 개입은 사건 전개의 필연성을 갖는다.

이상과 같은 사건 전개를 통해 볼 때 독서물-토끼포획 계열은 토끼와 수궁의 대립이 그 자체로 일어나고 그 자체로 해소되는 일원론적 구조를 지니고 있으며, 천상계나 지상계의 통치자가 개입할 수밖에 없는 필연성을 마련해 둠으로써 유기적 통일성을 갖춘 구조를 지향하고 있다. 독서물-토끼포획 계열에서는 수궁과 육지의 대결 결과가 이들 인물의

처방한 것은 아니다. 연행물의 경우 도사의 자의적 판단에 따른 개입이라는 점에서 천상계의 개입이 극히 제한적이라 할 수 있다.

19) 〈고대본토공전〉에도 수궁 인물의 대화 속에 산신령의 존재가 설정되어 있으나 성격화되어 등장하지 않고 있다.

운명으로 그대로 이어진다는 점에서 연행물의 역사적 전개에 따라 겪었던 구조적 모순을 극복하는 방향으로 작품 구조의 변화를 지향하였다.

<토생전> 계열에서 토끼는 수궁위기를 탈출하고 용왕은 죽음을 맞이하기 때문에 작품 자체의 논리구조와 결말처리 방식의 모순은 보이지 않는다. 그런데 <토생전> 계열에서 용왕의 인물형상은 연행물, 특히 선행 연행물 계열과는 상당한 거리가 있다. 선행 연행물 계열에서 용왕은 불의한 통치자의 표본으로 형상화되면서 몰락하는 인물로 그려지고, 현행 연행물 계열에서는 이런 현상이 소거 또는 약화되면서 소생하는 방향으로 운명이 결정된다. 반면에 <토생전> 계열에서 용왕은 선행 연행물 계열처럼 죽음을 맞이하지만, 용왕 스스로 그것을 선택한 것으로 설정하였다. 이렇게 함으로써 <토생전> 계열에서는 토끼와 용왕의 대결에서 토끼가 승리하고 용왕은 토끼의 정당성을 인정함으로써 구조적 모순을 극복하고 있다.

한편, <고대본토공전>, <가람본토끼전>, <임형택본토공전>, <정문연본토생전>에서는 구조적 유기성과 통일성을 통해 논리구조와 결말처리 자체가 분리될 수 없도록 함으로써 구조적 모순을 극복하였다. 즉, 이들 이본에서는 대결 관계가 종결되면서 작품이 끝나기 때문에 대결 관계와 독립된 결말처리가 따로 존재하지 않아 대결관계의 종결 자체가 결말처리이다.

요컨대, 육지위기-토끼포획 계열은 {육지위기} 부분을 토끼와 수궁의 지속적인 대결이 펼쳐지는 {토끼포획}으로 전환시킴으로써 사건이 필연적 인과 관계를 맺으면서 전개되도록 변모시켰다. 이에 따라 독서물-토끼포획 계열은 유기적 통일성을 갖춘 구조로 재탄생하였다. 육지위기 계열이 '토끼가 거듭되는 위기를 극복하는 이야기'로서의 측면을 강조하는 방향으로 나아갔다면, 토끼포획 계열은 '토끼와 수궁이 대결하는 이야기'로서의 측면을 강조하는 방향으로 나아갔다고 할 수 있다. 이처럼 토끼포획 계열은 유기적 통일성을 확보하고 갈등의 첨예화하는 방향으로 창작이 이루어졌다.

3. 토끼 재포획론 제기와 그 제지에 나타난 의미

〈토생전〉 계열은 {육지위기}의 흔적을 간직하고 있는 토끼포획 계열이다. 토끼 재포획론이 제기됨으로써 토끼가 육지로 도망간 이후에도 토끼와 수궁의 대결 관계가 지속된다는 점에서 토끼포획 계열임에 틀림없다. 용왕이 토끼포획을 거부함으로써 토끼포획을 위한 행동이 구체화되지 않는다는 점에서 다른 토끼포획 계열과 차이가 있다. 이런 사건 전개 양상은 인물에 대한 시각, 궁극적으로는 중세 봉건적 지배이념과 통치방식에 대한 시각 차이와 맞물려 있다.

〈토생전〉 계열에는 암토끼가 등장한다. 암토끼는 토끼가 수궁으로 간 뒤 오봉산 토끼로부터 시련을 겪었다. 암토끼는 별주부의 꾐에 속아 죽을 뻔하였다는 토끼의 말을 듣고 별주부에게 욕을 퍼붓는다. 이런 대결 관계는 통치체제의 횡포에 의해 파괴되어 가는 민중의 삶을 구체적으로 드러낼 수 있는 가능성을 갖고 있다. 그런데 〈토생전〉 계열에서는 통치체제에 의해 파괴되는 민중의 삶조차도 용왕의 잠깐의 실수로 간주됨으로써 심각한 문제가 사소한 것으로 가볍게 처리되고 만다. 이것은 〈토생전〉 계열이 애초부터 민중의 고단한 삶을 드러내는 데 관심의 초점을 두고 있지 않은 것으로 풀이된다. 〈토생전〉 계열에서 서술자의 시선은 토끼도 별주부도 아닌 용왕에 대한 극도의 예찬에 초점이 두어져 있다.

용왕에 대한 긍정적 시선은 작품의 서두에서부터 분명하게 드러나고 있다. 선행 연구자에 의해 논의 되었듯이[20] <국도본토생전>에서 이러한 면모가 가장 잘 드러난다.

> 화셜 딕명 셩화 연간에 북희 용궁 광덕왕 옹강이 츰 즉위하여 나라를 다스리민 요순 지치로 국팅민안에 가급인쪽ㅎ며 산무도젹ㅎ고 빅셩이 밤이면 문을 닷지 아니ㅎ니 이른바 삼딕 승덕이라 (<국도본토생전>, 1장 앞)

용왕이 어진 정치를 베풀어 국가가 태평하고 백성들은 경제적 풍요를 누릴 뿐만 아니라, 통치자에 감화되어 순후한 덕성을 가지게 된 것으로 서술하고 있다. 이 모든 것은 용왕의 "요순지치"의 결과로서 용왕이 통치하는 수궁은 유가에서 생각하는 이상적 정치가 행해진 삼대(三代) 시절에 비길만하다고 했다. 용왕의 득병도 주색(酒色)으로 인한 것이 아니라 "망월누에 올라 월식을 구경ㅎ"다가 "홀연 긔운이 불평ㅎ"더니 "졈졈 침즁"(이상 모두 1장 앞)해진 것으로 처리함으로써 용왕을 격하시키지 않고 있다.

용왕의 인물형상과 그의 정치력에 대한 긍정은 그 이후 사건 전개와 서술에서도 일관되게 나타나면서 중세 봉건적 통치체제의 이상화를 지향하고 있다. 연행물에서 보이던 주색에 찌들고 병든 용왕의 모습을 서술하거나 스스로를 '어물전 도물주'에 비기는 등 용왕에 대한 풍자와 희화화는 문면에서 완전히 소거되었다.

용왕이 별주부를 어떻게 대우하는가를 통해서도 용왕의 면모를 파악

---

20) 민찬(1994)의 논의를 두고 한 말이다.

할 수 있다. 용왕은 토끼를 데리고 나간 별주부에게서 소식이 없자 고래를 보내 사정을 알아보게 한다. 고래로부터 사건의 전말을 전해 듣고 별주부가 남긴 표문(表文)을 보고 나서 용왕은 다음과 같은 반응을 보인다.

> 왕이 디경ᄒ여 자라에 표를 보시고 잔잉ᄒ여 디성통곡 왈 공연히 도인에 말로 ᄒ여 간도 웃지 못ᄒ고 산중 조고마흔 즘셩에게 슈욕만 보고 앗가온 츙신거지 일토다 ᄒ며 즉시 호부에 분부ᄒ여 금빅을 각 일만식 부의ᄒ라 ᄯᅩ 예부로 길지와 길일을 틱ᄒ여 안장할 시 친히 졔문지여 졔헌 후의 (〈국도본토생전〉, 29장 앞~29장 뒤)

별주부가 토끼 간을 구해 오는 데 실패했지만 용왕은 드사에게 미혹되어 충신을 잃게 되었다며 스스로를 반성하는 모습까지 보이고 있다. 성공 여부에 관계없이 충성을 다한 신하에게 예우를 극진히 하는 용왕의 모습은 중세 봉건 군주의 이상적 형상으로 비쳐지고 있다. 용왕의 이런 태도는 선행 연행물 계열에서 왕배탕을 권하는 토끼의 말을 듣고 별주부를 희생시키려 하는 행동과는 극명한 대조를 보인다.

> 왕왈 경등에 말이 불가ᄒ다 과인에 몸 병들기도 니 팔지라 웃지 낫기를 바라리요 ᄯᅩ 일즉 죽는 일도 천수라 현마 웃지ᄒ리요 슈궁졍병을 발ᄒ여 톳기를 잡ᄌᄒ여도 슈부와 양계가 다르미 잡지도 못ᄒ고 군병만 상힐 거시요 큰 비를 쥬어 톡기 일족을 멸코져 ᄒ여도 인간만민에게 ᄒᆡᆨ가 나고 곡식이 잘못되면 옥황상계 알으시고 이 연고을 무르시면 무어시라 디답ᄒ리요 고이헌 도사에 말로 이럿틋ᄒ니 도시 과인에 불명헌 일이라 웃지 톳기를 원망하리요 니 병도 낫지 못ᄒ고 슈족 갓흔 신하를 죽여시니 하 면목으로 왕위에 거ᄒ며 졔신을 볼 ᄯᅳᆺ시 잇스리요 말을 갓치며 한 미듸 통곡ᄒ다가 긔졀하니 (〈국도본토생전〉, 30장 앞~31장 뒤)

위의 인용문은 "슈궁 정병을 조발ㅎ여 나아가 톡기 잇는 왼 산을 둘너싸고 잡아 오옵거ㄴ 그러치 못ㅎ오면 큰 비를 급히 붓다시 쥬어 톡기 잇는 산을 함몰ㅎ여 바다를 믄드러 톡기 족속가지 멸ㅎ오미 맛당ㅎ"(30장 앞)다는 신하들의 주청(奏請)에 대한 용왕의 대답이다. 용왕은 자신의 죽음이 천명(天命)임을 깨닫고 있으며, 수군을 파병할 경우 군사력만 낭비하고 말 것이라는 점과 비를 퍼부을 경우 인간과 만물에 피해가 간다는 점을 들어 반대하고 있다. 그뿐 아니라 국가의 충신이 희생된 것을 거듭 애통하게 여기면서 도사의 괴이한 말을 믿은 자신의 일시적 어리석음을 거듭 반성하고 있다. 여기서 용왕은 중세 봉건적 군주로서의 이성을 잃지 않은 근엄하고 명철한 성군(聖君)으로 형상화되고 있으며 스스로 죽음을 선택하는 태도는 비장(悲壯)을 넘어 숭고(崇高)한 미감(美感)까지 불러일으키고 있다.

이렇게 되면 용왕이 토끼를 희생시켜 자신의 생명을 연장하려 했던 것은 용왕이 근본적으로 탐욕스러운 존재이기 때문이 아니라 인간이면 누구나 가지고 있는 삶에 대한 애착과 병중에 정신이 흐려진 상태에서 도사의 소생할 수 있다는 말에 일시적으로 미혹(迷惑)되었기 때문이다. 더욱이 용왕 스스로 자신의 과오를 인정하고 의연히 죽음을 선택하는 결단을 통해 용왕을 긍정적 인물로 형상화하고 있다. 이처럼 <토생전>에서는 용왕에 대한 풍자와 용왕 자신에 의한 자기 비하(卑下) 등이 완전히 제거되는 것과 맞물리면서 용왕을 이상적 군주로 치밀하게 형상화하고 있다.

용왕이 최후를 맞이하면서 태자와 대신들에게 고명(顧命)하는 대목에서도 용왕의 이런 형상은 계속된다.

　　용왕이 정신을 차려 좌우를 도라보와 왈 과인에 명되 불힝ᄒᆞ여 황쳔길
이 갓가와시니 비록 편작인들 웃지ᄒᆞ리요 경등은 나 읍다 말고 삼가 츙
셩을 다ᄒᆞ여 틱자를 셤겨 어진 일홈을 만딕에 전ᄒᆞ면 과인이 비록 기이
다르ᄂᆞ 감은ᄒᆞ리라 경등 마음에 과인을 잇지 아닐진딕 과인에 임의 부탁
ᄒᆞᆫ 말을 져바리지 말ᄂᆞ 하니 졔신이 일시에 쳬읍돈슈하여 명을 밧거날
쏘 틱자에 손을 잡고 유쳬 왈 너는 치국안민하기를 부질언이ᄒᆞ며 졍사를
인의로 고루게 하여 원망이 읍게 하여라 하고 인하여 승ᄒᆞ하니 (〈국도본
토생전〉, 31장 앞~31장 뒤)

　　용왕에서 그의 후계자로 이어지는 봉건적 통치권력의 계승 방식을 미
화하면서 인의(仁義)를 바탕으로 한 덕치(德治)가 이어지기를 당부하는
용왕의 모습 어디에서도 토끼를 희생시켜 자신의 삶을 연장하려 한 간
악한 군주의 모습은 찾아볼 수 없다.

　　용왕의 조문객으로 온 면면들을 보면 삼해 용왕을 비롯하여 중국의
역대 명사들, 성신(星神), 지부시왕(地府十王), 석가여래(釋迦如來) 등 제
불(諸佛), 중국의 삼황(三皇), 요·순·우·탕·문무·주공(堯舜禹湯文武
周公), 서왕모(西王母)를 비롯한 신녀(神女) 등이 총망라도어 있다. 이들
은 유가(儒家)에서 이상적 제왕(帝王)으로 받드는 인물들, 불가(佛家)의
최고 경지에 이른 부처들, 생사를 관장하는 신장(神將)들이다. 이러한 조
문객을 통해 작자는 용왕의 성군(聖君)으로서의 위상을 드러내려는 의
도를 내비치고 있다.

　　장의(葬儀)의 위엄을 장황하게 서술하고 있는 데서 성군의 승하(昇遐)
로 인한 애도의 뜻이 극명하게 드러나 있다. 용왕의 행상(行喪) 부분을
보기로 한다.

슈궁 디쇼 관원이며 모든 어민들이 공년 압히 흰 긔를 좌우에 세우고 망극ᄒ여 이이 통곡ᄒ드라 왕이 빅관을 거ᄂ려 셩외에 나아가 망곡지영ᄒ고 혼궁으로 마져드려올 시 슈부 어족들이 션왕을 싱각ᄒ고 모다 통곡ᄒ니 곡셩이 희중에 호더ᄒ니 션왕에 치국 잘ᄒᄆ 가히 알너라 (<국도본 토생전>, 34장 앞~34장 뒤)

위의 인용 부분은 서두에서 용왕과 수궁 백성에 대한 언급과 조응되면서 구성상의 일관성이 유지되고 있다. 서술자는 용왕이 나라를 잘 다스린 성군임을 직접적인 언사로써 분명히 제시하고 있다. 선왕(先王)의 유지(遺志)를 받고 등극한 용자(龍子)는 "졍사를 어질게 ᄒᄆ 국틱민안ᄒ고 가급인족ᄒ여 희리틱평ᄒ니 슈부어족들이 함포고복ᄒ며 격양니가ᄒ"(34장 뒤)며 "슈역틱평연월에 인민"(34장 뒤)으로 살아가게 만들었으니, 용왕의 통치 이념은 그의 후계자에 의해 성공적으로 계승되고 있는 셈이다. 이리하여 중세적 통치방식은 무한한 가능성을 가지면서 끝없이 이어져야 할 소망스런 것이라는 기대를 표출하고 있다.

선행 연행물 계열에서는 용왕의 죽음을 통해 중세적 지배체제를 풍자했고, 현행 연행물에서는 용왕을 소생시킴으로써 논리구조와 결말처리의 의미지향이 모순되는 결과를 낳았다면, <토생전> 계열에서는 용왕의 죽음을 통해 중세적 지배이념과 통치방식을 긍정하고 논리구조와 의미지향의 모순을 극복하는 길을 택하였다. 현행 연행물의 논리구조와 언표적 국면의 결말처리방식의 모순을 <토생전> 계열은 서술시각(敍述視角)과 서술초점(敍述焦點)을 일관되게 견지하면서 지배이념과 통치방식을 이상화하는 방향으로 극복한 셈이다.[21] 즉, 용왕은 성군인데 생명을 연

21) 이들 이본 계열의 '토끼포획'은 용왕의 우연 득병, 용왕의 회생, 자결한 자라에 대한 예우와 관용 등과 호응하여 서사적 일관성을 유지하면서 용왕을 성군으로 형상화되

장할 수 있다는 요망한 도사의 말에 욕심이 앞서 생각이 흐려졌을 뿐 다시 이성을 되찾게 되었다는 방향으로 사건을 전개시킴으로써 토끼의 생환이 오히려 용왕을 성군화하는 데 기여하게 만들었다. 그러나 독서물 −토끼포획 계열에서 중세적 이념과 통치방식을 옹호하는 의미는 〈토생전〉 계열 이외에서는 보이지 않는다.[22]

4. 맺음말

독서물−토끼포획 계열은 연행문법이 극도로 약화되고 서사문법이 텍스트 전반을 지배하는 원리로 작용하는 이본군이다. 연행물 계열은 선행 연행물 계열에서 현행 연행물 계열로 전개되면서 지배계층에 대한 풍자와 비판을 약화시켰고, 독서물−육지위기 계열은 연행물 계열을 능가하는 지평을 확보하지 못하고 매너리즘에 빠짐으로써 토끼전은 점차 그 활력을 잃어갔다. 이러한 토끼전의 역사적 전개에 새로운 가능성을 불어넣은 것이 독서물−토끼포획 계열의 생성이다.

그러나 독서물−토끼포획 계열의 생성이 처음부터 연행물 계열과 독서물−육지위기 계열을 대신할 수 있는 지평을 열었던 것은 아니다. 오히려 〈토생전〉 계열에서 보듯이 초기의 독서물−토끼포획 계열은 보수

고 있다.

22) 후대적 교섭 양상이기는 하지만 〈정권진창본〉도 '토끼포획'이 〈토끼전〉에서 어떻게 기능하는가를 잘 보여준다. 〈정권진창본〉은 여타 창본보다 윤리적 윤색이 뚜렷한 것으로 알려져 있다. 〈정권진창본〉에서 용왕이 산신에게 이문을 보내고 산신이 이에 응하여 토끼를 잡아줌으로써 용왕의 소생은 정당하고 토끼의 속임이 부당하다는 인식을 드러내고 있다. 또한 '토끼포획'은 별주부에 대한 암자라의 충고, 별주부의 용왕 성덕 칭송, 진충보국하자는 마무리 등과 호응하여 보수적 관점과 의식을 드러낸다.

주의적 관점으로 회귀하는 경향을 보여주었다. 이것은 수궁 신하들의 토끼 재포획론 제기와 용왕의 제지에서 드러날 뿐만 아니라 작품 전반에서 이와 호응하는 서사적 일관성을 확보하고 있다.

토끼 재포획론 제기와 제지에서 그치는 '토끼포획'이 토끼 재포획을 구체적으로 실행하는 {토끼포획}으로 확장되면서 독서물—토끼포획 계열은 비로소 제자리를 찾게 된다. 이에 관해서는 다음 장에서 논의한다.

제3장 토끼포획 계열의 생성과 변이

1. 머리말

우리가 일반적으로 알고 있는 토끼전은 토끼가 수궁 위기를 탈출한 뒤 육지에서 그물위기와 독수리 위기를 거듭 겪는 방향으로 사건이 전개되는 것이다. 그런데 토끼전 이본을 두루 살펴보면 토끼의 수궁 탈출 이후 수궁에서 토끼 재포획론이 제기되어 토끼가 다시 수궁으로 잡혀가는 매우 이질적인 이본들을 만나게 된다. 앞의 이본군을 육지위기 계열, 뒤의 이본군을 토끼포획 계열이라 부르기로 한다. 토끼포획 계열에 속하는 이본으로 <가람본토끼전>, <정문연본토생전>, <임형택본토공전>, <고대본토공전>, <국도본토공사>가 있다.

이들은 토끼전의 역사적 전개에서 매우 중요한 위상을 갖고 있다. 토끼전의 역사적 전개를 거시적으로 들여다보면, 토끼전의 이본 계열은 <수궁가>를 포함하여 연행물의 특성이 뚜렷한 연행물-육지위기 계열, 연행물이 필사본으로 정착, 재필사 되어 유통되는 과정에서 독서물화된 독서물-육지위기 계열, {육지위기}를 {토끼포획}으로 대체한 독서물-토끼포획 계열의 순으로 생성되었다. 육지위기 계열과 견주어 매우 이질적인 서사 전개를 보이는 토끼포획 계열은 이본 가치가 높고 작품성 또한 큰데도 거의 주목을 받지 못했다.[23]

일찍이 인권환이 한문본인 <정문연본토생전>과 <고대본토공전>을 여타 한문본과 묶어 서사 전개 양상을 비교한 바 있다.[24] 김동건은 토끼전 이본 연구를 진행하면서 계열 간의 착종 현상이 심하여 주요 이본 계열에 넣기 어려웠던 이본들로 취급하여 <고대본토공전>과 <정문연본토생전>의 특징적 단락을 검토한 후, <가람본토끼전>과 <정문연본토생전>을 같은 계통으로 보았다.[25] 이들 두 연구에서 토끼포획 계열의 이질성이 강하다는 사실이 확인되었다.

앞서 논의한 바와 같이 토끼포획 계열의 범주 가운데 <토생전> 계열과 <토별산수록> 계열[26]은 여타 토끼포획 계열 이본들과 구분하는 것이 적절하다. 왜냐하면 신하들에 의해 제기된 토끼 재포획론이 용왕에 의해 제지되는 '토끼포획'과 토끼포획 과정이 구체적으로 서사되는 {토끼포획} 상호 간에는 무시할 수 없는 서사적·의미적 차이가 존재하기 때문이다. 더욱이 이렇게 하는 것이 토끼전의 역사적 전개를 해명할 수 있는 길을 발견할 수 있기 때문이기도 하다. 그러므로 이 장에서는 육지 위기와 토끼포획[27]이 공존하고 토끼 재포획론이 제기되는 차원에 머무

---

23) 개별 이본으로는 <신재효토별가>가 가장 주목을 받아왔다. <수궁가> 중에는 전승력이 강한 유성준제가 주로 논의되었다. 현전 <수궁가> 이전의 모습을 간직한 것으로 보이는 <가람본별토가>도 주목을 받았다. 국회도서관 등 국가도서관 자료 검색에도 이런 결과를 얻을 수 있다.

24) 인권환(1986ⓒ), 「별주부전 한문본고」, 『동방학지』 52, 연세대 국학연구원.

25) 김동건(2001), 「토끼전 연구」, 경희대 박사논문, 153~155쪽, 163쪽.

26) 이들 계열에는 <경판토생전>과 <국도본토생전>, <가람본토별산수록>과 <박순호본토별산수록>이 있다.

27) '육지위기'는 '그물위기'든 '독수리위기'든 단수(單數)의 위기를 겪는 형태를 가리키고 '토끼포획'은 토끼 재포획론이 제기되나 실행되지 않거나 실행되더라도 포획 과정

르는 이들 이본과 토끼 재포획 과정이 구체적으로 서사되는 이본을 분리하여 {토끼포획}을 가진 이본만 토끼포획 계열에 포함시켜 논의한다.

육지위기 계열의 이본이 절대 다수를 차지하는 토끼전에서 이들의 후대적 생성 문제에 관심을 가지는 것은 당연하다. 토끼포획 계열이 아무런 바탕 없이 돌출하지는 않았을 터이므로, 그 서사적 기반이 연행물 계열 또는 육지위기 계열에 존재할 것으로 예상되는바, 토끼포획 계열의 생성 기반을 폭넓게 검토할 필요가 있다. 본고는 이런 문제의식에서 토끼포획 계열 생성의 서사적 기반 찾아 본 다음, 생성의 기반과 견주어 토끼포획 계열이 선행 지평을 어떤 방향으로 전환시켰는지 살펴본다.[28] 나아가 토끼포획 계열에 속하는 이본들 상호 간의 변주 양상을 검토하여 토끼포획 계열 또는 토끼전의 전개 양상을 밝히는 데 기여하고자 한다.

2. 토끼포획 계열 생성의 서사적 기반

작품 전체 서술량에서 적게는 1/6, 많게는 1/2에 이르는[29] {토끼포획}이 아무런 계기나 기반도 없이 토끼전에 생성되지는 않았을 것이다. {토끼포획} 생성의 바탕이 되는 서사적 기반이 토끼전의 선행 지평에 분명

에 대한 구체적 서술이 결여된 형태를 가리킨다.

28) 최광석이 앞의 논문에서 토끼포획 계열의 구조적 특성과 의미를 논의한 바 있으나, 〈토생전〉 계열과 〈토별산수록〉 계열을 포함시켰으며 〈가람본토끼전〉을 중심으로 논의하였다. 그러므로 토끼포획 계열의 범주를 축소하고 토끼포획 계열에 속하는 자료 전체를 대상으로 변주 양상을 논의하는 데까지 나아갈 필요가 있다.

29) 원전의 면수를 기준으로, 〈가람본토끼전〉은 대략 5:1(73면:15면), 〈정문연본토생전〉과 〈임형택본토공전〉은 대략 1:1(각각 45면:44면, 76면:68면), 〈고대본토생전〉과 〈국도본토공사〉는 대략 2:1(각각 12면:6면, 29면:15면)로 나타난다.

있었을 터이다. 그것이 무엇인가를 찾아내는 작업은 토끼전의 역사를 규명하는 데 매우 중요한 일이다.

{토끼포획} 생성의 서사적 기반으로, 우선 토끼전의 서사 맥락적 기반을 생각할 수 있다. 구체적인 화소나 서사단락 차원의 연결 고리는 없지만, 토끼전의 사건 전개 맥락에서 그 기반을 유추할 수 있다는 말이다. 즉, 터무니없는 거짓말에 속아 잡은 토끼를 놓친 수궁의 입장에서 치료와 설치(雪恥)를 위해 토끼를 재포획하자는 주장이 자연스럽게 제기될 만하다. 토끼를 놓친 모든 책임은 판단을 잘못한 용왕에게 있으며, 이로 인해 용왕은 권위가 크게 실추되었기에 그의 분노는 누구보다도 컸을 것이다. 이런 점에서 별주부가 자결하는 이본과 별주부를 귀양 보내는 이본이 특히 주목된다. 별주부 자결은 수궁의 분노를 촉발하는 계기가 되었을 것이고,30) 별주부 귀양은 용왕의 분노를 잘 드러낸다. 토끼전의 이러한 맥락이 {토끼포획} 생성의 잠재된 동력으로 작용했을 것임은 짐작하기 어렵지 않다.

여기서 우리는 <정권진창본>을 주목할 필요가 있다. 왜냐하면 <정권진창본>은 {육지위기}와 더불어 여타 창본에 존재하지 않는 '토끼포획'을 함께 갖고 있기 때문이다. <정권진창본>에 들어있는 '토끼포획'은 토끼포획 계열을 참고하여 독자적으로 생성시킨 것으로 보인다.31) 육지위

---

30) 다음 논문에서 자라의 자결이 수궁의 분노를 촉발하였을 개연성에 대해 언급된 바 있다. 최진형(2008), 「출판 문화와 토끼전의 전승」, 『판소리연구』 25, 판소리학회, 316쪽.

31) 최동현과 최혜진의 논문을 참고할 때, 강산제 <수궁가>에 '토끼포획'을 생성된 시킨 사람은 정응민일 가능성이 가장 높다. 그가 한문에 조예가 깊었다는 점, <춘향가>를 가르칠 때 사설을 넣거나 빼고 다듬는 과정을 거쳤다는 점, 보성소리의 완성자로 알려져 있다는 점 등에서 이를 유추할 수 있다. 최동현(2006), 「보성소리의 전개」, 『판소리연구』 21, 판소리학회, 31쪽 ; 최혜진(2006), 「보성소리 정응민 명창론」, 『판소리여

기 계열의 {육지위기}를 {토끼포획}으로 대체하면서 생성된 토끼포획 계열이 역으로 육지위기 계열, 그것도 연행물-육지위기 계열에 영향을 준 것이다. 여기서 우리가 주목하고자 하는 것은 창본에서 '토끼포획'을 생성한 것 자체가 〈수궁가〉 맥락에서 토끼 재포획론이 제기될 수 있는 서사적 기반이 마련되어 있었음을 뜻한다는 점이다.

한편, 〈임철호본토별전〉은 독특하게 자라의 첫 번째 출룡 때부터 수군을 이끌고 토끼를 잡으러 나가는 것으로 설정되어 있다.[32] 물론 후대적 변이로 보이지만, 이런 변이가 일어나는 현상을 통해 연행물 또는 육지위기 계열에 {토끼포획} 생성의 가능성이 내포되어 있음을 유추할 수 있다. 연행물 계열에서 여러 신하들이 출룡을 꺼리거나 반대하는 이유로 드는 육전에 절대적으로 불리하다는 것도 토끼포획 계열에서 수군이 육지정벌에 실패하는 것과 맥이 닿아 있다. 이처럼 수군 파병을 통한 토끼포획은 연행물 또는 육지위기 계열의 '어족회의' 대목에서 얼마든지 유추될 수 있는 방법이다.

이상에서 우리는 연행물 또는 육지위기 계열에서 {토끼포획}이 생성될 서사 맥락적 기반이 존재했음을 알 수 있다. 그러나 토끼포획 계열의 생성이 서사적 맥락 차원에서 가능성만 가진 것은 아니다. 실제로 토끼포획 계열 생성의 화소적(話素的) 기반을 〈신재효토별가〉에서 찾아볼 수 있다.

> 공부승셔 엿즈오되 톡기라 ᄒᆞ난 거슬 얼골은 모로오나 스기로 보올쩐디 줍순의 쇼순이라 몽염의 옛일 갓치 ㉠어여쓰고 자부리니 졍병 슴쳔

구』 21, 판소리학회, 87쪽.

32) 인권환(1986ⓒ), 「별주부전 한문본고」, 『동방학지』 52, 연세대 국학연구원, 64쪽 참고.

<u>너여 쥬어 디장 고리 보니쇼셔 고리가 분을 너여 츌반ᄒ여 엿ᄌ오되</u> ㉡
<u>슈륙이 달나씨니 슈즁의 잇던 군ᄉ 육젼을 엇지할지</u> 졀언 쇼견 가지고도
문관을 ᄌ셰ᄒ야 죠흔 베살 ᄒ여 먹고 죠금 위틱흔 일이면 호반의게 밀
여ᄒ니 비속의 잇난 거시 불레풀 쑌이기로 변통업시 ᄒ난 마리 교쥬고실
갓ᄉ외다 공부숭셔 무식ᄒ여 아무 디답 업써ᄭᅡ나 ᄒ림학ᄉ 쌀ᄯᅡ구 엿ᄌ
오되 톡기라 ᄒ난 거시 죠고만한 김싱이라 병환의 곳 죠흘테면 디왕의
위덕으로 그ᄭᅡ진 것 구ᄒ기ᄀ 무슨 염예 잇슬릿ᄀ ㉢<u>톡기 멧슈 바치라고</u>
<u>산군의게 죠셔쵸를 직금ᄒ여 올이리다</u> 용왕이 ᄯᅩ 물어 죠셔난 흔다ᄒ고
뉘ᄀ 갓다 산군 쥴가 간의디부 못치 엿ᄌ오되 표기즁군 벌덕게ᄀ 의갑이
굿사옵고 열발을 갓쵸와셔 진퇴를 다ᄒ옵고 제 고향이 육지오니 죠셔 쥬
어 보니쇼셔 게가 분니 존득 나니 밋쳐 말를 못ᄒ여셔 입의 거품을 이면
셔 열발을 엉금 〃 〃 기여나와 발명흔다 ……(중략)…… ㉣<u>슈륙이 달나씨</u>
<u>니 용왕의 흔 죠셔를 산군이 드를테요</u> 져의 들이 죠셔ᄒ고 져의 드리 가
라시요(5장 뒤~7장 앞)

위 인용문은 '어족회의' 대목 가운데 사신택출 논란의 한 부분이다. 밑
줄 친 ㉠과 ㉢에 토끼포획 방법이 드러나 있다. ㉠은 수군을 파병하자는
것이고, ㉢은 산군에게 조서를 보내자는 것이다. 두 방법은 수륙이 달라
수군이 육전을 하기 어렵다는 반론(㉡)과 산군이 들어주지 않을 것이라
는 반론(㉣)으로 채택되지 않았다. 그런데 여기서 제시된 방법들이 토끼
포획 계열에서 제기되거나 실행되고 있다는 점을 주목할 만하다.

졔신으로 더부러 왈 병은 고ᄉ허고 고놈을 잡아 긔여히 설치허리라 허
시고 즉시 팔장을 명허여 팔괘로 응허여 팔만금ᄉ 진법을 칠 ᄉ ……(중
략)…… 쥬야 왕니허오되 ᄉ람 죵젹도 보지 못허옵고 토기는 ᄌ취를 모
로옵고 쳔여 군죨리 힘만 허비허옵고 긔력이 시진허오니 복원 폐ᄒ는 각
도에 ᄒ교허ᄉ 군을 거두시고 달니 계교를 싱각허시옵쇼셔 ……(중략)

…… 왕왈 장츠 웃지허든지 회군회라신는 ᄒ교를 각기 견허니 (<가람본 토끼전>, 37장 앞~38장 뒤)

일인이 츌반쥬왈 이 일이 당쵸에 간허올 일이오되 전ᄒ에 마음이 웃더 허실가 허여 쥬달치 못허엿사오나 디져 이 일은 병법으로 못힐 비오니 오악지중 향산이 놉스옵고 신영이 계시니 이문을 붓치옵시면 제일 속헐 거시니다 하니 왕이 올히 역이스 (<가람본토끼전>, 38장 뒤~39장 앞)

이졔 짐의 병이 나흐나 못 나흐나 톳기 간을 먹으나 못 먹으나 고스ᄒ 고 천승지위의 잇셔 슨임의 요마 즘싱의게 속은 비 되어 인국의 붓그림 을 씻치니 수괴ᄒ고 분완ᄒ지라 이졔 수군을 죠발ᄒ여 문무 졔신 중 갈 약ᄒ 이을 갈히여 각각 군스을 거나리고 톳기를 싱금ᄒ여 셜분코즈 ᄒ나 니 경등은 의논ᄒ여 톳기를 줍게 ᄒ라 ᄒ시고 틱일ᄒ여 군병을 죠발흘 시 ……(중략)…… 톳기 만일 수중의 잇스오면 천병만마로 에워싼고 줍 으미 본장 갓스오나 수륙이 다른지라 수군을 거느려 슨간 쥬수 줍기 극 논할 쑨 아니라 도로혀 ᄒ가 만홀지라 아모리 군시 만도 양식이 넉넉ᄒ 나 베풀 곳이 업고 천병만미 비록 뉴진ᄒ나 세월만 허비ᄒ고 톳기는 볼 기리 업노라 ᄒ여스오니 ……(중략)…… 왕이 탄왈 이는 낭중취물을 헛 도히 노코 이미ᄒ 신ᄒ만괴롬을 끼치니 도로 졔신 볼 낫치 읍다 ᄒ고 인 ᄒ여 회군ᄒ라 ᄒ시다 (<임형택본토공전>, 39장 앞~41장 앞)

디왕이 풍운을 부리시고 우레 만물를 젹셔 그 혜틱을 아니 울럴 지 업 ᄂ지라 뉘 감히 은혜를 빈반ᄒ고 위풍을 두리지 아니리잇고 이졔 ᄒ 장 글월를 밍그러 ᄒ방 슨신의게 보ᄂ시오면 벅벅이 그 톳기를 줍아 보ᄂ시오리 니 그 쩌의 디왕이 님의로 쳐치ᄒ시미 늦지 아닐가 ᄒ나이다 왕이 디희 ᄒ여 (<임형택본토공전>, 42장 앞~42장)

계단 아래 갑자기 한 신하가 나아와 아뢰었다. 바라건대 신에게 10만 군사를 주시면 만수산을 샅샅이 뒤져 토끼를 사로잡아 대왕 앞에 바치리 다. 모두 보니 쇠관에 긴 수염을 한 적혼공이었다. 또 한 신하가 반열에서 나와 아뢰었다. 만수산은 세상에서 이름난 곳입니다. 산천이 험준하고 초목이 무성하여 용맹한 장수와 수많은 병졸이 수궁보다 열 배나 많아 공격하기가 쉽지 않습니다. <u>만수산의 임금은 본디 신령으로 일컬어지는데 토끼를 죽이면 어찌 수부를 허물하지 않겠습니까.</u> 바라건대 대왕께서 토끼를 놓친 사연으로 상제께 표문을 올리는 것이 상책일 것입니다. 모두 보니 이는 곧 원참군이있다. 용왕은 그 계책을 그럴듯하게 여겼다. 階下有一人忽然而進曰 臣願十萬兵 橫行萬壽山 生擒兎公 獻于殿下 衆見之 乃鐵冠長鬣子 赤魚軍公也 又有一人出班奏曰 不然 萬壽山乃世界之名區也 山川險阻 草木茂盛 熊虎之將 羽林之卒 十倍於水府未易功也 <u>此萬壽山之君 素稱神靈 豈有殺一不辜於水府哉</u> 願大王以兎公放送之意 上表于上帝 則是爲上計也 衆視之乃鼅參軍也 龍王然其計 (<고대본토공전>, 7장 앞)

<신재효토별가>에서 제기된 수군 파병 방법(㉠)은 <가람본토끼전>과 <임형택본토공전>에서 수군을 파병했지만 ㉡의 예상대로 수륙이 달라 잡지 못하고 군병만 상하는 사건으로 형상화되고 있다. <고대본토공전>에서는 이 방법이 제기되지만 다른 방법이 채택되는 형태로 나타난다. 이문 발송 방법(㉢)의 경우, 토끼포획 계열에서 글을 보내는 대상이 바뀌었을 뿐 토끼에게 영향력을 행사할 수 있는 통치자의 힘을 빌려 토끼를 포획하려 한다는 점에서 일치한다. <가람본토끼전>과 <임형택본토생전>에서는 신령에게 이문하는 방법으로 토끼포획에 성공하고, <고대본토공전>에서는 옥황상제에게 표문을 올렸으나 토끼포획에 실패한다. 이보다 앞서 <고대본토공전> 계열에서는 만수산 신령에게 이문하여 토끼포획을 부탁하자는 적혼공의 계책을 만수산 신령이 토끼를 잡아 보내지 않을 것이라는 말로 원참군이 비판한다. 이것은 <신재효토별가> 계열에서 산군에게 조서(詔書)하여도 산군이 듣지 않을 것이라는 것과 상통하

는데, 〈가람본토끼전〉과 〈임형택본토공전〉을 의식하면서 이를 지양하고 〈신재효토별가〉를 수용한 것으로 보인다.[33] 이처럼 토끼포획 계열에서는 〈신재효토별가〉에서 제기되었던 토끼포획 방법이 실행되고 있다. 〈신재효토별가〉는 〈완판토별가〉로 거듭 출판되었으므로[34] 인지도가 높았을 것이다. 그러므로 〈신재효토별가〉와 〈완판토별가〉가 토끼포획 계열 생성의 기반으로 작용했을 가능성이 크다.

그러나 '토끼포획'의 존재를 발견할 수 있기에 〈신재효트별가〉나 〈완판토별가〉의 화소가 토끼포획 계열 생성 기반의 전부는 아닐 것으로 생각한다. 왜냐하면 〈경판토생전〉 계열과 〈토별산수록〉 계열에 존재하는 '토끼포획'은 육지위기 계열 생성 이후 위와 같은 서사적 기반을 토대로 생성되었을 것으로 보이기 때문이다. 이들 계열에서 {육지위기}를 '육지위기'로 축약하거나 {육지위기}를 그대로 두고 '토끼포획'을 새롭게 생성시킨 결과 두 지평이 공존하게 된 것으로 판단된다. 그러므로 '토끼포획'은 연행물—육지위기 계열 생성 이후 독서물—토끼포획 계열의 {토끼포획}이 생성되기 이전의 과도기적 형태로 존재했던 것으로서,[35] 이들이 토끼포획 계열 생성의 서사적 기반이 되었을 것이다.

산듕 조고만 톳기 우리 군신을 속일 뿐더러 쏘 슈욕이 무슈ᄒ오니 산(사—필자 주)신을 별셩ᄒ여 톳기롤 셩화착닉ᄒ여 엄형박살 ᄒ여지이다 ᄒ거늘 ……(중략)…… 산신으로는 톳기롤 잡지 못할 듯ᄒ오니 슈궁졍병

---

33) 〈고대본토공전〉 계열이 〈가람본토끼전〉 계열이나 〈임형택본토공전〉 계열보다 후대에 생성되었다면, 〈고대본토공전〉이 이들을 의식하면서 개작한 것으로 볼 여지도 있다.

34) 〈완판토별가〉에는 현재 1898년에 간행된 연세대본과 1916년에 간행된 국립도서관본이 있는 바, 적어도 2회 이상 출간되었다.

35) 이에 관해서는 제1부 제3장에서 논의한 바 있다.

을 발흐여 톳기 잇는 산을 둘러쓰고 잡거느 큰 비롤 듀어 톳기 잇는 산을 함몰흐여 톳기 죡속을 씨가 업시 멸흐미 맛단홀가 흐느이다 (<경판토생전> 8장 뒤~9장 앞)

산중 조고만 톡기에게 속아 자라까지 죽스오니 분하기 층냥읍스오며 쏘 제가 슈궁을 경멸히 말흐와 곤욕을 무슈히 흐오니 신에 소견에는 제 신 중에 다시 별증흐여 톡기를 셩화착너 후 박살로 죽어 욕본 거슬 플고 쏘흔 간을 너여 전하 병환에 쓰올가 흐느이다 흐니 ……(중략)…… 사신 으로는 간교흔 톡기를 잡지 못헐 뜻흐오니 슈궁 정병을 조발흐여 나아가 톡기 잇는 왼 산을 둘너싸고 잡아오옵거느 그러치 못흐오면 큰 비를 급 히 붓다시 쥬어 톡기 잇는 산을 함몰흐여 바다를 믿드러 톡기 죡속가지 멸하오미 맛당흐여이다 (<국도본토생전>, 29장 뒤~30장 앞)[36]

톳기놈에 박측흐미 슬지무셕이오니 훈령디쟝 잉어와 금오디쟝 미어기 와 어영디쟝 망어로 흐여금 늄희슈군 슘십만을 죠발흐여 문죄흐믈 청하 거늘 ……(중략)…… 슈군에 길이 달르니 슈군을 죠발흐느 톳기를 즙지 못흐오리니 디풍흑운을 조발흐여 크게 비를 니리오아 쳥손을 못지르고 쳔동번긔를 쳥흐여 톳기를 아죠 씨가 업시 멸흐미 조홀가 흐나이다 (<나손본토별산수록>, 38장 앞)

위에서 보다시피 <경판토생전>과 <토별산수록> 계열에서는 사신을 다시 보내는 방법, 수군을 파병하는 방법[37], 폭우와 천둥 번개로 토끼가

36) <국도본토생전>은 '토끼포획'이 '육지위기'와 공존하지는 않으나, <경판토생전>의 모본계가 이것의 모본계를 저본으로 판각되었을 것으로 추정되므로 함께 다룰 수 있다. 선행 연구에서 <경판토생전>과 <국도본토생전>, 그리고 <토별산수록>까지 묶 어서 '토생전 계열'로 보았다. 정출헌(1992ㄴ), 『조선후기 우화소설의 사회적 성격』, 고려대 박사논문, 224쪽 ; 민찬(1994), 『조선후기 우화소설 연구』, 태학사, 250~251쪽.
37) 세 이본에서 제기한 토끼포획 방법을 견주어 보면, <경판토생전>과 <국도본토생전>

있는 육지를 함몰하고 토끼를 멸족하는 방법이 제기되었다. 수군 파병 방법은 〈신재효토별가〉에서 제기되었던 것이므로, 〈토성전〉 계열과 〈토별산수록〉 계열을 거쳐 토끼포획 계열로 수용하여 생성·확장시킨 것으로 볼 수 있다.[38] 이문 발송 방법의 경우 〈토생전〉 계열과 〈토별산수록〉 계열에는 나타나지 않으므로 〈신재효토별가〉 계열의 모티프를 수용하여 확장·변형시켰을 것으로 추정할 수 있다. 폭우와 천둥 번개로 토끼가 있는 육지를 함몰하고 토끼를 멸족하는 방법은 토끼포획 계열에 수용되지 않았다.

요컨대, 토끼포획 계열의 {토끼포획}은 연행물 또는 육지위기 계열의 서사적 맥락을 원천으로 삼아 〈신재효토별가〉 계열의 '어족회의'에서 제기한 토끼포획 방법들과 〈토생전〉 계열 및 〈토별산수록〉 계열의 '토끼포획'에서 제기한 토끼포획 방법들을 실행에 옮기는 과정을 형상화함

상호간이 더 유사하다. 〈경판토생전〉과 〈국도본토생전〉에서는 사신을 다시 파견하여 토끼를 데려오는 방법이 제시되지만 다른 신하에 의해 비판된다. 그것은 이미 자라에게 속은 토끼가 다시 속을 리 없기 때문에 물리력을 동원할 수밖에 없다는 판단에 따른 것이다. 〈경판토생전〉과 〈국도본토생전〉의 차이는 수궁 군대를 파견하는 방법과 폭우로 토끼가 있는 산을 함몰하는 방법이 대등한 선택지인가 아니면 순차적 선택지인가에 있을 뿐이다. 이와 달리 〈토별산수록〉 계열에서 사신 파견은 언급조차 없으며, 수군 파병의 부당함을 지적하고 폭우와 천둥 번개로 토끼를 멸족시키는 방법을 유일한 방법으로 제시한다. 〈토별산수록〉 계열이 〈토생전〉 계열보다 후대에 생성되었다면, 〈토별산수록〉 계열은 〈토생전〉 계열에서 제기한 토끼포획 방법 가운데 불합리한 것은 버리고 보다 합리성이 있다고 여겨지는 것을 선택하는 방식으로 변형시킨 것으로 볼 수 있다. 〈경판토생전〉 계열과 〈토별산수록〉 계열의 선후 관계는 분명하지 않은데, 토끼포획 방법 면에서 합리성 지향이란 잣대로만 보면 〈경판토생전〉 계열이 선행할 가능성이 크다.

38) 〈신재효토별가〉의 고래의 말, "슈륙이 달나씨니 슈즁에의 잇던 군슈 육젼을 엇지할지"와 〈국도본토생전〉의 용왕의 말, "슈궁 졍병을 발ᄒᆞ여 톡기를 잡ᄌᆞᄒᆞ여도 슈부와 양계가 다르미 잡지도 못ᄒᆞ고 군병만 상헐 거시오"(29장 뒤)를 주목할 때, 이들 토끼포획 제기가 〈가람본토끼전〉과 〈임형택본토공전〉 계열에서 그대로 실행되고 있음을 확인할 수 있다.

으로써 생성되었다고 할 수 있다.

3. 토끼포획 계열의 지평전환 방향

앞 절에서 토끼포획 계열 생성의 서사적 기반을 확인했으므로, 토끼포획 계열이 이들 선행 지평을 어떤 방향으로 전환시켰는지 살펴보는 것이 다음으로 할 일이다. 토끼포획 계열은 {육지위기}를 {토끼포획}으로 대체하거나 '토끼포획'을 {토끼포획}으로 확장하면서 생성된 이본이므로, 지평전환 문제는 {토끼포획}이 있음으로 해서 토끼포획 계열이 어떤 서사적·의미적 특성을 갖게 되었는가에 대한 논의로 수렴된다. 서사적 특성은 주로 연행물 계열을 염두에 두고 대비할 것이고, 의미적 특성은 '토끼포획'이 들어 있는 이본 및 토끼포획 계열 생성 시기의 연행물 계열인 현행 연행물 계열을 염두에 두고 대비할 것이다. 이 과정에서 토끼포획 계열의 공통 특성이 드러날 것이다.

수궁위기는 토끼와 수궁의 대결을 형상화한 것이고, {육지위기}는 육지 공간 내적 대립을 형상화한 것이다. 그러므로 '그물위기', '독수리위기' 등으로 구성된 {육지위기}의 서사적 대결은 수궁과 무관하다. 이와 달리 {토끼포획}은 토끼와 수궁의 대결을 육지 공간에서 지속시킨다. 그런 점에서 {토끼포획}은 수궁위기의 연장이다. {토끼포획}의 이런 대결 관계는 토끼포획 계열의 구조적 통일성을 강화하는 구실을 한다. 육지위기와 '토끼포획'이 공존하는 이본들은 서사적 지향이 다른 두 지평이 어정쩡하게 공존하는 형태였다. 그러나 토끼포획 계열은 {육지위기}를 {토끼포획}으로 대체하거나, {육지위기} 또는 '육지위기'를 삭제함으로써 연행물 지평을 완전히 소거하고, '토끼포획'을 {토끼포획}으로 확장함으로써 독서물 지평을 강화하였다.

토끼포획 계열의 생성 기반이 되는 연행물–육지위기 계열은 동질 공간 내적 대립과 이질 공간 상호 간의 대립이 균형을 이루고 있다. 동질 공간 내적 대립은 이른바 '어족회의'와 '모족모임' 대목에서 잘 드러나고,39) 이질 공간 상호 간의 대립은 수궁위기에서 잘 드러난다. 〈토생전〉 계열과 〈토별산수록〉 계열의 '토끼포획'은 토끼와 수궁의 대결 국면을 지속시키지만 용왕의 제지로 곧 해제되어 버린다. 그러나 토끼포획 계열에서는 동질 공간 내적 대립을 약화시키는 대신, {육지위기}를 {토끼포획}으로 대체함으로써 동질 공간 내적 대립을 이질 공간 상호 간의 대립으로 전환시켰다. 그 결과 동질 공간 내적 대립이 약화·소거되고 이질 공간 상호 간의 대립이 강화되었다.40)

동질 공간 내적 대립은 의사 결정 과정에서의 논란과 갈등을 증폭시킴으로써 서사속도를 느리게 만든다. 즉, '어족회의'와 '모족회의' 대목에서의 대립과 갈등은 서사 전개의 중심축인 '토간 구하여 용왕 치료하기'로부터 원심적 일탈을 강화하면서 서사속도를 지연시킨다. 그러나 토끼포획 계열에서 이들의 약화·소거41)와 {토끼포획}의 생성은 이질 공간

---

39) 〈신재효토별가〉의 '어족회의'와 '모족회의' 대목에 나타난 현실인식은 다음 논문을 참고할 수 있다. 서종문(2006), 「토별가에 나타난 신재효의 현실인식」, 『판소리의 역사적 이해』, 태학사.

40) 다음 논문에서 '어족회의'와 '모족회의'에서 전개되는 갈등을 동질 공간 내적 대립으로 보고 신재효 판소리 사설이 공질 공간 내적 대립을 강화하는 방향으로 변이가 있어나고 있음을 밝혔다. 최광석(2009), 「신재효 판소리 사설의 서사적 특성과 의미 지향–토별가와 적벽가를 중심으로–」, 『판소리연구』 27, 판소리학회.

41) '어족회의' 사신택출 장면에서 〈가람본토끼전〉은 문어와 자라, 〈임형택본토공전〉에서는 문어, 고래, 자라의 경쟁으로 압축되어 나타난다. '모족모임'은 아예 삭제되었다.

상호 간의 생사를 건 속음과 속임의 대결 관계를 강화시키면서 서사속도가 빨라진다. 이것은 연행에 따른 원심력을 약화시키면서 서사적 구심력을 강화시키는 방향으로의 지평전환이라 할 수 있다. 요컨대 토끼포획 계열은 이질 공간 상호 간의 대립을 강화함으로써 동질 공간 내적 대립으로 완만하게 전개되는 연행물 계열의 특성을 지양하고 빠른 서사 전개를 가진 독서물로서의 성격을 띠게 되었다.

'어족회의'는 지배계층 내부의 대립을, '모족모임'은 향촌사회 내부의 대립을 형상화하고 있는 공간이다.42) 그러므로 '어족회의'에서의 대립 강화는 지배계층 내부의 갈등이 강화되는 것을 의미하고, '모족모임'에서의 대립 강화는 향촌사회 내부의 갈등이 강화되는 것을 의미한다. 반면에 수궁[용왕]과 육지[토끼] 상호 간의 대립 강화는 지배계층과 피지배계층, 중앙권력과 향촌사회 상호 간의 갈등이 강화되는 것을 의미한다. 즉, 이질 공간 상호 간의 대립은 중앙권력의 향촌사회 수탈의 극악한 모습을 적나라하게 드러내는 구실을 한다. 이처럼 {토끼포획}의 생성은 지배계층 내부 대립 및 향촌사회 내부 대립, 그리고 지배계층과 향촌사회 상호간의 대립 등, 대립의 무게 중심이 여러 방향으로 분산되어 다각적 대립을 보여주던 연행물 계열의 구도를 지배계층과 피지배계층의 대립으로 집약하여 무게 중심을 전환함으로써 서사적 대결 구도에 변화를 초래하였다.43)

---

42) 정출헌(1992ⓒ), 241~256쪽 참고.

43) 토끼전의 역사적 전개에서 보면 '토끼타령' 형태의 <수궁가>는 당연히 토끼와 용왕의 대결을 중심축으로 하였을 것이다. 그러나 자라가 대결의 한 축을 차지하기도 하고, 모족회의에서 모족끼리의 대결과 수궁에서의 어족끼리의 대결이 확장되는 방향으로 전개되었다. 토끼포획 계열은 이러한 다각적 대립구도를 토끼와 용왕의 대결 구도로 단순화하고 집약하는 방향으로 전개되었던 것이다. 결과적으로 이것은 토끼와 용왕의 대결로 집약된다는 점에서 초기 <수궁가>의 대결구도와 가까워지는

한편, 앞 장에서 살펴본 바와 같이 토끼 재포획론 제기와 제지로 이루어진 '토끼포획'은 봉건적 통치자의 지배논리를 정당화하는 구실을 한다. 그러나 토끼포획 계열의 {토끼포획}은 '토끼포획'과는 전혀 상반되는 방향으로 형상화되고 있다. 즉, {토끼포획}은 용왕에 대한 긍정적 시각과 형상화가 배제되어 있다. 그것은 〈토생전〉 계열과 〈토별산수록〉 계열에서 용왕의 제지로 '토끼포획'이 실현되지 않는 것과 달리, 토끼포획 계열에서는 용왕에 의해 토끼포획이 주도되는 것과 관련된다. 즉, 용왕이 토끼 재포획에 성공하지만 토끼가 다시 탈출하거나, 용왕의 토끼포획이 제3자의 개입으로 좌절됨으로써 결국 토끼포획에 실패한다. 그 결과 용왕의 어리석음과 토끼의 지혜, 용왕의 부당성과 토끼의 정당성이 강조되며, 봉건적 지배 논리를 부정하는 방향으로 변주된다.

잇써 이문을 들이니 실영계옵셔 츄문을 보신니 그 글어 허엿쓰되 북히 광퇵왕은 지배허옵고 관후향산 후토신영 좌하의 드리난니다 과인이 홀년 득병허여 빅약이 무효허드니 인간 토기에 간니 약이라 허기에 슈일 젼에 별쥬부를 니보닉여 잡아왓드니 제 꾀에 속아 놋쳐스니 약은 고스허고 속은 셜치을 헐 터이니 한 마리만 보닉시면 긴요헐 거시니 보닉쥬시기를 만만 바라옵닉이다 드라 산영이 보기를 다허고 보닉기를 의논허드니 산군이 출반쥬왈 스연은 괄시치 못허옵거나와 용왕이 비 쥬는 형세를 임의로 허오니 지슈와 더한를 임에로써 힝허면 모든 쳔과금슈를 용납지 못허게 허오리니 일슈를 앗기지 무시미 올을가 허느니다 산년이 올리 역이스 그러면 계교를 힝허라 (〈가람본토끼전〉, 39장 앞~40장 앞)

북히 광퇵왕은 슴가 글월을 숭슌 신령의게 고하나니 죤영은 양계의 쳐하시고 과인은 수부의 쳐하여 비록 셩화는 듯즈오나 셔르 통셥하미 업스

___

것이다.

오니 니는 풍마우지불상급이라 이졔 슝순은 오악의 웃씀이오 북희는 스
희 즁 젹은 ㅂ드히라 <u>슈년 이리로 각각 지경을 맛타 쥬쟝ᄒᆞᆫ 다 천명을
봉승ᄒᆞ여 직업을 슬피미라 슈륙이 비록 다르나 지위는 일본이라 ……(중
략)……</u> 모든 신령이 혹 가타 ᄒᆞᆯ 리도 잇고 불가타 ᄒᆞᆯ 리도 잇스니 공논
이 불일ᄒᆞ여 결단치 못ᄒᆞ더니 문득 ᄒᆞᆫ 신령이 쥬왈 ……(중략)…… 슝순
은 북방의 속ᄒᆞᆫ ᄯᅡ히라 이로ᄡᅥ 인근지근지쳐이오니 그의롤 ᄒᆞ여곰 범연
치 못홀 거시여날 엇지 톳기를 앗겨 호의를 져ᄇᆞ리잇고 용왕이 만일 노
할진디 비를 만히 나리와 순이 다 문허지면 만슨 졔신이 어늬 곳의 가
의지ᄒᆞ며 ᄇᆞᄅᆞᆷ을 크게 부러 슈목이 써거진면 열위 종영이 어디 가 지졉
ᄒᆞ리오 이러무로 신의 쇼견은 톳기를 잡아 보님이 가홀가 ᄒᆞᄂᆞ이다 신령
왈 경의 쇼견이 올타 ᄒᆞ고 즉일의 슨님군을 명ᄒᆞ여 톳기 줍는 쇼임을 맛
겨 그 톳기를 줍으라 ᄒᆞ시니 (<임형택본토공전>, 43장 앞~44장 앞)

동해 용왕 광연은 거듭 절하며 옥황 폐하께 글을 올립니다. 무릇 사람
이 병과 우환이 있으면 ……(중략)…… 자리를 비운 지 이미 오래되었고
백성들이 도탄에 빠졌습니다. 돌아보건대 신이 죽는 것은 아까울 게 없으
나 직임이 중요하고 방위 또한 긴요하여 폐하가 백성을 보살피는 뜻을
어그러뜨리고 해내의 태평함이 끊어질까 두렵습니다. ……(중략)…… 살
기를 좋아하고 죽기를 싫어하는 마음이야 누군들 없겠습니까. ……(중
략)…… 신인이 내려와 토끼의 생간을 먹어야 회춘할 가망이 있다 하였
습니다. ……(중략)…… 바라옵건대 성상 전하께옵서 만수산 신령에게
조서를 내려 토공을 수부로 압송하여 주시면 죽어가는 이 목숨은 다시
해를 보오며 도탄에 빠진 백성은 다시 태평함을 볼 것입니다. 東海龍王
廣淵百拜 上書于玉皇陛下 伏以凡人之有疾痛憂患 ……(중략)…… 曠
職已久 生靈塗炭 顧此不肖之臣 死無可惜 而職任已重 方位且緊 恐
違 陛下勤救之意 且絶海內昇平之望 ……(중략)…… 好生惡死 誰無
是心 ……(중략)…… 神人下降 以爲生服兎肝 然後庶有回春之望云云
……(중략)…… 伏願 聖上殿下 下詔於萬壽山神靈 押送兎公於水府

則幾死之命 復見天日 塗炭之民 幸睹昇平 (〈고대본토공전〉, 7장 앞~
7장 뒤)

토끼포획 계열에서 용왕이 내세우는 한결 같은 논리는 지위에 따라
생명의 가치가 다르다는 것과 전체를 위해 개인을 희생시키는 것은 당
연하다는 것이었다. 용왕은 토끼를 희생시켜 자신의 생명을 연장하려는
자신의 행위에 어떤 문제의식도 갖고 있지 않다. 용왕은 자기 쪽에서 토
끼를 속인 것은 문제될 것이 없지만 토끼가 자신을 속인 것은 용납할
수 없는 일로 여긴다. 이런 의식을 가진 용왕은 중세 봉건 군주의 전형이
다. 용왕이 신령이나 옥황에게 보낸 이문이나 표문, 그리고 이에 대응하
는 신령의 논리는 이것에서 조금도 벗어나지 않는다.

토끼의 삶터를 다스리는 신령 또한 용왕과 다르지 않다는 점에서 그
들은 용왕의 형상이 확장된 인물이다. 신령은 용왕의 말처럼 "천명을 봉
승ᄒ여 직업을 술피"는 위치에 있는 인물로서, 용왕과 "수륙이 비록 다
르나 지위는 일본"(이상 〈임형택본토공전〉, 43장 앞)이다. 이들은 봉건적
통치자의 본질적 속성을 공유하고 있다. 신령은 토끼를 용왕에게 잡아
보내며 "죠고마헌 놈이 쥬운도 아니허고 스스로 슈궁에 드러가 니게까
지 불인지폐가 잇게 허니 무삼 일인고"(〈가람본토끼전〉, 41장 앞), "널노
ᄒ여 손중이 날마다 분쥬ᄒ니 진실노 식쇼ᄉ번이로다 밧틔 슈부로 드러
가 손중이 요론케 말나"(〈임형택본토공전〉, 49장 앞)거나 "슈륙이 길이 달
나 각각 경계 잇거날 네 무익흔 욕심을 니여 슈부의 벼슬를 구ᄒ여 외롭
이 드러갓더냐 처음의 범남흔 뜻을 두고 드러간 거시 구업이 극ᄒ도
다"(〈임형택본토공전〉, 49장 앞)며 모든 잘못을 토끼에게 돌린다. 토끼가
수궁으로 간 까닭은 산령이 다스리는 육지 공간에서 안정된 삶이 보장

되지 않았기 때문이다. 토끼는 끊임없이 생존의 위협을 받으며 살아야 했던 향촌사회의 가난하고 힘없는 백성의 전형이다. 그러므로 토끼가 육지를 떠난 것은 백성의 삶을 제대로 살피지 못한 신령의 책임이 크다. 그럼에도 신령은 토끼의 과욕과 범람함을 꾸짖으며 산중을 소란하게 하고 자신에게까지 피해를 입힌 죄를 묻고 있다.

이런 의식과 태도를 가졌기에 신령은 "ᄒ나흘 희ᄒ야 만을 구ᄒ미 올흐랴 만을 희ᄒ고 ᄒ나흘 구ᄒ미 올흐랴"(<임형택본토공전>, 50장 앞) 하기에 이른다. 통치자의 이런 논리에 대한 반론은 일차적으로 토끼가 자신을 방어하는 논리를 통해 제기된다. 여기에다 <가람본토끼전>에서는 토끼가 수궁을 재차 탈출하는 사건을 통해 부정되고, <임형택본토공전> 계열에서는 토끼가 용자를 설득하고 속임으로써 부정되고, <고대본토공전> 계열에서는 천상계의 개입으로 부정된다. 방식은 다르지만 {토끼포획}을 통해 한결같이 봉건적 지배 논리가 부정되고 있다.

서술 시각과 방법 설정을 통해서도 중세 봉건적 지배 논리에 대한 부정이 검출된다. 토끼포획 계열에서 용왕은 과도한 주색(酒色)으로 득병하는 것으로 설정되어 용왕에 대한 긍정적 시각을 차단하고 있다. 특히 <임형택본토공전>은 용왕의 득병 원인을 서술하는 방법이 매우 흥미롭다. 초두에 용왕은 우연 득병한 것처럼 서술되어 있다.44) 그러나 도사가 진맥하며 용왕과 대화하는 과정에서 병의 원인이 "쥬식을 톰ᄒ야 망영도이 정신을 손상ᄒ야 진익이 말"(6장 앞~6장 뒤)랐기 때문임이 드러나고, 용왕도 이를 실토하지 않을 수 없게 된다. <가람본토끼전>의 "토기 세황세계 엇다 두고 이윽으로 드러가니 만첩산중 어디 두고 고기밥이 되단 말과 불상코 가련허다 흔 덩이 고기 용왕에 입에 봉송간다"(25장

44) "진나라 시절의 북희 광퇵왕이 위연이 병드러"(1장 뒤)로 되어 있다.

뒤)나, 〈임형택본토공전〉의 "슬프다 광명흔 천지간의 흔가히 단이면서 무쥬공손의 갑업슨 실과와 시비업는 풍월노 일싱을 즐기다가 우연이 손흐의 왓다가 벽계수로 나려와 별쥬부의 속이는 말을 달게 듯고 죽을 곳의 드러가니 이는 흔졈 고기를 범의 입에 더지미오 셥홀 又고 불노 드러가미라"(24장 뒤~25장 앞)에 용왕에 대한 부정적 서술 시각과 토끼에 대한 긍정적 서술 시각이 잘 드러난다. {토끼포획} 이외의 브분에서 나타나는 이런 특성은 {토끼포획}과 조응하여 서사적 통일성을 강화하면서45), 민중적 시각과 의식을 드러내고 있다.

요컨대, 지배계층 내부 대립을 풍자·비판하고 향촌사회 내부의 갈등을 형상화하던 선행 연행물 계열이 풍자와 비판을 완화시키는 방향으로 변모한 것과 달리, 토끼포획 계열은 지배계층과 민중 계층의 대립을 강화하는 과정에서 지배계층의 어리석음과 부당성을 부각시키고 이에 대항하는 민중의 저항의식과 지혜로움을 강화하는 방향으로 지평을 전환시켰다고 할 수 있다.

4. 토끼포획 계열의 변주 양상

토끼포획 계열 가운데 한문본인 〈정문연본토생전〉과 한글본인 〈임형택본토공전〉은 어느 하나가 다른 하나를 번역하면서 다소 변개시킨 것으로 보인다.46) 〈고대본토생전〉과 〈국도본토공사〉는 자구(字句)의

---

45) 연행물 계열은 인물에 대한 서술 시각이 일관되게 나타나지 않는 특성이 있다. 이것은 연행의 특성이기도 하다.

46) 김동건은 〈임형택본토공전〉이 〈정문연본토생전〉의 한자음을 그대로 사용하고 있는 점을 근거로 〈임형택본토공전〉은 〈정문연본토생전〉을 번역하면서 약간 개작한

미세한 출입이 있을 뿐 내용이 완전히 일치한다.47) 그러므로 토끼포획
계열은 <가람본토끼전> 계열48), <임형택본토공전> 계열, <고대본토공
전> 계열이 있다고 할 수 있다. 이들 가운데 가장 먼저 생성된 계열이
어느 것인지 분명하지 않지만, {토끼포획}의 확장 정도나 수궁위기와의
상대적 비중, 사건 설정의 합리성으로 볼 때 <가람본토끼전> 계열을 토
끼포획 계열의 초기 형태로, <임형택본토공전> 계열과 <고대본토공전>
계열을 변이 형태로 보면서 세 이본의 서사적·의미적 변주를 논의할
수 있다.49) <가람본토끼전>은 앞 절에서 살핀 토끼포획 계열의 공통 특
질에서 크게 벗어나지 않으므로 <임형택본토공전> 계열과 <고대본토공
전> 계열의 변주를 중심으로 논의한다.

　<임형택본토공전> 계열은 토끼 재포획에 나서는 인물의 수를 늘리
고, 석중선이 토끼를 포획하는 과정을 구체화하고, 토끼가 용자(龍子)를
설득하는 과정을 생성시키는 방법으로 <가람본토끼전> 계열을 변주시
켰다.

　<가람본토끼전>에서는 신령이 석중선을 파견하여 토끼포획에 비교
적 쉽게 성공했다. 그러나 <임형택본토공전> 계열에서는 석중선 파견
이전에 산군, 웅장군, 신양후, 석중선을 파견하였으나 토끼포획에 실패
하는 사건을 서술하고 있다. 토끼는 산군이 기포(譏捕)하러 다닐 때부터
신령의 기포령(譏捕令)을 인지하고 있었다. "천만 의외의 긔포흔단 쇼식

<hr/>

　이본으로 보았다. 김동건(2001), 48~49쪽 참고.
47) <고대본토공전>의 "백호(白虎)"는 '경인(庚寅)'을 뜻하므로 1890년으로 추정되고,
　 <국토본토공사>의 "을유(乙酉)"는 1909년으로 추정된다.
48) <가람본토끼전>도 모본의 존재 가능성을 배제할 수 없으므로 계열이란 명칭을 붙인
　 다. 그러나 개별 이본을 인용할 때는 '계열'이란 말을 쓰지 않는다.
49) 이본의 선후관계는 이렇게 볼 수 있는 개연성이 크지만, 필연성은 없다. 그러나 개연
　 성 있는 근거로 최선의 판단을 내리는 수밖에 없다.

을 듯고 천연 종적을 감쵸며 피ᄒᆞ여 단이"(44장 뒤)는 토끼는 불안과 긴장 속에서 마음을 졸이며 살아야 했을 것이다. 거듭되는 기포 국면은 토끼가 죽음의 공포를 경험하는 시간을 연장시키는 결과를 낳는다.

〈가람본토끼전〉에서는 석중선이 자라로 변신하여 용왕이 이미 병이 나았다고 속여 방심하는 사이 토끼를 포획하는 사건이 비교적 간략히 서술되고 있다. 이에 반해, 〈임형택본토공전〉 계열에서는 석중선이 토끼를 포획하는 과정을 보다 구체적이고 설득력 있게 서술하였다. 토끼는 기포 소식을 듣고 털을 불로 그을어 모습을 바꾸어 버린다. 이것은 토끼가 수궁에서 경험한 공포가 얼마나 컸던가를 짐작하게 한다. 석중선은 두더지로 변신하여 토끼에 대한 정보를 탐지하고, 다시 장산군으로 변신하여 용왕의 상사(喪事)로 신령이 기포령을 거두었다는 거짓 반사문(頒赦文)을 퍼뜨린다. 토끼는 의심스러워하며 사실 확인을 위해 신령이 있는 곳으로 서둘러 가다가 석중선의 눈에 띠게 된다. 석중선은 당황하여 허둥대는 토끼를 발견하고 그를 수궁에 갔던 토끼로 판단한다. 석중선은 다시 별주부로 변신, 토끼에게 접근하여 산령에게 용왕의 부음을 전하러 가는 길이라며 토끼를 안심시킨 뒤 토끼가 방심하고 있을 때 여우로 변신하여 토끼를 결박한다. 이처럼 〈임형택본토공전〉에서는 석중선이 토끼를 포획하는 과정이 구체적이고 설득력 있게 그려지고 있는 바, 여우가 신령의 명을 받고 토끼를 속여 포획하는 것은 자라가 용왕의 명을 받고 토끼를 속여 수궁으로 유인하는 것과 동질적이다. 자라와 토끼의 관계가 석중선과 토끼의 관계로 되풀이되는 것이라 할 수 있다.

토끼와 용자(龍子)의 대결 관계는 〈가람본토끼전〉에 존재하지 않던 것이다. 토끼가 용자를 속이고 수궁을 벗어나는 것은 토끼가 용왕을 속이고 탈출하는 것과 동질적 의미를 갖는다. 이 과정에서 토끼는 별주부를 회유·협박하기도 하고, 적혼공, 미염공, 동자개의 간언으로 위기에 부딪히기도 하지만[50] 언변과 지혜로 모두 극복한다. 그리하여 토끼의 언변과 지혜를 극대화하는 반면, 토끼에게 속고도 그런 줄 깨닫지 못하고 즐거워하는 아이러니(irony)를 통해 용자의 어리석음은 극대화된다. 용자가 벌이는 성대한 잔치와 후한 행상(行賞)은 용자의 어리석음과 비례한다.

　용왕이 토끼에게 속은 것은 그의 어리석음 때문이었다. 그러나 토끼에게 속은 용왕이 보여주는 모습은 어리석음을 드러내는 데 그치지 않고 이성적 판단 능력이 부족한 인물임을 형상화한다. 토끼가 자신을 속이고 탈출했음을 뒤늦게 깨달은 용왕은 "이졔 짐의 병은 나흐나 못 나흐나 톳기 간을 먹으나 못 먹으나 고스후고 쳔승지위의 잇셔 슌임의 요마 즘싱의게 속은 비 되여 인국의 붓그림을 씻치니 수괴후고 분완"(<임형택본토공전>, 39장 앞)하여 "톳기를 싱금후여 셜분코즈"(39장 앞) 수군을 파병했다 실패한다. 아무 토끼나 잡아 병을 치료하자는 신하들의 간언을 용왕은 "그럿치 아니타 굿하여 과인 긔망흔 톳기를 좁아 셜치코즈 후노라"(<임형택본토공전>, 41장 뒤)며 거부한다. 이에 신하들이 그 토끼는 한번 속은 후 물가로는 다니지 않을 것이므로 잡기 어렵다고 하자, 용왕은 대로하며[51] 직접 군대를 이끌고 나갔다가 역시 실패하고 회군한다. 용왕은 토끼 재포획의 본래 목적을 망각하고 설치하겠다며 감정적으로 대응하다 결국 치료 시기를 놓치고 스스로 명운을 재촉하여 죽음에 이르게 된다. 여기에 이르면 용왕은 이성적 판단 능력이 부족하고 자신의 감

---

50) 이들의 간언으로 인한 토끼의 위기는 그의 첫 번째 수궁행에서 자가사리의 간언으로 위기에 부딪히는 것과 동질적이다.

51) <정문연본토생전>도 유사하다. "龍王大怒而手推案曰 吾以千乘之威 莫施於山間之一兎 未雪見凌之恥國無儘臣矣"(26장 앞)

정을 다스리지 못하는 필부(匹夫)에 지나지 않음이 형상화된다.

토끼의 지혜와 용왕의 어리석음을 극대화하는 〈임형택본토공전〉 계열의 이런 특성은 {토끼포획} 이외의 부분에서도 두루 나타난다. 앞서 언급한 주색으로 인한 용왕의 득병 이외에, 토끼가 용왕을 비롯한 용왕의 아내, 그리고 대신들과 그들의 아내까지 농락하는 부분은 용왕을 비롯하여 수궁 인물에 대한 시각이 어떤 것인가를 잘 보여준다. 용왕이 토끼에게 입이 뾰족한 까닭을 묻자 토끼는 구창(口瘡)에는 자기와 입을 맞추면 특효가 있어 무수한 천상 선관들과 지상 인간들이 자신과 입을 맞추다보니 그렇게 되었다고 둘러 댄다. 이에 용왕은 토끼와 입을 맞추고 "흔가지로 녀젼의 드러가 부인으로 더브러 입을 맛쵸"(33장 앞)게 한다. 나아가 용왕이 태자가 열병과 체증으로 신음한 지 한 달이 넘었다 하니, 토끼는 자신의 대소변이 제일이라며 받아준다. "졔신이 이 말을 듯고 쪼흔 각각 집으로 쳥ᄒ여 관곡히 졉디ᄒ고 츠례로 입을 맛쵸며"(33장 뒤), 토끼는 "디쇼변을 일변 ᄇ다 쥬"(33장 뒤)기에 이른다. 용왕은 토끼 방송(放送)의 재고를 간하는 신하들에게 토끼는 인의예지(仁義禮智)를 겸한 인물이니 다시 간하지 말라며 입을 막아버린다. 용왕이 토끼의 인물됨을 논하는 부분은 논리정연한 듯하지만 실상은 용왕이 토끼에게 완벽하게 속았음에 다름 아니다.

이상으로 볼 때, 〈임형택본토공전〉 계열은 토끼의 공포 체험 시간을 연장시키고, 속음과 속임의 관계를 반복·확장하면서 통치자의 어리석음과 민중의 지혜를 강조하는 방향으로 변주되고 있다. 즉, {토끼포획}에서 형상화된 용자의 어리석음은 수궁위기에서 형상화된 용왕의 어리석음과 호응하여 통치자의 어리석음을 강화하는 한편, 통치자가 획책하는 죽음의 위기를 거듭 극복하는 과정을 통해 민중의 지혜를 극대화하는 방향으로 변주되고 있다. <국도본토생전>에 형상화된 대를 이은 선정(善政)이 <임형택본토공전> 계열에서는 대를 이은 어리석음으로 전환된 셈이다.

<가람본토끼전> 및 <임형택본토공전> 계열과 달리, <고대본토공전> 계열은 천상계가 개입하여 토끼와 용왕의 옳고 그름을 판결하는 방향으로 변주된다. 천상계 개입은 영웅소설을 수용한 것으로 보이는데,[52] 천상계는 지상계와 수궁계를 주재하는 초월적·우월적 세계로 설정되어 있다.

> 무릇 천지는 만물이 머물다 가는 여관과 같고, 세월은 백대에 걸쳐 지나가는 손님과 같다. 태어나면 늙고 늙으면 죽는 것은 인간의 일상적 일이요 사물의 항상되는 일인 바, 진실로 이에 초연하여 혼자 존재함을 듣지 못했고 날개가 돋아 신선이 된다함도 듣지 못했노라. 또 혹 병이 들어 일찍 죽는 자도 있고 혹 상처를 입어 죽는 자도 있으나 이것은 모두 명이요 어찌 원혼이겠는가. 동해 용왕 광연은 병이 들었으나 도리어 살고 만수산 토끼는 죄가 없으나 죽는다면, 이는 마땅히 죽을 자가 살고 마땅히 살 자가 죽는 것이다. 광연이 비록 살아날 약이 있다 하나 <u>토끼인들 어찌 죽음을 싫어하는 마음이 없겠는가.</u> 광연은 용궁으로 되돌려 보내고 토끼는 세상으로 놓아주어 그 천명을 즐기게 하는 것이 하늘의 뜻에 순응함이라. 夫天地者 万物之逆旅 光陰者 百代之過客 生而有老 老以有死 人之常情 物之恒事 固未聞 超然獨存 又未聞羽化而成仙 且或有疾病而夭者 或有毁傷而死者 是皆命也 豈冤魂哉 東海龍王廣淵 有病而還生 萬壽山兎公 無罪而就死 則是當死者生 當生者死也 廣淵雖有將生之藥 <u>兎公旣無惡死之冤乎</u> 廣淵退歸水府 兎公放送世界 樂其天命 順其天意 (<고대본토공전>, 9장 앞~9장 뒤)[53]

---

52) 김동건(2001) 154쪽.

인용문에서 보듯이 "명을 살고ㅈ 흐면 귀천이 없"(〈나손본토별산수록〉, 38장 앞)다거나, "살기를 좋아하고 죽기를 싫어하는 마음이야 누구든 없 겠습니까"(〈고대본토공전〉, 7장 뒤)라는 용왕의 말을 옥황상제의 판결문 에서 하게 함으로써 용왕 행위가 부당함을 분명히 하고 있다. 판결문에 서 사회적 지위의 고하를 막론하고 모든 존재의 생명은 소중하고 평등 하다는 것이 천리이자 천명임을 선언하고 있다. 그러므로 토끼를 희생시 켜 자신의 생명을 연장시키려는 용왕의 행위는 천리에 어긋나는 일이며 천명을 거스르는 일이다. 이처럼 옥황상제로부터 판결을 받음으로써 옳 고 그름에 대한 명백한 판단을 내리는 방향으로 변이가 일어난 것이다. 수궁에서 용왕을 치료하고 정당성을 입증 받기 위해 천상계를 끌어들였 지만, 결과는 그들의 의도와는 전혀 상반되는 방향으로 맺어진다. 이것 은 결국 〈고대본토공전〉에서 최고의 위상과 도덕적 권위를 가진 인물을 끌어들여 토끼의 정당성과 용왕의 부당성을 입증하는 논리로 활용하는 셈이다.

용왕의 부당함은 여기서 그치지 않는다.

이날 용왕이 적혼공에게 말했다. 황상께서 토공이 죄 없이 사지에 빠졌 다고 여겨 토공을 방송하려 한다. 너는 문밖에서 기다리고 있다가 토끼가 나오거든 때려 잡도록 하라. 그렇지 않으면 죽음을 면하지 못하리라. 또 한 항아리 막듯 입을 막아 천기를 누설하지 말라. 적혼공이 말했다. 대왕 의 입에서 나와 소신의 귀로 들어왔을 뿐이니 어찌 아는 자가 있겠습니 까? 말이 끝나자마자 큰 천둥 소리가 한번 울리고 거센 바람이 갑자기 일어나며 뇌공이 토공을 압송하여 북쪽으로 가는데, 그 빠르기가 쏜살

---

53) 번역문은 다음을 참고하였다. 인권환 역주(1993), 『토끼전』, 고려대 민족문화연구소, 451쪽.

같고 그 가볍기가 가을 서리 같았다. 적혼공은 감히 손도 써보지 못하고 물러났다. 용왕은 길게 탄식하며 "하늘이 무너지는 재앙을 당하여 다시 가망이 없도다." 하였다. 용왕은 적혼공과 손을 잡고 통곡하다 돌아갔다. 是日龍王爲赤魚軍公曰 皇上見其無辜而就死地也 故放送兎公 君可 門外候其出而格殺之 否則必不免於死 且守口如甁 勿泄神機 赤魚軍 公曰 出大王之口 入小臣之耳 豈有知之者 語末已 雄雷一聲 狂風忽 起 雷公押領兎公向北而去 其病如流矢 其漂若秋霜 赤魚軍公莫敢下 手 赦然而退 龍王長歎曰 天亡之禍 無復望矣 與赤魚軍公掘手痛哭 而歸 (<고대본토공전>, 9장 뒤)

용왕이 토끼를 잡기 위한 계략을 꾸미면서 천기누설을 염려하여 적혼 공의 입단속까지 했지만, 손도 써보지 못하고 토끼를 놓치고 마는 데서 그들의 비소(卑小)함과 저열(低劣)함만 드러난다. 뿐만 아니라 옥황상제 의 결정조차 승복하지 않고 끝까지 토끼를 포획하려는 데서 용왕의 부 당함과 극악함이 거듭 드러난다. 이처럼 <고대본토공전> 계열은 <임형 택본토공전> 계열과 달리, 용왕의 부당성과 토끼의 정당성을 부각시키 는 데 초점을 두는 방향으로 서사적 변주가 일어나고 있다.

5. 맺음말

이 장은 매우 이질적인 서사 전개를 보이는 일군의 토끼전 이본들의 생성에 관한 의문에서 출발하였다. 토끼포획 계열이라 명명한 이들 이본 에서 선행 지평의 전환 방향과 토끼포획 계열 내의 변주 양상을 고찰하 고자 했다.

토끼포획 계열 생성의 서사적 기반은 여러 곳에서 찾을 수 있다. 멀게는 연행물 또는 육지위기 계열의 서사 전개가 그 기반이 되었다고 할 수 있다. 즉, 자라가 자결하거나 자라를 귀양 보내는 이본에서 잘 드러나는 수궁의 분노는 연행물 또는 육지위기 계열에 토끼포획을 제기할 서사 맥락이 갈무리되어 있었음을 알게 한다.

그러나 보다 가깝게는 〈신재효토별가〉와 〈완판토별가〉의 토끼포획 방법에 관한 논란과 〈토생전〉 계열 및 〈토별산수록〉 계열의 '토끼포획'이 직접적인 토대가 되었을 것으로 추정된다. 〈신재효토별가〉에는 수군을 파병하는 방법과 산군에게 조서를 보내는 방법이 제기되었다. 〈토생전〉 계열에는 사신을 재파견 하는 방법, 수군을 파병하는 방법, 폭우로 토끼가 있는 산을 함몰하는 방법이 제기되었고, 〈토별산수록〉에는 폭우와 천둥 번개로 토끼를 멸족하는 방법이 제기되었다.

이렇게 제기된 방법들이 토끼포획 계열에서 실행되고 있다. 즉 〈가람본토끼전〉과 〈임형택본토공전〉 계열에는 수군을 파병했지만 토끼포획에 실패하는 과정과 신령에게 이문하여 토끼를 포획하는 과정을 형상화하고 있다. 〈고대본토공전〉 계열에서는 신령에게 이문하는 방법과 옥황상제에게 표문을 올리는 방법 가운데 후자를 선택하는 방향으로 사건이 전개된다. 이처럼 토끼포획 계열은 선행 지평에서 제기된 토끼포획 방법을 실행하는 과정을 서사함으로써 생성되었다고 할 수 있다.

수궁위기는 토끼와 수궁의 대결이다. 그러나 {육지위기}는 수궁과 무관한 토끼의 위기이다. 그러므로 수궁위기와 {육지위기}에서 토끼가 대결하는 세계 상호 간의 긴밀성이 상대적으로 약하다. 그러나 토끼포획 계열에서 {토끼포획}은 수궁위기의 연장이라는 점에서 둘 사이의 구조적 유기성이 강하다. 토끼포획 계열의 이러한 서사 전개는 독서물적 성격을 한층 강화하는 결과를 낳았다.

연행물—육지위기 계열은 수궁 내적 대립과 육지 내적 대립, 즉 동질 공간 내적 대립과 수궁과 육지의 대립, 즉 이질 공간 상호 간의 대립 등 대립구도가 여럿이었다. 이것은 연행물 계열이 지배계층 내부의 대립, 향촌사회 내부의 대립, 그리고 지배계층과 민중계층의 대립 등 조선 후기 사회의 대립 양상을 다각적으로 형상화하고 있음을 뜻한다. 그러나 토끼포획 계열은 동질 공간 내적 대립을 약화·소거시키면서 이질 공간 상호 간의 대립을 극대화함으로써 분산된 서사적 관심을 한 곳으로 집중시키고 있다. 이것은 지배계층 내부의 대립과 향촌사회 내부의 대립을 약화 또는 소거시키면서 지배계층에 의한 민중 수탈을 한층 강화시키는 방향으로 변모시켰음을 뜻한다.

연행물 계열이 19세기 후기에 이르러 통치 권력에 대한 풍자와 비판을 누그러뜨린 것과 달리, 토끼포획 계열은 지배계층의 무능을 폭로하고 폭력성을 강화하는 방향으로 나아갔다. 또한 <토생전>과 <토별산수록>의 보수적 관점과 달리 토끼포획 계열에서는 중세적 지배논리에 대한 비판과 거부, 즉 민중적 저항을 강화하는 방향으로 지평전환이 일어났다.

{토끼포획}의 절대적 서술량과 상대적 비중을 기준으로 판단하건대, 토끼포획 계열 가운데 <가람본토끼전> 계열이 가장 먼저 생성되었을 것으로 보인다. 그러므로 <가람본토끼전>을 선행 형태로 보고 <임형택본토공전> 계열과 <고대본토공전> 계열을 변이 형태로 보아 이들 사이의 변주 양상을 살펴볼 수 있다. <임형택본토공전> 계열은 토끼 재포획에 나서는 인물의 수 늘리기, 토끼포획 과정 구체화하기, 토끼가 용자를 설득하는 과정 생성·확장하는 방법으로 변주가 일어나고 있다. 이러한 변

주를 통해 토끼가 경험하는 죽음의 공포를 증가시키는 한편, 토끼의 지혜로움과 용왕[용자]의 어리석음을 강조하는 데 초점을 두고 있다.

반면에, <고대본토공전> 계열은 토끼의 정당성과 용왕의 부당성을 부각시키는 데 초점을 두고 있다. 즉, 최상의 정당성과 권위를 가진 옥황상제의 판결에 의거하여 자신의 생명 연장을 위해 토끼를 희생시키려는 용왕이 부당하고 자신의 생명을 보전하기 위해 저항하는 토끼가 정당함에 어떤 이론(異論)도 있을 수 없도록 하였다.

참고문헌

1. 자료

(1) 판각본

<연대본토별가>(兎鼈歌)[완판 21장본] 김동욱 편,『고소설판각본전집』3, 연세대 인문과학연구소, 1973.

<국도본토별가>(兎別歌)[국립중앙도서관 소장 완판 21장본], 한국정신문화연구원 (이하 '정문연') MF : R35N-002974-2.

<경판토생전>(토싱젼)[경판 9장본] 김동욱 편,『고소설판각본전집』3, 연세대 인문과학연구소, 1973.

(2) 필사본

<가람본별토가>(鼈兎歌)[서울대 가람문고 소장 44장본(국한혼용본)], 김진영 외 편저 (1998),『토끼전 전집』2, 박이정.

<조동일본별주전>(별쥬젼)[64장본], 조동일 편(1999),『조동일소장 국문학연구자료』9, 박이정.

<국도본별주부전>(별쥬부젼)[국립도서관 소장 43장본], 정문연 MF번호 : R35N-002923-7.

<사재동본별주부전>(별쥬부젼)[56장본], 정문연 MF번호 : R16N-001235-4.

<경화수궁전>(瓊華水宮傳)[김동욱 소장 60장본(국한혼용본)], 정문연 MF 번호 : R35P-000001-7.

<박순호35장본>(별쥬부젼), 월촌문헌연구소 편(1986),『한글필사본고소설자료총서』17, 오성사.

<박순호29장본>(톡기전), 월촌문헌연구소 편(1986),『한글필사본고소설자료총서』100, 오성사.

<박순호33장본>(퇴기전), 월촌문헌연구소 편(1986),『한글필사본고소설자료총서』100, 오성사.

<나손18장본>(퇵기젼)[단국대 율곡도서관 소장본].

<사재동본옥토젼>(옥퇴젼)[32장본].

<하버드대본별주부전>(별쥬부젼)[21장본], 이상택 편(1998), 『해외수일본한국고소설총서』 1, 태학사.

<박순호22장본>(퇴기젼)(국한혼용본), 월촌문헌연구소 편(1986), 『한글필사본고소설자료총서』 100, 오성사.

<박순호56장본>(玉兎傳), 월촌문헌연구소 편(1986), 『한글필사본고소설자료총서』 36, 오성사.

<나손53장본>(톡기젼), 단국대 율곡도서관 소장본.

<나손22장본>(퇵기젼), 단국대 율곡도서관 소장본.

<홍윤표본별주부곡>(鱉主簿曲)[47장본(국한혼용본)].

<신재효토별가>(퇴별가)[申氏家藏 42장본], 강한영(1984), 『신재효판소리사설집(전)』, 교문사.

<수궁용왕전>(水宮龍王傳)[경북대 도서관 소장 58장본], 김광순 편(1993), 『김광순 소장필사본고소설전집』 16, 경인문화사.

<나손35장본>(쏘끼젼)[단국대 도서관 소장본].

<정문연본수궁전>(슈궁젼)[60장본], 정문연 MF번호 : R16N001136-15.

<중산망월전>(中山望月傳)[하버드대 소장 40장본], 이상택 편(1998), 『해외수일본한국고소설총서』 1, 태학사.

<조동일본토별전>(톳별전)[62장본], 조동일 편(1999), 『조동일 소장 국문학연구자료』 9, 박이정.

<일사본별주부전>(별쥬부전), 서울대 도서관 소장 24장본(국한혼용본).

<정문연본별주부전>(별주부전)[35장본], MF번호 : R16N-001133-13.

<조동일본토처사전>(兎處士傳)[42장본], 조동일 편(1999), 『조동일 소장 국문학연구자료』 9, 박이정.

<임형택본토처사전>(兎處士傳)[51장본(국한혼용본)].

<김광순본수륙문답>(수육문답)[38장본], 김광순 편, 『김광순소장필사본고소설전집』 24, 경인문화사, 1994.

<나손30장본>(토끼傳), 『나손본필사본고소설자료총서』 75, 보경문화사(1993).

<박순호28장본>(퇵기젼), 월촌문헌연구소 편(1986), 『한글필사본고소설자료총서』 48, 오성사.

<국민대본별토문답>(별토문답 단)[61장본].

<김광순본별주부전>(별쥬부전)[39장본], 김광순 편(1998), 『김광순소장필사본고소설 전집』 48, 박이정.

<조동일본토끼전>(토끼전)[43장본], 조동일 편(1999), 『조동일 소장 국문학연구자료』 9, 박이정.

<정문연본토끼전>(톡끼전)[29장본], MF번호 : R16N-001151-2.

<나손본토별산수록>(토별산슈록)[41장본], 『나손본필사본고소설자료총서』 75, 보경 문화사(1993).

<박순호본토별산수록>(토별산수록)[70장본], 월촌문헌연구소 편(1986), 『한글필사본 고소설자료총서』 48, 오성사.

<수궁별주부산중토처사전>(水宮鱉主簿山中兎處士傳)[박순호 소장 70장본], 월촌 문헌연구소 편 (1986), 『한글필사본고소설자료총서』 18, 오성사.

<나손20장본>(슈궁록)[20장본], 『나손본필사본고소설자료총서』 75, 보경문화사 (1993).

<토선생별주부입전>(兎先生鱉主簿立傳)[22장본], 『나손본필사본고소설자료총서』 75, 보경문화사(1993).

<권영철본토끼전>(톡기전)[62장본], 국어국문학회 편(1972), 『고전소설선』 형설출판사.

<윤해옥본토전>(兎傳)[63장본], 윤해옥(1997), 『조선시대 우언 우화소설 연구』, 박 이정.

<박순호17장본>(퇴끼전), 월촌문헌연구소 편(1986), 『한글필사본고소설자료총서』 66, 오성사.

<고대본별주부전>(별주부전)[고려대 도서관 소장 17장본], 정문연 MF번호 : R35N-003040-12.

<가람본토끼전>(토긔전)[서울대 가람문고 소장 44장본], 정문연 MF번호 : R35N-00 3032-1.

<박순호15장본>(별쥬부전), 월촌문헌연구소 편(1986), 『한글필사본고소설자료총서』 17, 오성사.

<국도본토생전>(토싱전)[국립도서관 소장 34장본], 정문연 MF : R35N-002974-3.

<나손6장본>(퇴공전), 『나손본필사본고소설자료총서』 75, 보경문화사(1993).

<고대본토공전>(兎公傳)[9장본(한문본)], 고려대 소장 《임진록 겸 토사(壬辰錄兼 兎事)》 소재.

<국도본토공사>(兎公辭)[국립도서관 소장 22장 한문본], 정문연 MF번호 : R35N-00
    2971-12.
<임명덕본토선생전>(兎先生傳)[18장본(한문본)] 임명덕 편(1986), 『한국한문소설전
    집』 6권 의인소설류, 중화민국중국문화학원.
<임형택본토공전>(토공전)[72장본].
<정문연본토생전>(兎生傳)[46장본(한문본)], 한국정신문화연구원 MF 번호 : R35N-
    008130.

(3) 唱本
<강도근창본>, 김기형 역주(1998), 『강도근 5가 전집』, 박이정.
<김연수창본>, 김연수(1974), 창본 심청가・홍보가・수궁가・적벽가』, 문화재관리국.
<남해성창본Ⅰ>, 한국브리테니커・판소리학회 주최 뿌리깊은나무 판소리 감상회본.
<남해성창본Ⅱ>, 남해성 판소리(실황) 수궁가 완창(음반 및 사설집), 서울음반(1996).
<박동진창본>, 판소리 수궁가(CD음반 및 사설집), 주식회사 SKC(1988).
<박봉술창본>, 판소리학회 감수(1982), 『판소리다섯마당』, 한국브리테니커회사.
<박양덕창본>, 박양덕 수궁가Ⅰ・Ⅱ, 서울음반(음반번호 : SRCD-1417, 1418).
<박초월창본>, 한국브리테니커・판소리학회 주최 뿌리깊은나무 판소리 감상회본.
<송순섭창본>, 송순섭(1987), 『동편제 수궁가』, 전라남도.
<이선유창본>, 김택수(1933), 『오가전집』, 대동인쇄소.
<임방울창본>, 천이두(1986), 『판소리명창 임방울』, 현대문학사.
<정광수창본>, 정광수(1986), 전통문화오가사전집』, 문원사.
<정권진창본>, 김진영 외(1997), 『토끼전 전집』 1, 박이정.
<정회석창본>, 양정환 제작(1999), 정회석 수궁가(CD음반 및 사설집), 지구레코드.

(4) 활자본
<토의간>(兎의 肝), 이해조, 『매일신보』 연재(1912년 6월 9일~7월 11일).
<박문본토의간>(兎의 肝)[박문서관본, 1917년판, 초판1916년], 『구활자본고소설전집』
    32, 인천대 민족문화연구소(1984).
<세창본불로초>(不老草)[세창서관본 1957년판], 『구활자본고소설전집』 20, 인천대
    민족문화연구소(1984).

<신구본별주부전>(별쥬부젼(鱉主簿傳))[신구서림본, 1913년판], 『구활자본고소설전집』 4, 인천대 민족문화연구소(1983).
<신명균본토끼전>(토끼傳), 신명균·김태준 교열(1937), 『조선문학전집』 6, 중앙인서관.

2. 단행본

『맹자』.
『고금소총(古今笑叢)』, 민속학자료간행회, 1958.
『교방가보(敎坊歌譜)』, 아세아문화사(영인본), 1976.
『탄세단가(歎世短歌)』, 최동현(1988), 『민족음악학보』 3, 한국민족음악학회.
강한영(1984), 『신재효판소리사설집(전)』, 교문사.
권순긍(2000), 『구활자본 고소설의 편폭과 지향』, 보고사.
김광순(1987), 『한국의인소설연구』, 새문사.
김명곤(1988), 『광대열전』, 예문.
김병국(1995), 『한국 고전문학의 비평적 이해』, 서울대출판부.
김일렬(1984), 『조선조 소설의 구조와 의미』, 형설출판사.
_____(2003), 『고전소설신론(개정판)』, 새문사.
김종철(1996), 『판소리사 연구』, 역사비평사.
김치수 편저(1989), 『구조주의와 문학비평』, 기린원.
김현주(1998), 『판소리 담화 분석』, 좋은날.
_____(2000), 『판소리와 풍속화 그 닮은 예술 세계』, 효형출판.
김흥규 편(1980), 『전통사회의 민중예술』, 민음사.
남만성 외(1979), 『고법전용어집』, 법제처.
민　찬(1994), 『조선후기 우화소설 연구』, 태학사.
박영주(2000), 『판소리 사설의 특성과 미학』, 보고사.
백대웅(1996), 『다시 보는 판소리』, 어울림.
서종문(2006), 『판소리의 역사적 이해』, 태학사.
_____(2008), 『판소리와 신재효 연구』, 제이앤씨.
서종문·정병헌 편(1997), 『신재효 연구』, 태학사.
설중환(1994), 『판소리사설연구』, 국학자료원.

이보형 조사(1992), 『판소리 유파(流派)』, 문화재관리국.

이주영(1998), 『구활자본 고전소설 연구』, 월인.

이창헌(2000), 『경판방각소설 판본 연구』, 태학사.

인권환(2001), 『토끼전·수궁가 연구』, 고려대 민족문화연구소.

임동철(1997), 『판소리와 판소리계 소설 연구』, 민속원.

장석규(1998), 『심청전의 구조와 의미』, 박이정.

정노식(1940), 『조선창극사』, 조선일보사.

정병헌(1986), 『신재효 판소리 사설 연구』, 평민사.

조동일(1977), 『한국소설의 이론』, 지식산업사.

조동일 외(1989), 『한국설화유형분류집』(한국구비문학대계 별책부록(Ⅰ)), 한국정신
    문화연구원.

차봉희 편저(1985), 『수용미학』, 문학과지성사.

최동현(1991), 『판소리 연구』, 문학아카데미.

_____(1994), 『판소리란 무엇인가』, 에디터.

최동현·유영대 편(1998), 『판소리 동편제 연구』, 태학사.

최혜진(2000), 『판소리계 소설의 미학』, 역락.

판소리학회 감수(1982), 『판소리 다섯마당』, 한국브리태니커사.

한국고전문학회 엮음(1999), 『국문학의 구비성과 기록성』, 태학사.

한완상,(1978), 『민중과 지식인』, 정우사.

장공석 지음, 김일평 옮김(1987), 『형상과 전형』, 사계절.

Chatman, Samual(1978), *Story and Discourse : Narrative Structure in Fiction and
    Film*, Cornell University Press. : 한용환 옮김(1991), 『이야기와 談論-영화와
    소설의 서사구조』, 고려원.

Jauß, Hans Robert(1970), *Literatur-geschichte als Provokation*, Suhrkap : 장영태
    역(1983), 『도전으로서의 문학사』, 문학과지성사.

Iser, Wolfgang(1976), Der Akt des Lesens : 이유선 역(1993), 『득서행위』, 신원출
    판사.

Martin, Wallace(1986), *Recent Theories of Narrative*, Ithaca & London, Cornell
    University Press. : 김문현 역(1991), 『소설이론의 역사』, 현대소설사.

Ong, Walter J., *Orality and Literacy*, 이기우·임명진 옮김(1995), "구술문화와 문자
    문화』, 문예출판사.

Macqueen, John, 송낙헌 역(1979), 『풍자』, 서울대출판부.

Prince, Gerald(1983), *Narratology : The Form and Functioning of Narrative* : 최상규 역(1988), 『서사학』, 문학과 지성사.

Todorov, Tzvetan(1973), *Qu'est-ce que le structuralisme?*(2 Poétique), Seuil : 곽광수 역(1977), 『구조시학』, 문학과지성사.

3. 논문

강용권(1977), 「박봉술 창본 <수궁가>고」, 『하서 김종우 박사 회갑기념논문집』, 제일문화사.

강한영(1970), 「판소리 <수궁가>의 특성」, 『문화재자료보고서』, 문화재관리국.

_____(1972) 「토별가의 계보적 고찰 소원적 재구를 위하여」, 『성곡논총』 3, 성곡학술문화재단.

권순긍(1995), 「민중의식의 성장과 판소리 문학」, 민족문학사연구소 엮음, 『민족문학사 강좌(상)』, 창작과비평사.

권택무(1959), 「신재효의 창작과 미학사상의 몇 가지 특징」, 문학예술종합출판사 편집위원회 편(2000), 『조선문학』 28, 연문사 재수록.

김균태(1979), 「신재효 개작 <토별가>의 판소리사적 의의」, 『국어교육』 34, 한국국어교육연구회.

김기형(1993), 「적벽가의 역사적 전개와 작품세계」, 고려대 박사논문.

김대행(1976㉠), 「<수궁가>의 구조적 특성」, 『국어교육』 27·28 합집, 한국국어교육연구회.

_____(1976㉡), 「판소리사설의 희극성과 풍자성-<수궁가>의 인물을 중심으로」, 『선청어문』 6, 서울대학교 국어교육과.

_____(1996), 「서사와 소설의 거리」, 『한국서사문학사의 연구(경산사재동박사화갑기념논총)』, 중앙문화사.

김동건(2001), 「<토끼전> 연구」, 경희대 박사논문.

김동욱(1966), 「판소리 근원설화 첨보(添補)」, 『대동문화연구』 3, 대동문화연구소.

김병국(1981), 「고전소설 서사체의 서술 시점」, 『현상과 인식』 16, 한국인문사회과학회.

김상욱(1995), 「신재효본 <토별가>의 문체 특성과 문학사적 관련 양상」, 『논문집』 56, 한국국어교육연구회.

김석배(1992), 「<춘향전> 이본의 생성과 변모양상 연구」, 경북대 박사논문.

_____(1993), 「'새타령'의 전승과 변모」, 『동리연구』 창간호, 동리연구회.

_____(1994), 「<수궁가의 '범피중류(泛彼中流)' 연구」, 『문학과 언어』 15, 문학과 언어연구회.

김석배·서종문·장석규(1998), 「판소리 더늠의 역사적 이해」, 『국어교육연구』 28, 국어교육학회.

김일렬(1988), 「<홍길동전>의 구조와 의미」, 『국어국문학』 99, 국어국문학회.

김재환(1988), 「동물우화소설 연구」, 동아대 박사논문.

김준영(1970), 「해제 <토별가(兔鼈歌)>-신재효별본-」, 『현대문학』 187, 현대문학사.

김창룡(1990), 「<토별가> 우유(寓喩)의 공식」, 『논문집』 14, 한성대(『우리 옛 문학론』, 새문사, 1991에 재수록).

김창진(1980), 「<토생전>의 구조와 주제」, 『한국어교육』 1, 한국국어교육개발연구회.

김창하(1977), 「<별주부전>의 근원설화고-판소리사설과 판소리계 소설의 대비를 중심으로-」, 동아대 교육대학원 석사논문.

김현양(1996), 「신재효 판소리 사설의 변주적 특성과 그 성격-남창 춘향가와 토별가를 중심으로」, 『민족문학사연구』 9, 민족문학사연구소.

김현주(1994), 「판소리 창자의 거리조정 방식과 그 기능적 의미」, 『판소리연구』 5, 판소리학회.

_____(1998), 「<토끼전>의 우의적 성격」, 고경식 외, 『고전작가작품의 이해』, 박이정.

김흥규(1974), 「판소리의 이원성과 사회사적 배경」, 『창작과 비평』 31, 창작과 비평사.

_____(1979), 「판소리의 사회적 성격과 그 변모」, 『예술과 사회』, 민음사.

_____(1980), 「판소리에서의 비장(悲壯)」, 『구비문학』 3, 한국정신문화연구원 어문연구실.

_____(1983), 「판소리 및 판소리계 소설의 세계상」, 『민족문화연구』 17, 고대민족문화연구소.

_____(1991), 「19세기 전기 판소리의 연행 환경과 사회적 기반」, 『어문논집』 30, 고려대 국어국문학연구회.

류수열(2000), 「판소리 서사의 공시점(共時點)과 그 집단표상적 기능」, 『국어국문학』 127, 국어국문학회.

류탁일(1981), 「새로 발견된 경자본(庚子本) <수궁가>에 대하여」, 『한국문학논총』 4, 한국문학회.

박성석(1993), 「판소리의 실연적 고찰-김연수 창본 「수궁가」를 중심으로-」, 『배달말』 18, 배달말학회.

박영주(1991), 「판소리 '사설치레' 연구」, 성균관대 박사논문.

배연형(1994), 「판소리 중고제 론」, 『판소리연구』 5, 판소리학회.

서종문(1980), 「판소리의 개방성」, 『논문집』 7, 경남대.

_____(1982), 「<홍보가> '박사설'의 생성과 그 기능」, 『한국고전문학연구』(백영정병욱선생환갑기념논총), 신구문화사.

_____(1983), 「'-가(歌)'와 '-타령(打令)'의 문제」, 『국어교육연구』 15, 경북대 사범대 국어교육연구회.

_____(1984), 「신재효 판소리 사설의 성격」, 『문학사상』 146, 문학사상사.

_____(1990), 「장승 민속의 문학적 형상화(II)」, 『국어교육연구』 22, 국어교육연구회.

_____(1999), 「<토별가>에 나타난 신재효의 현실인식」, 『판소리연구』 10, 판소리학회.

서종문·김석배(1992), 「판소리 중고제의 역사적 이해」, 『국어교육연구』 24, 국어교육연구회.

서종문·김석배·장석규(1997), 「신재효 판소리 사설의 형성배경과 현재적 위상」, 『국어교육연구』 29, 국어교육학회.

신선희(1992), 「<별주부전>의 인물관계와 그 의미」, 『국어국문학』 107, 국어국문학회.

오종근(1987), 「<토끼전>의 근원설화고」, 『논문집』 1, 원광대 대학원.

유영대 해설 및 채록(1995), 「한국의 위대한 판소리 명창들(VI) 김창룡」, 킹레코드.

윤용식(1981), 「<토별가(兎鼈歌)>와 이해조 <토(兎)의 간(肝)>의 비교 연구」, 『관악어문논집』 4, 서울대 국어국문학과.

이강엽(1993), 「신재효 <퇴별가>의 풍자적 특성과 계층갈등」, 『원우론집』 20, 연세대 원우회.

이경환(1988), 「<별주부전> 연구」, 경남대 교육대학원 석사논문.

이보형(1975), 「판소리사설의 극적 상황에 따른 장단·조의 구성」, 『예술논문집』 14, 대한민국예술원.

_____(1982) 「판소리 제(파)에 관한 연구」, 『한국음악학논문집』, 한국정신문화연구원.

_____(1991) 「고음반에 제시된 판소리 명창제 더늠」, 『한국음반학』 창간호, 한국고음반연구회.

_____(2007), 「유파 개념의 중고제와 악조 개념의 중고제」, 『판소리연구』 23, 판소리학회.

이상택(1974), 「고전소설의 사회와 인간」, 『한국고전소설』, 계명대 출판부.

이석래(1977) 「한국고전 풍자소설 연구」, 단국대 박사논문.

_____(1988) 「<토별가(兎鱉歌)> 연구」, 『성심어문논집』 11, 성심여대.

이원수(1982), 「<토끼전>의 형성과 후대적 변모」, 『국어교육연구』 14, 경북대 국어교육과.

이정원(1999), 「판소리 문학의 반복적 수용과 '화자선발화(話者先發話)'」, 『판소리연구』 10, 판소리학회.

이헌홍(1982), 「<수궁가>의 구조연구(Ⅰ)」, 『한국문학논집』 5, 한국문학회.

_____(1983), 「<수궁가>의 구조연구(Ⅱ)」, 『국어국문학』 20, 부산대 국어국문학과.

이희승(1939), 「조선문학연구초(토끼화상편)」, 『문장』 1, 문장사.

인권환(1967), 「<토끼전> 근원설화 연구 -인도설화의 한국적 전개」, 『아세아연구』 25, 고려대 아세아문제연구소.

_____(1968), 「<토끼전> 이본고」, 『아세아연구』 29, 고려대 아세아문제연구소.

_____(1973), 「<토끼전>의 서민의식과 풍자성」, 『어문논집』 14·15 합집, 고려대 국어국문학연구회.

_____(1984㉠), 「<토끼전>의 비교 고찰-경판, 완판, 가람본 <토별가>를 중심으로-」, 『인문논집』 29, 고려대.

_____(1984㉡), 「<토별가>에 나타난 신재효의 작가의식」, 『문학사상』 146, 문학사상사.

_____(1985), 「<수궁가>의 삽입설화고」, 『인문논집』 30, 고려대 문과대.

_____(1986㉠), 「'토끼화상'의 전개와 변이양상」, 『어문논집』 26, 고려대 국어국문학연구회.

_____(1986㉡), 「<별주부전> 한문본고」, 『동방학지』 52, 연세대 국학연구원.

_____(1986㉢), 「<수궁가>의 형성과 창자의 전승 계보」, 『배달말』 11, 배달말학회.

_____(1986㉣), 「<수궁가>와 《剪燈新話》」, 『월산 임동권 박사 송수기념 논문집(국어국문학편)』, 집문당.

_____(1987㉠), 「<수궁가>의 설화적 구성과 사설의 양상」, 『어문논집』 27, 고려대 국어국문학과.

_____(1987㉡), 「판소리 사설 '약성가' 고찰-<수궁가>를 중심으로」, 『문학한글』 1, 한글학회.

_____(1988), 「<수궁가> 쟁장설화의 근원과 전개」, 『홍익어문』 7, 홍익대 홍익어문

연구회.

_____(1990), 「<토끼전>」, 『한국고전소설작품론』, 집문당.

_____(1991㉠), 「<토끼전>의 구조와 주제」, 『고전소설의 이해』, 탑출판사.

_____(1991㉡), 「<토끼전>군 결말부의 변화양상과 그 의미」, 『정신문화연구』 44, 한국정신문화연구원.

_____(1992), 「수궁가 동편제(東便制)와 강산제(岡山制)」, 『민족문화연구』 25, 고려대 민족문화연구소.

_____(1993), 「<토끼전>」, 『고전소설연구(황패강교수정년퇴임기념논총)』, 일지사.

임형택(1984), 「판소리사에 있어서의 신재효와 <토끼전>」, 『한국문학사의 시각』, 창작과비평사.

장정해(1975), 「토끼전의 변천고」, 『군자어문학』 2, 수도여사대 국어국문학과.

정 숙(1983), 「<토별가(兎鼈歌)>의 사설에 나타난 풍자성」, 『덕성어문학』 1, 덕성여대 국어국문학회.

정규훈(1984), 「토끼전 이본에 나타난 작가의식의 거리」, 『어문학』 44·45 합집, 한국어문학회.

_____(1988), 「조선후기 우화소설 연구」, 계명대 박사논문.

정병헌(1990), 「신재효본 <토별가>의 구조와 언어적 성격」, 『한글』 210, 한글학회.

정승재(1993), 「판소리 <수궁가>에 나타난 희극성 고찰」, 동국대 석사논문.

정인환(1983), 「쟁년설화 및 그 소설적 수용 연구」, 『한국학논집』 10, 계명대 한국학연구소.

정출헌(1991), 「조선후기 향촌사회의 변동과 우화소설-쟁년모티프를 중심으로」, 『민족문학사연구』 창간호, 민족문학사연구소.

_____(1992㉠), 「<토끼전>의 작품구조와 인물형상-가람본 <별토가(鼈兎歌)>를 중심으로」, 『한국학보』 66, 일지사.

_____(1992㉡), 「조선후기 우화소설의 사회적 성격」, 고려대 박사논문.

_____(1998), 「봉건국가의 해체와 <토끼전>의 결말 구조」, 『고전문학연구』 13, 한국고전문학회.

정학성(1972), 「우화소설연구」, 『국문학연구』 18, 서울대 석사논문.

조동일(1969), 「<흥부전>의 양면성」, 『계명논총』 5, 계명대.

_____(1972), 「<토끼傳(별쥬젼)>의 구조와 풍자」, 『계명논총』 8, 계명대.

최광석(2000), 「<토끼전> 결말구조의 두 양상과 그 성격」, 『선주논총』 3, 금오공대 선주문화연구소.

_____(2009), 「신재효 판소리 사설의 서사적 특성과 의미 지향-토별가와 적벽가를 중심으로-」, 『판소리연구』 27, 판소리학회.

최동현(1997), 「보성소리에 관한 몇 가지 문제」, 『판소리 명창과 고수 연구』, 신아출판사.

_____(2006), 「보성소리의 전개」, 『판소리연구』 21, 판소리학회.

최용남(1991), 「신재효본 <토별가> 연구」, 『한국언어문학』 29, 한국언어문학회.

최정락(1985), 「<수궁가>와 <별주부전>의 서술방법 대비고찰」, 『논문집』 7, 안동대.

_____(1986), 「판소리계 소설의 서술방법상의 특성-<별주부전>과 <토생전>을 중심으로」, 『문학과 언어』 7, 문학과 언어연구회.

_____(1992), 「<적벽가> 연구-판소리 사설의 구조시학 정립을 위하여-」, 경북대 박사논문.

_____(1998), 「<토공사(兎公辭)> 고찰」, 『어문학』 65, 한국어문학회.

최정식(1995), 「<토끼전>의 갈등구조 연구」, 『논문집』 14, 동래여자전문대.

최진형(1999), 「판소리 서사체의 구술성과 기술성」, 『국문학의 구비성과 기록성』, 태학사.

_____(2008), 「출판문화와 토끼전의 전승」, 『판소리연구』 25, 판소리학회.

최혜진(1999), 「판소리계 소설의 골계적 기반과 서사적 전개 양상」, 숙명여대 박사논문.

_____(2006), 「보성소리 정응민 명창론」, 『판소리연구』 21, 판소리학회.

찾아보기

경북대 사범대 국어교육과를 졸업하고
경북대 대학원에서 박사학위를 받았다.
경북대, 대구교대, 울산대, 금오공대 등에 출강하였으며
현재 중등학교에서 학생들을 가르치고 있다.

논문으로는 〈토끼전 이본 계열의 존재 양상〉(2001), 〈신재효 판소리사설의 서술자 개입
양상과 지평전환〉(2006), 〈고전문학 교육의 진단과 방법론적 설계〉(2009), 〈맥락을 활
용한 고전문학 교수-학습 방법론〉(2009) 등 다수가 있다.
toprofs@hanmail.net

한국서사문학연구총서 19
토끼전의 지평과 변이

2010년 10월 15일 초판 1쇄 펴냄

저 자 최광석
발행인 김흥국
발행처 도서출판 보고사

등록 1990년 12월 13일 제6-0429호
주소 서울특별시 성북구 보문동7가 11번지 2층
전화 922-5120~1(편집), 922-2246(영업)
팩스 922-6990
메일 kanapub3@chol.com
http://www.bogosabooks.co.kr

ISBN 978-89-8433-836-4 93810
ⓒ 최광석, 2010

정가 20,000원